FRANCIS SCOTT FITZGERALD

THE BEAUTIFUL AND DAMNED

漂亮冤家

[美] 菲茨杰拉德 著　何伟文 译

上海文艺出版社

图书在版编目(CIP)数据

漂亮冤家/(美)菲茨杰拉德著;何伟文译. —上海:上海文艺出版社,2014
(企鹅经典丛书)
ISBN 978-7-5321-5242-1

Ⅰ.①漂… Ⅱ.①菲… ②何… Ⅲ.①长篇小说-美国-现代 Ⅳ.①I712.45

中国版本图书馆 CIP 数据核字(2014)第 052407 号

Francis Scott Fitzgerald
The Beautiful and Damned

Simplified Chinese Copyright © Shanghai 99 Culture Consulting Co., Ltd. 2014

"企鹅经典"丛书由上海文艺出版社联合上海九久读书人文化实业有限公司及企鹅图书有限公司共同策划。

"企鹅"、_{企鹅图形}®和相关标识是企鹅图书有限公司已经注册或者尚未注册的商标。未经允许,不得擅用。

总 策 划:黄育海 陈 征
特约策划:邱小群
责任编辑:方 铁
封面设计:丁威静

漂亮冤家
〔美〕菲茨杰拉德 著
何伟文 译
上海文艺出版社出版、发行
地址:上海绍兴路 74 号
新华书店经销 利丰雅高印刷(深圳)有限公司印刷
开本 890×1240 1/32 印张 13.75 字数 359,000
2014 年 6 月第 1 版 2014 年 6 月第 1 次印刷
ISBN 978-7-5321-5242-1/I·4147 定价:49.00 元

企鹅经典丛书
出版说明

这套中文简体字版"企鹅经典"丛书是上海文艺出版社携手上海九久读书人与企鹅出版集团（Penguin Books）的一个合作项目，以企鹅集团授权使用的"企鹅"商标作为丛书标识，并采用了企鹅原版图书的编辑体例与规范。"企鹅经典"凡一千三百多种，我们初步遴选的书目有数百种之多，涵盖英、法、西、俄、德、意、阿拉伯、希伯来等多个语种。这虽是一项需要多年努力和积累的功业，但正如古人所云：不积小流，无以成江海。

由艾伦·莱恩（Allen Lane）创办于一九三五年的企鹅出版公司，最初起步于英伦，如今已是一个庞大的跨国集团公司，尤以面向大众的平装本经典图书著称于世。一九四六年以前，英国经典图书的读者群局限于研究人员，普通读者根本找不到优秀易读的版本。二战后，这种局面被企鹅出版公司推出的"企鹅经典"丛书所打破。它用现代英语书写，既通俗又吸引人，裁减了冷僻生涩之词和外来成语。"高品质、平民化"可以说是企鹅创办之初就奠定的出版方针，这看似简单的思路中植入了一个大胆的想象，那就是可持续成长的文化期待。在这套经典丛书中，第一种就是荷马的《奥德赛》，以这样一部西方文学源头之作引领战后英美社会的阅读潮流，可谓高瞻远瞩，那个历经磨难重归家园的故事恰恰印证着世俗生活的传统理念。

经典之所以谓之经典，许多大学者大作家都有过精辟的定义，时间的检验是一个客观标尺，至于其形成机制却各有说法。经典的诞生除作品本身的因素，传播者（出版者）、读者和批评者的广泛参与同样是经典之所以成为经典的必要条件。事实上，每一个参与者都可能是一个主体，经典的生命延续也在于每一个接受个体的认同与投入。从企鹅公司最早出版经典系列那个年代开始，经典就已经走出学者与贵族精英的书斋，进入了大众视野，成为千千万万普通读者的精神伴侣。在现代社会，经典作品绝对不再是小众沙龙里的宠儿，所有富有生命力的经典都存活在大众阅读之中，它已是每一代人知识与教养的构成元素，成为人们心灵与智慧的培养基。

处于全球化的当今之世，优秀的世界文学作品更有一种特殊的价值承载，那就是提供了跨越不同国度不同文化的理解之途。文学的审美归根结底在于理解和同情，是一种感同身受的体验与投入。阅读经典也许可以被认为是对文化个性和多样性的最佳体验方式，此中的乐趣莫过于感受想象与思维的异质性，也即穿越时空阅尽人世的欣悦。换成更理性的说法，正是经典作品所涵纳的多样性的文化资源，展示了地球人精神视野的宽广与深邃。在大工业和产业化席卷全球的浪潮中，迪斯尼式的大众消费文化越来越多地造成了单极化的拟象世界，面对那些铺天盖地的电子游戏一类文化产品，人们的确需要从精神上作出反拨，加以制衡，需要一种文化救赎。此时此刻，如果打开一本经典，你也许不难找到重归家园或是重新认识自我的感觉。

中文版"企鹅经典"丛书沿袭原版企鹅经典的一贯宗旨：首先在选题上精心斟酌，保证所有的书目都是名至实归的经典作品，并具有不同语种和文化区域的代表性；其次，采用优质的译本，译文务求贴近作者的语言风格，尽可能忠实地再现原著的内容与品质；另外，每一种书都附有专家撰写的导读文字，以及必要的注释，希望这对于帮助读者更好地理解作品会有一定作用。总之，我们给自己设定了一个绝对不低的标准，期望用自己的努力将读者引入庄重而温馨的文化殿堂。

关于经典，一位业已迈入当今经典之列的大作家，有这样一个简单而生动的说法——"'经典'的另一层意思是：搁在书架上以备一千次、一百万次被人取下。"或许你可以骄傲地补充说，那本让自己从书架上频繁取下的经典，正是我们这套丛书中的某一种。

上海文艺出版社编辑部
上海九久读书人文化实业有限公司
二〇一四年一月

目 录

第一卷

第一章　安东尼·帕奇　　　　　　　3
第二章　塞壬肖像　　　　　　　　28
第三章　亲吻鉴赏家　　　　　　　69

第二卷

第一章　光彩照人的时刻　　　　123
第二章　讨论会　　　　　　　　179
第三章　断裂的诗琴　　　　　　245

第三卷

第一章　事关文明　　　　　　　293
第二章　事关美学　　　　　　　336
第三章　无关紧要　　　　　　　378

失败，一种悲剧性崇高　　　　　　　杰夫·戴尔

献给

肖恩·莱斯利,乔治·简·纳森和马克斯维尔·帕尔金斯
感谢他们在文学上给予我的诸多帮助和鼓励

第一卷

第一章
安东尼·帕奇

1913年,在安东尼·帕奇二十五岁的时候,至少从理论上讲,讽刺如圣灵般地降临于他身上已经两年之久了。讽刺是擦拭皮鞋时那最后一道抛光,刷衣服时那最终的轻掸,智力活动中的"完成了!"——然而,在这部小说刚开始时,他对此的认识还仅仅停留在意识到它存在的阶段。你第一次见到他时,他时常寻思,自己是不是寡廉鲜耻而又略显疯狂,是漂浮在世界表面上的一层薄薄的无耻和污秽,犹如清澈池塘上的浮油一般熠熠生辉。当然,情况也并非尽然如此,有时他把自己看成一个相当出类拔萃的年轻人,既能洞察世事,又会随机应变,比他认识的任何人都要精明老道一些。

这是他神智健康的状态,此时的他舒畅愉悦,举止怡人,对聪明的男人和所有的女人都极具吸引力。在这种状态下,他想象未来他会成就一番宁静而又深奥的事业,它的价值将得到精英阶层的认同,然后,斗转星移,在死亡和永恒之间那片星云飘渺的苍穹中,他将成为幽暗的群星中的一颗。在为此而努力之前,他仍将是安东尼·帕奇——这不是一幅寻常男人的肖像,而是一个与众不同精力充沛的人,他固执己见,轻慢无礼,自内而外地散发出活力——他尽管意识到也许不存在荣誉,但曾经拥有过荣誉,知道勇气的吊诡,却依然英勇果敢。

一个社会名流和他的天才儿子

　　安东尼对社会地位和安全保障的意识，既来自于他是亚当·J·帕奇的孙子这一身份，也来自于他的家世，他的祖先可以追溯至漂洋过海的十字军战士。这也难怪，不像弗吉尼亚和波士顿的贵族阶层，他们靠的纯粹是金钱，也就只能特别看重财富了。

　　先来看看亚当·J·帕奇，大家更习惯称他为"十字帕奇"，他早在1861年就离开父亲在塔里顿的农场，进入纽约的一支骑兵团。他从战场上回来时已是少校了，旋即进军华尔街，随后在一片忙乱、愤怒、欢呼还有恶意之中，他为自己积累下了七千五百万美元。

　　在五十七岁之前，他的精力都耗费在这事儿上。那一年他生了一场病，是严重的硬化症，病愈之后他决定把余生奉献给这个世界的道德重建上。他成了首屈一指的改革家。他仿效安东尼·康斯托克的大手笔（孙子的名字就来自此人），发起了一系列打击烈酒、文学、恶行、艺术、专卖药品和星期日剧院等的活动。在那种只有少数人能幸免的阴险霉菌的作用下，他怒不可遏地投入到这个时代每一种充满义愤情绪的运动当中。他从塔里顿老宅办公室的扶手椅上，指挥了一场长达十五年的战役，打击了不计其数的假想敌以及各种邪恶势力，在这个过程中，他把自己变成了一个暴怒的偏执狂，让人不堪忍受，厌烦透顶，避之唯恐不及。这部小说开始的那年，他也有些厌倦了，这些战役被他指挥得杂乱无章。时间从1861年缓慢地爬行到了1895年，他的所思所想大都脱不开内战，有时也会想起死去的妻子和儿子，可想起孙子安东尼的时候却很少，几乎可以忽略不计。

　　亚当·帕奇早年迎娶了艾丽西亚·威瑟斯，这个患贫血症的三十岁女人给他带来了十万美元的嫁妆，还有一张无可挑剔的入场券，让他跻身纽约银行界。她几乎是雷厉风行地为他生下了一个儿子，这一段华彩乐章好像耗尽了她的全部元气,此后她便在幽冥昏暗的育婴室里销声匿迹了。生下的孩子就是亚当·尤利西斯·帕奇,后来成了多家俱乐部的会员、举止优雅的鉴赏家、双轮马车的驾驶者——二十六岁时,他不可思议地着手写回忆录,题目就是《亲历纽约社交界》。有关该书的传闻不胫而走,出版商趋之若鹜,但他死后的事实证明,这本书极为冗长繁琐,乏味不堪,后来甚至在私人范围内也从未付印。

这位第五大道的切斯特菲尔德[①]在二十二岁上成婚,妻子是波士顿"社交界的女低音"亨丽埃塔·勒布伦。在祖父的坚持下,这场婚姻留下的唯一孩子,取名为安东尼·康斯托克·帕奇。他进入哈佛时,名字中间的"康斯托克"已悄然消失,被扔进了遗忘的深渊,此后再也没有听见有人用过。

年幼的安东尼有一张父亲和母亲的合影——孩提时代这张照片常常出现在他的眼前,就像室内的家具一样,不过每个走进他的卧室的人,都会饶有兴致地凝视一番。照片上这位九十年代的花花公子优雅英俊,站在一位身材高挑肤色黝黑的女人身边,她头戴饰有羽毛的帽子,衣裙的褶裥隆起,可能里面用了撑架。他们俩中间的那个小男孩留着一头卷曲的棕色长发,身穿一套丝绒质地的方特罗伊爵士[②]套装。这是五岁时候的安东尼,他的妈妈也正是在这一年过世的。

他对波士顿社交界女低音的记忆已模糊不清了,想起她时总是与音乐联系在一起的。她总是唱啊、唱啊、唱啊,在坐落于华盛顿广场的私宅的音乐室里——有时身边围坐着宾客,男人们为保持平衡斜靠着沙发,双臂交叉放在胸前,屏息静听,女人们双手放在膝上,偶尔和身边

[①] 切斯特菲尔德(Chesterfield, 1694—1773),英国外交家、作家,曾任驻荷兰大使、国务大臣等,以所著《致儿家书》等闻名,被称为切斯特菲尔德伯爵四世。
[②] 方特罗伊爵士(Lord Fauntleroy),是英国作家弗朗西丝·霍奇森·伯内特(Frances Hodgson Burnett)的小说《小勋爵》(*Little Lord Fauntleroy*)中的少年主人公,他彬彬有礼,衣着华丽。

的男人窃窃私语，在她唱完每首歌时总不忘送上清脆的掌声和由衷的赞叹声——她还时常为安东尼一人唱，用意大利语或者法语，或者用一种奇怪可怕的方言，在她的想象中，这是南方黑人的语言。

他对尤利西斯的回忆要生动多了，他高大伟岸，是美国第一个把外套的翻领卷起来穿的人。在亨丽埃塔·勒布伦"加入另一个合唱团"之后，就像她的鳏夫时常会哽咽着提起她时说的那样，父子俩就搬到塔里顿的祖父家里去住了。尤利西斯每天都会到安东尼的房间来，他气味浓重，说起话来令人欢快，有时能说上一个小时。他不停地承诺要带安东尼去打猎、钓鱼，还要带他去亚特兰大市游玩，"哦，很快就要去了"，但是没有一次真的去成了。他们的确有过一次旅行，那是在安东尼十一岁时，他们去了英国、瑞士。在卢塞恩最好的旅馆里，父亲大汗淋漓，嘟嘟哝哝地大声喘息着，过了好一会儿，便一命呜呼了。安东尼在绝望和惊恐之中被带回了美国，自那以后，他仿佛与一种莫名的忧伤定下了盟约，与之形影不离，直至永远。

主人公的过去和人品

就在十一岁那年，他对死亡产生了恐惧。在少年时期可塑性很强的六年间，他的父母相继离他而去，祖母的生命也几乎是在他难以察觉之中枯萎凋谢了，直到有一天，这也是她结婚后的第一次，人们才无可争议地更关注她这个人，而不是她的起居室。因此对于安东尼来说，生命就是与死亡的抗争，而死亡就潜伏在每一个角落里。为了满足他的那种忧郁性想象，他形成了在床上阅读的习惯——阅读给予他心灵的抚慰。他总是读到筋疲力尽为止，时常人已沉入梦乡，灯还依然开着。

一直到他十四岁，他最喜欢的消遣是集邮，他收集了很多邮票，多到几乎是一个男孩所能穷尽的地步——他的祖父天真地以为，集邮能教给他地理知识。就这样，安东尼跟半打以上的"邮票和硬币"公司保持着通信联系，几乎所有的邮件都会给他带来新集邮册，或者装有闪光发亮的确认单——他无休无止地把收藏的邮票从一本邮册转移到另一本邮册里，这对他有着一种神秘的吸引力。邮票是他最大的快乐，任何一个打断他玩赏邮票的人，都会让他不耐烦地皱起眉头。邮票花去了他每个月的零花钱，晚上他躺在床上，会不厌其烦地想着它们繁复的图案和斑斓的色彩。

十六岁时，他几乎完全生活在自己的内心世界。他口齿不清，根本不像一个美国人，拘谨文雅，在同龄孩子面前总是感到手足无措。在这之前的两年，他是在欧洲度过的，跟着一个家庭教师。老师劝导他说，进哈佛是件正经事，"一扇又一扇的大门"将会为他打开，这对他会大有裨益，而且他还会得到数不清的朋友，他们不仅有自我牺牲精神，而且还忠诚可靠。于是他进了哈佛——对于他没有比这更理所当然的事了。

有一段时间，他全然忘记了社交生活的存在，离群索居，独自一人住在贝克·霍尔饭店的一间上等客房里。他体型单薄，肤色黝黑，身高适中，嘴角流露出羞涩敏感的表情。他的零用钱绰绰有余。他从一个流动书商那里买来了斯温伯恩①、梅瑞迪斯②和哈代作品的第一版，还有一封已经泛黄、难以辨认的济慈亲笔信，这让他的书房初具了规模，不过事后他才发现被人狠狠地敲诈了一笔。他后来成了一个对服饰过于讲究的花花公子，收集了大量真丝睡袍、锦缎晨衣和太过奢华而无法佩戴的领带，数量大到令人生厌的程度。他会把自己包裹在这堆秘密的华服里，在房间里的一面镜子前，神气活现地走来走去，或者身着绸缎衣服四肢舒展地躺在窗前的椅子上，俯瞰着庭院，隐隐约约地感受到这种扣人心弦而又近在咫尺的喧嚣，仿佛他永远也不会身陷其中。

---

① 阿尔加侬·查尔斯·斯温伯恩（Algernon Charles Swinburne，1837—1909年），英国诗人、剧作家和文字评论家。
② 乔治·梅瑞迪斯（George Meredith，1828—1909），英国作家。

令他大为不解的是，在读大学四年级的时候，他发现自己在班级里居然拥有了某种地位。大家景仰他，把他看成是一个相当浪漫的人物、一名学者、一位隐士、一个学识渊博的高人。这让他觉得挺逗乐的，不过私下里他还是很得意——他开始出门交际了，起初是偶一为之，后来就乐此不疲。他学会了做布丁，也开始喝酒了——安安静静地喝，那样子正派得体，符合传统。大家都说如果他不是这么小就来读大学，他很可能"会特别优异"。到1909年毕业时，他才二十岁。

然后，他又赴海外旅行了，这一次是到罗马，在那儿他交替着在建筑和油画之间流连忘返，拉起了小提琴，还写了一些糟糕透顶的意大利体十四行诗，据说是关于一个十三世纪修道士对冥想生活带来的喜乐的沉思。他的那些哈佛密友都知道了他在罗马，有些在海外的同学还专程来拜访他，在许多个月夜漫步中，和他一起发现了这个城市中比文艺复兴，甚或是比罗马共和国更古老的东西。比如，来自费城的莫瑞·诺波尔逗留了两个月，他们一起领略了拉丁女人独特的魅力，还共同体验到了在一个相当古老而又自由的文明中，年轻而又自由给他们带来的欢快感觉。他祖父的好些老熟人也前来看望他，只要他愿意，他很可以成为外交场合里受人欢迎的人物——的确，他发现自己越来越倾心于欢宴交际了，不过青少年时期长期养成的孤僻性格，还有由此而导致的羞涩腼腆，仍然支配着他的言谈举止。

他因祖父的一次突发疾病，于1912年回到了美国。在跟这个永远处于康复期的老人进行了一次极度乏味的谈话之后，他决定在祖父过世之前，打消常住国外的想法。在经过好一番搜寻之后，他租下了第五十二街上的一套公寓，至少从表面上看来他是安顿下来了。

1913年安东尼·帕奇对周围世界的适应已臻于完美。从体质上来说，他比读大学时结实了不少，尽管身材依然单薄，但双肩宽厚了，黝黑的脸庞上早已没有了刚读大学时的那种恐慌焦虑的神情。他悄悄地变得井然有序了，整个人打扮得干净利落——朋友们宣称从未看见过他的头发零乱不整。他的鼻子过于尖挺，嘴唇则像一面不幸的镜子，照见情绪的变化，闷闷不乐时嘴角会难以察觉地向下撇去，不过那双蓝色的眼睛总是魅力十足，不论是因才思灵动而凝神专注时，还是微闭着流露出忧郁神情时。

他虽缺乏完美的雅利安人所具备的匀称端正的五官，但他所到之处还是有人认为他长得潇洒倜傥——况且，无论是从外表上看还是事实上，他都非常干净，那是一种得之于美的特别的洁净。

无可挑剔的公寓

在安东尼看来，第五和第六大道像是一副巨大梯子两侧的直柱，从华盛顿广场一直伸延到中央公园。坐在公共汽车上驶往第五十二街时，每次他都会有一种感觉，好像用手把自己吊在一串摇摇晃晃的阶梯上。当公共汽车在他自己的那一级阶梯上戛然停止，他匆忙踏下金属台阶走上人行道时，才多少感觉到舒了一口气。

下车后，他只需沿五十二街再往上走半个街区，路过几幢风格单调过时、用褐色石头砌成的屋子，一眨眼的功夫就到了自家宽敞前厅高高的天花板下了。这里可真是让他完全心满意足。不管怎么说，生活是从这里开始的。在这里，他睡觉，用早餐，阅读，还有娱乐。

屋子本身用的是深色材料，建于十九世纪后期，后来为了满足稳定上升的对小公寓的需求，每一层都彻底重新改造了，单套出租。在四套公寓中，安东尼的那套位于二楼，是最受人欢迎的一套。

前厅的天花板很高，精美典雅，三扇大窗俯瞰第五十二街，舒适怡人。从厅内的陈设来看，这厅的风格决不属于某个具体时期，那些常见的僵硬、繁琐、寒酸和颓废的风格都与它无缘。这个厅宽敞高大，色调偏蓝，里面既闻不到烟味，也没有什么香味。这里有一套松软无比的棕色皮质大沙发，仿佛被蒙眬睡意烟雾般地笼罩着。厅内还有一个高大的中国漆器屏风，上面用黑色和金色大致勾勒出渔夫和猎人的图案。屏风圈出了僻静的一角，里面摆放着一把硕大的座椅，橘黄色的落地台灯如士兵般守卫在一侧。壁炉深处的防护罩有四分之一的部分已被烧得黑糊糊了。

穿过餐厅——由于安东尼只在家里用早餐，餐厅只不过是一个富丽堂皇的摆设而已——再经过一个不算太短的长廊，就来到了这套公寓的核心部位：安东尼的卧室和浴室。

这两个房间都非常宽敞。在卧室的天花板下，就连张着华盖的大床看上去也不过普普通通。地板上铺着一条深红色丝绒地毯，颇有异国情调，赤脚踩在上面感觉就像羊毛般柔软。跟卧室的这种含而不露的风格相比，浴室显得欢快、明亮，特别适宜家居使用，甚至有些略显不正经。浴室的墙上悬挂的相框里，是四大当红女演员的照片：茱莉亚·桑德森扮演的"阳光女孩"，伊娜·克莱尔的"贵格派女孩"，比利·伯克的"醉心油画的女孩"和黑泽尔·道恩的"粉红女郎"。在比利·布克和黑泽尔·道恩之间挂着一张印刷画，画面上的太阳显得冷漠威严，在它的下面是一望无垠的雪地——照安东尼的说法，它象征着冷水淋浴。

浴缸低矮宽大，上面安装了一个精致的书托。旁边是一个壁橱，里面的衣服挂得满满当当的，足够三个男人穿的，还有一大堆各色各样的领带。浴室的地面上没有那种窄小的、还被美称为地毯的毛巾——而是一块真正的华丽地毯，跟卧室里的那块一样，柔软得不可思议，就好像要给刚从浴缸里出来的湿漉漉的脚按摩一般……

总之，这间浴室像是一个变戏法的房间——显而易见，安东尼在那里洗漱穿戴，在那里把头发整理得完美无缺，实际上，是在那里做除了睡觉和吃饭之外的所有事情。这间浴室让他得意洋洋。他觉得如果自己有了一个心爱的人，他会把她的相片挂在浴缸正对面的墙上，这样当热腾腾的氤氲蒸汽弥漫整个屋子时，他可以放松地躺在浴缸里，抬眼凝望着她，温暖而又满怀欲望地品味着她的美。

他也没有信口开河

这套公寓由一位英国男仆来保持清洁,他有个独一无二的、几乎是戏剧性的恰当名字:邦兹①。他的家政技能无可挑剔,只因身着软衣领服装这一事实而略打折扣。假如他完全是安东尼的邦兹,这个不足倒也可以立刻得到弥补,但他还是附近两位男士的邦兹。从上午八点钟到十一点钟,他全归安东尼。他来的时候带来当天的邮件和现成的早餐。九点半时,他去扯扯盖在安东尼身上的毛毯的一角,还生硬地嘟囔几句——安东尼从来记不清他说了什么,颇为怀疑是几句损他的话。然后,他就在前厅的一张小桌上摆放好早餐,再去整理床,有些怨气地询问还有没有别的事儿要他做,之后他就离开了。

上午的时候,至少每周一次,安东尼会去见他的经纪人。他的收入接近每年七千美元,这是从母亲那里继承的财产的息钱。他的祖父从不曾允许自己的儿子有足够的零花钱,他判断这笔钱足够年轻的安东尼的生活开销。每年圣诞节他会寄给他一张五百美元的债券,如果可能,安东尼通常会卖出债券,因为手头总是有点紧,当然也不算太紧。

在与经纪人的会面中,从半社交性的闲聊,到对收益率为百分之八的投资安全性的讨论,他们的谈话总是让安东尼感到很愉快。这座大型信托投资公司大厦,似乎把他跟巨大的财富紧密地联系在一起了,他看重这种休戚与共的感觉,这座大厦也让他确信他获得财富等级体系的充分保护。从这些行色匆匆的人身上,他得到了一种安全感,这与想到祖父的钱财时是一样的——甚至还更多一些,因为后者有点像是这个世界为亚当·帕奇的道德正直提供的活期贷款,而这份在中心城区的钱,则好像全然由意志那坚不可摧的力量和不可一世的精湛技艺,牢牢地抓住

---

① 男仆的英文名字是 Bounds,含有"边界"的意思。

并控制着，除此之外，它看上去就是实实在在的钱，更确切，也更明显。

当安东尼仔细量入为出时，他感到钱是够用的。当然，在未来的某个梦幻般的金色日子里，他会拥有数百万美元。与此同时，他还有理由撰写关于文艺复兴时期教皇的理论性文章。这让他想起刚从罗马回来时跟祖父之间的谈话。

他本来暗自希望回来时祖父已驾鹤西归，但是在邮轮码头上，他从电话里获悉亚当·帕奇的病体又好多了——第二天他掩饰住失望之情直奔塔里顿。计程车从火车站开出五英里之后，驶入一条保养精当的私人车道，蜿蜒穿行在一个名副其实的高墙和铁丝栏栅的迷宫里，这些都是用来保卫里面的庄园的——据说，众所周知，这是因为一旦社会主义者想出办法，他们要刺杀的第一人必定就是"老十字帕奇"。

安东尼迟到了，德高望重的慈善家在一间玻璃墙的阳光会客厅里等着他，此时正在第二次浏览当天的早报。他的秘书爱德华·夏特沃斯——在被他拯救重获新生之前曾是个赌棍、酒店看门人和恶棍——把安东尼领进了客厅，向他展示自己的救星和施主，就好像在展示价值昂贵的珍宝一般。

他们不苟言笑地握了握手。"听说您身体好转，我真是喜出望外。"安东尼说。

老帕奇摸出手表来看了看，那神情就像是上周刚见过他的孙子似的。

"火车晚点了？"他不温不火地问。

等待安东尼令他有些恼火。他有一种错觉，不仅认为在他年轻时处理所有实际事务都绝对一丝不苟，每一次赴约都准点守时，而且还觉得这是他取得成功的最直接、最根本的原因。

"这个月晚点好多次了，"他言语中带着一丝责怪的意思——然后，长长地舒了一口气，说道，"坐下。"

安东尼打量着祖父，带着一种不言而喻的惊诧，每次看见他时都会这样。这个既弱不禁风，又远非聪明的老人，竟然拥有如此大的力量：与黄色报刊能俘获众人的情况相反，在美利坚合众国，连他都无力直接或间接挽救的灵魂寥寥无几，几乎住不满小小的白原市，这简直是令人难以置信的，就像无法相信他曾经也是一个粉嫩白胖的小宝宝一样。

他七十五年的人生好似在扮演一个会变魔术的风箱——第一个二十五年风箱为他注入了满满当当的生命活力，最后的二十五年却又把活力吸了回去。风箱已经吸干了他的面颊、胸部、手臂和大腿。它还残酷无情地索要牙齿，一颗接着一颗，让他的一双小眼睛无神地游离在青灰色的眼眶里，它拽掉他的头发，把他身上有些部位从灰色变成白色，又把另一些部位从粉色转成黄色——风箱麻木不仁地更换着他的颜色，就像孩子摆弄颜料盒一般。然后，风箱通过身体和灵魂开始进攻大脑，让他夜间盗汗、流泪、莫名地忧虑。它把他原本完全正常的精神状态一劈为二，一半是偏听偏信，一半是疑神疑鬼。它还把激情这种粗糙的材料切分成很多时而温顺时而又任性的冲动，把他的精力减退到像个任性孩子的坏脾气一样，他的权力意志被愚蠢幼稚的欲望取代，他竟然想要地球上出现一方回荡着竖琴和圣歌的乐土。

在一番小心翼翼的寒暄客套之后，安东尼感到祖父等着听他的计划——与此同时，老人的眼中闪过一丝微光，好像是向他发出警告：眼下不可提及他想移居海外的愿望。他暗地里希望夏特沃斯能够敏感一些，自觉地离开房间，他讨厌夏特沃斯，可是这位秘书却泰然自若地坐在摇椅里，那双暗淡无神的眼睛在两个帕奇之间瞟来瞟去。

"你现在回来了，就应该做点什么，"祖父温和地说，"做成点什么。"

安东尼等着他说"等你死的时候，你能留下点东西"。于是，他提出一个建议：

"我想过——在我看来，也许我最适合写——"

亚当·帕奇不由得皱了皱眉头，脑海里出现了一个画面：家族里出了一个诗人，留着长发，还有三个情人。

"——历史。"安东尼把话说完。

"历史？什么历史？内战？大革命？"

"哦，不，先生。中世纪历史。"几乎就在同时，他脑子里闪过一个念头，他要从一个新角度来写文艺复兴时期教皇的历史。不过，他还是感到庆幸，因为他说的是"中世纪"。

"中世纪？为什么不是你自己的国家？写些你知道的东西？"

"嗯，你知道我在海外住了这么久——"

"你为什么要写中世纪，我不明白。黑暗的时代，我们过去常这么称呼。没有人知道发生了什么，也没有人在乎，除了中世纪现在已经结束这一点。"他有好几分钟不停地说着这样的东西毫无用处之类的话，并很自然地讲到了西班牙的宗教裁判所和"修道院的腐败"。他接着说："你觉得你今后能在纽约干点什么工作吗——或者你是不是真的打算工作呢？"最后这句话带着一丝轻微的、几乎是难以察觉的讥讽。

"怎么，是啊，我真的打算，先生。"

"你什么时候做完？"

"嗯，要有一个提纲，你知道——还有大量的前期阅读。"

"我还以为这部分你已经做得差不多了呢。"

安东尼站起身来，看了看手表，说下午跟经纪人还有一个约会，这场磕磕碰碰的谈话这才戛然而止了。他本来打算跟祖父在一起多待几天，但无端受挫让他感到疲惫和恼怒，他很不愿意继续领受那种细微诡诈而又装模作样的恫吓。他说，过些天会再来看望他的。

不过，也正是由于这次会面，写书的念头永久性地进入了他的生活。自那以后的一年里，他几次列出有关这一领域的权威性著作的书目，甚至还试着写出每一章节的标题，而且还划分了不同的时期，不过眼下这书一行都还没有写出来，似乎也不太可能会写出来了。他实际上什么也没做——与最为世人所公认的逻辑相反，他还成功地用比平常更多的事儿来分散自己的精力。

午后

这是1913年十月,在相当愉快的一周中间,阳光悠闲地洒落在十字街头,四周的氛围慵懒迷离,仿佛幽灵般飘落的黄叶给它增添了一丝分量。懒洋洋地坐在敞开的窗户前,读上一章《埃瑞璜》,很是惬意。五点钟时起身打着哈欠,把书往桌上一扔,哼着小曲悠然从长廊走向浴室,这是多么惬意。

"凝望着……你……美丽的女郎,"

他一边转动水龙头,一边唱着:

"我抬起……我的……双眼;

是……你……美丽的女郎

我的……心……轻声呼唤——"

他抬高声音,以盖过水流注入浴缸的哗哗声,望着墙上黑泽尔·道恩的相片,想象着在肩上放着一把小提琴,用一张幻想中的琴弓轻柔地在琴弦上拉过。他闭着双唇,发出哼哼的鼻音,把它想象成小提琴的声音。这样演奏了好一会儿,他的双手才停了下,慢慢地移到衬衫上,开始解开纽扣。他脱去衣服,摆出一个健美姿势,就像广告里的虎皮人那样。他对镜子里的自己颇为满意,停止摆姿势之后,试着把一只脚伸进浴缸。他重新调试了一下龙头,情不自禁地哼哼了几声,心满意足地滑进了浴缸。

他适应水温之后,很快就放松下来,进入了一种昏昏欲睡的状态。洗完澡之后,他将悠闲自在地穿戴整齐,然后,沿着第五大道去利兹饭店,他在那儿与两个最常见面的同伴迪克·卡拉梅尔和莫瑞·诺贝尔有一个约会。从饭店出来,他和莫瑞还要去看戏——卡拉梅尔很可能就跑回家去写书了,这本书应该快要写完了。

安东尼很高兴他用不着去写他的书。坐在书桌前,像变戏法一样不仅想出能够表达思想的言辞，而且还要变出值得表达的思想，这整个的想法真是荒诞不经，他对此毫无欲望。

从浴缸出来之后，他擦去身上的水珠，像擦鞋匠那样擦得一丝不苟。然后，悠闲地走进卧室，一边吹着稀奇古怪的调子，一边还转悠着系系纽扣、整整衣衫，享受着脚下厚实的地毯带来的温暖。

他点燃一支烟，随手把火柴从敞开的窗户上方扔出去，可突然怔在那儿不动了，只见他双唇微张，香烟离嘴唇还有两英寸。他的目光被小巷深处屋顶上一团绚丽的色彩吸引住了。

那是一个女孩，穿着红色晨衣，质地笃定是丝绸的，正在夕阳下依然温暖的余晖里晾干秀发。在屋内有些静谧的空气里，他的口哨声消失了，他小心翼翼地向窗前迈进一步，顷刻间觉得她美极了。石头栏杆上放着软垫，色彩跟她的晨衣一样，她双臂撑在垫子上，俯瞰着撒满斜晖的庭院。安东尼依稀能听到孩子们在那儿嬉戏的声音。

他目不转睛地看着她，长达几分钟之久。他的内心有某种情愫被挑动了，是一种说不清道不明的东西，不是因为暖融融的午后气息，也不是因为那令人欢快的亮丽红色。他执拗地认为那女孩很美——然后，突然之间，他明白了：原因是他与她之间的距离，虽说这不是灵魂之间那种值得珍视的宝贵距离，但依然是距离，哪怕只是尘世庭院中的距离。横亘在他们之间的，有秋日的空气，还有连绵的屋顶和模糊难辨的声音。然而，过了片刻，这几乎是无法完全解释清楚的片刻，他的情感不合常情地以这样一种姿态出现了：他对那女孩的情感几乎到了热烈爱慕的程度，胜过他在最深情的亲吻之中所体验到的情感。

他穿戴完毕之后，找出一根黑色蝶形领结，在浴室三面镜前仔细地戴上整理好。然后，在一阵冲动之下，他快步走进卧室，再次向窗外看去。那女人现在站了起来，她已把头发撩在身后，他看见了她的全身。她体态臃肿，年龄在三十五岁以上，平淡无奇。他的嘴里发出了一声清脆的"啧"的声音，再次回到浴室，给头发分线。

"凝望着……你……美丽的女郎,"

他轻声地唱着,

"我抬起……我的……双眼——"

然后,他心情舒畅地最后梳理了一下,把头发梳理得纹丝不乱光可鉴人。他离开浴室和公寓,沿着第五大道走向利兹·卡尔顿饭店。

三个男人

晚上七点钟,在酒店凉爽的屋顶餐厅里,安东尼和他的朋友莫瑞·诺贝尔坐在一张靠近角落的餐桌旁。没有什么比莫瑞·诺贝尔更像一只细长而又气度不凡的大猫。他的眼睛细细的,不停地慢慢眨着。他的头发光亮平整,像被一只母猫舔过一样——假如可以这样来形容的话,那一定是一只赫拉克勒斯式的力大无比的母猫。安东尼在哈佛求学期间,莫瑞一直被认为是班级里最特立独行、最才华横溢、最具有创造力的人——他聪明、安静,而且他的灵魂已经获得拯救。

这就是安东尼看成是自己最好朋友的人,是在他所有认识的人当中唯一令他既羡慕又嫉妒的人,尽管后面这一点,即便是向自己,他也不太愿意承认。

现在,他们为相见而感到高兴——两人的眼睛里都充满着关切,短暂的别离之后,再次见面,两人都感到格外亲切。此刻有彼此相伴,他们感到放松,获得了一种新的平静。莫瑞·诺贝尔的那张猫脸精致却又有些怪诞不经,他只顾得呼噜呼噜地说话,而安东尼本来神经紧张,心神恍惚,焦躁不安,现在心绪宁静下来了。

他们的谈话轻松随意,用词简短,只有三十岁以下的或者在巨大的压力下的人,才喜欢这样的谈话方式。

安东尼:已经七点钟了。卡拉梅尔上哪儿去了?(有些不耐烦地)我希望他写完了那部没完没了的小说。我已经饿了好一阵子了——

莫瑞：他给小说取了一个新名字。《魔鬼情人》——不坏吧，嗯？

安东尼：（有兴趣地）《魔鬼情人》？啊，《哀婉怨妇》——不，一点儿也不坏！根本就不坏啊，你说呢？

莫瑞：相当不错。你刚才是说几点钟？

安东尼：七点钟了。

莫瑞：（他微微眯起双眼，不是因为不愉快，而是想表达一丝若有若无的不满。）前些天他简直要让我发疯了。

安东尼：怎么回事？

莫瑞：不就是他那记笔记的习惯。

安东尼：我也挺烦他的。好像前一天晚上我说了什么，他觉得是有用的素材，可他又记不清我的话——于是就盯上我了。他对我说，"你就不能集中精神想想吗？"我说，"你让我烦透了。我怎么会记得？"（莫瑞不动声色地笑了，眉目温和地舒展开来，以示赞同。）

莫瑞：迪克不一定比别人亲身经历得更多。只不过他能把绝大部分耳闻目睹过的事件都记录下来。

安东尼：那可是相当令人佩服的才能——

莫瑞：对，就是这样，令人佩服！

安东尼：还有精力充沛——雄心勃勃，精力总是放在正事儿上。他这人总能给人带来快乐——特别能够调动人的情绪，让人兴奋。跟他在一起，总会被刺激得有些喘不过气来。

莫瑞：对，一点没错。

安东尼：（沉默片刻之后：他那瘦削的、有些捉摸不定的脸上，露出了只有在最确信无疑时才会有的表情）不过，他的精力也并不是用不完的。总有一天，一点一点的，他的精力将逐渐耗去，他那种令人佩服的才能也将随之而去，留下的就只是一个风烛残年的老人，烦躁不安，自私自利，喋喋不休。

莫瑞：（大笑）我们两人坐在这儿敢发誓，小迪克这家伙看问题还没有我们深刻呢。我敢打赌从他那一方面来说,他还有优越感呢——他的创造性思维胜过别人仅仅拥有的批判性思维,诸如此类的。

安东尼:对,确实如此。但他错了。数不清的愚蠢热情总是会让他上当。如果他不是沉迷于现实主义作品,而且还不得不套上愤世嫉俗者的外衣,他就会像个大学宗教领袖一样轻信他人。他是一个理想主义者。哦,对了。他可不这样看自己,因为他拒绝信仰基督教。还记得他在读大学的时候吧?轻易地全盘接受每一个作家,一个接着一个,他们的思想、写作技巧、人物,切斯特顿①、萧伯纳、威尔斯②,生吞活剥地轻松对待每个作家。

莫瑞:(还在想着他自己刚才提到的一点)我记得。

安东尼:情况就是这样,天生就是一个爱盲目崇拜的人。就以艺术为例——

莫瑞:我们点菜吧。他马上就到了——

安东尼:行,我们点吧。我告诉过他——

莫瑞:他来了。快看——他要撞在那个服务生身上了。(他伸出手指来打招呼——那架势就好像伸出来的是一个柔软、友善的爪子。)你来啦,卡拉梅尔。

一个新的声音:(热烈地)你好,莫瑞。你好,安东尼·康斯托克·帕奇。老亚当的孙子怎么样了?社交界的新人都在追逐你吧,嗯哼?

　　理查德·卡拉梅尔身材矮小,白肤金发——他三十五岁时准得秃顶。他的眼睛黄幽幽的——一只明亮得惊人,另一只却混浊得像个泥潭——外凸的眉毛就像滑稽连环漫画上的娃娃似的。他身上还有其他地方凸起——他的腹部凸起,仿佛带有预言性,他说的那些话就像是从他的嘴里凸出来的,甚至他身上穿的无尾礼服的口袋也

---

① G.K. 切斯特顿(Gilbert Keith Chesterton, 1874—1936),英国作家、文学评论家。
② 赫伯特·乔治·威尔斯(Herbert George Wells, 1866—1946),英国小说家。

是凸起的，仿佛受到污染，这是因为里面放着折叠起来的时间表、节目单，还有其他各式零碎小纸片——他在这些小纸片上做笔记，记的时候他会眯起那双不对称的黄眼睛，那只没有用上的左手也会静静地动来动去。

　　走到桌边时，他跟安东尼和莫瑞握了握手。他是那种有握手习惯的人，就算是一小时前刚见过的人他也要握手。

安东尼：你好，卡拉梅尔。很高兴你来了，我们可需要开心地放松一下。

莫瑞：你来晚了。是在街区追赶邮差吧？我们刚才一直在琢磨你的性格来着。

迪克：（用那只明亮的眼睛急切地盯着安东尼）你说了些什么呢？告诉我，我记下来。今天下午把第一部分删掉了三千字。

莫瑞：高贵的唯美主义者。我往胃里灌了烈酒。

迪克：这个我不怀疑。我敢打赌你们俩坐在这儿聊烈酒，至少聊了一个小时了。

安东尼：我们从来没有喝醉过，你这个无毛小子。

莫瑞：我们从来不带喝醉了时遇见的女人回家。

安东尼：不管怎么说，我们参加的聚会都有点高高在上的特点。

迪克：你们就是那种特别愚蠢的家伙，口口声声吹嘘自己"海量"！问题就是你们都活在十八世纪里，那群古老英国乡绅的德性。悄悄地不停地喝，直到滚到桌子底下去了。就没有玩得开心尽兴的时候。哦，不行，这可没劲透了。

安东尼：这是第六章里的内容，我敢打赌。

迪克：还要去剧院？

莫瑞：对。我们打算用晚上的时间去深度思考人生问题。简而言之，就是思考《女人》，我猜想她可是"物有所值"的。

安东尼：我的上帝！今晚上演的是这出戏？我们还是再去看一遍《愚蠢

之举》吧!

莫瑞:这出戏我看厌了,已经看了三遍了。(转向迪克)第一次,刚看完第一幕我们就出来了,找了一家最稀奇的酒吧。再回去的时候,居然走错了,进了另一家剧院。

安东尼:还跟一对小夫妻争吵了好一番,以为他们坐在了我们的位置上,把他俩都吓坏了。

迪克:(仿佛是在自言自语)我想——我写完另外一部小说,一出剧本,也许还有一本短篇小说集之后,我要写一部音乐喜剧。

莫瑞:我知道——就是那种启人理智的抒情诗,没有人会听的。所有的批评家都会对这出"亲爱的旧围裙"喋喋不休啧啧抱怨。我还是在这个毫无意义的世界里,继续做一个熠熠生辉的无聊透顶的人吧。

迪克:(自命不凡地)艺术不是毫无意义的。

莫瑞:艺术本身就是无意义的。艺术试图使生活不那么无聊,就是在这一点上是有意义的。

安东尼:换一个说法,迪克,你是在一个巨大的看台前演出,看台上聚满了幽灵。

莫瑞:不管怎么说还是好好演吧。

安东尼:(对莫瑞)我的意见正相反,我倒是觉得反正这是一个毫无意义的世界,为什么还要写呢?要赋予这个世界目的,这种努力本身就是漫无目的的。

迪克:好了,就算承认你说的都有道理,做一个正派的实用主义者吧,别剥夺一个可怜的人活下去的本能。难道你要所有的人都接受那套强词夺理的陈词滥调吗?

安东尼:对,我想是这样。

莫瑞:不行,先生。我相信在美国除了被选中的一千人之外,每一个人都应当被强制要求接受一套严格的道德观,比如罗马天主教。我不是在抱怨传统的道德观,我抱怨的是那帮平庸的离经叛道者,他们抓住一些矫揉造作谬误百出的所谓新发现，摆出一副追求道德自由的姿态，而就他们的心智来说，根本就不配。

（这时汤送上来了，莫瑞本来会继续说下去的那番话，也就永远消失了。）

夜晚

之后，他们去找了一个票贩子，以不菲的价格买了票子，去看一出新上演的名为《纵情狂欢》的音乐喜剧。他们在剧院的休息室里稍事等候时，目睹了前来观看首演的人群争相涌入的盛况。这里有形形色色、五彩缤纷的丝绸和皮毛晚礼服斗篷；有从皓腕、粉颈和耳垂上坠下的乳白和玫瑰色珠宝；有不计其数的绸缎礼帽，其间闪烁着的亮点连缀成的一片；有金黄色、古铜色、艳红色和亮黑色的鞋子；有女人们高耸紧盘的各色发髻，还有男人们油光水滑的各种发式——最重要的是，今晚当这个由人群组成的欢乐海洋，将它闪闪发光的洪流涌入欢歌笑语的人工湖时，这里出现了潮涨潮落、喋喋欢语、咯咯轻笑、水珠四溅、浪花舒卷的效果……

看完戏之后，他们分手了——莫瑞去雪莉餐厅跳舞，安东尼回家去睡觉。

他慢悠悠地穿过时代广场摩肩接踵的人群，朝回家的方向走去，轻便四轮马车赛以及赛道周围成千上万的人，为夜色增添了一份格外迷人、欢快而又让人甚感亲密无间的狂欢气氛。一张张脸在他的眼前旋转着，如同一个由姑娘们组成的万花筒，很丑，丑得跟罪恶一样——不是太胖就是太瘦，但都飘浮在这秋天的空气里，就像飘浮在他们自己吐向夜空的温暖而又热情的气息里。尽管他们都粗俗不堪，但在他看来，他们又都隐约有些神秘莫测。他静静地吸了一口气，把香水味和并不太令人反感的各种烟味吸进肺里。他瞥见一个肤色黝黑的年轻美女，独自坐在一辆关着门的计程车里。在半明半暗中,她的双眼让人想起夜晚和紫罗兰,有那么片刻,他心里一阵悸动,不禁再次想起遥远的午后那渐至淡忘的一幕。

两个年轻的犹太人从他身旁走过,高声说着话,伸长脖子东张西望,目光愚蠢而又傲慢。他们穿着时下半流行的西服,紧身得有些夸张,翻起的衣领在喉结处有一个开槽口,两人穿着灰色鞋罩,双手戴着灰色手套,握在拐杖的柄上。

这时路过一个神色困惑的老妇人,她像一个盛满鸡蛋的篮子一样被夹在了两个男人之间。他们把时代广场奇妙的景观大声讲给她听,可他们说得那么快,老妇人为了尽力表现出不偏不倚的兴趣,只得把头左右摇晃个不停,就像一片被风吹得东倒西歪的老橘子皮。安东尼听到他们的一小段对话:

"那是阿斯特大厦,妈妈!"

"快看!看轻便四轮马车赛招牌——"

"那是我们今天刚去过的地方。不,是那儿!"

"天啊!……"

"你会担惊受怕,然后瘦得像个硬币。"安东尼胳膊肘边两个年轻人中的一个尖声地说。他听得出这是今年流行的俏皮话。

"我对他说过的,我说过的——"

计程车从身旁轻声驶过,还有笑声,就像乌鸦那种粗哑的笑声,连续不断而又吵闹喧嚣,还有下面地铁的轰隆声——在这一切之上,是溢彩流光,或明或暗——光线变幻犹如熠熠生辉的珍珠一般——勾画出不同的图案,时而是闪烁的竖条和圆圈,时而又在天空中令人惊叹地刻下面目狰狞的怪兽。

他欣慰地转进了一条幽静的小马路,这幽静好似迎面隐约吹来的一阵风。他路过一家烧烤餐厅,橱窗里一打烤鸡正在一个电动回转式烤肉器上翻转来又翻转去。门口飘来一阵气味,热烘烘、黏糊糊的,给人粉红色的感觉。接下去是一家药店，里面散发出各色药片、溢出的苏打水味道，还有从化妆品柜台飘来的一阵好闻的淡淡清香。再接下来是一家中国洗衣店，门还开着，里面蒸汽弥漫，令人窒息，让人品出一种不舒畅的味道，隐约给人黄色的感觉。所有这些都让他沮丧，当他到达第六大道时，在街角的一家雪茄店门前停了下来，心情开始好转起来了——在深蓝色的夜幕中，雪茄店显得愉快而有生气，他进去买了一点奢侈品……

回到公寓后，他点燃了最后一支烟，在黑暗中坐在敞开的前窗旁。一年以来他第一次发现自己无比享受纽约的生活。其中无疑有某种异乎寻常的刺痛感，一种近乎南方的品质。虽说如此，这同样也是一座孤寂的城市。他这个在孤独中长大的人，最近学会了逃避孤独。在过去的几个月里，晚上没有约会时，他会小心翼翼地赶往某家俱乐部找人聊天。哦，这里让人感到孤单……

他的香烟散发出的缭绕烟雾，给窗帘薄薄的褶裥镶上了一道道朦胧的白边，他的烟就一直这么燃着，直到街上圣安妮教堂的钟声仿佛带着一种低声哀诉的时髦的美，敲响了凌晨一点的钟声。半个安静的街区以外，高架铁道发出一阵轰隆隆的声音——假如从窗口探出身去，他就能看见火车像一只愤怒的雄鹰，迎着街角那条黑色弧线往前飞驰。他想起最近读过的一本荒诞的浪漫小说，里面的一座座城市都遭受到空中火车的轰炸，有那么片刻，他想象华盛顿广场向中央公园宣战，这种来自南方的威胁带来了争斗和突然死亡。不过，随着火车渐渐远去，他的幻想也随之退去，消失在一阵最微弱的鼓声中——随后融入飞远的雄鹰留下的嗡嗡声。

从第五大道上传来钟声和汽车喇叭持续的低鸣声，但他所在的街区已经安静下来了，在这里他很安全，任何人身威胁都无法伤害到他，因为这里有他的门、长廊，还有他的守卫者卧室——安全，安全！这个时候弧光灯的光线从窗户照进来，如月亮一般，只不过比月亮更亮也更美。

天堂重现

　　每一百年就会重生一次美人,坐在一个露天等候室内,阵阵白色的微风从她身边轻拂而过,偶尔还有气喘吁吁的星星急不可待地掠过。星星穿行时向她亲密地眨眨眼睛,微风轻柔地不断撩起她的秀发。她是让人捉摸不透的,因为对于她,灵魂和精神是合二为一的——她肉体的美是她灵魂的精华之所在。她正是多少个世纪以来哲学家苦苦寻求的统一体。在这个微风轻拂群星闪烁的露天等候室,她已坐了一百年,在宁静中沉浸在对自我的遐想之中。

　　最后,她终于明白了很快又要重生去了。她轻轻地叹息着,跟白风中的一个声音开始了漫长的对话,这场对话持续了好几个小时,这里我只能撷取一个片段。

美人:(她的双唇微启,明眸一如既往地只向内看着自己)我这一次要去往何处呢?

声音:去往一个新国度———一片你从未踏上的土地。

美人:(任性地)我讨厌闯入这些新的文明中去。这一去要待多久呢?

声音:十五年。

美人:这个地方叫什么名字?

声音:这是人世间最富饶、最美丽的地方——这里最有智慧的人只比最愚钝的人略微明智一些,统治者有着跟很小的孩子们一样的思想,立法者相信圣诞老人,丑陋的女人控制着健壮的男人——

美人:(惊讶不已)什么?

声音:(非常压抑地)的确如此,这正是一个令人忧郁沮丧的景象。下颌往后缩进、鼻子扁塌的女人,在光天化日之下四处招摇,嘴里还说着"做这!""做那!",所有的男人,即使是拥有巨大财富的男人,都心领神会地服从他们的女人,声如洪钟地称她们为"某某夫人"或者"妻子"。

美人：但这不可能是真的！当然，我能理解他们服从妩媚动人的女人——但是服从肥胖的女人？瘦骨嶙峋的女人？尖嘴猴腮的女人？

声音：对，即便是这样的女人。

美人：那我这样的呢？我有怎样的机会呢？

声音：情况会"更艰难一些"，如果我可以借用这个词语的话。

美人：（很不满意地停顿了片刻之后）为什么不去往那些古老的国度，那里有一串串的葡萄，有说话温柔的男人，或者那里有航船和大海？

声音：预计那些地方不久的将来就会相当繁忙的。

美人：噢！

声音：你在人世间的生命将会和以往一样，将是向尘世这面镜子瞥上重要的两眼之间的那个间隔。

美人：那我会怎样呢？能告诉我吗？

声音：最初曾考虑这次让你成为电影女演员，不过，最后发现这个不太合适。你在这十五年间将装扮成一个所谓的"交际花"。

美人：那是什么？

（这时从风中传来了一个新的声音，为了我们的目的，得把这解释为"声音"在挠头。）

声音：（良久之后）就是某种假冒的贵族。

美人：假冒？什么是假冒的？

声音：这个嘛，你也会在那片土地上发现的。你会发现许多东西都是假冒的。而且，你还会做许多假冒的事。

美人：（平静地）这些听起来都很粗俗不堪。

声音：还不及真实情况的一半粗俗呢！在这十五年里，大家知道的你就是一个散拍乐①舞女，行为与衣着大胆新潮的女郎，爵士宝贝，勾

---

① 散拍乐（ragtime），一种多用切分音法的早期爵士乐。

魂小荡妇。你跳起那些新潮舞来，就跟以往跳那些旧舞一样优雅迷人。

美人：（轻声地）我会得到回报吗？

声音：会的，跟原来一样——爱情。

美人：（微微一笑，这笑只是瞬间掠过她那纹丝不动的双唇。）我会喜欢别人叫我爵士宝贝吗？

声音：（冷静地）你会喜欢的……

（对话到这里就结束了，美人依然静静地坐着，星星在狂喜中驻足欣赏着她的美，阵阵白色的微风从她的秀发间轻拂而过。

所有这一切都发生在七年之前，从安东尼坐在公寓窗边静听圣安妮教堂的钟声算起。）

第二章
塞壬[①]肖像

寒冷的天气一个月之后降临纽约,带来了十一月,三场大型橄榄球比赛,还有第五大道上身穿毛皮大衣激动不安的人群。这些也给这座城市带来了一种紧张感和压抑的兴奋感。现在每天早晨在安东尼的邮件中,都会有不少邀请信。第一阶层的三打品行端庄的淑女,即便还没有说出自己特别愿意之类的话,也正在公然宣称,她们适合为三打百万富翁生儿育女。第二阶层的五打淑女不仅宣称她们适合,而且还展现出一种特别无所畏惧的雄心壮志,要赢得第一阶层的三打年轻男士。他们当然是九十六场舞会中每场都会邀请的对象,同时获邀的还有这些年轻女子的家族朋友、熟人、大学里的男同学,以及年轻急切的外来者。接下去还有来自城市周边地区的第三阶层,从纽瓦克和泽西郊区,到寒冷刺骨的康涅狄格州和长岛一些没有资格入选的地区——毫无疑问,紧接着的阶层可以一直划分到城市的不同族群:犹太姑娘们正在进入从河边区到布朗克斯区的犹太男女的社会,寻找正处于上升期的年轻经纪人或珠宝商,以及一场符合犹太教规的婚礼;爱尔兰姑娘在终于得到许可之后,正在把媚眼抛向社交界坦慕尼协会[②]的年轻政治家、信仰虔诚的权势者,还有那些已长大成人的唱诗班男孩。

---

① 塞壬(Siren):古希腊神话中半人半鸟的女海妖,以美妙动人的歌声诱惑过往海员,使驶近的船只触礁沉没。
② 坦慕尼协会(Tammany):成立于1789年的纽约市一民主党实力派组织。

于是，自然而然地，整个城市都感染上了那种骚动不安的气氛——那些打工的姑娘们，虽然穷困潦倒长相丑陋，在工厂里包装肥皂，在大百货公司展示华丽服饰，竟也梦想着在这个令人分外兴奋的冬季里，或许能为自己找到梦寐以求的男人——就像在混乱不堪的狂欢人群中，一个手段拙劣的扒手可能会认为自己得手的机会大为增加一样。烟囱开始冒烟了，地铁里污浊难闻的气味变得清新了。女演员们在新剧目中登台，出版商推出新书，一座座豪宅举办着一场场时新舞会。铁路也调整推出新的时刻表，里面旧的错误被新的取代，而持月票和季票的旅客对此早已习以为常了⋯⋯

整个城市都在登台露面！

一天下午，天色灰暗，安东尼沿着第四十二街往前走，与理查德·卡拉梅尔不期而遇，他刚从曼哈顿饭店的理发店里出来。那天很冷，是入冬以来的第一个大冷天，卡拉梅尔穿着一件到膝盖长短的羊皮衬里大衣，这种款式是中西部工人常穿的，最近才得到时装界的青睐。他的软帽是很不显眼的深棕色，在帽子底下他那只清亮的眼睛像一块黄玉晶莹闪烁。他热情地拦住安东尼，拍拍他的双臂，这个动作与其说是为了打趣，不如说是想让自己暖和起来，在那套不可避免的握手程序之后，便响起了他洪亮的声音。

"这鬼天气太冷了——我的天啊，我玩命地工作了一整天，后来屋子里实在太冷，我觉得自己都快要得肺炎了。房东太太连取暖用的煤也要节省，我隔着楼梯叫喊了半个小时她才过来，还百般辩解。老天！起初她简直让我发疯，后来我突然想到她真算得上是个人物，于是她一边说，我一边记笔记——她是看不出我在写什么的，你知道，就好像我正在漫不经心地信手涂鸦——"

他紧紧地拽着安东尼的胳膊，跟他一道快步走上了麦迪逊大街。

"上哪儿去？"

"也没什么特别的地方。"

"既然这样，还干吗拽着呢？"安东尼问。

他们停了下来，彼此都盯着对方，安东尼好奇地想，这寒冷莫不是把自己的脸也变得像卡拉梅尔的一样令人反感，他的鼻子绯红，凸起的眉脊发青，一双不对称的黄眼睛在眼睑部分都冻得发红、潮湿。片刻之后，他们又开始往前走。

"我的小说里写了些不错的东西。"迪克在人行道上一边环顾四周，一边坚定地说，"但是我必须不时地出来走走。"他有些歉意地瞥了安东尼一眼，仿佛迫切需要得到他的鼓励，"我必须找人说说话。我猜只有很少人真正思考过，我是指坐下来好好地沉思默想，而且形成一些想法。我是以写作或者交谈的方式进行思考的。要思考就得有个开头，某种——某种你要辩护或者辩驳的东西——你不觉得吗？"

安东尼嘟囔了一声，轻轻地抽出了他的胳膊。

"我倒不在乎跟你走在一起，迪克，只是你穿着这么一件外套——"

"我的意思是，"理查德·卡拉梅尔继续严肃地说，"你在纸上写下的第一段，通常包含你要反驳或者展开的观点。在交谈中，你非得把握对手的最后陈述——可是，如果你纯粹只是沉思默想，你猜怎么着，你的想法一个接着一个，就像幻灯片，每一张都把前面的一张挤掉。"

他们在穿过第四十五街之后，稍稍放缓了脚步。两人都点上了烟，向着空中吞云吐雾，这里面既有大团的烟雾，也有呵出的几乎结成霜的热气。

"我们去广场大酒店吧，去喝一杯蛋奶酒，"安东尼提议，"这对你会有好处。新鲜空气会帮你把肺部发臭的尼古丁排出来。走吧——这一路上，我会都让你讲你写的书。"

"如果这让你觉得无聊，我不一定非要讲不可。我是说你没有必要把这当作恩赐。"这些话脱口而出，尽管他竭力想让自己的表情看上去轻松随意，可是脸部还是不由自主地紧绷了起来。安东尼迫不得已只好提出抗议："无聊？我才不觉得呢！"

"我有一个表妹——"迪克刚开口，就被安东尼打断了，只见他张开手臂，发出一声低沉而欢乐的叫喊声。

"天气太好了！"他惊呼，"难道不是吗？我觉得好像回到了十岁的时候。我是说这天气让我仿佛重温了十岁时的感觉。太残忍了！噢，天啊！此时这是我的世界，彼时我又是这个世界的傻瓜。今天这是我的世界，任何事情都轻松随意，易如反掌。甚至就连无所事事，也显得悠闲自在！"

"我有个表妹住在广场大酒店那边，是个大名鼎鼎的姑娘。我们可以过去看看她。她冬天就住在那儿——反正最近住在那儿——和她的父母亲在一起。"

"我怎么没有听说过你还有个表妹在纽约。"

"她的名字叫格洛莉亚。她是从家乡来的——堪萨斯城。她的母亲信奉比尔非教，父亲沉闷乏味，不过是一位十足的绅士。"

"他们是谁？也是你的文学材料吗？"

"他们倒是想这么来着。这位老先生所做的一切，就是告诉我，他刚刚又遇见了一个适合在小说里出现的精彩人物。接下去他会跟我说起他的某个像白痴一样的朋友，然后会对我说：'这里有一个适合你的人物！你为什么不把他写下来？每个人都会对他感兴趣的。'再不然，他会跟我说一些关于日本或者巴黎的事儿，或者其他某个让人一目了然的地方，而且还会说：'你为什么不写一个关于那个地方的故事？把那儿当作故事发生的地方，真是妙极了！'"

"那个姑娘怎么样？"安东尼心不在焉地问，"格洛莉亚——格洛莉亚什么来着？"

"吉尔伯特。哦，你一定听说过她——格洛莉亚·吉尔伯特。她常去大学里参加舞会——都是这一类的事儿。"

"我的确听说过她的名字。"

"长得不错——说实话，再迷人不过了。"

这时他们到了五十街，转弯向大街走去。

"我一般不太在意年轻姑娘。"安东尼说，皱着眉头。

严格说来，这不是实话。尽管在他眼里一般初次进入社交界的姑娘时刻都在盘算着，这个偌大的世界已经为她的未来铺好了什么样的路，可要是真有个姑娘只靠美貌吃饭，他还是会兴趣十足的。

"格洛莉亚真是太可爱——一点头脑都没有。"

安东尼扑哧一声笑了。

"你是说她一句咬文嚼字的话也不会说。"

"不，我不是这个意思。"

"迪克，你知道有头脑的姑娘在你看来是什么样子的。一本正经的年轻姑娘跟你一道坐在一个角落里，再一本正经地谈论生活。就是那种姑娘，她们十六岁时就一脸严肃地争论，亲吻到底是正确的还是错误的——还有就是大学一年级新生喝啤酒，是不是不道德的行为。"

理查德·卡拉梅尔被激怒了。他阴沉着脸，皱起眉头，就像一团被揉皱了的纸。

"不对——"他刚要开始，就被安东尼无情地打断了。

"对，没错。那种姑娘现在就坐在角落里，谈论着最新斯堪的纳维亚版的但丁作品，眼下有了英文译本。"

迪克转向他，整个面部表情奇怪地阴沉下来。他提出的问题几乎变成了一种恳求。

"你和莫瑞到底是怎么回事？你们有时候跟我说起话来，就好像我低人一等。"

安东尼感到困惑，但同时也表现出一丝冷酷无情，要让人不舒服，于是他用反攻来保护自己。

"我认为这跟你的头脑无关，迪克。"

"当然有关！"迪克愤怒地大声嚷道，"你这是什么意思？怎么跟头脑无关？"

"对于你的写作来说，你或许知道得太多了。"

"我不太可能知道得太多。"

"我可以想象,"安东尼坚持说道,"有的人或许知道得太多,却没有足够的才能把它表达出来,就像我这样。比如,假设我比你更有智慧,但才能比不上你,这样的情况很可能会使我词不达意。正好相反,你有足够的水注入桶内,也有一只足够大的桶来盛水。"

"我根本不知道你在说些什么。"迪克抱怨道,语气无比沮丧。在极度失望之际,他仿佛剑拔弩张想要奋起反抗。他目不转睛地盯着安东尼,一连撞上了好几个行人,他们面带责备凶狠而愤怒地瞥了他几眼。

"我的意思只不过是说,像威尔斯那样的才能,方能承载得起像斯宾塞那样的智慧。可是,次一等的才能只有在承载次一等的思想时,才会显得优雅得体。你越是能够目光锐利地关注一件事,便越是能够潜沉往返,从容把玩。"

迪克思索着,对于安东尼这番意欲批评的评论,他无法判断其确切程度。然而,安东尼娴熟的技巧仿佛是从他那儿自然地流淌而出,只见他口若悬河,滔滔不绝,那双深色的眼睛在瘦削的脸庞上闪闪发光,下颌抬起,声音高扬,整个的身体都在往前挺直:

"假如我骄傲、理性而又明智——是希腊人中的雅典人,那又怎样呢?我很可能在比我逊色的人成功的地方失败。他可以模仿,他可以修饰,他可以热情洋溢,他还可以具有建设性,充满希望。可是,这个假设的我可能会因为太骄傲而不去模仿,太理性而不会满腔热情,太老于世故而不抱乌托邦式的幻想,太崇尚希腊人的古典美而不愿去修饰自己。"

"这么说来,你不认为艺术家是因为他的智慧而创作的吗?"

"对。只要可能,他就会不停地在风格方面提升他的模仿水平,对周围事物做出个人诠释,从中撷取创作素材。不过,作家之所以从事写作,归根结底,是因为这就是他的生活方式。不要告诉我你喜欢'艺术家的神圣职责'那套陈词滥调。"

"我甚至还不习惯称自己为艺术家呢。"

"迪克,"安东尼说,音调有所改变,"我想请你原谅。"

"为什么?"

"为刚才的一时冲动。我真的很抱歉。我那么说是为了加强效果。"

迪克的怒气多少有点平息了,他回答:

"我就常说你骨子里是个平庸之辈。"

到了暮色降临华灯初上时分,他们才终于拐进广场大酒店的白色正门,开始细细品味起上面覆满泡沫又黄又稠的蛋奶酒。安东尼看了看他的同伴。理查德·卡拉梅尔的鼻子和眉毛正慢慢接近同一种颜色,一个脱去了红色,另一个退掉了青色。安东尼向镜子里瞥了一眼,高兴地发现自己的皮肤并没有改变颜色。相反,他的面颊上隐隐透出一层淡淡的红晕——他猜想自己的气色看上去还从来没有这么好过。

"我已经喝得差不多了,"迪克说,语气就像一个正在训练的运动员那样,"我想过去看看吉尔伯特一家。你不想一道去吗?"

"哦——好吧。你可不要把我推给这对父母亲,而自己跟朵拉跑到角落里去了。"

"不是朵拉——是格洛莉亚。"

一个办事员在电话里替他们通报之后,他们乘电梯到十楼,再走过一个环形走廊,然后敲响了1088室的大门。过来应门的是一位中年妇女——她正是吉尔伯特夫人。

"你们近来可好?"她用美国传统淑女的语言问候道,"哦,见到你们,我真是太高兴了——"

迪克赶忙插上了几句话,她紧接着说:

"这位是帕兹先生?哦,快进来,你的外套放在这儿。"她指向一把椅子,声调转向了一种嗔笑,微微有些喘息,"这真是太好了——太好了。哦,理查德,你可是好久都没上这儿来了——不!——不!"后面这些单音节词,对于迪克刚说出的几句含糊其辞的话,既是回答,又是制止,"好了,快坐下吧,告诉我你最近都在忙些什么。"

一个问来又问去，一个站着点头又哈腰，不胜谦卑；一个笑声不断，愚不可及，一个好奇她到底坐不坐下来——好不容易，谢天谢地，一个终于坐进了一把交椅，安下心来愉快拜访。

"我想可能是因为你很忙——这比任何其他的事更重要。"吉尔伯特夫人笑得有些暧昧。这句"这比任何其他的事更重要"，是她用来平衡她所有那些更加含混不清的句子的。她还有另外两句："至少我是这样看的"和"纯洁而又简单"——这三个句子交替使用，使得她的每一次评说都好像是在对生活进行带有普遍性的反思，仿佛她已经考虑了所有的原因，最后才把手指点向具有终极意义的那个原因上。

理查德·卡拉梅尔的脸色，在安东尼看来，现在已经很正常了。眉毛和面颊已恢复了血色，鼻子也好像彬彬有礼地不那么引人注目了。他用那只明亮的黄眼睛望着姨妈，那种专一而又夸张的关注，正是青年男子习惯于投向所有不再具有进一步价值的女性身上的。

"你也是一位作家吗，帕兹先生？……嗯，说不定我们都能沾上理查德的光呢。"吉尔伯特夫人温和地笑了。

"格洛莉亚出去了，"她说，那神情就像是列出一条公理，她可以依此推导出各种结果，"她正在什么地方跳舞呢。格洛莉亚总是出门去跳舞，没完没了地跳啊，跳啊。我跟她说我真不明白她怎么受得了。她可以跳上一个下午，再连着跳上一个晚上，我觉得要是她就这么跳下去，非把自己的精力给耗尽，准会瘦得像个影子。她父亲也很为她担心。"

她笑着看看这个，又瞧瞧那个。他们两人也都笑了。

在安东尼看来，她是由一连串的半圆和弧线组成的，就像那些天才人士用打字机打出来的人物似的：头、胳膊、胸部、臀、大腿以及脚踝，都是圆鼓鼓的，层叠相交，让人眼花缭乱。她干净整齐，头发染成深灰色，宽阔的脸庞为一对饱经风霜的蓝眼睛提供了庇护，上面还隐约点缀着几乎看不见的白色须髭。

"我总是说，"她对安东尼说，"理查德有着一颗古老的灵魂。"

接下来是一阵紧张的停顿,安东尼这时想起一个双关语——就是迪克身上用来走路的东西。①

"我们都有着不同时代的灵魂,"吉尔伯特夫人神采飞扬地继续说,"至少我是这么看的。"

"也许是这样。"安东尼赞同地说,带着一种迫不及待的神情,就像急于转向一个给人带来希望的观点。那个声音像冒泡似的汩汩而出:

"格洛莉亚有着一颗非常年幼的灵魂——不负责任,凡事都是这样。她没有责任感。"

"她光彩照人,凯瑟琳姨妈,"理查德愉快地说,"责任感会把她给毁了。她太漂亮了。"

"嗯,"吉尔伯特夫人承认,"我所知道的,就是她成天外出跳舞,跳个不停——"

她就这样数落着格洛莉亚的不是,终于被门把手发出的咔嚓声打断了,进来的是吉尔伯特先生。

他身材敦实,胡须像一朵小小的白云停留在他那普普通通的鼻子下面。他已经到了这样一个阶段,即作为一个社会动物的价值已变得黯然失色,难以断定,反正是消极负面的。他的想法还停留在二十年前流行的那种错觉上,他的思想好像被席卷在报刊社论的余波里,摇摇晃晃了无生气地随波逐流。在他从西部一所规模不大,但相当可怕的大学毕业之后,就进入了赛璐珞行业,由于干这一行只需要他提供很少的一点智慧,有几年他干得不错——实际上是一直干到了1911年,这一年他开始跟电影行业签订了一些含混不清的合同。电影行业大概是在1912年上决定把他吞并掉,而这个时候,怎么说呢,他在谈判中也仅能维持一

---

① 吉尔伯特夫人说:"理查德有着一颗古老的灵魂。"(Richard is an ancient soul.)安东尼想起读音相同的另一个词 sole(脚底)。"soul"和"sole"这对同音异义词构成双关语,在译成汉语时难以表达其诙谐。

种微妙的平衡。他同时还担任着中西部电影材料联合公司的主管经理，每年有六个月待在纽约，其他的时间待在堪萨斯城和圣路易斯。他天真地相信有什么好事就要发生在他头上了——他的妻子也是这么想的，连女儿也不例外。

他看不惯格洛莉亚：她总是在外面待到很晚才回来，从来不好好吃饭，而且总是跟别人纠缠不清——有一次他激怒了她，那些顶撞他的话会出自她之口，的确是他始料未及的。他的妻子要好对付多了。在经历了长达十五年连续不断的拉锯战之后，他终于征服了她——这是一场稀里糊涂的乐观主义与井然有序的沉闷乏味之间的战争，他用一连串的"对"就可以让两人间的谈话戛然而止，这其中有某种东西为他赢得了胜利。

"对对对对，"他会说，"对对对对。让我想想。那是夏季——让我想想——是九一年还是九二年吧——对对对对——"

十五年的"对"战胜了吉尔伯特夫人。又一个十五年不间断的不表示赞成的赞成，伴随着从三万两千支香烟上，永远轻弹蘑菇状烟灰的动作，终于彻底击败了她。对于这样一位丈夫，她做出了婚姻生活中的最后一次让步，这一次比第一次的让步更彻底，也更不可挽回——她听他的。她告诉自己，岁月流逝，教会了她宽容——实际上是扼杀了她曾经拥有的全部道德勇气。

她把他介绍给安东尼。

"这是帕兹先生。"她说。

年轻人跟老人握了握手。吉尔伯特先生的手很松软，岁月把它磨损得像榨过汁的葡萄柚一样。之后，丈夫和妻子相互问候了几句——他告诉她外面天气变得更冷了；他说他走到第四十四街的报刊亭，买了一份堪萨斯城的报纸。他本打算乘公共汽车回来，但发现天太冷，对对对对，真是太冷了。

吉尔伯特夫人被他在恶劣天气里表现出的勇气深深地感动，而这又给他的冒险经历增添了一丝色彩。

"噢,你太勇敢了!"她钦佩不已地大声嚷嚷,"你太勇敢了。我说什么也不敢出门。"

吉尔伯特先生带着一种真正男子汉的漠然态度,毫不理会自己在妻子这里激起的敬畏之情。他转向两位年轻人,得意洋洋地为他们设定好了关于天气的话题。他让理查德·卡拉梅尔回忆一下堪萨斯的十一月。然而,这个话头刚刚抛给他,又被发起者像钓鱼一样猛地钓了回来,于是他对它念念不忘、翻来覆去、拉长延伸,终于让它大伤元气,奄奄一息。

那时候白天多少有点热,但晚上舒适怡人,像这样古老的话题于是又被成功地抛了出来,迪克不经意地提到一条偏僻铁路在两点之间的确切距离问题,他们还就此达成了一致的意见。安东尼目不转睛地看着吉尔伯特先生,陷入了一种神思恍惚的状态,过了好一会儿,吉尔伯特夫人含笑的声音才穿透进来:

"好像这里的天气更阴冷潮湿一些——好像冷得刺骨啊。"

由于这句话本来就是吉尔伯特先生刚想要说的,他也用一连串的"对对对对"来附和,因此不应责怪他很有些唐突地转入了另外一个话题。

"格洛莉亚去哪儿了?"

"她应该随时都会回来。"

"你见过我的女儿吗,帕——先生?"

"还没有这个荣幸呢。我常听迪克说起她。"

"她和理查德是表兄妹。"

"是吗?"安东尼勉为其难地笑了笑。他还不太习惯跟比自己年长的人交谈,嘴角也因强装笑颜而显得有些僵硬。格洛莉亚和迪克是表兄妹,这是一件多么令人开心的事。他见缝插针,不失时机地向他的朋友使了一个痛苦的眼色。

理查德·卡拉梅尔说他们大概得走了。

吉尔伯特夫人表示这真是太令人遗憾了。

吉尔伯特先生觉得这实在太糟糕了。

吉尔伯特夫人有了一个新想法——意思是说，还是很高兴他们今天能来，尽管他们只是见到了一个老太太，她都老得没法跟他们调情了。安东尼和迪克显然都觉得这是一句挺逗人的俏皮话，因为他们都以四三拍子的节奏笑了起来。

"你们很快会再来吧？"

"哦，当然。"

格洛莉亚肯定会感到特别遗憾的。

"再见——"

"再见——"

强颜欢笑！

强颜欢笑！

砰！

在广场大酒店十楼的走廊里，两个闷闷不乐的年轻人朝电梯方向走去。

女人的腿

莫瑞·诺贝尔看上去倦慵懒散，事不关己，随心所欲地冷嘲热讽，在这迷人的表象背后，其实掩藏着他不屈不挠而又令人吃惊的成熟的目的性。正如他在读大学时说的那样，他的打算就是用三年的时间旅行，用三年的时间尽享悠闲——然后尽可能快地暴富起来。

他的三年旅行已经结束。他游历了世界各地，带着一种极度的热情和强烈的好奇心，这在任何其他人看来都能算得上是十足的迂腐，整个行程根本没有自然轻松可言，简直就是自己把《贝德克尔旅游指南》编辑了一遍。不过，他这么做，倒像是让旅行带上了神秘莫测的目的和意味深长的图谋——仿佛莫瑞·诺贝尔注定了就是一位反基督徒,肩负着使命,要让自己的足迹遍布地球上的每个角落,去目睹无数生灵繁衍生息,悲伤哭泣,相互残杀。

回到美国之后,他以同样不屈不挠的精神,全身心地投入到纵情享乐之中。原来他一次最多只能喝几杯鸡尾酒或一品脱葡萄酒,可现在他教自己喝酒正如教自己希腊文一样——喝酒就像希腊文,将会是一个通往财富的大门,里面的财富有各色各样全新的感官享受,全新的心理状态,对欢乐或悲伤全新的看法。

他的生活习惯是一件颇为神秘莫测的事。他在四十四街的一套单身公寓里有三个房间,但却很少在那儿。电话接线员得到明确的指示,任何人没有先通报自己的姓名,就别想让他接电话。她有一张六七个人的名单,对于上面的这几个人,他永远都不在家,还有另外六七个人,对于他们,他是永远都在家的。排在后面这份名单最前面的,就是安东尼·帕奇和理查德·卡拉梅尔。

莫瑞的母亲跟她已婚的儿子一起住在费城,莫瑞常去那儿度周末,所以在有一个星期六的晚上,安东尼因极度无聊乏味而在寒冷的街上闲逛,当路过莫尔顿·阿姆斯公寓,发现诺贝尔先生在家时,他真是喜不自禁。

他顿时神采飞扬,情绪比电梯上升得还要快。这太好了,简直好极了,马上就可以跟莫瑞聊天了——而莫瑞看见他也会同样开心。他们会彼此注视,眼睛里充满着一种深情,两人又都会用善意的逗笑来把它掩藏。假如现在是夏天,他们会一块儿出去,悠闲自在地喝上两杯柯林斯酒[1],一边还敞开衣领,观看闲散但还算有趣的八月卡巴莱歌舞表演[2]。

---

[1] 柯林斯酒(Collins),用杜松子酒或朗姆酒等加果子汁、糖、冰、苏打水配制而成的一种酒。
[2] 卡巴莱歌舞表演(Cabaret),餐馆或夜总会为了助兴而安排的歌舞或滑稽短剧等表演。

然而，现在外面很冷，寒风在高楼大厦间肆虐，十二月的冰天雪地就在眼前，所以晚上两人相聚最好的选择就是在柔和的灯光下，喝上一两杯布什米尔威士忌酒，或者喝一点儿莫瑞珍藏的马尼尔酒。形形色色的书籍如墙上的装饰品一般闪烁着光芒，莫瑞则像一只大猫那样把自己安顿在他最喜爱的椅子里，散发出一种妙不可言的惰性。

他在家！安东尼进屋后随手关上了门，这房间让他感到温暖。那种强大的有说服力的思想，那种外表泰然而几近东方式的气质，温暖了安东尼骚动不安的心灵，给他带来了一份宁静，唯有一个木讷女人方可给予的宁静，才能与之相提并论。一个人必须什么都理解——否则就必须什么都视为理所当然。莫瑞的气息充盈着这房间，像老虎，像上帝。室外的寒风停了下来，壁炉上的黄铜烛台微光摇曳，就像圣坛前的细烛一样。

"是什么事让你今天待在这儿？"安东尼瘫坐在一张柔软的沙发上，一只胳膊搭在靠枕上。

"刚回来一个小时。品茶舞会——我待得太晚，误了去费城的火车。"

"奇怪你怎么会待这么久，"安东尼好奇地说。

"是待久了点。你在干什么呢？"

"杰拉尔丁，凯斯剧院的那个小引座员。我跟你说起过她。"

"哦！"

"她三点给我打了个电话，一起待到五点。这个奇怪的小东西——她真是把我迷住了。她的确傻得不可救药。"

莫瑞一言未发。

"看上去是有些奇怪，"安东尼继续说，"可就我而言，甚至就我所知，杰拉尔丁是美德的化身。"

他认识她已经有一个月了，这个姑娘有着难以形容的、游牧人的习惯。有人很随意地把她给转到安东尼的手里，他倒是觉得她很有趣，还相当喜欢她给他的那些纯洁得像童话般的亲吻,这是发生在两人相识后的第三个晚上,当时他们正乘坐计程车穿过中央公园。她的身世有点说不清道不明——她有一对颇有些神秘的姑妈和叔叔,他们跟她合住在一套公寓里,那里有成百上千套这样的公寓,像迷宫一样。她是个不错的同伴,待人随和,略显过于亲密和悠闲。安东尼没有去尝试建立更深的关系——这倒不是怕受到良心的谴责,而是不愿意让任何纠缠不清的关系,来破坏他在生活中日益感受到的安宁平和。

"她有两个小花招,"安东尼告诉莫瑞,"一个是让头发挡住眼睛,然后把它吹开,另一个是当别人说了什么她听不懂的话时,她就说'你—疯—啦!'。她把我迷住了。我会一直坐着那儿,一个小时接着一个小时,完全沉醉在我想象中她的这些疯狂举动中。"

莫瑞在椅子里动了动,开始说话了。

"值得注意,一个理解力那么低下的人,却能在如此复杂的文明中生存。像那样的女人其实是用最切合实际的眼光来看待整个宇宙。大到卢梭的影响,小到她用餐时菜单的价目表,所有这些现象对于她来说完全是陌生的。她只不过是被人从远古的梭镖年代裹挟而来,现在又被猛地扔在了这里,靠着弓箭手的装备要去进行一场手枪决斗。你可以把整个的历史抹去,而她根本就不会知道区别。"

"我希望我们的理查德能写写她。"

"安东尼,你肯定不会认为她值得一写吧。"

"跟任何其人一样,值得一写,"他打了个哈欠,回答道,"你知道,我今天突然想到,我对迪克抱有很大的信心。只要他写作时忠于的是人,而不是某些观念,只要他的灵感是源自生活,而不是艺术,而且处于一种正常的上升状态,我相信他会成为一个大人物。"

"我认为他那本黑皮笔记本就证明了他是走向生活的。"

安东尼用胳膊肘微微支起身子,急切地回答道:

"他试图走向生活。每一位作家都是如此,除了最糟糕的之外,但是毕竟绝大多数都是靠别人咀嚼过的食物生存。事件或者人物或许来源于生活，但是作家对此做出的解释，通常是从他读过的最后一本书里得来的。比如说，假设他遇见了一位船长，认为他是一个全新的人物，可事实上，却是他在这位船长与最近刚读过的某个叫达纳的作家，或者任何其他作家创作的船长之间，看到了相似性，这样他就知道该如何把这位船长用文字呈现出来了。迪克当然能够刻画出栩栩如生的个性化人物，可是他能够用文字准确地描绘出他的姐妹吗？"

他们接下去谈论了半个小时的文学。

"一部经典作品，"安东尼提出，"就是一本成功的书，它经受住了下一个时期或者下一代人的考验，然后它就安全了，就像建筑或者家具的风格。它得到了一种别具一格的尊严，用以取代一时的流行……"

过了一会儿，这个话题暂时失去它的独特意味。两个年轻人的兴趣并不特别在技巧方面，他们喜欢带有普遍性的规则。安东尼最近发现了萨缪尔·巴特勒，在笔记本上记下的那些尖刻辛辣的警句格言，在他看来都是文学批评的精华。莫瑞无疑是两人中更有智慧的一个，整个的心智因他对人生有着严格坚定的规划而变得彻底成熟，不过，在有关他们心智的具体方面，两人似乎并无根本性的差别。

他们又把话题从文学上转开，好奇地询问对方白天的活动。

"品茶舞会是谁举办的？"

"是个叫阿伯克隆比的人。"

"你怎么待到了那么晚？是遇见了一个性感的社交新人？"

"说对了。"

"真的遇见了？"安东尼惊讶地抬高了声音。

"严格地说，她并不是社交新人。听说她是两年前的冬天在堪萨斯城进入社交界的。"

"那种挑剩下来的？"

"不是，"莫瑞饶有兴致地回答，"我绝不会这么说她。她看上去——嗯，是那里最年轻的人。"

"但也不是年轻到让你不会误火车。"①

"也够年轻的了，是个漂亮的姑娘。"

安东尼咯咯地轻声笑了起来。

"喂，莫瑞，你好像又回到了童年。你说的漂亮是什么意思？"

莫瑞无助地望着空中。

"噢，我无法准确地描述她——除了说她漂亮之外。她真是——太有活力了。她还嚼着口香糖。"

"什么！"

"这倒是个小小的坏习惯。她是那种容易紧张的人——她说在茶会上她总是要嚼口香糖，因为她得在一个地方站上那么长时间。"

"你们谈了什么？柏格森？比尔非教？跟她跳一步舞是不是有伤风化？"

莫瑞镇定自若，他融通圆润，不易被惹恼。

"事实上，我们确实谈到了比尔非教，好像她母亲是个比尔非教徒。不过多数时间我们在谈论大腿。"

安东尼兴奋得摇头晃脑起来。

"我的天啊！谁的腿？"

"她的腿。她说了许多关于她的腿的话，仿佛它们是上等的小摆设。她挑起了一种强烈的欲望，让人想要看看这双腿。"

"她是做什么的——舞蹈演员？"

"不是，我后来发现她是迪克的表妹。"

安东尼突然坐直了身子，松开的靠枕像一个有生命的东西那样竖立起来，然后又栽倒在地板上。

---

① 指年龄也不是太小，如果太小了，莫瑞也不至于为她着迷，因此也就不会误了火车。

"名字叫格洛莉亚·吉尔伯特?"他大叫道。

"对。难道她不惹人注目吗?"

"我确实不知道——不过说起她的父亲,简直是乏味透顶了——"

"这个,"莫瑞以不容置疑的坚定口吻打断了他,"她的家庭也许像职业送葬人那么悲惨,但我倾向于认为她确实是个真诚率性的人。虽说在穿着打扮以及诸如此类的方面,她像耶鲁舞会上那种单调乏味女孩一样——但她大不相同,简直有着天壤之别。"

"说下去,说下去!"安东尼催促道,"迪克一跟我说她没有头脑,我就知道她肯定相当不错。"

"他这么说了吗?"

"我敢发誓。"安东尼说,又哼地笑了一声。

"嗯,他所谓的女人有头脑就是——"

"我知道,"安东尼急切地打断了他,"就是有那么一点错误百出的文学知识。"

"的确如此。她相信这个国家道德水平每况愈下是一件大好事,或者就是相信这是可怕的不祥之兆。不是戴着夹鼻眼睛,就是搔首弄姿。可这个女孩聊的是大腿。她还聊了皮肤——她自己的皮肤,总是聊她自己的东西。她告诉我她喜欢在夏天晒成的那种肤色,而她经常晒得又是多么接近那种肤色。"

"你在那儿被她的女低音弄得心醉神迷了?"

"被她的女低音?不,被她的肤色!我开始琢磨肤色。我开始回想起两年前最后一次晒日光浴时,我晒成了哪种颜色。我的确曾经晒成过那种非常漂亮的颜色。如果没有记错的话,我晒成过一种古铜色。"

安东尼重新倒回到靠垫里,笑得打颤。

"她真的是把你给调动起来了——噢,莫瑞!康涅狄格州的救星莫瑞。豆蔻美人。绝品。女继承人跟海岸警卫队队员私奔,因为他的性感肤色!后来才发现他的家族有塔斯马尼亚血统!"

莫瑞叹了一口气,起身走到窗前撩起窗帘。

"雪下得好大。"

安东尼没有回答,他还在那儿独自轻声笑个不停。

"又是一个冬季。"窗边传来莫瑞的声音,轻得几乎像是耳语,"我们都在变老,安东尼。我都二十七了,天啊!再过三年就三十了,就是小小本科生说的中年人了。"

安东尼沉默了片刻。

"你确实老了,莫瑞,"他终于附和道,"一种极度放纵而又摇摆不定的衰老,最初的征兆就是——你花了一个下午的时间聊肤色和女人的大腿。"

莫瑞突然"啪"的一声放下了窗帘。

"白痴!"他叫道,"你口里吐出这样的话!在这里我坐着,年轻的安东尼,我在一旁坐上个二三十年或者更长时间,目睹着像你、迪克和格洛莉亚·吉尔伯特这些快乐的幽灵从我面前经过,彼此之间又是跳舞,又是唱歌,又是爱,又是恨,又是被感动,永远被感动。而我只被自己的情感冷漠无动于衷而感动。我将这么坐着,雪将会再来——啊,还在等着一个卡拉梅尔来记笔记——又是一个冬天,然后我就三十了,你、迪克和格洛莉亚继续永远被感动着,在我身旁又是跳又是唱。可是在你们都像云烟一般过去了之后,我会追忆往事,让新的迪克们记录下来,倾听新的安东尼们的理想破灭、悲观怀疑和情感波澜——对了,还要跟新的格洛莉亚们聊年复一年夏季晒成的肤色。"

壁炉里的火焰摇曳不定,莫瑞从窗边走来,用拨火棍微微拨弄火堆,再把一段圆木扔进炉内的薪架上。然后他坐回到自己的椅子上,炉内沿着木柴的树皮爆出又红又黄的火星,他刚才那番话的余音渐渐消失在新的火焰里。

"毕竟,安东尼,相当浪漫而年轻的人,是你。远远更为敏感,又更害怕宁静会被打破的人,是你。一次又一次地尝试着被感动的人,是我——一千次地让我自己纵情欢乐,可是我却依然如故。没有任何东西——真的——能撩动我的心绪。

"不过,"在长久地停顿之后,他轻声说,"在那个有着可笑肤色的姑娘身上,确实有某种东西,它亘古不变——就像我。"

骚动

安东尼在床上睡意蒙眬地转过身来,一缕清冷的阳光洒落在床罩上,上面有玻璃格窗留下的纵横交叉的阴影。卧室里充满了清晨的气息。墙角饰有雕刻图案的衣箱,古老而又不可思议的大衣橱,兀自立在室内,宛如黑色符号象征着已被遗忘的事物。唯有地毯好似在轻声呼唤他,它柔弱易逝,一如他那柔弱易逝的双脚。邦兹极不合时宜地穿着软领衣服,就像他呼出的雾气一样萎靡不振。他站在床边,那只刚刚掖过盖在上面的毛毯的手还低垂着,一双深褐色的眼睛不动声色地盯着他的主人。

"鲍兹!"困倦的睡神含糊不清地说,"是你吗,鲍兹?"

"是我,先生。"

安东尼动了一下头,强睁开眼睛,终于成功地眨了眨。

"邦兹。"

"什么事,先生?"

"你能先出去吗?——啊—噢—噢—噢—天啊!——"安东尼令人难堪地打着大大的哈欠,脑子里的东西仿佛都胶着在一起。他干脆重新开始。

"你能在下午四点左右来吗,准备一些茶、三明治或者其他什么的?"

"可以,先生。"

安东尼又想了想,令人沮丧的是脑子里毫无灵感。

"一些三明治，"他无可奈何地重复着，"哦，一些奶酪三明治，一些果冻三明治，加鸡块和橄榄油，就这些。早餐就不用费心了。"

构思菜单真是够他受的了，他疲倦地闭上眼睛，转动了一下头部，慵懒地躺着，迅速地放松了他刚刚获取的对肌肉的控制。从他意识的缝隙里，不知不觉中爬出昨晚那模糊不清却又无可逃避的幽灵——不过这一次只是昨晚与理查德·卡拉梅尔之间貌似永无休止的闲聊。他是深更半夜前来造访的，在安东尼听他朗读《魔鬼情人》的第一部分时，两人共喝了四瓶啤酒，还津津有味地嚼了一些干面包片。

——几个小时之后传来了一个声音。安东尼未加理会，因为睡意依然笼罩着他，包裹着他，爬进他大脑里的各个通道。

突然，他清醒过来，说道："什么？"

"要准备几份，先生？"还是邦兹，他耐心地、一动不动地站在床脚——就是让三位绅士平分了他的服务的邦兹。

"什么几份？"

"我想，先生，我最好能知道要来几位客人。我好计划买多少三明治，先生。"

"两位，"安东尼嗓音嘶哑不清地说，"一位女士和一位先生。"

邦兹说完"谢谢，先生"之后就转身离开了，穿着他那件不光彩的、带有责备意味的软领衣服，责备是针对每一位绅士的，他们都只向他索要他三分之一的服务。

过了好一会儿，安东尼才起来，拉过一件棕蓝相间的华丽晨袍，套在他修长健美的身体上。他打完最后一个哈欠，走进浴室，扭开镜灯（浴室没有自然光），饶有兴致地打量着镜子里的自己。这真是一个可怜的幽灵，他想。他清晨经常会这样想——睡眠让他的脸变得有些不自然地苍白。他点燃一支烟，开始浏览几封信件和早上的论坛报。

一个小时之后，他剃须漱洗穿戴完毕，坐在书桌前查看从钱包里取出来的一张小纸片。上面草草地记着尚可辨认的备忘要点："五点见霍兰德先生。理发。处理里弗斯酒店的账单。逛书店。"

——在最后一行的下面写着:"去银行取现金,690美元(已划掉),612美元(已划掉),607美元。"

最后,小纸片的最下面是匆忙潦草的字迹:"邀请迪克和格洛莉亚来喝茶。"

这最后一项明显让他感到心满意足。他的日子通常是一个像水母似的生物,是个无形、无脊椎的东西,已经达到中生代的结构。它正在笃笃定定地,甚至是喜气洋洋地朝着一个高潮前行,就像一出戏应有的那样,就像日子应有的那样。令他感到恐惧的,是日子的脊椎骨会被打断的那个时刻:他终于必须见这个姑娘,跟她聊天,然后躬身把她的欢声笑语送出门外,转过身来独自去面对茶杯里令人忧郁的残渣,以及积聚在没有吃过的三明治上的陈腐味。

安东尼的日子过得越来越暗淡无光。他时常有这样的感觉,有时会把这追溯到一个月之前跟莫瑞·诺贝尔的谈话。那样一场如此坦率又如此自命不凡的谈话,会像虚掷光阴之感一样时时压迫着自己,这不能不说是荒谬的。然而,无可否认的事实却是某种被他盲目崇拜的东西,不受欢迎地存活下来,这东西让他三周之前赶往公共图书馆,出于跟理查德·卡拉梅尔记卡片同样的原因,他借了六七本关于意大利文艺复兴的书。这些书现在还按照借来时的顺序原封不动地堆放在他的书桌上,每天为他增加十二美分的债务,但是这些都丝毫不能有损于它们作出的证言。这些布质封面和山羊搓纹革封面的书籍,可以指证他的背叛这一事实。有过那么几个小时,安东尼陷入了剧烈而又令他震惊的恐慌之中。

能用来证明这种生存方式是合理的,当然,首当其冲的是生命的无意义性。如同助手和部长,侍从和护卫,管家和男仆,辅佐他这一大汗的,有他书架上一千册的藏书,有他的公寓,还有将悉数归他所有的钱财,只等河上游的老人咽下他最后一次陈腐的说教。这个世界上满是社交新人带来的威胁和许多个杰拉尔丁们的愚蠢，谢天谢地他从中抽身——他其实应当模仿莫瑞那种像猫一样的沉静，骄傲地呈现出上几代人积累起来的最高智慧。

与这些对立的，是某个令人疲惫不堪的情结，他不断地对此加以分析和探究。虽说在理性上这个情结已被处理掉了，而且还被他勇敢地踩踏在脚下，但在十一月末的一个冰雪泥泞的日子里，它还是鬼使神差般地把他送进了一个图书馆，可在那里他最想要的书一本也没有找到。要公正地分析安东尼，须得在他能对自己进行分析的范围内；超过这个范围，当然就只能是推测了。他在自己身上发现了一种与日俱增的恐惧感和孤独感。一想到要独自吃饭，他就恐惧，于是他宁可经常跟那些他厌恶的人一起用餐。旅行曾经对他颇具吸引力，现在看来终究也是无法忍受的，是一件徒有其表而并无其实的事，是一个幽灵在追逐自己的梦中幻影。

——如果我本质上意志薄弱，他想，我需要有事可做，有事可做。自己毕竟只是一个轻率浅薄的平庸之辈，既无莫瑞的沉静，也无迪克的热情，一想到这些他不禁焦虑万分。一无所求似乎是一件悲剧——不过，他是有所求的，有所求的。他知道那些在他脑海里闪现的是什么——某种希望之路，它将把他引向在他看来即将来临的不祥的老年。

在大学俱乐部喝完鸡尾酒用完午餐之后，安东尼感觉好多了。他意外地遇见两个哈佛的同班同学，与他们在谈话中流露出的沉重相比，他的生活显得多姿多彩。他们两人都已结婚：其中一个在喝咖啡的时候对自己的出轨行为津津乐道，另一个的脸上则挂着满不在乎和深表赞赏的微笑。他想他们两人就是处于胚胎期的吉尔伯特先生，他们口中的"对"将来必定会翻上两倍。他们的本性在经受了二十年的抱怨之后，会变得比过时破旧的机器好不了多少，假装聪明，实则毫无价值，最终由被他们毁掉的女人照顾着进入迟暮之年。

啊，他绝不会如此，当他餐后慢悠悠地走在大厅长长的地毯上，驻足窗前望着街上摩肩接踵的人群时,他不禁这样想着。他是安东尼·帕奇,才华横溢,风流倜傥,秉承了许多岁月和许多前人的精华。现在就是他的世界了——而他追切渴望的那最后一个极大的讽刺,也就近在咫尺了。

他带着一种偶然出现的孩子气,把自己看成世界上的一种权力;凭借祖父的钱财,他可以为自己打下根基,成为一名塔列朗① 或维鲁伦勋爵② 那样伟大的人物。他思想清晰,既老于世故,又多才多艺,所有这些才能都日臻成熟,随时听候于尚未出现的目标,将为他找到要做的事。他的梦想在这个小问题上渐行渐远——做点什么:他竭力想象自己进入国会,在那个不可思议的猪栏的粪堆里扎下根,与一群长着窄窄的、像蠢猪一样眉毛的人为伍,就像他有时在星期天报纸的图片版上看到的那样,听着那些光荣的无产者向国人喋喋不休地宣讲那套高中生水平的观点!这帮小男人有着陈腐的理想,正是因为平庸而曾想象着自己将从平庸中脱颖而出,进入民治政府的这个既平淡乏味又不浪漫的天堂——他们当中的佼佼者,也就是位于权力顶峰的那十来个精明能干的人,既自私自利又愤世嫉俗,正志得意满地率领着这支打着白色领结、扣着铜丝领扣的唱诗班,共唱一曲不和谐的、令人惊讶的赞美诗,那里面有一种难以言说的混乱,既把财富作为美德的报偿,又把财富看成邪恶的证据,他们还继续歌颂着上帝、宪法和洛基山脉。

维鲁伦勋爵!塔列朗!

回到公寓,他的情绪重又低落起来了。鸡尾酒带来的兴奋消失殆尽,他没精打采,昏头昏脑,而且心绪恶劣。维鲁伦勋爵——他?这个想法本身就令人痛苦。安东尼·帕奇没有辉煌的个人履历,缺乏勇气,

---

① 塔列朗(Talleyrand, 1754—1838),法国外交部长(1797—1799)、外交大臣(1799—1807,1814—1815)、驻英大使(1830—1834)。
② 维鲁伦勋爵(Lord Verulam, 1561—1626),即维鲁伦男爵,英国哲学家弗朗西斯·培根的称号。

即便真理就在面前,也没有力量来面对它。天啊,他就是个自命不凡的傻瓜,在鸡尾酒里谋求前程,同时,还为那个并无充分理由的可怜理想的破灭,而暗自悔恨。他曾经用最精致的趣味来装饰自己的灵魂,而现在他却渴望那老一套垃圾一样的目标。他寂寞空虚,就像一只陈旧的空酒瓶一般。

门铃响了。安东尼一跃而起,把话筒靠近耳朵。里面传来理查德·卡拉梅尔的声音,夸张做作,滑稽好笑:

"格洛莉亚·吉尔伯特小姐来访。"

美丽的女郎

"你好。"他说,微笑着把门打开一半。

迪克点了点头。

"格洛莉亚,这是安东尼。"

"噢!"她叫了一声,伸出一只戴着手套的小手。

在毛皮大衣里面,她穿的是一件爱丽丝蓝的上衣,白色花边褶皱硬挺贴身地围着领口。

"把东西交给我吧。"

安东尼伸出双手,那一堆棕色毛皮一下子落进他的手里。

"谢谢!"

"你觉得她怎么样,安东尼?"理查德·卡拉梅尔有些粗声粗气地问,"难道她不漂亮吗?"

"噢!"女孩抗议地叫了一声——若无其事地走开了。

她令人眼花缭乱——光芒四射,想要在一瞥之间就领略她的美,绝无可能,只能令人极度痛苦。她的秀发散发出天堂般的光彩,在室内的冷色调光线的映衬之下,显得活泼艳丽。

安东尼走动着,像个魔术师似的,把台灯的蘑菇形光影调节成了橙色的彩光环。被拨动过的炉火照亮了壁炉内的铜质薪架。

"我都冻成一块冰了,"格洛莉亚轻松随意地喃喃说道,同时环顾四周,那双浅蓝色的眼睛精致而又清澈,"炉火棒极了!我们刚才发现了一个地方,站在那儿的一个铁格栅上面,下面会有暖气吹到你的身上来——可是迪克不肯在那儿等我。我叫他自己先走,让我一个人在那儿开心好了。"

这话够平常的了。她说话就像只是为着自己高兴,丝毫不去费心。安东尼坐在沙发的另一头,借着从正面照来的灯光仔细端详着她的侧影:鼻梁和上唇的线条精美而匀称,下巴微微有些尖,与略短的颈部形成一种完美的平衡。照片上的她看上去肯定会是一个古典美人,而且几乎是冷艳型的——然而,她的秀发和绯红娇弱的面颊散发出的光彩,使得她成了他所见过的最有活力的人。

"……觉得你的名字是我听过的最好的一个,"她说,似乎还是在说给自己听,她的目光在他身上停留了片刻,随即又迅速地掠过——落到了意大利式壁灯上,它们像会发光的黄色乌龟一样错落有致地趴在墙上,落到一排又一排的书上,然后落到了坐在另一侧的表哥身上,"安东尼·帕奇。你就应该看上去有点像匹马,长着又窄又长的脸——你还应该穿着打补丁的衣服。"

"那全是名字中帕奇那个部分。安东尼这部分看上去该怎样呢?"

"你看上去就像安东尼,"她严肃地向他保证——他觉得她没怎么正眼看他——"相当威严,"她继续说,"而且庄重。"

安东尼忍不住窘迫地笑起来了。

"不过我喜欢押头韵的姓名,"她接着说,"除了我的名字之外。我的名字太浮华。我以前认识两个都叫金克斯的姑娘,可是却在想如果她们不叫自己的名字,会叫什么别的名字——朱迪·金克斯和杰里·金克斯。有趣,对吗?你不觉得吗?"她孩子气的双唇张开着,等待着有人来回答。

"下一代的每个人，"迪克提出，"都会叫彼得或者芭芭拉——因为现在所有可爱的文学人物都叫彼得或者芭芭拉。"

安东尼接着把这个预言说下去：

"当然还有格拉迪斯和埃莉诺，这两个名字给上一代的女主人公带来过荣耀，如今仍处于如日中天的地位，会传给下一代的售货小姐——"

"替代埃拉和斯黛拉。"迪克插嘴道。

"还有珀尔和朱厄尔，"格洛莉亚也急切地加上了一句，"还有厄尔、艾尔摩和米妮。"

"然后我将出现，"迪克说，"重新拾起这个过时的名字朱厄尔，我会把它用在某个奇特而又有魅力的人物身上，这样它将重新变得热门起来。"

格洛莉亚接过这个话题的主线，在每个句子的结尾处，都编织出轻微上扬半带幽默的音调——仿佛反对被打断——并用让人难以捉摸的笑声穿插其间。迪克曾经告诉过她安东尼的男仆名叫邦兹——她觉得这真是棒极了！迪克还说了一个糟糕的双关语，是关于邦兹缝补各色补丁的，不过她说如果有什么东西比双关语更糟的话，那就是被调侃者因不得不对一个双关语做出反应，而只能责怪地瞥一瞥调侃者。

"你是从哪儿来的？"安东尼问。他这是明知故问，但是格洛莉亚的美貌让他无从思考。

"密苏里州的堪萨斯城。"

"他们在禁烟的同时，给她添了不少麻烦。"

"他们禁烟了？我了解到我那神圣的祖父在这件事上插了手。"

"他是改革家之类的人，对吗？"

"我为他脸红。"

"我也是的，"她坦白地说，"我痛恨改革家，特别是那种想改造我的人。"

"那种人多吗？"

"有好几打呢。他们说，'哦，格洛莉亚，如果你抽这么多烟，你会失去漂亮的脸蛋！'要不就说，'哦，格洛莉亚，你为什么还不结婚安顿下来？'"

安东尼深表赞同，一边还在琢磨是谁自不量力，敢对这样一个尤物如此这般地说话。

"然后呢，"她继续说，"还有那些狡猾的改革者，跟你讲一些关于你的荒诞不经的传闻，全都是道听途说的，还说他们是怎样为你辩护呢。"

他终于看清她的眼睛是灰色的，神情平和冷静。当这双眼睛停留在他身上时，他终于明白了为什么莫瑞说她既非常年轻又非常苍老。她总是在谈论自己，就像一个可爱的孩子那样，当她说起自己喜欢什么又讨厌什么的时候，表情一派纯真自然。

"我必须承认，"安东尼严肃地说，"就连我也听说过一件关于你的事。"

她立刻警觉起来，坐直了身子。她的目光中有着花岗岩峭壁般古老而又永恒的神情，她与他的目光相会了。

"告诉我。我会相信的。我总是相信别人告诉我的任何关于我自己的事——你们也是这样吗？"

"绝对是。"两个男人不约而同地说。

"那么，就告诉我吧。"

"我不知道该不该告诉你。"安东尼故意逗着她说，还不情愿地笑了笑。可她却那么明显地表现出兴趣，那副自我专注的样子真有些让人忍俊不禁。

"他是指你的绰号。"她的表哥说。

"什么绰号？"安东尼问，有些困惑不解。

她一下子就露出羞涩之情——然后大笑起来，滚倒在靠垫上，抬起

眼睛说:

"从大西洋沿岸到太平洋沿岸的格洛莉亚。"她边说边笑,这笑声的含义难以捉摸,正如在火光和灯光间,嬉戏于她秀发上的变幻莫测的光影,"噢,天啊!"

安东尼还是困惑不已。

"你是什么意思啊?"

"我指的就是我啊。这就是一些傻男孩们为我取的绰号。"

"你还不明白吗,安东尼,"迪克解释,"就是说她的坏名声传遍全国之类的。你听到的不就是这个吗?她被人这么叫着都好些年了——从她十七岁就开始。"

安东尼的眼神变得有些忧伤,又有些诙谐。

"你带到这儿来的这位女玛土撒拉①是谁,卡拉梅尔?"

她没有理会这个,可能还有些反感,因为她很快又转到主要话题上来了。

"关于我你到底听说了什么?"

"是关于你的身体的。"

"噢,"她说,对此有些冷淡失望,"就这个?"

"还有关于你的肤色的。"

"我的肤色?"她感到莫名其妙。她抬起手在喉咙那儿放了片刻,仿佛用手指在感受不同的色彩。

"你还记得莫瑞·诺贝尔吗?你大约一个月之前遇见过他。你给他留下了很深的印象。"

她想了想。

"我记得——但他后来没有给我打电话。"

"他不敢,我确信无疑。"

---

① 玛土撒拉(Methuselah),《圣经·创世纪》中以诺之子,据传享年969岁。

外面已是漆黑一片，安东尼怀疑他的公寓曾经是否有过昏暗阴沉的时候——墙上的书籍和绘画令人感到如此温暖而友善，好邦兹那庄重的身影不时过来给大家添上茶点，三个可爱的人围坐在欢快的炉火边，趣谈和笑语如波浪般一阵接着一阵，往来不息。

不满

星期四的下午，格洛莉亚和安东尼在广场大酒店的餐厅一起喝茶。她穿着毛皮滚边的灰色套装——"因为穿灰色，你就得画上浓妆。"她解释——一顶小巧的无边女帽不落俗套地戴在头上，让波浪式的黄色卷发欢快骄傲地在帽檐下摆动。在更明亮的光线下，她的性格在安东尼的眼里似乎变得无比温柔——她看上去那么年轻，几乎不到十八岁。她身穿那时被称为蹒跚步裙的紧身连衣裙，体型惊人地窈窕曼妙，婀娜多姿，她的双手既非"艺术型"又非短粗型，稚嫩小巧，如同孩子的双手一般。

当他们走进餐厅时，乐团正奏响马克西舞曲①最初的几个如泣如诉的音符，旋律中充满着响板和流畅而又略带懒散的小提琴和声，很适合这个拥挤的冬日餐厅。里面满是兴奋的大学生，即将来临的假期令他们兴致高昂。格洛莉亚仔细地比较了几处座位，然后绕来绕去地把安东尼引到最里面的一个两人桌前，这让他颇有些不自在。到了那儿之后，她又开始考虑了。她要坐在右边还是左边呢？在她做决定的时候，那双美丽的眼睛和双唇都显得相当郑重其事，安东尼再次感到她的每一个姿势看上去都是多么稚气。她把生活中所有的东西都当成自己的，可以由她来选择和分配，就好像她正在一个柜台前，连续不断地从取之不竭的物品中为自己挑选礼物。

---

① 马克西舞曲（Maxixe），一种起源于巴西类似两步舞式的交际舞。

她心不在焉地朝跳舞的人看了一会儿,当一对跳舞者旋转着靠近时,她低声评论起来。

"那边有一个穿蓝色衣服的漂亮姑娘"——当安东尼顺从地朝那边望去时——"那边!不对,是在你后面——那边!"

"对。"他无可奈何地附和。

"你还没有看见她呢。"

"我更愿意看你。"

"我知道,但她很漂亮,就是她的脚踝大了一点。"

"是吗?——我是说,大吗?"

一个姑娘的问候声从靠近他们的一对跳舞者那里传过来。

"你好,格洛莉亚!噢,格洛莉亚!"

"你好。"

"她是谁?"他问。

"我也不知道。某人吧。"她看见了另一张脸,"你好,穆瑞尔!"然后,她转过来对安东尼说,"那是穆瑞尔·凯恩。我现在觉得她迷人,就是不算很迷人。"

安东尼欣赏地笑了笑。

"迷人,就是不算很迷人。"他重复了一遍。

她笑了——立刻来了兴趣。

"这有什么好笑?"她的语气不依不饶,神情楚楚动人。

"就是好笑。"

"你想跳舞吗?"

"你想吗?"

"有一点儿。但我们还是坐着吧。"她做出决定。

"然后谈论你?你喜欢谈论自己,对吗?"

"对。"一种虚荣心被人道破,她不禁大笑起来。

"我猜想你的自传将会是一部经典之作。"

"迪克说我的自传还没有开始呢。"

"迪克!"他大声说,"他知道你什么?"

"一无所知。但是他说每一个女人的传记,起始于第一个有分量的亲吻,终止于她最小的孩子躺在她的臂弯里。"

"他说的是他书里的话。"

"他还说没人爱的女人是没有传记的——她们有历史。"

安东尼再次大笑起来。

"你肯定不会是在声称自己没人爱吧!"

"嗯,我想不是吧。"

"那么你怎么会没有传记呢?你难道没有过一个有分量的亲吻?"但这些话脱口而出时,他深深地吸了一口气,好像要把它们吸回来。这个宝贝儿!

"我不明白你说的'有分量'是什么意思。"她提出抗议。

"我希望你能告诉我你多大了。"

"二十二岁,"她说,一本正经地看着他的眼睛,"你以为多大呢?"

"大约十八岁。"

"我要从十八岁重新开始。我不喜欢二十二岁。我恨它超过恨世界上的任何东西。"

"是指二十二岁?"

"不是。慢慢变老之类的,还有结婚。"

"你有没有想过要结婚?"

"我不想承担责任,也不想照顾一大群孩子。"

显而易见,她毫不怀疑从她嘴里说出来的话有任何不妥之处。他屏息静待着她的下一句话,预计将会接上刚才说过的话。她嫣然一笑,并非觉得什么有趣,而是感到愉快,停顿了一会儿,六七个词洒落在他俩之间:

"我好想要口香糖。"

"可以啊!"他招手唤来一个服务生,打发他去了雪茄柜台。

"你介意吗?我喜欢口香糖。每个人都拿这事儿打趣我,因为我总是猛嚼口香糖——只要我爸爸不在旁边。"

"一点都不介意。——这些孩子都是谁来着?"他突然问,"你认识他们吗?"

"嗯——不,不过他们来自——噢,来自某个地方吧,我猜想。你以前没来过这儿吗?"

"很少来。我并不是特别留意那些'好姑娘'。"

他立刻吸引了她的注意力。她转过肩来背对着跳舞者,放松地坐在椅子上,随后问道:

"你一个人平时都做些什么?"

由于喝了一杯鸡尾酒,安东尼欢迎这样的问题。他此时谈兴正浓,况且他想给这个兴趣看上去如此扑朔迷离而又引人入胜的姑娘留下印象——她停下来,仿佛是在一片让人意想不到的牧场上吃草,很快又从那些一览无余的地方匆匆走过,而那里其实并不是一览无余的。他想要在她面前摆出一种姿势。他想要在她面前突然呈现出一种新奇而又英雄般的色彩。他想要改变她那种除了自己之外,对所有其他事物都漠不关心的态度。

"我什么都不做,"他开始说,同时意识到他的话或许缺少他追求的那种温文尔雅,"我什么都不做,因为没有什么值得我去做。"

"嗯?"他既没有让她吃惊,甚至也没有吸引住她,然而她明显听懂了他的话,如果他说的话确实值得别人听懂。

"你赞同懒人吗?"

她点点头。

"我想是这样的,假如他们懒散而又优雅。这对一个美国人来说可能吗?"

"为什么不呢?"他反问,感到有点窘迫。

可是，她的心思很快就离开了这个话题，已经扶摇直上，登到十层楼上去了。

"我爸爸被我气疯了。"她无动于衷地说。

"为什么？不过我想先知道为什么一个美国人不可能优雅地闲散。"——他的言辞变得有说服力了——"这让我大为惊讶。这——这——我不明白为什么大家都认为，每一个年轻人都应该进城，每天工作十小时，把他一生中最好的二十年都用来做那些枯燥乏味毫无想象力的工作，当然那些也不是有利于他人的工作。"

他突然停下了。她不可思议地注视着他。他等着她表示赞同或者反对，但是她却一言不发。

"难道你没有对事物做出过判断吗？"他有些恼怒地问。

她摇了摇头，目光又重新回到跳舞者身上，回答：

"我不知道。我对这样的事一无所知——你该做什么，或者任何其他的人该做什么。"

她让他困惑，他的思路被她阻断了。他从来没有像现在这样，既迫切渴望自我表达，却又不可能做到。

"嗯，"他有些抱歉地承认，"我也不知道，当然，不过——"

"我只是想想别人，"她继续说，"他们在所处的位置上是不是恰当，是不是与整幅画面适合。我并不在意他们是否做什么事情。我不明白为什么他们一定要做什么，其实如果有人在做着什么，这倒总是会让我吃惊不小。"

"你不想做任何事情？"

"我想睡觉。"

有那么一瞬间他吓了一跳，几乎就好像她是说真的去睡觉。

"睡觉？"

"差不多吧。我就是想懒洋洋的，我想要周围有些人去做形形色色的事情，因为那会让我觉得舒服，有安全感——我还想有些人什么事情都不做,这样他们就可以与我优雅相伴。可是我从来都不想改变别人,或者为他们动情。"

"你可真是个古怪的小宿命论者,"安东尼笑着说,"这就是你的世界,难道不是吗?"

"嗯——"她眼睛朝上一瞥说,"难道不是吗?只要我还——年轻。"

她在最后一个词之前停顿了片刻,安东尼怀疑她开始是想说"漂亮"。不可否认,这正是她本来打算说的词。

她的双眼变得明亮起来,他等着她来展开这个话题。他终于让她打开了话匣子,不管怎么说——他身体微微前倾,为的是洗耳恭听她要说的话。

可是,她只说了一句,"我们来跳舞吧!"

倾慕

在广场大酒店的那个冬日下午,是在圣诞节前恍惚而又刺激的日子里,安东尼和她的一连串"约会"中的第一次。始终不变的是,她总是很忙。究竟具体是哪一个阶层的社交生活让她这般乐此不疲,他费了好些功夫来打探。这个问题似乎无关紧要。她参加了一些在大酒店举办的半公开性质的慈善舞会,他也在雪莉餐厅的宴会上碰见过她几次。有一次他在等着她梳妆打扮时,吉尔伯特夫人谈到女儿的"外出"习惯,叨叨唠唠地讲到她惊人的假期安排,其中包括安东尼也收到请柬的半打舞会。

他跟她约会了几次,一起吃午饭和喝下午茶——每次吃午饭总是匆匆忙忙的,至少对他来说是相当不满意的,因为她老是睡眼惺忪,一副心不在焉的样子,对什么事情都集中不了精神,也不能持续专注地听他说话。在经历了两次这样索然无味的午餐之后,他抱怨她只是把一些边角料时间给他,她大笑起来,答应三天之后和他一起喝茶。这令他满意多了。

在圣诞节前的一个星期天下午,他给她打电话,发现她刚结束了一场重要却又神秘的争吵,正处于暂时性的平静状态:她用一种既带有愤怒又不乏戏谑的语气告诉他,她刚把一个男人请出了公寓——安东尼对此禁不住胡思乱想起来——那个男人已为她安排下了当天的一个小小晚宴,当然她是不会去的。这样安东尼就带她去吃晚饭了。

"我们去做点什么吧!"他们在乘电梯下楼时她提议,"我想去看一场演出,你不想吗?"

在酒店票务柜台前询问后才知道,星期天晚上只有两场"音乐会"。

"总是些一成不变的东西,"她不开心地抱怨起来,"总是同一班老犹太喜剧演员。噢,我们还是去别的地方吧。"

他本该早安排好一场演出来讨得她的欢心,为了掩饰这份让他隐约感到内疚的想法,安东尼假装出一副对演出了如指掌的兴高采烈的样子。

"我们去看一场精彩的卡巴莱歌舞吧。"

"城里的每一场我都看过。"

"嗯,我们会找到一场新的。"

她心绪恶劣,这是显而易见的。她那双灰色的眼睛现在真的成了冰冷的花岗岩。不说话的时候,她便直直地盯着前方,就好像盯着大厅里某个空想出来的令人厌恶的东西。

"嗯,那么就走吧。"

他跟在她后面,出门坐上了一辆计程车。即便是裹在毛皮大衣里,这个姑娘仍不失优雅。他带着一副确定无疑的神情,好像早已想好要去的地方,告诉司机先去百老汇,然后再转弯往南开。他几次试着轻松随意地跟她闲聊,可是她仿佛套上了沉默的盔甲无法穿越,她回答他的话总是冷淡阴郁,一如计程车里冰冷的黑暗。他只得作罢,自己也染上了相似的情绪,陷入忧郁之中。

从百老汇往南开出十几个街区之后,安东尼的目光被一块巨大而又陌生的电招牌所吸引，上面是耀眼的黄色手写体"马拉松"几个字，用以装饰的树叶和花朵形灯在潮湿而闪亮的街道上，忽明忽暗地闪烁不定。他侧身敲了敲车窗，片刻之后从一个看门的黑人那儿获得了这样的信息：对，这里就是一家卡巴莱餐厅。很不错的卡巴莱。上演本城最好的歌舞！

"我们试一试吗？"

格洛莉亚发出一声叹息，把香烟从打开的窗户扔了出去，随后下车。他们从醒目的招牌下穿过，走进宽敞的正门，再乘坐密不透气的电梯上楼，进入这个未曾听说过的欢乐宫。

无论是富有者还是贫寒者，时尚人士还是有罪之人，更不用说新近让人兴趣倍增的波西米亚艺术家，他们的纵情欢乐之处，不仅通过配有插图并广为传播的星期天娱乐增刊，而且还通过鲁伯特·休斯先生那双震惊并充满警觉的眼睛，以及其他记录下美国疯狂节奏的人，早已被来自佐治亚州的奥古斯特市和明尼苏达州的雷德温市，心怀敬畏的高中女生们了然于胸了。不过，从哈莱姆区到百老汇的游历，无论是无聊者的欢闹，还是正派人的狂欢，都是一种神秘的知识，非亲身经历者无从知晓。

有小道消息说，在那些被人心照不宣地提及的地方，每到星期六和星期天的晚上，就有道德水平低下的人集聚在一起——这些很少烦恼的人在报刊的连环漫画专栏里被人描绘成"消费者"或者"公众"。他们确信这种地方符合三个条件：首先是便宜，其次是它专心致志地在细节上廉价模仿剧院区大咖啡馆光彩夺目的夸张噱头；最后——这也是最为重要的一点——就是这地方他们能"带上一个好姑娘去"，当然，这句话的意思是由于囊中羞涩和想象力贫乏，每个人对他人都同样没有恶意，胆小怕事，而且乏味无聊。

每逢星期天的晚上，这里聚集着那些易上当受骗、多愁善感、薪水微薄、劳累过度的人，他们都从事着各种名称中带有连字符号的职业：

簿记员、售票员、办公室经理、销售员，最主要的是各类职员——快递职员、邮政职员、杂货店职员、经纪业职员、银行职员。① 陪伴在他们身边的，是那些咯咯傻笑着的、动作夸张的、装腔作势的可怜女人。这些女人跟他们一起慢慢变得体态臃肿，为他们生下太多的孩子，无助失意地漂浮在一个色彩昏暗的苦海里，那里只有单调枯燥的苦活和破碎的希望。

他们用豪华型列车车厢来命名这些廉价而俗丽的卡巴莱舞厅。"马拉松"！他们根本用不上借自巴黎咖啡馆的隐晦比喻！这里就是那些温顺的主顾带他们的"好女人"来的地方，对于她们干枯贫瘠的想象力，这里的景象已够得上纵情欢乐，甚至有些许不道德。这就是生活！谁还在乎明天！

被抛弃的人！

安东尼和格洛莉亚坐下来，环顾四周。邻桌坐了四个人，这时又有两个男人和一个女人加入进来，显然他们是来晚了——那姑娘的神情真的是一个社会学研究的对象。她和这几个男人是新认识的——她在竭力想要假装什么。她在用姿势，用语言，用几乎难以察觉的眼皮动作在假装，她属于一个比现在她正打交道的人更高一点儿的阶层，她刚才还在那儿，而且待会儿又会回到那个更高贵也更难得的氛围中去。她穷讲究，几乎到了令人不胜其烦的程度——她头戴一顶去年流行的帽子，上面缀满了紫罗兰花，这些花并不比她本人更显得自命不凡和矫揉造作。

安东尼和格洛莉亚出神地观察着这个姑娘，只见她坐了下来，而且周身都传递出这样的信息，即她只不过是屈尊俯就才出现在这儿。她的眼睛似乎在说，对于我，这次出行实际上是去贫民窟体验生活，是要用轻视的笑声，也可以说是辩护来掩饰的。

---

① 带连字符号的职业（hyphenated occupations），指诸如 book-keepers, ticket-sellers 等名称中包含连字符号的职业。

——其他的女人也都急切地要给人这样的印象,虽然自己身陷在这一大群人之中,但并不是其中的一部分。这儿不是她们常去的地方;她们只是顺路进来的,因为这儿离得近,而且又很方便——餐厅里的每一群人都在给人这样的印象……谁知道呢?他们永远都在变换着阶层,他们所有的人——女人通常会嫁个金龟婿,男人会突然间发个横财:一个匪夷所思的广告策划,一个极美的蛋筒冰淇淋。同时,他们在这里会面用餐,对于因餐厅很少更换台布而表现出来的节俭,卡巴莱表演者的漫不经心,特别是服务生言语上的粗枝大叶和放肆轻薄,他们都选择视而不见。可以肯定,这些主顾没有给服务生留下什么印象。还可以预计,不一会儿服务生就会坐在这些桌子边……

　　"你反感这里吗?"安东尼问。

　　格洛莉亚的面部表情温和起来,这个晚上她第一次露出了笑容。

　　"我喜欢这里。"她直率地说。要怀疑她是不可能的。她那双灰色的眼睛左顾右盼,眼神或困倦迷离,或悠闲自得,或警觉机敏,目光投向每一群人,又带着难以掩饰的快乐扫向下一群人。安东尼从她的侧影一目了然地看出了各种含义,她的嘴唇上流露出奇妙生动的表情,她的面容、体型和神情别具一格,使得她如同一堆廉价小装饰品中独一无二的花朵一般。随着她快乐起来,一种妙不可言的柔情令他的眼眶湿润,哽咽难语,神经刺痛,喉咙发干,心潮澎湃。屋子里顿时一片寂静。小提琴和萨克斯发出的嘈杂声,近处一个孩子刺耳的抱怨声,旁边桌上戴紫罗兰帽姑娘的说话声,似乎都渐渐消退远去了,就像光亮的地板上模糊的倒影一般消失了——在他眼里,这里只剩下了他们两人,无限遥远而又静谧。她面颊上充溢着的清新活力正如一层又轻又薄的投影,来自一片优雅精致而又无人知晓的虚幻之境,她的手在留有污渍的台布上微微闪光,如同一只贝壳,来自遥远的、尚未被人征服的茫茫大海……

　　随后这幻影就像一组细线一样突然断了。这屋子重又出现在他的周围,里面有声音、面容、动作。头顶上方的灯泡闪烁着炫目的光芒,又重新变得真实，变得装腔作势起来。呼吸又开始了，她和他与周围上百个温顺的人一道，又缓慢地呼吸起来，胸部起伏着，永无休止而又毫无意义地在口里摆弄着单词和短语，它们发生作用，相互作用，彼此交换，重复强调——所有这些猛然紧拧了他的感官，让它们直面生活那令人窒息的压力——这时她的声音传来，冷静平和，正如刚刚中断了的远他而去的梦境。

"我属于这儿，"她喃喃自语，"我是和他们一样的人。"

有那么一瞬间，这个貌似带有嘲讽意味而又不必要的矛盾说法，猛地把他扔起，让他飞越了她为自己设置的不可逾越的距离。她的魔力不断增大——她的目光停留在一个犹太小提琴手的身上，他的双肩随着本年度最柔美的狐步舞曲的节奏而轻轻摆动：

"有种声音——响起

铃—啊—叮—啊—铃—啊—铃

就在—你的耳畔——"

她重又开始说话了，从她自己那无处不在的幻境的中心开始说话。这不禁让他大为吃惊，就好像是听到了从一个孩子口里吐出的亵渎言词。

"我就像他们一样——喜欢日本灯笼、黑面纱，还有那个乐队演奏的音乐。"

"你真是一个小傻瓜！"他不受约束地坚持道。

她摇了摇她那长着金发碧眼的脑袋。

"不，我不是。我就是像他们……你会看到的……你还不了解我。"她犹豫了片刻，目光重新落到他身上，刹那间与他的目光相遇，仿佛她对自己终于在那儿看见他感到吃惊，"我有一种你或许会称为轻贱的天性。我不知道这是从哪儿得来的，但就是有——噢，像这里的东西，明亮的色彩，花里胡哨的东西。我好像就是属于这儿。这些人能够欣赏我，认为我这样就是理所当然的，这些男人会爱上我称赞我，而我遇见的那些聪明男人只会对我做出分析，然后告诉我之所以我是这样的，正是因为这个，或者之所以是那样的，正是因为那个。"

——安东尼此刻极想把她画下来，此时此刻就把她记下来，就像她现在的样子，时间无情地流逝，每过一秒钟她都会变得不一样。

"你在想什么？"她问。

"只是在想可惜我不是一个现实主义者，"他说，接着又补充道，"不，只有浪漫主义者才会保存值得保存的东西。"

安东尼有了一种感悟，这是源自他的练达世故，而不是什么隔代遗传或者令人费解的东西，甚至根本就不是什么物质性的东西，而是从多少代人的浪漫空想中被人记住并流传下来的感悟，这就是当她说话时，当她注视着他的双眼时，当她转动着她那可爱的头颅时，她深深地打动了他，他从未被这样打动过。包裹着她灵魂的躯体拥有了非凡的意义——就是这么简单。她就是一轮太阳，光芒四射，冉冉升起，集聚着光，并把光储藏起来——在过了无穷无尽的一段时间之后，她在一瞥之中，在一句破碎的话语中，将光倾泻而出，撒向他珍藏所有美和所有幻想的那个部位。

第三章
亲吻鉴赏家

在读大学本科时，理查德·卡拉梅尔担任了《哈佛深红报》的编辑，从那时起他便有志于写作。然而，在读大四的时候，他沉浸在了一种光荣的幻想之中，认为某些人被挑选出来，注定了是要为大众"服务"的，他们来到这个世界上，就是要去完成一番朦胧却又令人无比向往的使命，这样做即使不能让人流芳百世，至少会让个人得到满足，因为他们曾经为了绝大多数人的最大幸福，做出过不懈的努力。

这种精神长久以来感动着美国的大学校园。在大一学生心智尚未成熟，对大学生活刚获得一些浅表印象之际，这种精神通常就开始了，有的甚至可以追溯至预科学校阶段。那些成功的传道者以慷慨激昂的表演而著称，他们奔走于各大校园之间，恐吓温顺听话的小绵羊，挫败他们迅速成长的兴趣和学术好奇心，而这些正是教育的目的，以此向他们注入一种对罪的神秘信念，唤起对孩童时期犯下的各式各样的罪的回忆，以及感受到来自"女人们"的无所不在的威胁。邪恶的青年去听他们演讲，只是为了寻开心说笑话，胆小者则把裹着糖衣的药丸整个儿地吞下。假如这些药是给农夫的妻子或者虔诚的药店职员，可能不会有什么害处，但对这些"未来的领袖人物"却是相当危险的。

这只强大的章鱼用它弯曲的触须把理查德·卡拉梅尔缠绕住了。毕业后的那一年，它把他召唤进了纽约的贫民窟，成为"外国年轻人救助协会"的秘书，成天跟那些浑浑噩噩的意大利人在一起瞎闹。这件事他做了一年多之后，开始感到厌倦乏味。外国人源源不断地涌进来，有意大利人、波兰人、斯堪的纳维亚人、捷克人和亚美尼亚人等。他们都犯有同样的过错，长着同样奇丑无比的脸，散发出的气味也大同小异，尽管他还想象随着时间的流逝，这些都会变得更为丰富多样起来。虽然关于这项服务对自身的利益，他最终的结论模糊不清，但是就其本人与此的关系而言，结论是决断而又明确的。任何一个亲切友好的年轻人，只要他的头脑里回荡着最新一次圣战的钟声，面对这些欧洲废墟，想做多少事都能够做成——对于他，现在是开始写作的时候了。

他此前一直住在市中心的一家基督教青年会所里，但是当他辞去这项没有多少价值的使命后，便搬到上城区去居住，并很快就在《太阳报》找到了一份记者的工作。这份差事他干了一年，作为副业他还随心所欲地写了一些东西，没有引起多少关注。后来有一天，一个不幸事件提前结束了他的记者生涯。那是二月的一个下午，他被派去报道某个骑兵中队的一个阅兵仪式。他眼看就要下大雪了，于是没有去阅兵现场，而是在家里温暖的火炉边睡觉，醒来之后炮制了一篇流畅的专栏文章，生动地描绘了马蹄踏在雪地上发出的低沉声音……这篇文章他交了上去。第二天一早，文章的复印件被加上记号，送到本地新闻的编辑手里，还附上了一张字迹潦草的便条："开除写这篇文章的人。"骑兵中队似乎也看出要下大雪了——他们把阅兵仪式推迟到了另一天。

一周之后，他开始创作《魔鬼情人》……

一月就像月份中的星期一，在这个月里，理查德·卡拉梅尔的鼻子经常是青灰色的，是那种具有讽刺性的青灰色，让人隐约想起地狱中舔舐着罪人的火焰。他的书快要完成了，就在书即将大功告成之际，它的要求似乎也在随之增长，消耗他的元气，制服他，直到他彻底被征服，形容枯槁地行走在自己的影子里。卡拉梅尔倾吐他的希望、狂言和迟疑，不仅仅是向安东尼和莫瑞，而且会向任何愿意停下来倾听的人。他会拜访彬彬有礼却又稀里糊涂的出版商，会跟哈佛俱乐部里偶然坐在他对面的人讨论他的书。安东尼甚至声称曾经在某个星期天的晚上，发现他在哈勒姆地铁站寒冷而又昏暗的隐蔽处，同一个喜爱文学的检票员争论第二章的顺序安排问题。他最近的知音中有吉尔伯特夫人，她跟他一坐就是好几个小时，话题在比尔非教和文学之间交替，两人互不相让，观点激烈交锋。

"莎士比亚是个比尔非教徒，"她深信不疑地对他说，脸上一直挂着僵硬的笑容，"噢，没错！他就是个比尔非教徒。这件事已经得到证实了。"

听她这么说，迪克看上去有些神情茫然。

"要是你读过《哈姆雷特》，你就不得不信了。"

"嗯，他——他生活在一个更容易轻信的时代——一个更信仰宗教的时代。"

可是她决不肯就此善罢甘休：

"噢，不错，但是你知道比尔非教不是一种宗教。它是关于所有宗教的科学。"她带有挑衅意味地冲着他微微一笑。这是有关她信仰的一句经典名言。在这句话的遣词造句方面，有某种东西确切无疑地把握住了她的思想，以至于陈述变得至关重要，根本无需对它再去加以定义。这套辉煌的公式里面涵盖的任何思想，要她全盘接受都不是不可能的——也许这不是一套公式，而是所有公式中的归谬法。

然后，终于令人愉快地轮到迪克说话了。

"你听说过新诗运动，对吗？嗯，在这场运动中，许多年轻诗人打破旧体诗歌的形式，做了不少有益的尝试。嗯，我想说的是我的书将掀起一场新的散文运动，就是某种意义上的文艺复兴。"

"我确信你会做到的，"吉尔伯特夫人神采飞扬地说，"我确信你会做到的。上星期二我去拜访了詹妮·马丁，就是那个看手相的人，你知道每个人都在为她疯狂。我告诉她我的外甥正在创作一部作品，她说她知道我会很高兴地听到，他将会取得非凡的成功。然而她从来没有见过你，对于有关你的事，她一无所知——甚至连你的名字都不知道。"

听说这种不可思议的现象，迪克恰如其分地发出一些声音，来表达他的惊叹之情。接着他转换了她的话题，就好像一个专断的交通警察示意让自己先行。

"我沉迷其中，凯瑟琳姨妈，"他向她保证，"真的。我所有的朋友都拿这事儿笑话我呢——噢，我知道是什么让他们觉得好笑，我可不在乎。我觉得一个人应该经得起别人取笑。不过我有一种深深的信念。"他有些黯然神伤地作出总结。

"你有着一颗古老的灵魂，我总是这样说。"

"也许是吧。"迪克已经到了这样一种阶段，他不再反抗，而是屈服。他荒诞不经地胡思乱想起来，他一定有着一颗古老的灵魂，这颗灵魂太古老了，已经彻底烂透了。然而重复这个词还是或多或少让他感到尴尬，让他的脊椎骨发凉，很不自在。他又换了一个话题。

"我那位高贵的格洛莉亚表妹呢？"

"她出去了，不知跟谁一块儿，去了什么地方。"

迪克停了下来，想了想，然后拧起了他的脸，开始显然拧成的是笑容，但最后却皱成了可怕的眉头，同时说出了这样一句话：

"我觉得我的朋友安东尼·帕奇爱上了她。"

吉尔伯特夫人吃了一惊，半秒钟之后才喜形于色，用一种侦探剧中的耳语喘息着问道："真的吗？"

"我想是这样的，"迪克一脸严肃地纠正，"她是我见过他爱上的第一个姑娘，爱得那么深。"

"哦，当然，"吉尔伯特夫人刻意地表现出漫不经心的样子，"格洛莉亚从来都不跟我说知心话。她守口如瓶。这句话我只对你说——"她小心翼翼地俯身向前，显然是下定了决心，只让老天和她的外甥听见她的这段告白——"这句话我只对你说，我希望看到她安顿下来。"

迪克站起身来在地板上急切地来回走动。这个年轻人矮小、活跃，身材已经有些发福了，双手很不自然地插在微微鼓起的口袋里。

"我不是说自己总是对的，请您注意，"他向吉尔伯特夫人保证，她活脱脱就像旅馆里的不锈钢雕刻，正朝着自己傻笑，"我说的事情可不想让格洛莉亚知道。不过我想安东尼那个疯子对她很感兴趣——非常感兴趣。他不停地谈论她。这在任何其他人身上，都不是一个好迹象。"

"格洛莉亚有着一颗年轻的灵魂——"吉尔伯特夫人急切地开始说，可是她的外甥却急不可待地打断了她：

"如果格洛莉亚不跟他结婚，她可真是个小怪人。"他停了下来，看着她，表情就如一幅作战地图，上面阡陌交通，沟壑纵横，或挤压或拉伸，无不尽显其张力——这就好像用他的诚挚来弥补话语中的任何鲁莽轻率，"格洛莉亚的心有点狂野，凯瑟琳姨妈。她是难以驾驭的。她会怎样应对，我一无所知，不过最近她交了些最为可笑的狐朋狗友。她好像一点儿也不在乎。在纽约她曾经交往过的那些男人——"他不禁打住话头吸了一口气。

"对——对——对。"吉尔伯特夫人忙不迭地插话，对于听到的内容，她徒劳无益地掩饰着自己的强烈兴趣。

"嗯，"理查德·卡拉梅尔一本正经地继续说，"就是这么回事。我是说她曾经交往的那些男人都是一流的，而现在却不是了。"

吉尔伯特夫人的眼睛飞快地眨巴着——有那么片刻，她的胸脯颤抖不止，起伏难平，她深深地吸了一口气，话语随之如洪水般倾泻而出。

她知道，她轻声地呼喊道；噢，不错，对这类事情，母亲们的眼睛是雪亮的。可是，她有什么办法呢？他是知道格洛莉亚的。他对她了解得够多了，不会不知道要驯服她，希望是多么渺茫。格洛莉亚就是被宠坏了——不可理喻地被彻底宠坏了。比如，她吸母乳一直吸到三岁，那时她大概都会嚼棒棒糖了。也许——谁也说不准——就是因为这个原因，她整个的人才那么健康，也那么难对付。后来，差不多就是她十二岁以后，身边总是围着那么多男孩——天啊，那么多，她简直都寸步难行了。十六岁时,她开始在预科学校参加舞会,后来是去大学。不管她走到哪儿,身边总是围着男孩,没完没了的男孩。起初,噢,一直到她十八岁之前,身边总是有那么多男孩,好像谁也不会比其他人特殊,可是后来她开始挑选他们了。

她知道在过去的三年里传出了不少关于她的绯闻,涉及的男孩加起来大概有一打。这些男孩有的是本科生,有的是刚从大学毕业的——格洛莉亚和他们每人交往的时间一般是几个月,两次之间还会有跟其他人的短暂关系。有过一两次,他们的关系维持的时间稍长一些,她母亲便希望她能够订下婚来,但是总有新认识的人会出现——新认识的人——

那些男人?天啊,她让他们痛苦不堪,真的,就是这样!其中只有一个人多少保住了一点尊严,可他还只不过是个孩子,就是那个年轻的卡特·柯比,来自堪萨斯城。不管怎么说,他相当自负,一天下午被拒之后,为了虚荣心,他迅速离开了,第二天就和他父亲一起去了欧洲。其他的人都——惨不忍睹。他们好像从来都不知道什么时候她会对他们感到厌倦,而格洛莉亚也很少会故意这么冷漠无情。他们会不停地给她打电话、写信、想方设法来看她,追逐着她奔走在全国各地。他们当中有一些人会向吉尔伯特夫人倾诉,眼里满含着泪水,告诉她,他们永远无法忘记格洛莉亚……虽然,他们当中至少有两人后来很快就结了婚——不过,格洛莉亚似乎杀伤力依旧——一直到今天,卡斯泰尔先生还会每周打来一次电话,给她送花,而她甚至都懒得去拒绝了。

有好几次,至少有两次,吉尔伯特夫人知道,格洛莉亚跟别人的关系已经发展到了私订终身的程度了——一次是跟都铎·拜尔德,还有一次是跟帕萨迪纳市那个霍尔康姆家的男孩。她是确信无疑的,因为——这事儿可不能传出去——她无意当中撞见了,嗯,发现格洛莉亚的确情感很投入。当然,她没有跟女儿提起这事儿。她是懂得把握分寸的,而且,每次她都指望着再过几周格洛莉亚就会宣布的。可是,宣布是从来没有过的，倒是新的男人又出现了。

想想这些场景吧！年轻人像笼子中的老虎一样，往来于这间书房！年轻人一个进来，一个出去，在客厅里相遇，虎视眈眈地盯着对方！年轻人打进电话来，都被令人绝望地挂断！年轻人威胁着美国南方！……年轻人书写着最忧伤的信！（吉尔伯特夫人虽然没有这样说，但迪克想象她是看过其中几封信的。）

……还有格洛莉亚，体验着哭泣和欢笑之间的各种滋味，歉疚、愉快、失恋和热恋，悲伤、紧张、冷漠，置身于大量礼物之中，在古老的记忆的镜框里，交替着装上不同的照片，然后洗上几个热水澡，又跟下一个出现的男人——重新开始。

这种状态一直持续着，仿佛要永远这样下去。没有任何事情可以伤害、改变或者感动她。然后有一天她突然告诉她妈妈，那些个本科生真让她腻味，今后她绝不再去大学跳舞了。

变化从此开始了——倒不是说她的行为习惯发生了多大的变化，因为她依然跳舞，依然有很多"约会"——但这些约会性质发生了变化。以往这是某种荣耀，是一件满足她的虚荣的事。她曾经大有可能是全国最受人推崇和追逐的妙龄美女。堪萨斯城的格洛莉亚·吉尔伯特！她沉迷于此，不能自拔——她享受众星捧月的感觉，还有那些让人最想嫁的男人挑选出她的方式；享受被别的姑娘强烈地嫉妒着；享受关于她的虽说不上是丑闻，但不着边际，正如她妈妈喜欢说的，完全是毫无根据的谣传——比如，说她有一天晚上身穿雪纺绸晚礼服走进了耶鲁大学的游泳池。

她原本有一种近乎男性的虚荣心，喜爱这种感觉——这是胜利者耀眼经历的本质之所在——现在她突然变得对此失去了感觉。她隐退了。她曾经征服过无数派对，曾经在多少个舞会上，在许多双眼睛朝圣般的温柔注视之下，她如花朵般地绽放，芳香四溢。现在她不再在意了。她几乎是愤怒地把爱上她的男人彻底地打发掉，漫不经心地跟那些最庸常的男人你来我往。她不断地毁掉婚约，不过不像过去那样镇定自若地确信，自己是无可指责的，那个被她羞辱的男人会乖乖地回来，就像驯服的宠物一样——而现在她满不在乎，既不轻视也不傲慢。她几乎不再对男人发火了，只会对他们无精打采地打哈欠。她好像——这事儿真让人觉得奇怪——在她妈妈看来，她好像变得越来越冷漠了。

理查德·卡拉梅尔倾听着。起初他一直站着，可是随着姨妈讲述的内容愈来愈深入——这里删掉了一半，包括所有涉及格洛莉亚那颗年轻人的心灵和吉尔伯特夫人本人精神状态的次要内容——他拉过一把椅子坐了下来，一丝不苟地听着她讲述格洛莉亚一生漫长的故事，其间夹杂着泪水、悲伤和无助。当她终于讲到去年的故事时，这是一个关于烟蒂留在带有"午夜狂欢"和"贾斯汀·约翰逊的小俱乐部"字样的小烟灰缸里，遍布全纽约市的故事，他开始缓缓地点头，然后点得越来越快，直到她以断音音符结束的时候，他的头上上下下的，点得飞快，就像一个电动洋娃娃的头，荒谬可笑，表达的意思几乎无所不含。

在某种意义上，格洛莉亚的过去对于他早已不是一个新故事了。他曾用一个新闻记者的眼光去追踪其进展，因为他有朝一日要写一本关于她的书。不过他的兴趣，仅就眼下而言，只是对一个家庭成员的兴趣。他特别想知道这位约瑟夫·布勒克曼到底是什么人，他已经好几次看见格洛莉亚跟他在一起了；他还想了解经常跟她在一起的那两个姑娘，一位是"雷切尔·杰瑞尔"，还有一位是"凯恩小姐"——毫无疑问，凯恩小姐绝不像会跟格洛莉亚联系在一起的人！

可是这个时刻过去了。吉尔伯特夫人的讲述已经到达顶峰，正准备像高台滑雪那样快速下冲。她的双眼如同从两扇圆形红色玻璃窗望出去的一片蓝天，她的唇部的肌肉在颤抖着。

正在这时房门开了，进来的是格洛莉亚和刚才提到的两位年轻姑娘。

两位年轻姑娘

"噢!"

"您好,吉尔伯特夫人!"

凯恩小姐和杰瑞尔小姐被介绍给理查德·卡拉梅尔先生。"这是迪克"(笑声)。

"我听说过好多关于你的事。"凯恩小姐说,她先是咯咯地笑,说完又怪叫了一声。

"你好。"杰瑞尔小姐羞涩地问候。

理查德·卡拉梅尔试着动了动,仿佛这样他的身材会比刚才看上去要更好。他一方面天生热情友好,另一方面又觉得这两个姑娘相当平常,根本就不属于让人怦然心动的那种类型,于是有一种被撕裂的感觉。

格洛莉亚消失在了卧室里。

"快坐下,"吉尔伯特夫人和颜悦色地说,她现在早已恢复了常态,"快把外套脱了!"迪克害怕她会说些关于他的灵魂的年龄之类的话,不过很快就忘了他的疑虑,因为这位小说家不一会儿就沉浸在了对这两个姑娘的仔细观察之中。

穆瑞尔·凯恩小姐来自东奥伦治市一个日渐上升的家庭。她体态较矮,但并不小巧,无所畏惧地徘徊在丰满和肥胖之间。她的头发是黑色的,经过了精心的梳理。这一切连同她那双像牛一样相当大的眼睛,还有过分红艳的双唇,整个地使她看上去很像著名的电影女演员希妲·芭拉。人们经常告诉她,她是一个"吸血鬼",她信以为真。她满怀希望地想,他们真的害怕她,而且无论在什么情况下,她都尽己所能地给人留下危险的印象。一个富于想象力的人会看见她经常扛着那面红旗,疯狂地挥舞着,神情中不失恳求——可是少有显著效果。她还竭尽全力地追赶潮流：她对最新的流行歌曲了如指掌，而且这是指所有最新的歌曲——当留声机里播放出其中的任何一首时，她都会一跃而起，随着节奏双肩前后摆动，手指打得噼啪响，要是没有音乐，她就会哼着曲子给自己伴奏。

她说出来的话也颇为时尚："我可不在乎，"她会说成，"我一点儿也不在乎，体型要变就让它变吧"——然后又说，"我一听到那个调子，就管不好双脚。噢，宝贝！"

她的指甲留得太长，而且也修饰得过度了，被染成了一种粉红色，给人不自然的兴奋感。她穿的衣服太紧身，太时髦，太艳丽活泼，她的眼神太调皮淘气，而她的笑容又过分娇羞。她几乎从头到脚都过分招摇了，不禁让人觉得有点可悲。

那个年龄稍大姑娘性格明显更为含蓄细腻。她是个衣着精致的犹太人，长着一头黑发，面色白皙。她看上去有点羞涩和内敛，这两个特征使她周身散发出的优雅妩媚更加迷人。她家是美国圣公会教徒，在第五大道上拥有三家时髦的女性用品商店，住在河滨大道的一套豪华公寓里。迪克观察了一会儿之后，发现她在竭力模仿格洛莉亚——他感到疑惑人为什么总是选择无法模仿的对象来模仿。

"今天我们过得实在太兴奋了！"穆瑞尔兴致勃勃地大声说，"在公共汽车上，有个疯女人坐在我们后面。她绝对是个十足的神经病！她不停地自言自语，说她要对某个人或者某样东西采取行动。我都吓傻了，可是格洛莉亚就是不肯下车。"

吉尔伯特夫人张开口，表现出适度的惊恐。

"真的吗？"

"噢，她真是个疯子。不过我们可一点儿也不在乎，她没伤着我们。难看死了！我的天啊！我们对面的那个男人说，她那张脸应该长在盲人医院的夜班护士脸上，我们一听都狂笑起来，当然，这个男人是想让我们不要害怕了。"

过了一会儿，格洛莉亚从卧室里走了出来，所有的眼睛都不约而同地转向她。两个姑娘退居到了阴影中，没有人觉察到她们，也没有人想起她们。

"我们一直在说你呢，"迪克迅速说，"——你妈妈和我。"

"哦。"格洛莉亚说。

片刻沉默之后，穆瑞尔转向迪克。

"你是一位了不起的作家，对吗？"

"我是作家。"他怯生生地承认。

"我总是说，"穆瑞尔急切地说，"要是我有时间把我所有的经历都写下来，一定会是一本精彩的书。"

雷切尔咯咯地笑了起来，表示赞同。理查德·卡拉梅尔微微欠身，几乎是带有一种威严的神情。穆瑞尔继续说：

"可是我真不明白，你是怎么能够做到坐下并写出来的。还有诗歌！老天啊，要押韵，就是两行我也写不出来啊。噢，我一点儿也不在乎！"

理查德·卡拉梅尔好不容易才忍住没有笑出声来。格洛莉亚嚼着一粒口香糖，神情忧郁地盯着窗外。吉尔伯特夫人清了清嗓子，喜笑颜开。

"可是，你知道，"她用一种陈述普遍性真理的口吻说，"你没有一颗古老的灵魂——像理查德那样。"

这个"古老的灵魂"终于舒了一口气——这话终于还是说出来了。

随后，格洛莉亚就好像已经思考了五分钟之久一样，突然宣布：

"我要开一个派对。"

"噢，我可以参加吗？"穆瑞尔好没正经，大胆地问道。

"是一个晚宴。七个人。穆瑞尔、雷切尔和我，还有你、迪克、安东尼，那个叫诺贝尔的人——我喜欢他——还有布勒克曼。"

穆瑞尔和雷切尔激动不已，沉浸在狂喜之中，不住地发出轻微的鸣

鸣声。吉尔伯特夫人眨了眨眼睛,神采飞扬。迪克用一种轻松随意的口吻,提出了一个问题:

"格洛莉亚,这个布勒克曼是谁?"

格洛莉亚察觉到话里有一丝敌意,转向了他。

"约瑟夫·布勒克曼吗?他是一个电影人。卓越影业公司的副总裁。他和我爸爸有许多生意往来。"

"噢!"

"嗯,你们都会来吧?"

他们都会来的。派对的日期就安排在本周内。迪克站起身来,整了整帽子、大衣和围巾,然后朝大家微微一笑。

"再见,"穆瑞尔说,轻松愉快地朝他挥了挥手,"有空给我打电话。"

理查德·卡拉梅尔被她的话弄得有些脸红。

欧奇非骑士的悲惨结局

这是一个星期一,安东尼带着杰拉尔丁·伯克去美术餐厅吃午饭,随后他们又一起去了他的公寓,他推出一个可以滚动的小圆桌,上面摆放了各种酒,他选出味美思酒、杜松子酒和苦艾酒来提神。

杰拉尔丁·伯克就是那个凯斯剧院的引座员,在过去的几个月里给他带来了不少快乐。她所要求的是那么少,他很喜欢她,因为去年夏天他跟一个社交新人有过一段不愉快的交往,他发现在吻过她六七次之后,她就期待着他向她求婚,从那以后,他对本阶层的姑娘们都保持着警惕。要想挑剔她们的不完美之处,实在易如反掌:有的身材粗俗,有的个性上缺少细腻的特质——像凯斯剧院引座员这样的姑娘,则另当别论,完全可以用另一种态度来接近。人们可以包容一个贴身男仆身上的某些性格特点,但当这些特点放在一个本阶层的熟人身上时,就会变得不可原谅。

杰拉尔丁蜷缩在长沙发的脚边，眯起眼睛打量着他。

"你整天都喝酒，对吗？"她突然说。

"对，是啊，"安东尼有点吃惊，回答，"你不喝吗？"

"不喝。我有时会去参加派对——你知道，大概一周一次，但我只喝两三杯。你和你的朋友一直不停地喝。我想这样会喝坏身体的。"

安东尼有点被感动了。

"怎么，为我担心，你真可爱！"

"嗯，是为你担心。"

"我喝得并不太多，"他声称，"上个月有三周我滴酒未沾。我大概一周也只有一次是真的喝得多点。"

"可是你每天都要喝一些，而你才只有二十五岁。你难道没有什么雄心吗？没有想过你四十岁的时候会是什么样子吗？"

"我真心诚意地相信我不会活得那么长。"

她用牙齿咬了咬舌头，发出一声咂舌声。

"你疯一了！"她说，此时他正在调制另一杯鸡尾酒——然后，她又说：

"你是亚当·帕奇的什么亲戚吗？"

"是啊，他是我祖父。"

"真的吗？"她一听这话明显兴奋了起来。

"千真万确。"

"那太有趣了。我爸爸曾经在他那儿工作。"

"他可是个古怪的老头。"

"他是个好人吗？"她问。

"怎么说呢，在私人生活方面，他很少不必要地令人不快。"

"跟我说说他吧。"

"嗯，"安东尼思考着，"——他整个的人都萎缩起来了，只剩下了一些灰白头发,看上去总好像有风在里面。他很有道德感。"

"他做了很多好事。"杰拉尔丁极为严肃地说。

"扯淡!"安东尼嘲笑地说,"他是头虔诚的蠢驴——他是个笨蛋。"

她的思绪离开了这个主题,又飘浮到了别处。

"你为什么不和他住在一起?"

"我为什么要寄宿在一个循道宗牧师的寓所里?"

"你疯—了!"

她又发出微弱清脆的哑哑声,以示反对。安东尼心想这个举目无亲的小人儿,骨子里是多么有道德感——当巨浪不可避免地扑面而来,把她从体面的沙子上冲走时,她依然会是完全具有道德感的。

"你恨他吗?"

"我不知道。我从来没有喜欢过他。你永远不会喜欢为你包办一切的人。"

"他恨你吗?"

"我亲爱的杰拉尔丁,"安东尼不无幽默地皱起眉头,表示抗议,"再喝一杯鸡尾酒吧。我令他恼怒。假如我抽烟,他会到房间里来,故意用劲地闻来闻去。他是个一本正经的人,乏味透顶,有点像个伪君子。如果不是喝了几杯,我不太可能会跟你说这些,不过也没有什么大不了的。"

杰拉尔丁一直很感兴趣地听着。她端着酒杯,滴酒未沾,看着他,眼睛里流露出一丝敬畏。

"你说的伪君子,是什么意思?"

"这个嘛,"安东尼不耐烦地说,"也许他不是。可是我喜欢的东西,他就不喜欢,所以在我看来,他很无趣。"

"嗯。"她的好奇心好像终于得到了满足。她又陷进沙发,啜饮着她的鸡尾酒。

"你真是个有趣的人,"她若有所思地评论道,"是不是每个人都想嫁给你,因为你的祖父很富有?"

"她们不想——要是她们想嫁给我,我也不应该责备她们。而且,你知道,我从来没有想过要结婚。"

她对此不以为然。

"你总有一天会堕入情网。噢,你会的——我知道。"她自以为是地点了点头。

"过分自信是蠢不可及的。就是这一点毁了欧奇非骑士。"

"他是谁?"

"他是我这颗伟大头脑的产物。是本人创作的人物之一,是一位骑士。"

"你—疯—了!"她快活地喃喃自语,用上她那笨拙的绳梯。她就是用这来跨越所有的鸿沟,爬到思想比她高深的人那儿。她无意识中觉得这样可以消除所有的差距,把那个想象力远远超出她的人拉回到触手可及的位置。

"噢,不!"安东尼提出抗议,"噢,不,杰拉尔丁。你可不能像个精神病医生那样来对待这位骑士。要是你觉得自己不能理解他,我就不把他带进你的世界。再说,他那令人遗憾的名声,也会让我感到有些不自在的。"

"我想只要是有意思的,我都能理解。"杰拉尔丁有点不耐烦地回答。

"这么说来,骑士的一生中倒是有几个各不相同的插曲,是相当引人入胜的。"

"怎样的?"

"让我对他念念不忘,而且还在我们的谈话中提及他,是因为他的结局过早来临。我痛恨最先从结局开始来介绍他,不过这似乎又是不可避免的,骑士必须倒退回去走进你的生活。"

"嗯,他怎么了?他死了?"

"照这样来说,他是死了!他是个爱尔兰人,杰拉尔丁,一个半虚构的爱尔兰人——本性狂野,言谈文雅,方言口音浓重,长着一头'红发'。在骑士时代的最后一段日子里,他从爱尔兰被放逐,当然,越过海峡来到法国。杰拉尔丁,欧奇非骑士像我一样,有一个弱点。他对各种类型和不同处境下的女人都极为多情。除了多愁善感之外,他还是一个浪漫的、喜欢空想的人,有着强烈的情感,一只眼睛有点瞎,另一只眼睛简直完全瞎了。一个这种状况的男人在世界上闯荡,就如同没有牙齿的雄狮一般,孤立无助,结果就是二十年来骑士被一连串的女人弄得惨不忍睹,她们痛恨他,利用他,让他烦恼,激怒他,令他厌倦,挥霍他的钱财,愚弄他——简而言之,用一句世俗的话来说,她们爱他。

"这很糟糕,杰拉尔丁,骑士除了这个弱点,就是说过分多愁善感之外,其实是个很有洞察力的男人,他决定要把自己从这种没完没了的损耗中,一劳永逸地彻底解救出来。带着这个目的,他去了位于香槟区①的著名修道院,嗯,此处很不合时宜地被称为圣伏尔泰。圣伏尔泰有一条院规,任何一位修道士生前都不可以下到修道院的底层去,而是应该在四座塔楼中的一座里,进行祷告和沉思,它们分别以修道院的四条戒规来命名:贫穷,贞洁,顺从和沉默。

"骑士终于要挥手作别这个世界了,当那一天真的来临时,他完全沉浸在幸福之中。他把所有的希腊文书籍都留给了女房东,把剑套在一个金鞘里,送给法兰西国王,而所有的爱尔兰纪念品,他都送给了所住街区里那个卖鱼的胡格诺教徒②。

"然后他就启程赶赴圣伏尔泰,在门口宰杀了他的骏马,把马肉送给了修道院的厨师。

---

① 香槟区(Champagne),法国东北部地区,所产葡萄酒很著名,通称香槟酒。
② 胡格诺教徒(Huguenot),指16—17世纪法国基督教新教徒,多数属加尔文宗。

"那天傍晚五点钟的时候,他有生以来第一次感到了自由——永远摆脱了性欲诱惑之后的自由。没有一个女人可以进入修道院;没有一个修道士可以到第二层以下去。当他踏上旋梯,朝着位于贞洁塔顶楼他的修道室攀爬而去时,在一扇敞开的窗户前,他停留了片刻,这里可以俯瞰五十英尺之下的一条小路。他想,在眼前这个他即将离开的世界里,一切竟是如此迷人,金色的阳光洒满田野,远方的树木枝繁叶茂,近处的葡萄园幽静翠绿,清新开阔,绵延不绝。他双肘撑在窗框上,凝视着前方蜿蜒的小路。

"就在此时,邻村十六岁的农家姑娘特蕾莎,碰巧正从修道院门前的小路上经过。五分钟之前,吊在她那条美丽的左腿袜子上的小丝带断了。她是一个品行极为检点端庄的姑娘,她想等回到家里再来修补,可是这丝带让她很不舒服,她几乎无法再忍受了。于是,在她经过贞洁塔时,她停了下来,姿势优美地撩起裙子——为她说句公道话,她撩起的幅度已经尽可能小了——来整理她的吊袜带。

"在塔上,古老的圣伏尔泰修道院里这位新来乍到的人,仿佛被一只巨大的、无法抵御的手牵拉着,身子前倾往窗外望去。他不住地往前、往前,突然在身体的重压下,一块石头松动了,从水泥中脱落下来,还伴有沙子轻轻的刷刷声——开始是头向前,后来是脚朝天,最后欧奇非骑士令人叹为观止地大幅度旋转着,坠落下来,直冲坚硬的地面和永久性的毁灭。

"特蕾莎被眼前发生的一切吓坏了,她一路狂奔回到家里。在接下去的十年里,她每天为这个修道士的灵魂默默祷告一个小时。在那个不幸的下午,他摔断了头颈,同时也打破了誓言。

"欧奇非骑士被怀疑是自杀,没有被安葬在修道院的墓地,而是草草地被埋在了附近的田地里,毫无疑问,在此后许多年里,他提升了那块土地的质量。这就是一个英勇豪爽风流倜傥的绅士的悲惨结局。你觉得怎么样,杰拉尔丁?"

可是杰拉尔丁早就没有跟上故事的情节发展，只能嬉皮笑脸地冲着他摇着手指，重复她那句以不变应万变的老套话：

"疯了！"她说，"你—疯—了！"

他瘦削的脸庞透出善良，她在想，而且他的眼神也很温柔。她喜欢他，因为他傲慢但不自负，还因为他不同于她在剧院里遇见的那些人，他对引人注目感到恐惧。多古怪而又平淡无奇的故事啊！不过她喜欢听关于丝袜的那一节！

在喝完第五杯鸡尾酒之后，他吻了她，他们在欢笑、挑逗爱抚和让人有些窒息的激情中，度过了一个小时。四点半时，她说还有个约会，到卫生间去理了理头发。她婉拒他为自己预订计程车，于是在门口等了片刻。

"你会结婚的，"她仍然坚持自己的看法，"你就等着瞧吧！"

安东尼手里玩着一只很旧的网球，小心翼翼地在地板上拍了几下，这才略带一丝尖刻地说道：

"你真是一个小傻瓜，杰拉尔丁。"

她挑衅性地笑了笑。

"噢，我就是傻瓜，对吗？敢打赌吗？"

"这也很傻。"

"噢，这也很傻，对吗？嗯，我敢打赌你在一年之内就会跟某个人结婚。"

安东尼重重地弹起网球。她心里想，今天是他看上去很英俊的日子之一，在他那双黑色的眼睛里，往日的忧伤被一种坚定所取代。

"杰拉尔丁，"他终于说，"首先，我还没有找到想要结婚的对象；其次，我没有足够的钱来养活两个人；第三，我完全反对像我这种类型的人结婚；第四，即便是抽象地想一想结婚这样的事，也会引起我强烈的反感。"

可是杰拉尔丁只是心照不宣地眯起了双眼，发出清脆的咂舌声，说她得走了，已经晚了。

"给我打电话，"他在跟她吻别时，她提醒他，"你已经三周没给我打电话了，你知道。"

"我会打的。"他信誓旦旦地保证。

他关上门回到房间里，片刻间站在那儿陷入了沉思，手里还捏着网球。孤独感再次袭来，无论是走在大街上，还是漫无目的情绪低迷地坐在书桌旁，咬着铅笔，这种状况都会出现。自我沉迷，却不能带来慰藉；想要表达，却无宣泄途径；时光匆匆，不舍昼夜，却也只能虚掷光阴。让他稍许释然的是，他深信自己倒也并未荒废什么，因为所有的努力和成就都同样毫无价值。

他心潮起伏，思绪万千，突然大叫一声，因为他受到伤害，困惑不解。

"没有要结婚的念头，向上帝发誓！"

突然间，他把手里的网球往房间对面使劲一扔，险些打中了灯泡，网球来来回回弹跳了几次之后，终于一动不动地躺在了地板上。

华灯与月光

格洛莉亚为晚宴在比尔特摩尔饭店的瀑布餐厅预订了一张桌子。当晚上八点刚过，男人们在外面的大厅里碰面时，"那个名叫布勒克曼的人"成了六只眼睛关注的焦点。他是个身材壮实、面色红润的犹太人，年龄在三十五岁上下，在梳理平整的浅棕色头发下面，是一张表情生动的脸——毫无疑问，在许多商务性聚会中，他的个性会被看成是讨人喜欢的。当三位比他年轻的男士聚在一块儿，一边吸烟一边等待着女主人时，他从容地走过来，略显过于自信地作了自我介绍——他们报之以隐约有些嘲讽意味的冷淡，不过他是否有此印象，是颇值得怀疑的，因为从他的行为举止上看不出任何蛛丝马迹。

"你跟亚当·帕奇是亲戚?"他向安东尼问道,鼻孔里冒出两缕细长的青烟。

安东尼的嘴角掠过一丝微笑,以示承认。

"他是个好人,"布勒克曼一字一句意味深长地说,"他是美国人的一个良好典范。"

"对,"安东尼表示赞同,"他当之无愧。"

——我反感这些半生不熟的人,他冷冷地想,看上去倒像是熟透了!真应该放回炉子里再烤一烤,再烤个一分钟就够了。

布勒克曼眯着眼看了看手表。

"姑娘们就要到了……"

——安东尼屏气静息地等待着;时间就要到了——

"……不过,"他露出了灿烂的笑容,"你知道女人是怎么回事。"

三个年轻人点点头,布勒克曼随意地向四周望去,他的目光挑剔地在天花板上停留了一会儿,随后又向下移去。他的表情既像一个中西部农夫在估计着小麦的收成,又像一位演员在想是否有人正在关注他——这就是所有优秀的美国人在公众场合都会表现出来的举止。当他完成了巡视之后,迅速转向沉默的三人组合,决意要向他们的内心深处发起进攻。

"你们都是大学生?……哈佛的,嗯。我知道在曲棍球比赛中普林斯顿的学生打败了你们哈佛学生。"

他真是个不幸的人。他的话题带来的又是一个冷场。他们都毕业三年了,只关注大型橄榄球赛事。这次出击失败之后,布勒克曼先生是否觉察到自己身处一种嘲讽的氛围中,仍然是个问题,因为——

格洛莉亚到了。穆瑞尔到了。雷切尔到了。格洛莉亚匆忙间说了声"嗨,大家好!"其他两位随声附和了一声,三人一阵风似的进了化妆间。

片刻之后,穆瑞尔以一袭精心设计的暴露装扮出现了,慢慢地靠近他们。她打扮得颇有自己的风格：乌黑发亮的头发梳在脑后，眼睛涂上了深色眼影，浑身持续散发出香水味。她已经使出浑身解数把自己装扮成了一个"塞壬女妖"，更通俗的名字就是"荡妇"——一个将男人召之即来挥之即去的人，一个肆无忌惮的情感玩家，而自己则基本上不动感情。在她费尽心机的企图之中，有某种东西让莫瑞第一眼就着了迷——一个有着肥臀的女人装出美洲豹一般的灵巧敏捷。他们又等待了格洛莉亚三分钟，可以礼貌地假定，也是在等待雷切尔，这期间他无法将目光从她的身上移开。她会把头扭开，低垂下睫毛，轻咬着下唇，以一种神奇的方式展现出她的娇羞。她会把手放在臀部，伴随着音乐左右摇摆，说道：

"你们听过如此完美的散拍乐吗？我一听到这种音乐，就会情不自禁地摆动双肩。"

布勒克曼先生殷勤地鼓起掌来。

"你真应该站在舞台上。"

"我倒是愿意的！"穆瑞尔大叫起来，"你会支持我吗？"

"我当然会。"

穆瑞尔表现得谦虚起来，她停止了摆动，转向莫瑞，问他今年"看了"些什么。他把这理解为是指戏剧，于是两人便以这样一种方式，快乐而又热烈地聊了起来，交流了好些剧名：

穆瑞尔：你看过《我心所依》吗？

莫瑞：没有，我没有看过。

穆瑞尔：（热切地）棒极了！你一定会喜欢的。

莫瑞：你看过《缝制帐篷的奥马尔》吗？

穆瑞尔：没看过，但我听说很不错。我很想去看。你看过《美丽与温暖》吗？

莫瑞：（充满期待地）看过。

穆瑞尔：我觉得不是很好看，很蹩脚。

莫瑞：（含糊地）对，你说得没错。

穆瑞尔：不过，我昨晚去看了《守法》，觉得还不错。你看过《小咖啡馆》吗？……

就这样你一句我一句，直到说完了所有的剧目。与此同时，迪克转向了布勒克曼先生，决意要从这个没有希望的矿床中掘出金子。

"我听说所有的小说一面世，版权就卖给了电影公司。"

"对，我想是这样。"

"这么多小说里面都是对话和心理描写。当然，这些对我们不是都有价值的。不可能让许多这样的小说搬上荧幕后还有吸引力。"

"你们要的首先是情节。"理查德说，显得才华横溢。

"当然，情节是第一位的——"他停了下来，目光移向了别处。他的停顿在延伸，他的一根手指仿佛发出了权威性的警示，其他的人也都停了下来。格洛莉亚从化妆间出来了，雷切尔跟在后面。

在晚餐过程中，诸多事情中有一件尤为突出，那就是约瑟夫·布勒克曼先生从来不去跳舞，而是把音乐响起后的时间都用在观察他人上，他像一群孩子中的老者一样，表现出无聊和忍耐。他是一个有尊严的人，也是一个骄傲的人。他出生在慕尼黑，起初随着一个流动马戏团四处贩卖花生，以这个身份开始了他在美国的生涯。十八岁的时候，他为马戏团的穿插表演进行哗众取宠的宣传，后来成为穿插表演的经理人，不久之后拥有了一家二流杂耍剧团。正当电影走出令人感到新奇的阶段，成为潜力无限的产业时，他已是一个野心勃勃的二十六岁的年轻人，有一定的财力可用于投资，满脑子都是赚大钱的雄心和对表演行业丰富的实践经验。这些都是九年之前的事情了。他在电影业生存了下来，而几十个财力比他雄厚、想象力比他丰富、思路比他活络的人，却被淘汰出局……现在他坐在那儿，凝视着女神一般的格洛莉亚，陷入沉思，年轻的斯图亚特·霍尔康姆就是为了她，离开纽约远走帕萨迪纳——他注视着她，知道过一会儿她就会停下舞步，回来坐在他左边的位置上。

他暗自希望她能快一点回到座位上来。牡蛎已经端上桌子好几分钟了。

此时,安东尼正在与格洛莉亚翩翩起舞——他的座位被安排在她的左边——他们的舞步总是不超出舞池四分之一的范围。如果有不带女伴参加舞会者在场,这样做对于姑娘来说是一种微妙的殷勤之举,意思就是:"小子,别插进来!"这是刻意表示亲密的做法。

"嗯!"他低头看着她,开始说,"你今晚看上去美极了。"

她的目光与他的相遇了,中间是把他们隔开的半英尺距离。

"谢谢你,安东尼。"

"事实上,你美得让人心神不定。"他加上了一句。这次他的脸上没有笑容。

"你也很有魅力。"

"这不好吗?"他大笑起来,"我们其实彼此欣赏。"

"你平时不是这样?"她机敏地把握住了他话中隐含的意思,对于任何未加解释的有关她的暗示,不论多么微妙隐晦,她都能够把握住。

他压低了声音,在他说话时,话里有一丝打趣的意味。

"牧师欣赏教皇吗?"

"我不知道——但这也许是我听过的最含蓄的恭维了。"

"也许我要多说一些陈词滥调。"

"嗯,我可不愿给你压力。快看穆瑞尔!就在我们旁边。"

他从肩头往那边望去,只见穆瑞尔把她那艳丽的面颊靠在莫瑞·诺贝尔晚礼服的翻领上,她那搽过粉的左臂醒目地绕着他的头。这让人不禁好奇,她为什么不是干脆用手抓住他的颈脖子。她的双眼望着天花板,大幅度地转来转去;她的臀部左右摇摆,跳舞的时候嘴里还一直不停地低声唱着。初听起来,好像是她在把一首歌译成某种外语,但最后显而易见,她只不过是试图用她仅知道的几个词——也就是这首歌的歌

名——来填满这首歌的曲调:

"他是一个捡破烂的人,

一个捡破烂的人,

一个在捡散拍乐的人,

捡破烂啊,捡破烂啊,捡,捡,

捡破烂啊,捡,捡。"

她就这么不停地唱着,越唱越稀奇古怪,越唱越粗俗离谱。当她突然发现安东尼和格洛莉亚被她逗乐了,正朝着她看时,她报之以一丝难以察觉的微笑和半睁半闭的眼睛,以此表明音乐已经进入她的灵魂,把她带到了一个令她狂喜而又极其沉醉的神思恍惚状态。

一曲终了,他们回到桌子边,那位寂寞而又不失尊严的独守空桌者,起身用温柔的微笑迎接每一位,他的微笑是如此曲意逢迎,仿佛是在与他们一一握手,祝贺他们刚刚圆满完成了一场精彩的演出。

"布洛克赫德①从来不跳舞!我想他长着一条木头腿。"格洛莉亚对一桌子的人这样评论道。听闻此言,三个年轻男士感到大为震惊,而所指的那位绅士则本能地皱起了眉头,他人都察觉到了。

布勒克曼与格洛莉亚相识以来,这一直是一个令人难以忍受的问题。她总是不留情面地拿他名字的双关诙谐语来取笑他。最初是叫他"布洛克豪斯"②,后来是更为恶毒的"布洛克赫德"。具有强烈讽刺意味的是,他曾经要求她直呼其名,而不是姓氏,她确有几次很顺从地这么做了——然后,一不小心说漏了嘴,在表示悔恨但又放肆地大笑之后,还是不可救药地又管他叫"布洛克赫德"了。

这的确是一件十分糟糕、不顾及他人情面的事情。

---

① 布洛克赫德(Blockhead),与布勒克曼(Bloeckman)谐音,格洛莉亚用这个词来称呼他,意思是笨蛋、傻瓜、愚蠢的人,等等。下文中,格洛莉亚还多次用这个词来称呼他。
② 布洛克豪斯(Block-house),意为"木堡、木屋"。

"我担心布勒克曼先生会认为我们是一群举止轻薄的人。"穆瑞尔叹了一口气,手里拿着一只牡蛎朝他那个方向摆了摆。

"他表现出了那种神情。"雷切尔喃喃自语。安东尼竭力回想,她之前是否还说过什么话。他觉得好像没有说过。这是她的第一句话。

布勒克曼先生突然清了清喉咙,声音清脆洪亮地说:

"恰恰相反。当一个男人说话的时候,他只不过是一个传统。他背后最好有着几千年。但是女人,怎么说呢,她是后代神奇的代言人。"

这个语惊四座的评论让众人哑口无言,随之出现一阵沉默。安东尼被一只牡蛎呛着了,赶忙用餐巾纸捂住嘴。雷切尔和穆瑞尔都温和而又有些吃惊地笑了起来,迪克和莫瑞也都跟着笑了。他们两人的脸都涨红了,显然在费尽最大的力气强忍住一阵爆笑。

"——我的天啊!"安东尼想,"这是他的一部电影里的台词。这家伙居然背了下来!"

唯有格洛莉亚一言不发。她瞪了布勒克曼先生一眼,目光中有一种无言的责备。

"哦,看在上帝的分上!你倒是从哪儿挖出这么一句来的?"

布勒克曼不置可否地看着她,不太明白她的意思。不过,片刻之后,他恢复了常态,脸上又摆出了一副宽宏大度的微笑,仿佛是一个知书达理的人置身于一群被宠坏了的、乳臭未干的年轻人当中。

从餐厅厨房里端出了汤——不过,这时乐队指挥也从吧台边走了出来,他刚才在那儿全身心地陶醉在金黄色的大杯啤酒中。于是,在乐队演奏一首名为《家里一切都在,除了老婆不在》的民谣时,他们把汤放在一边等它变凉。

然后,香槟也上来了——此时派对显露出更多轻松快乐的成分。除了理查德·卡拉梅尔之外,所有的男人都无拘无束地开怀畅饮,格洛莉亚和穆瑞尔各自小口地啜饮,雷切尔则滴酒不沾。除了华尔兹舞之外,他们每支曲子都不落下——格洛莉亚是个例外,没过多久她似乎就厌倦了，宁可坐在桌子边吸烟，眼神时而慵懒，时而热切，全看她是在听布勒克曼说话，还是在观察舞者中的一个漂亮女人。有好几次安东尼都在纳闷，布勒克曼到底在跟她说些什么。他的嘴里不停地来回嚼着一支雪茄，晚餐之后，他的动作夸张到了剧烈的程度。

十点钟时，格洛莉亚和安东尼开始跳舞。他们刚避开桌子边的耳目，她就低声说道：

"慢慢往门那边跳。我想到楼下的药店去一趟。"

安东尼顺从地领着她穿过人群，向指定的方向跳去。到了大厅，她离开了他片刻，等她再次出现的时候，手臂上搭着一件披风。

"我想要一些口香糖，"她说，不无幽默地表示歉意，"这次你肯定猜不出是怎么回事。其实就是我很想咬手指甲，要是没有一些口香糖，我真的会咬的。"她叹了一口气，当他们走进空无一人的电梯时，她又接着说，"我一整天都在咬指甲。有点紧张，你知道。刚才那个双关谐音语的事儿，请你原谅，我不是故意的——那些词儿自个儿就这么排好了。格洛莉亚·吉尔伯特，一个爱说笑打趣的女人。"

他们到来一楼，孩子气地故意避开酒店的糖果柜台，从宽敞的前梯出了门，穿过几个长廊，在格兰德中央车站那儿找到一家药店。在细细看过香水柜台之后，她才买下了口香糖。然后，两人心照不宣，在一阵冲动之下，手挽着手开始在街头漫步，不是朝他们来的方向，而是走上了第四十三街。

夜色中，积雪消融，万物复苏。天气已经开始转暖，阵阵微风沿着人行道轻轻地吹拂，安东尼仿佛意外地置身于青紫色风信子盛开的春天。在长椭圆形深蓝色的天空里，在周围轻轻抚摸着他们的缓慢流动的空气里，新春的幻影让他们从先前令人窒息的污浊空气中挣脱出来，感到舒展。在片刻的悄然沉寂中，往来车辆的声音，还有街边水沟里的汩汩水流声，听来若隐若现，悠远绵长，宛如刚才他们起舞时那支舞曲的延伸。当安东尼再次说话时，可以确定无疑的是，他的话语来自某种扣人心弦的东西，令人莫名地渴望，这是夜色播撒在他俩的心中的。

"我们叫辆计程车去兜兜风吧！"他提议，并没有看着她。

噢，格洛莉亚，格洛莉亚！

一辆计程车停在路边。它就像一只小船漂浮在迷宫般的海洋上一样，在朦胧的夜色中缓缓启动，消失在了林立的高楼大厦之间，消失在了时而平缓时而刺耳的叫喊声和喇叭声之中。安东尼用手臂搂住身边的姑娘，把她拉近身边，亲吻她温润的、孩子气的双唇。

她沉默无语，抬头仰望着他。光线透进车窗，斑驳支离，如同穿过树叶洒下的月光，在这光影的映衬之下，她的脸显得有些苍白，明亮的双眼在这白色的湖面上荡漾出阵阵涟漪，秀发洒下的阴影连接着眉脊，带来一片诱人而又陌生的幽暗。那里没有爱，这是肯定的，就连爱的痕迹都难以寻觅。她的美孤傲冷漠，正如这湿润的微风，又如她潮湿柔软的双唇。

"在这光影下，你就如一只天鹅。"片刻之后，他向她耳语。此时的寂静犹如绵绵的轻声细语，中间不时出现间断，仿佛要打破这种寂静，唯有把格洛莉亚紧紧地搂着，才可以捕捉这些间断，把它们扔进乌有之乡。她靠在他身上，如同一片被捉住的薄如游丝的羽毛，这种感觉凭空从黑暗中飘来。安东尼悄然欣喜地笑了起来，仰起脸来避开格洛莉亚，这既是因为胜利那势不可挡汹涌澎湃的巨大冲击，也是为了避免她因看见他而破坏了她那璀璨宁静的表情。这是怎样的一个吻啊——这是映衬在脸颊旁的一朵花，无法描摹，难以记忆，仿佛她的美短暂地栖息在他的心间，却又已在那儿消融，不住地散发出自身的芳香。

……一幢幢建筑物都往后退去，融入到阴影之中。现在到了中央公园，过了好一会儿，大都会博物馆那巨大的白色幽灵，庄严地慢慢往后倒退，回荡着计程车飞驰而过时发出的洪亮声音。

"哦，格洛莉亚！哦，格洛莉亚！"

她的双眼凝视着他，好像越过几千年的时空：她可能感受到的所有情感,她可能诉说的所有话语,在她无尽的沉默面前,都会显得微不足道;在她的美的滔滔雄辩面前,都会显得词不达意——还有她的身体,紧靠着他,纤细娇弱,冰凉冷漠。

"告诉他掉头,"她小声咕哝着,"开快一点,我们回去……"

他们上楼回到餐厅,里面气氛热烈。桌子上乱摊着纸巾和烟灰缸,陈腐污浊。他们进来的时候,正好是两支舞曲之间的空当,穆瑞尔·凯恩仰起头看着他们,带着一种特别淘气的神情。

"嗯,你们刚才上哪儿去了?"

"去给我妈妈打电话了,"格洛莉亚冷冷地回答,"我答应了给她打电话。我们错过了什么舞曲吗?"

随后发生了一件事,虽然就其本身而言无足轻重,但此后多年安东尼却有理由不断反思回味。约瑟夫·布勒克曼舒服地向后靠在椅子上,用一种异样的眼神盯着他,这里面夹杂着的多种情感,奇怪而又错综复杂地纠结在一起。除了略微欠了欠身,他并没有跟格洛莉亚打招呼,而是立刻恢复刚才的谈话,继续跟理查德·卡拉梅尔谈论文学对电影的影响。

魔法

随着最后几颗星星渐渐隐去和第一批报童过早地出现,夜晚那完全出乎意料的奇迹也慢慢淡出。欲望的火焰消退成了某种遥远的、纯精神性的火光,白热从铁块上散去,灼热也从煤块里消失。

在安东尼书房里,书架摆满了整整一堵墙,一缕凛冽而又傲慢的阳光沿着书架爬了进来,如铅笔一般带着令人沮丧的非难,划过《法国的泰蕾兹》《女超人安》《东方芭蕾舞女詹妮》和《魔术师朱蕾卡》——还有《乡巴佬柯拉》——然后继续往下一个书架游移,探入历史的深处,在被过度援引的《海伦》、《泰依斯》①、《莎乐美》和《克莱奥佩特拉》的隐蔽处,怜香惜玉般地停留了下来。

安东尼已经剃须沐浴完毕,坐进那张有着最松软坐垫的椅子里,留神地观察着书架上的那缕阳光。太阳冉冉升起,有那么片刻,在地毯的丝绸边角上洒下闪烁的金辉——然后就消失了。

此时是上午十点。《星期日时报》散落在脚边,报上的图片和社论,社会观察版和体育版等等,无不表明在过去的一周内,这个世界已经全神贯注地朝着某个辉煌的目标迈进,虽说这目标不那么明确。就安东尼这方面来说,他去看望了祖父一次,拜访经纪人两次,去他的裁缝那儿三次——而且在上星期最后一天的最后一个小时里,他还亲吻了一个非常漂亮迷人的姑娘。

那天当他回到家里时,他的想象中充满了高昂而陌生的美梦。在他的头脑里,突然间一切疑问都不复存在,不再有什么永恒的问题需要解决和再次解决的。他体验到了一种情感,既不是肉体上的,也不是精神上的,也不是两者的简单混合,眼下他专心致志于对生命的爱,其他一切都被排除在外。他心满意足地要让这种与世隔绝、独一无二的体验持续下去。

他几乎是不带个人情绪地深信,他遇见过的女人没有一个可以跟格洛莉亚相提并论。她就是她自己,绝无伪装,简直真诚得无法比拟——他对此确信无疑。跟她相比,他认识的两打女人,包括女学生和刚入社交界的淑女、年轻的新婚少妇和无家可归的流浪女,只不过是一些雌性动物,在这个词最轻蔑的意义上,她们就是繁殖和养育后代的动物,仍然隐隐地散发出洞穴和育婴场所里的那种难闻气味。

就他所能看到的,她既不屈从于他的任何意志,也不曲意迎合他的

---

① 泰依斯(Thais),相传为公元前 4 世纪雅典的名妓,亚历山大大帝的情妇,传说她曾劝说他焚毁阿契美尼德都城波斯波利斯。

虚荣——她乐意让他相伴，除非说这也是一种迎合。的确，他没有任何理由相信，她把没有给予他人的给予了他。事情本来就应该是这样的。那天晚上冒出来的想跟她缠绵一生的念头，现在显得那么遥远陌生，就好像这个念头会令人厌恶一样。再说，她也用一种不容置疑的谎言，决然地否认了真实发生的事情，掩盖了真相。这两个年轻人有着丰富的想象力，足以把游戏跟真实区别开来——正是因为相遇和相处时的漫不经心，他们日后才可能声称自己没有受到过伤害。

一旦这样决定下来，他就走向电话，拨打广场大酒店的号码。

格洛莉亚不在家。她妈妈既不知道她去了哪儿，也说不清她何时回来。

就在这个时候，这件事情上的最初错误多少就已表现出来了。格洛莉亚不在家，这里面有一种冷酷无情的成分，甚至几乎是不礼貌的成分。他怀疑她借用不在家来设圈套，使他处于不利地位。回家之后，她会发现他曾来拜访过，然后莞尔一笑。多么工于心计！他本应该再等上几个小时，把这件完全没有结果的事情——他是这样看待此事的——弄个水落石出。一个多么愚蠢的错误！她会想他还以为自己受到特别礼遇呢。她还会想对于这样一个不足挂齿的小插曲，他反应过度热烈，自作多情。

他记得上个月他曾对门房发表了一通稀里糊涂的高论，是关于"称兄道弟"的，第二天这个门房跑上门来，在一个靠窗的位置上坐了下来，跟他热络地聊了半个小时。安东尼惊恐地想，格洛莉亚会不会像他看待这个门房一样看待自己。他——安东尼·帕奇！恐怖！

他从来没有想过自己就像一个被动的东西，受到某种超越于格洛莉亚的影响的作用，他只不过是一个用来制作照片的感光底片。某个庞然大物般的摄影师用相机聚焦格洛莉亚，然后按下快门！——可怜的感光底片只能曝光冲洗出照片，就像万事万物一样，受其本质所限。

可是现在安东尼躺在长沙发上，目不转睛地盯着橘黄色的落地灯，细长的手指不断地在他的那一头黑发间梳过，一连几个小时都在想象着格洛莉亚的各种新形象。此时的她好像应该正在一家商店里，步履轻盈地穿行在天鹅绒和毛皮大衣之间。在她走动的时候，自己的衣服发出优雅轻快的窸窣声，在那里还有丝绸发出的窸窣声，冷漠的女高音般的笑声，许多新鲜插花的香味。那些个米妮、珀尔、朱厄尔和詹妮们如众星捧月般地围绕在她周围，她们拿着缕缕轻薄娇弱的乔其纱，用柔和淡色的精致雪纺绸来映衬她的面颊，把乳白色蕾丝花边稍许零乱地摆在她的粉颈边——如今缎子只用来做牧师的袍子和沙发的套子，而萨马兰德布只有浪漫的诗人才会记起。

过一会儿她还会去别的地方，她的头将以上百种姿势，在上百种样式的帽子下倾斜着，徒劳地寻找人造樱桃红色的帽饰，用来跟她双唇的颜色相配，或者寻找如她自己那曲线柔美的身体般优雅的羽毛。

中午就要到了——她会匆匆赶往第五大道，就像一个北欧的伽倪墨得斯①，毛皮大衣随着她轻盈的脚步而时尚飘逸地摆动着，双颊因寒风的吹拂而变得更为红润了，她的呼吸如欢快的迷雾飘洒在清新的空气里——利兹饭店的大门将旋转着，人群中会自动地分出一条小道，五十道男人的目光将露出惊异的神色，目不转睛地盯着她看，她会给许多丈夫带来早已被遗忘的美梦，他们的女人早已变得肥胖而又滑稽好笑。

下午一点。她会用手中的叉子，让一个仰慕她的洋姜心里备尝可望而不可即的痛苦，而她的护花使者会为她呈上一个狂喜的男人那华丽而又热切的甜言蜜语。

下午四点。她的纤纤细足随着旋律而舞动，她的面容在人群中与众不同，她的同伴既快乐如一只小宠物狗，又疯狂无比……然后——然后夜幕会徐徐降临，也许又是另一个迷离的夜晚。广告牌会把光线撒向街头。谁知道呢？他们并不比他更聪明，或许想再次捕获那个在奶油和阴

---

① 伽倪墨得斯（Ganymede），希腊神话中神的侍酒俊童。

影里的画面，前一天晚上他们曾在寂静的大街上目睹过。他们也许会看见，啊，也许会看见！上千辆计程车会停靠在上千个街角，只是对他来说，那个亲吻永远失去了，不复存在。在上千种的面貌下，泰依斯会伸手招呼一辆计程车，仰起脸来让人爱怜。她的苍白的脸是纯净而又可爱的，她的亲吻如月亮般贞洁……

他兴奋得跳了起来。她居然出门了，这是多么不合时宜！他终于意识到了他想要什么——那就是再次亲吻她，在她那无限的宁静中寻求安宁。她将终结所有的骚动和所有的不满。

安东尼穿戴整齐之后出门了，他早就该这样。他来到理查德·卡拉梅尔的公寓，听他读《魔鬼情人》最后一章的修改稿。他直到六点钟才再次给格洛莉亚打电话，到晚上八点钟才找到她——噢，真是反高潮的高潮！——她要到星期二的下午才能跟他约会见面。当他重重地挂上电话时，一小片碎裂的古塔胶"啪嗒"一声掉在地板上。

黑魔法

星期二天气冷得刺骨。下午两点钟，他冒着严寒登门造访，两人握手时，他有些困惑，纳闷自己是不是真的吻过她，因为这几乎是难以置信的事——他很严肃地怀疑她是不是还记得此事。

"我星期天给你打了四次电话。"他告诉她。

"是吗？"

她的声音中流露出惊奇，表情中不乏兴趣。他暗地里责怪自己不该告诉她。他本来就应该知道，她的骄傲与这些小小的胜利是不相关的。即使是当时他也没有猜到真相——她从来都不需要去操心身边没有男人，很少用小心谨慎的托词，耍一些欲擒故纵之类的把戏，这些都是她的女同胞们的惯用伎俩。要是她喜欢上了一个人，这本身就是足够的伎俩了。要是她觉得自己爱他——这里面就有着终极致命的一击。她的魅力会把这一击永远保留下去。

"我渴望见到你,"他简单地说,"我想跟你谈谈——我的意思是认真地谈谈,在一个我们两人不受打扰的地方。可以吗?"

"你是什么意思?"

他感到一阵突如其来的恐慌。他觉得她知道了他想要什么。

"我是说,不是在一张茶桌旁谈。"他说。

"嗯,那好吧,但不是今天。我想要做点运动。我们去散步吧!"

天气寒冷刺骨。二月疯狂的心中埋藏着的所有邪恶怨恨,此时都卷入凄凉冰冷的寒风中,残酷地从中央公园肆虐而过,进入第五大道。谈话几乎是不可能,身体的不适让他分心,以至于当他拐入第六十一街的时候,才发现她已不在自己的身旁。他四处张望,发现她落在他身后四十英尺远的地方,一动不动地站着,脸庞半掩在毛皮大衣的领子里,不知是因为发怒还是大笑而抖动着——他无法确定究竟是哪一种。他连忙往回走去。

"不要让我妨碍了你散步!"她大叫起来。

"我真是太抱歉了,"他有些困惑地回答,"是我走得太快了吗?"

"我好冷,"她宣称,"我要回家。你走得太快了。"

"太抱歉了。"

他们肩并肩地往广场大酒店的方向走去。他希望能够看到她的脸。

"男人们跟我在一起的时候,通常不会这样只专注于自己。"

"抱歉。"

"这真是很有趣。"

"的确太冷了,不适合散步。"他故作轻松地说,试图掩饰他内心的恼怒。

她没有回答,他在想她会不会在酒店门口就把他打发掉了。然而,她一言不发地走进大门,走向电梯口,进去的时候抛给他一句话:

"你最好上来。"

他犹豫了一刹那。

"也许我最好换个时间来拜访。"

"那就照你说的吧。"她低声细语说出的话就像一句旁白。生活中重要的事,是对着电梯里的镜子整理零乱的头发。她的面颊光彩艳丽,双眼熠熠生辉——她看上去从来没有像现在这样可爱,这样高雅优美,让人渴望。

他发现自己走在十楼的长廊上,温顺地跟在她的后面;当她进房间去脱掉毛皮大衣时,自己则坐在客厅里。他不禁鄙视起自己来了。事情有些不对劲了——在他自己的眼里,他已经失去了一丝尊严。在一场未经事先计划却又意义重大的较量中,他已然全盘皆输。

然而,当她再次出现在客厅里时,他已经用一套自圆其说的诡辩式说辞,以让自己满意。他想,不管怎么说,他已经做了最关键的事情。他本来就想上来,现在上来了。不过那天下午后来发生的事,还必须追溯到他在电梯里体验到的那种尊严。这个姑娘让他焦虑到了不可忍受的地步,以至于她一出来,他就不由自主地批评起来。

"这个布勒克曼是谁,格洛莉亚?"

"是我爸爸生意上的一个朋友。"

"好奇怪的家伙!"

"他也不喜欢你。"她说,突然笑起来了。

安东尼也笑了。

"受到他的关注,我备感荣幸。他显然把我看成了一个——"他突然打断话头,换成"他爱上你了吧?"。

"我不知道。"

"你不知道才怪呢,"他坚持己见,"他当然爱上了你。我还记得我们回到桌子边时他看我的眼神。要不是你想出了个打电话的理由,他真恨不得让一帮群众演员暗地里来揍我一顿呢。"

"他才不在乎呢。我事后告诉了他真实发生的事。"

"你告诉了他!"

"他问我了。"

"我可不喜欢你这样。"他抗议道。

她又笑了。

"噢,你不喜欢?"

"这跟他有什么关系?"

"没有关系。所以我告诉了他。"

安东尼心烦意乱,使劲地咬着自己的嘴唇。

"我干吗要撒谎?"她直截了当地说,"我不会为我做过的任何事情感到羞愧。再说碰巧知道我吻了你,会让他很有兴趣,而且碰巧我兴致不错,所以我就用一个简单明了的'对'字,满足了他的好奇心。从他的处事风格来看,他还是一个相当敏感的人,于是他放下这个话题,不再说什么了。"

"除了说他恨我。"

"噢,这让你焦虑?嗯,如果你非要把这件大得惊人的事儿弄个水落石出的话,那我就告诉你吧,你没有说他恨你。反正我就是知道他恨你。"

"我才没有焦——"

"唉,我们不谈这事儿吧!"她有些激动地说,"对我来说,这是最乏味不过的事儿了。"

安东尼费了好大的劲才在心里默许改变话题,于是他们转入了一种古老的问答式游戏,是关于各自的过去的。他们发现长久以来,甚至久到无法追忆,两人在品位和观念方面有诸多相似,这时谈话才又逐渐热烈起来。他们交谈的内容比本来预期的都更能透露各自的隐情——不过,两人都假装只是在表面上接受对方,或者更恰当地说,是在口头上。

亲密程度的增长就是像这样的。首先,展现出的是他最好的形象,这是用虚张声势、假相和幽默来装点的光亮成品。随后需要有更多的细节，这就得画出第二幅肖像，接着是第三幅——不久之后，最好的线条相互抵消——秘密终于一览无余；不同的画面一再叠加，暴露出我们的真相，虽然我们不停地画啊画啊，但一幅画也卖不出去。我们希望为妻子、孩子和生意上的伙伴，所做的种种不真实的自我描述，被信以为真，我们必须满足于此。

"在我看来，"安东尼诚恳地说，"一个男人如果既没有人需要，也没有雄心抱负，那他就是不幸的。天知道要是我为我自己感到难过，这会有多么悲惨——不过，有时我真的嫉妒迪克。"

她的沉默就是鼓励。她比以往任何时候都更接近蓄意引诱。

"——对于一个有闲暇的绅士来说，曾经存在过一些体面的职业，比成天吞云吐雾或者骗走别人的钱财，要更有建设性。科学当然是其中之一：有时我真希望自己打下了良好的基础，比如说是在波士顿技术学院。可是现在，天啊，我得在冷板凳上坐上两年，来攻克那些物理和化学的基础知识。"

她打了个哈欠。

"我告诉过你，我对于别人该干什么一无所知。"她毫不客气地说，她的冷漠让他的内心不禁再生怨恨。

"难道除了你自己之外，你对任何其他事情都没有兴趣？"

"不怎么感兴趣。"

他怒目而视，刚才在对话中他兴致渐浓，现在他的乐趣被撕得粉碎。她一整天都暴躁易怒，心怀恶意，在他看来，此时此刻他简直痛恨她让人难以忍受的自私冷漠。他阴沉地盯着炉火。

然后发生了一件奇怪的事。她把脸转向他，朝他微笑。他看着她，所有的怨恨，虚荣心受到的所有伤害，顿时销声匿迹了——仿佛他自己的情绪就是她的情绪向外展开的阵阵涟漪，仿佛情感再也不会从他的胸膛升起，除非她适时地拉动那根无所不能的控制线。

他靠近了一些,握住她的手,无限温柔地把她拉过来,直到她半躺半靠在他的肩上。她仰起脸向他微笑,他吻了她。

"格洛莉亚。"他温柔地轻轻呼唤着她的名字。她又一次施了魔法,如同四溢的香水一般,香味淡雅,弥漫全室,甜美动人,让人无法抗拒。

后来,不论是第二天还是多年之后,他都记不清那天下午发生的一些重要事情了。她被感动了吗?在他的怀抱里,她说了点什么吗,还是什么都没说?从他的吻中,她得到多少快乐呢?任何时候她像那时一样头脑清醒分寸不乱吗?

噢,对于他来说是不存在任何疑问的。他站起身来,在地板上来回踱步,全身心地沉浸在狂喜之中。这样一个姑娘就应如此,就应摆出蜷缩在长沙发一角的姿势,像一只刚刚从轻快急速的飞翔中着陆的燕子,用深不可测的目光打量着他。他会停下脚步,每一次开始的时候都会有些羞涩,都会伸出手紧紧地搂抱她,吻住她的双唇。

她是如此令人着迷,他告诉她。他以往从来没有遇见过像她这样的姑娘。他轻松愉快却又诚挚热切地恳求着她,要她打发他走,他不想陷入爱河。他再也不会来见她了——她已经在他生活的诸多方面产生了影响。

多么美妙的罗曼史!他真实的感受是既不恐惧也不悲伤——唯有与她相处时感到的深深喜悦,才让他陈腐平庸的言辞顿时生色,使无病呻吟看上去就像真正的悲伤,给装腔作势平添一份英明和睿智。他会回来的——永远会的。他早就知道!

"这样就足够了。能认识你,是极为难得的,多么美妙神奇。然而仅仅这样是不行的——这是不可能长久的。"就在他说出这番话的时候,他的心在颤抖,我们常会把自己的这种表现看成是真诚。

后来他记起了她对他提出的某种要求给出的一个回答。他记得她说的话是这样的——也许无意识当中他把她说的话重新组织了一番,并加以了润色：

"一个女人应当能够美丽而又浪漫地吻一个男人，而不抱任何想要做他妻子或者情妇的愿望。"

当他和她在一起时，她一如既往，似乎总是在渐渐变老，直到最后沉思如冬眠般地沉睡在她的双眼里，深不可测，连言语都难以描述。

一个小时过去了，炉火狂喜般地闪烁着，仿佛它即将消逝的生命是甜美圆满的。现在已是五点钟了，壁炉台上时钟发出的声音变得越来越清晰。整个下午仿佛如鲜花盛开一般，片片花瓣落下，发出微弱尖细的声音。安东尼体内的一种野兽般的感觉被这种声音唤醒。他急速地拉着格洛莉亚站了起来，紧紧地拥抱着她，让她几乎不能呼吸，在她的唇上印下一吻。这一吻既非游戏，也非朝贡。

她的双臂垂向自己的这一边。不一会儿，她自由了。

"不要！"她平静地说，"我不想要这样。"

她坐在长沙发的另一端，眼睛直愣愣地盯着前方，眉头深锁。安东尼在她身边坐下来，紧紧地握住她的手。她的手却一动不动，了无生息。

"怎么了，格洛莉亚！"他做了一个姿势，仿佛要用手臂搂着她，但是她往后闪开了。

"我不想要这样。"她重复道。

"我很抱歉，"他说，有一点不耐烦，"我——我不知道你做出了这么精细的区别。"

她没有回答。

"你不想吻我吗，格洛莉亚？"

"我不想。"在他看来，她好像几个小时都纹丝不动。

"这变化突如其来，不是吗？"他的声音里渐生一丝懊恼。

"是吗？"她看上去无动于衷。她仿佛是在看着另外一个人。

"也许我最好走开。"

没有回答。他站起身来，愤怒地看着她，无所适从，于是又坐了下来。

"格洛莉亚，格洛莉亚，你不想吻我了吗？"

"不。"发出这个词的声音时，她的双唇只是微微地动了动。

他再次站起身来，这一次更加迟疑不决，也更缺乏信心。

"那么，我就走了。"

沉默。

"好吧——我走了。"

他注意到他的话语无可救药地缺少新意。事实上他感到整个气氛变得沉闷压抑。他多么希望她能够说话，怒斥他，对着他哭闹，什么都可以，就是不要有这种无处不在令人心寒的沉默。他诅咒自己是个懦夫傻瓜。他最明确的欲望就是感动她，伤害她，看见她畏缩。他无能为力，不由自主地再一次犯错。

"如果你厌倦了吻我，我最好还是走开。"

他看见她的双唇微微地动了动，这时他的最后一丝尊严离他而去了。她终于说道：

"我相信这句话你已经说过好几遍了。"

他立刻环顾四周，看见自己的帽子和大衣搁在一把椅子上——这一刻几乎是无法忍受的，他笨手笨脚地穿戴好。他再次向长沙发看去，发现她没有转过身来，甚至连动都没有动一下。他声音颤抖地说了声"再见"，立马又后悔起来，随即快速离开房间，毫无尊严可言。

格洛莉亚有那么一会儿仍然一言不发。她的双唇依然撇着，目光直视前方，傲慢冷漠。然后她的双眼微微眯起，对着即将熄灭的炉火，用不高不低的声音含混不清地吐出了这样几个字：

"再见，你这个蠢驴！"

恐慌

这个男人经历了一生中最残酷的打击。他终于明白了他想要什么，可是在找到的时候，似乎已把它放在了永远力所不能及的地方。他终于回到了家里，心情悲凉，甚至连外套都没有脱去，就瘫在了扶手椅里，一坐就是一个多小时，纷繁的思绪仿佛狂奔在条条小道上，毫无结果而又令人难受。她居然把他赶出来了！这就是一次又一次令他绝望的重负。他没有凭借自己的力量来抓住这个姑娘，把她紧紧地抱在怀里，直到她完全屈从于他的欲望，他没有用自己的强力来战胜她的意志，相反，他只能被彻底击败，无能为力，灰溜溜地从她的家门口出来，垂着嘴角，就像一个挨了揍的小学生一样，所剩无几的力量残存在悲伤和愤怒之中。一分钟之前，她是那么的喜欢他——天啊，她几乎是爱上了他。可转眼之间，他就成了一个无关她痛痒的人，一个厚颜无耻且被痛斥侮辱的人。

他对自己并没有过多的责备——也有一点儿，当然，不过现在占据他全部心思的是其他的事，是更为紧迫的事。与其说他是如此深深地爱着格洛莉亚，还不如说是为她疯狂。除非他能够再次来到她身边，亲吻她，得到她的默许，紧紧地拥抱她，否则对生活他就无欲无求。这个姑娘用三分钟的沉默，把自己从他心里原本就很高但却有些随意的地位，提升到了占据他全身心的地位。他想要亲吻她，又想伤害损毁她，在这两种同样强烈的冲动之间，不论他那狂野的想象是多么游移不定，残存在他内心深处的渴望，都以一种更加细腻的方式，想要拥有这颗灵魂，它曾在那三分钟里闪烁着凯旋之光。她很美——但她更冷酷无情。他必须拥有能够让自己离开的力量。

眼下作出这样的分析对于安东尼是不可能的。他原本思路清晰，而且嘲讽本领给他带来无尽资源，此时这些都被一扫而光。不只是在当天晚上，而是在此后的几天、几周里，书籍仅仅成了一种装饰，朋友则是居住和游走在外部世界中的一群人，他正在设法从那个如星云般模糊的地方逃离——那里异常寒冷，刺骨的朔风无处不在，有过那么短暂的一刻，他好像进入了一个火光摇曳的温暖的屋子。

大约在午夜时分，他开始感觉到了饥饿。他下楼走向第五十二街，外面异常寒冷，他几乎睁不开眼睛，凛冽潮湿的空气在他的眼睫毛和嘴角处都结成了霜花。从北方飘来的阴沉沉的迷雾无处不在，停留在凄清空旷的街道上。在黑夜的映衬下，过往的路人看上去更为黑暗了，在呼啸的北风中，他们在人行道上蹒跚而行，仿佛是在冰雪上一样，小心翼翼地把脚往前挪动。安东尼转向第六大道，一门心思只想着自己的事，竟没有注意到有几个路人盯着他看。他的外套敞开着，寒风凛冽，长驱直入，残忍的死神仿佛无处不在。

……过了一会儿，一个女服务员走过来，她体态臃肿，戴着一副黑边眼镜，上面还挂下一条长长的黑色细链。她对他说：

"请点餐！"

他觉得她没有必要用那么大的声音，他有些怨恨地抬头看着她。

"你到底要不要点餐？"

"当然要。"他抗议道。

"噢，我问了你三遍。这里可不是卫生间。"

他向大钟瞟了一眼，惊讶地发现已是凌晨两点多钟了。他此时是在第三十街附近，过了一会儿，他发现在前面的玻璃上有白色半圆形的字迹，从反面辨认出是这样几个字："的子孩"。从外面看应当是"孩子的"。这地方稀稀落落地坐着三四个夜猫子，他们都快冻僵了，那情景煞是凄凉。

"请给我来一点火腿、鸡蛋和咖啡。"

这位女服务员最后又厌恶地瞥了他一眼，快速转身离开了。她戴着配有链子的眼镜，看上去像一个知识分子，那样子可笑至极。

天啊！格洛莉亚的吻如鲜花一般芬芳娇美。他回忆起她低沉清新的声音，她美丽的身体曲线透过衣服散发出的光芒，还有街灯映照下她那和百合花色泽一样的脸庞——在灯光的映照下。

悲伤再次向他袭来，在疼痛和渴望之上叠加了一层恐惧。他失去了她。这是真的——不可否认，也无法粉饰。然而一个新的想法令他的天空如同被灼烧了一般——布勒克曼会怎么样？现在会发生什么？他是一个富有的男人，人到中年，足以包容一个美丽娇妻，呵护她的异想天开，宠爱她的无理取闹，让她精疲力竭，也许正如她期望的那样——这是别在他纽扣上的一朵鲜花，安全安心，远离令她恐惧的一切。他觉得她一直在琢磨是不是要嫁给布勒克曼。这次她对安东尼大失所望，此事很有可能让她一时冲动，投向布勒克曼的怀抱。

这个想法令他如孩子般疯狂。他要杀了布勒克曼，要让他为自己令人憎恶的专横傲慢饱受折磨。他一遍又一遍咬牙切齿地向自己重复这句话，仇恨和恐惧写满双眼。

可是，在这猥亵的嫉妒背后，安东尼终于还是堕入了爱河，那是一种深沉而又真挚的爱，是存在于男人和女人之间的那种爱。

他的咖啡放在肘边已经有了一段时间，散发出的缕缕热气渐渐地消失。夜班经理坐着柜台边，瞥了瞥最后一张桌子上那个形单影只纹丝不动的身影，然后叹了一口气，向安东尼走来，此时大钟上的时针刚刚跨过数字三。

智慧

又过了一天，内心的骚动有所平息，安东尼开始进行理性思考。他堕入了爱河——他满怀激情地向自己大声宣告。一周之前看上去几乎是无法逾越的障碍，比如他有限的收入，他对毫无牵挂的独立生活的渴望，在过去的四十八小时之内，在他的醉心痴迷面前，都成了最不足挂齿的借口。假如他没有娶她，将来的生活只不过是对自己青春期的一种软弱无力的拙劣模仿。如今经常性地回忆格洛莉亚，已成了他全部的生活，为了能够忍受这一切，为了能够面对他人，他必须要有希望。因此他顽强地从梦想中撷取材料，不顾一切地为自己构建起希望。当然，这个梦想由嘲讽孕育而成，脆弱不堪，一天之内就会十多次地碎成万片，乃至烟消云散，但是无论如何，对于他的自我尊严来说，这就是力量的源泉。

从希望中闪现出一朵智慧的火花，这是一种属于自己的真正洞察力，源自他那一帆风顺的过去。

"记忆是短暂的。"他想。

如此之短。在这个关键的时刻，托拉斯总裁就站在证人席上，只需要轻轻地推一把，一个犯罪嫌疑人就会成为罪犯，四周诚实正派之士将会对他嗤之以鼻。就让他被无罪释放吧——一年之后，所有的事情都被忘得一干二净。"的确，他曾经遇到过麻烦，我相信，那些都只不过是技术性细节问题。"噢，记忆是非常短暂的！

安东尼总共见过格洛莉亚十多次，总共也就二十多个小时吧。设想一下，他一个月不搭理她，不去想方设法见她或者跟她说话，避免去任何她可能出现的地方。在一个月结束的时候，其间发生的许多事会把他从她的意识中抹去，随之而去的，还有他犯下的错误和蒙受的羞辱。这难道是不可能的吗？由于她从来没有爱过他，这就更加可能了。她将会忘记，因为会有其他男人出现。他本能地皱起了眉头。这个想法对他仿佛是当头一棒——其他男人。两个月——天啊！最好三周，两周——

在这场灾难之后的第二个晚上，他在脱衣时这样想，一想到这一点，他就颓然地倒在床上，躺在那儿微微颤抖，茫然地望着床顶的华盖。

两周——这简直比中间没有任何间隔更糟糕。在两周之后他去见她，就会像现在一样，没有人格也缺乏自信——依然还是那个离谱的男人，然后过上一个阶段——在物理时间上只不过是短暂的片刻，但在心理时间上却是难熬的永恒——他又开始痛苦哀叹了。不行，两周时间太短。不论那天下午她经历了怎样的痛苦，她都需要时间来淡化。他需要给她一段时间，让过去发生的事渐渐远去，然后再给她一段新的时间，让她慢慢地开始想起他，不论是多么模糊，她都会有一种真正的洞察力，在想起他蒙受羞辱的同时，想起他令人愉快的地方。

最后，他确定下来，应该是六周，大概这个间隔最符合他的目的。他在台历上划去中间的日子，发现这个间隔要到四月九日才能结束。很好，那一天他将给她打电话，问她是否可以登门拜访。在那之前——保持沉默。

一旦他作出了这个决定，情况明显地逐渐好转。他至少是在希望所指的方向往前迈出了一步，他意识到他越少思念她，便越能在再次相遇时给她留下他所期望的印象。

又过了一个小时，他才深深地沉入了梦乡。

间隔

尽管随着时间一天天过去，她的秀发散发出来的光芒在他的心中日渐暗淡，分离一年之后也许会荡然无存，但是这六周里还是有很多个令人痛苦的日子。他害怕见到迪克和莫瑞，疯狂地想象他们知道了一切——可是，当三人见面时，关注的中心是理查德·卡拉梅尔，而不是安东尼。《魔鬼情人》已被一家出版社接受，即将付梓。安东尼感到从今以后他将会跟他们疏远了。他不再渴望莫瑞相伴时的那种温暖和安全感，而就在十一月份的时候，这还会让他心情愉快。现在只有格洛莉亚能够做到这一点，其他再没有任何人了。因此迪克的成功只不过让他偶尔感觉到喜悦，带来的焦虑却不少。这就是意味着世界在继续往前运转——写作、阅读和出版——还有生活。他希望这个世界能够静止不动而又无声无息等上六周——与此同时，格洛莉亚在淡忘曾经的不快。

两次邂逅

他最大的满足来自杰拉尔丁的陪伴。他带她外出过一次，一起吃饭看戏，还在自己的公寓里招待过她几次。他和她在一起的时候，她让他着迷，不是像格洛莉亚那样，而是抚平他因思念格洛莉亚而产生的性欲冲动。任凭他怎样亲吻杰拉尔丁都没有关系。亲吻就是亲吻——在那个短时间内享受到极致。对于杰拉尔丁来说，每样东西都归属于明确的类别：亲吻是一回事，更深的关系就是另外一回事了；亲吻是没有问题的，其他的事情就是"坏事"了。

当间隔过了一半的时候，接连两天发生了两件事，打破了他已渐趋平静的心境，导致了一阵短暂的固态萌发。

第一件事是——他看到了格洛莉亚。这是一次短暂的碰面。两人都互致问候。两人都说话了，然而都没有听清对方说了什么。但结束之后，安东尼把《太阳报》上的一篇专栏文章连读了三遍，竟没有读懂一个句子。

本来还以为第六大道是一个安全的地方！自那次事件之后，他不再去广场大酒店的那家理发店了，一天上午他到街角附近去修面，在等候的时候他脱去了大衣和背心，敞开颈部的软领，站在店门附近。那一天是三月里连续多日阴冷天气中难得的一个晴天，兴高采烈的人群在温暖阳光下徜徉在人行道上。一个肥胖妇人套着件丝绒外衣，松弛的脸部显然按摩过度，她用链子牵着卷毛狗，她跟在后面直打转——那效果就像一艘拖船拉着一艘远洋巨轮。在他们的后面是一个穿条纹蓝色西装的男士，双脚套着白色鞋套，走着外八字步，他被前面的景象逗得咧嘴大笑，碰巧他的目光与安东尼的相遇了，于是从镜片后面向他眨了眨眼。安东尼大笑起来，脑海里立马出现了一个古怪的念头，男人和女人都是丑陋可笑的幽灵，在他们自己构建的长方形的世界里，长着奇怪的曲线和弧度。他们给他带来的感觉，就像在海洋水族馆里看到的鱼，那些鱼生活在神秘的绿色世界里，奇怪而可怕。

又有两个散步者不经意间进入了他的视野，一个男人和一个姑娘——然后在令人恐怖的一瞬间，那女人摇身一变成了格洛莉亚。他站在那儿手足无措。他们走了过来，格洛莉亚往里瞟了两眼，突然看见了他。她瞪大了眼睛，礼貌地笑了笑。她的双唇微微一动，这时两人相距不足五英尺。

"你好吗？"他空洞地低声问候道。

格洛莉亚，愉快，漂亮，年轻——和一个他从来没有见过的男人在一起！

这时理发店的椅子空了出来，他把报纸上的专栏连着读了三遍。

第二件事就发生在第二天。大约晚上七时左右，他走进曼哈顿的一家酒吧，迎面碰见布勒克曼。碰巧的是，酒吧里几乎没有什么人，在彼此认出对方之前，他在一个距离这位年长者不到一英尺的位置上坐了下来，而且还点了酒，这样两人就不可避免地交谈了起来。

"你好，帕奇先生！"布勒克曼表现出足够的友好。

安东尼握了握那只伸过来的手，和他就气温变化简单地闲聊了几句。

"你常来这儿吗？"布勒克曼问。

"不，很少来。"他没有告诉他，直到最近，广场酒吧都是他最喜欢去的地方。

"不错的酒吧。是城里最好的酒吧之一。"

安东尼点了点头。布勒克曼喝完杯里的酒，拿起手杖。他穿的是一套晚礼服。

"噢，我得赶快走了。我要去跟吉尔伯特小姐共进晚餐。"

死神突然从两只蓝色的眼睛里往外看着他。就算布勒克曼面对面地宣布他就要杀了他，也不会对安东尼造成如此致命的打击。年轻人的脸顿时涨得通红，因为他的每一根神经都在那一刹那绷紧了。他费尽力气才摆出了一个僵硬的——哦，如此僵硬的——微笑，勉强地说了声"再见"。但是那天晚上他辗转反侧，直到凌晨四点钟还未能入眠，悲伤、恐惧和可怕的联想几乎让他发疯。

脆弱

第五周的一天，他给她打了电话。他一直坐在公寓里试图阅读《情感教育》，书中的某些内容让他的思绪朝着一个方向飞奔而去，它们在不加约束时总是朝着这个方向，如同马儿总是朝马槽的方向驰骋。他走向电话机，呼吸突然加速起来。当他报出电话号码时，他的声音在自己听起来微颤结巴，就像一个小学生似的。接线中心的接线员一定能听见他的心怦怦直跳的声音。在电话的另一端，话筒被人拿起，这简直就是末日来临时的一声轰响。吉尔伯特夫人的声音柔和得像枫糖蜜汁注入玻璃容器时发出的声音，可在他听来，那一句简单的"谁啊？"中自有一种令人恐怖的成分。

"格洛莉亚小姐身体不太舒服。她已经躺下睡着了。请问您是哪位啊？"

"没有哪位！"他大声叫道。

他在一阵疯狂的惊慌之中，砰的一声挂了电话，瘫坐在扶手椅里，气喘吁吁地放松下来，出了一身冷汗。

小夜曲

他对她说的第一件事就是："怎么，你把头发剪短了！"她回答道：

"是啊，难道不漂亮吗？"

短发那时还不流行，再过五六年时间就要流行起来了。那时留短发还被看成是极端大胆超前的行为。

"室外阳光灿烂，"他一本正经地说，"不想出去散散步吗？"

她穿上一件轻便外套，戴上一顶古雅小巧的爱丽丝蓝的拿破仑帽。他们沿着大街一直散步到动物园，在那里对大象身躯的魁伟和长颈鹿颈部的高度，表达了适度的赞赏。他们没有去猴子馆，因为格洛莉亚说猴子的气味太难闻了。

然后他们往回向广场大酒店的方向走去，虽然没聊什么重要的事，但都心情愉快，因为无处不在的春在欢歌，还因为温暖的芳香弥漫在这瞬间变成金色的城市里。他们的右边是中央公园，左边是一个巨大的花岗岩和大理石塑像，它喋喋不休地向每一个愿意倾听的过往行人，传递着一个百万富翁混乱不堪的说教，这就是："我勤奋地工作过，我克己地节俭过，我曾比所有的人都精明，所以我现在坐在这儿，感谢上帝！感谢上帝！"

所有汽车最新最美的款式都在第五大道上展示出来，在他们前方广场大酒店的身影异乎寻常地白净迷人。轻盈而又慵懒的格洛莉亚走在他前面，两人相距约一个人影的距离，她不时懒洋洋地发表一些漫不经心的评论，她的声音在空气中短暂地飘浮着，再传到他的耳朵里。

"噢！"她大声叫道，"我想去南方的温泉！我想要到户外去，在清新的草地上打滚，忘记还曾有过冬天。"

"是吗，怎么不可以！"

"我想听一百万只更知鸟同时惊天动地地鸣叫。我有点像鸟儿。"

"所有的女人都是鸟儿。"他冒昧地说。

"我是哪一种鸟呢？"——迅速而又热切。

"一只燕子，我想，有时是一只天堂鸟。大多数姑娘都是麻雀，当然——看见那边一排保姆吗？她们就是麻雀——或者是喜鹊？当然你遇见过金丝雀姑娘——还有更知鸟姑娘。"

"还有天鹅姑娘和鹦鹉姑娘。我觉得所有成年女人都是老鹰，或者是猫头鹰。"

"那我是什么呢———一只秃鹫？"

她大笑起来，摇了摇头。

"嗯，不是，你根本就不是一只鸟，不觉得吗？你是一只俄罗斯猎狼犬。"

安东尼想起来，这种犬浑身雪白，看上去总是不自然地处于饥饿状态。不过在照片上他们总是跟公爵和公主在一起，所有他还是觉得受到了适度的恭维。

"迪克是一只猎狐梗，会表演绝技的猎狐梗。"她继续说。

"莫瑞是一只猫。"同时他突然想到，布勒克曼多像一只健壮而又充满挑衅的公猪。不过他机警地保持了沉默。

后来，他们分手的时候，安东尼问什么时候可以再见到她。

"你不能安排时间长一些的约会吗？"他恳求，"即使是一周之后，我觉得待在一起一整天，包括上午和下午，肯定会很有趣。"

"肯定会的，对吗？"她想了一会儿，"那就下星期天吧。"

"好啊。我来做一个计划，每一分钟都要用上。"

他的确做了。他甚至精心地计划好她来他公寓喝茶的两小时里会发生事：好邦兹怎么把窗户打开，让清新的微风吹进来——不过还是要生好炉火，免得空气寒冷——还有那些绝妙的大花瓶里要插满一束束的鲜花，他会专门去购买的。他们就坐在长沙发上。

当那一天来到时，他们真的坐在长沙发上了。过了一会儿，安东尼吻了格洛莉亚，因为这是很顺理成章的事。他发现甜美依然沉睡在她的双唇上，仿佛他从来没有远离。炉火依然明快，微风叹息般地穿过窗帘，带来一丝温润的气息，预示着五月和夏日的世界。他的心灵为那遥远的谐音而震颤，他仿佛听见远方吉他在弹奏，还有浪花轻轻地拍打着地中海温暖的海岸——因为他现在变得前所未有的年轻,比死神更加感受到胜利的喜悦。

六点钟很快就悄悄降临了,从街角传来圣安妮教堂哀怨的钟声。沉沉暮色中,他俩悠闲地漫步在大街上,周围的人群像刚被释放的囚徒一般,在经历了漫长的冬季之后,终于迈出了欢快的脚步。双层巴士的上层挤满了意气相投的乘客,商店里柔软精美的夏季用品琳琅满目。这珍贵的夏季,给人带来希望的快乐夏季,仿佛就是爱的季节,正如冬季是钱财的季节一般。生活为他在街角的晚餐而歌唱!生活就在大街上呈上鸡尾酒!人群中有年长的妇人,她们觉得自己仿佛健步如飞,赢得了百米冲刺的赛跑!

那天晚上,当所有的灯都已熄灭,整个房间沐浴在凄清的月光中时,安东尼躺在床上辗转难眠,回味着这一天的每一分钟,就像一个孩子依次逐个玩弄他渴望已久的一堆圣诞节礼物。他几乎是在亲吻她的当中温柔地告诉她,他爱她,她含笑着把他拥抱得更紧了,凝视着他的双眼,喃喃低语道,"我很高兴。"在她的态度中有了一种新的品质,一种新生长出来的纯粹为他身体所吸引的力量,还有一种奇妙的情感张力,这张力足以让他在回忆时仍握紧双手屏住呼吸。他觉得比以往任何时候都更接近她了。在一阵奇妙的喜悦中,他不禁对着房间大声呼喊他爱她。

第二天早晨,他给她打电话——不再犹豫,不再彷徨——而是带着一阵令人眩晕的激动,当他听到她的声音时,这种激动变成了刚才的两倍,乃至三倍。

"早上好——格洛莉亚。"

"早上好。"

"我给你打电话,就是想说这个——亲爱的。"

"我很高兴你打来电话。"

"我希望能见到你。"

"你会见到的,明天晚上。"

"这是一段很长的时间,不是吗?"

"是的——"她的声音有些勉强。他的手握紧了话筒。

"我今晚能来吗?"在那个几乎是耳语的"是的"带来的光荣和启示中,他胆敢冒险。

"我有一个约会。"

"噢——"

"不过我可以——我也许可以把它推掉。"

"噢!"一声呼喊,一阵狂喜,"格洛莉亚?"

"什么?"

"我爱你。"

一阵沉默,然后是:

"我——我很高兴。"

莫瑞·诺贝尔有一天评论道,快乐就是某种特别强烈的痛苦被减缓之后的第一小时。但是,噢,想想那天晚上走在广场大酒店十楼走廊里时,安东尼脸上放出的光彩!他那双黑色的眼睛炯炯发光——他嘴角的线条看上去多么和善。他前所未有地英俊潇洒,注定了要去度过一个永恒的时刻,这样的时刻光彩四射,它留在人的记忆中的光芒,足以照亮此后多年。

他敲了敲门,应声进入。格洛莉亚身穿一件浆过的素净粉红色衣裙,如花朵一般鲜嫩娇美,静静地站在房间的另一头,睁大眼睛望着他。

等他随手关上身后的门,她轻轻地叫喊了一声,迅速越过两人之间的距离,当她来到近处时,双臂已微微伸开。他们欣喜地久久拥抱在一起,她衣裙上笔挺的褶痕都被压得变了形。

第二卷

第一章
光彩照人的时刻

两周之后,安东尼和格洛莉亚开始在严肃的现实主义外表之下,徜徉于亘古不变的月光之中,沉迷于他们所谓的"实际讨论"。

"你爱我不像我爱你那么多,"这位纯文学批评家会坚持说,"如果你真的爱我,你就会想让每一个人都知道。"

"我是想这样的,"她抗议道,"我想像卖三明治的人那样,站在街角,告诉每一个过往行人。"

"那么,你就告诉我,你为什么在六月嫁给我的所有理由。"

"嗯,因为你那么干净。你像风一样干净,就像我。你知道,干净有两种。一种是像杰克那样的,他像擦亮的平底锅一样干净。你和我像溪流和微风一样干净。每当我看见一个人时,我就能够判断他是否干净,如果干净,他又是哪一种干净。"

"我们是双胞胎。"

令人欣喜若狂的想法!

"妈妈说,"——她有些迟疑地说——"妈妈说,有的时候两个灵魂是同时被创造出来的——而且在他们出生之前就相爱了。"

比尔非教此时最轻而易举地就得到了一个皈依者……过了一会儿,他抬起头对着天花板无声地笑了。当他的双眼再次转向她时,他看见她愤怒不已。

"你为什么要那样笑?"她大叫起来,"你以前也有过两次这样。我们两人之间的关系没有什么可笑的。我不介意装傻,我也不介意让你装傻,但我们在一起的时候,我就受不了。"

"抱歉。"

"哦,不要说你抱歉!要是你想不出比这更好的话,那你就闭嘴!"

"我爱你。"

"我不在乎。"

然后是一阵沉默。安东尼深感沮丧……格洛莉亚终于低声说道:

"抱歉,我很刻薄。"

"你没有。是我刻薄。"

他们又重归于好了——接下来两人共度的时光变得更加甜美、刺激,也更加令人痛苦。在这个舞台上,他们都是明星,每人都在表演,而观众只有两人。他们在表演中假装出来的激情,创造出一种真实。终于表演中出现了自我表达的精华——不过大多数时候,把他们的爱情表达出来的,很可能是格洛莉亚,而不是安东尼。他时常感觉到自己就像她举办的派对中的一个几乎无法被人容忍的来宾。

把他们之间的关系告诉吉尔伯特夫人,是一件令人尴尬的事情。她满满当当地坐在一张小椅子里,带着一种热切而又闪烁不定的专注倾听着。她肯定早已知道此事——因为一连三周,格洛莉亚没有再见其他的人——而且,她肯定注意到这一次她女儿的态度真正有所不同。女儿还让她去寄过一些特别快递,就像所有的母亲那样,她似乎注意到在两人的电话聊天里,这一头尽管大加掩饰,但还是相当热情——

——然而,她还是巧妙地宣称自己对此大为吃惊,并且宣布此事令自己非常开心。毫无疑问,她的确如此,他们家窗栏花箱里盛开的天竺葵也不例外,恋人们寻求浪漫私密空间时,乘坐的双轮双座马车的司机也一样——真是古怪奇特的设计——同样还有那些严肃的账单,他们会在上面草草地写下"你知道我爱你",然后塞给对方看。

不过,在两次亲吻之间,安东尼和这个金发姑娘会没完没了地争吵。

"现在,格洛莉亚,"他会大声嚷道,"请听我解释!"

"不要解释。吻我。"

"我认为这样不妥。如果我伤害了你的感情,我们应该把事情谈清楚。我不希望这种一吻了之的做法。"

"可是我不想争吵。我觉得要是我们能够一吻了之,那就太美妙了,要是我们无法做到这一点,那就开始争吵吧。"

有一次,一点微不足道的分歧,竟然发展到了不可调和的地步,安东尼愤然起身,用力裹上大衣,准备一走了之——此刻仿佛二月里发生的一幕即将重演,可是当他知道她是多么深地被他所感动时,他用骄傲保住了尊严。片刻之后,格洛莉亚在他的怀抱里抽泣,她可爱的脸蛋痛苦得像一个受到惊吓的小姑娘。

同时,他们用奇怪的反应和回避,用反感、偏见和无意中对过去的暗示,等等,不那么心甘情愿地继续向对方展现自己。这个姑娘相当骄傲,根本不懂得嫉妒,而因为他的嫉妒心极强,所以她的这项美德伤害了他的自尊心。他告诉她一些自己生活中隐秘的事情,故意想要激起她嫉妒的火花,可是她全然无动于衷。她现在拥有了他——对那些早已逝去了的岁月,她并不渴望去了解。

"噢,安东尼,"她会说,"每一次我对你刻薄之后,我都会内疚。为了减少你哪怕只是瞬间的痛苦,我愿意献出我的右手。"

在那一时刻,她的双眼闪烁着泪花,她没有意识到她只是在表达一个幻想。然而安东尼知道有过许多个日子,他们故意彼此伤害,几乎从刺伤对方中得到快感。她不断地让他感到困惑:一小时前她还是如此亲密而又迷人,竭尽全力想要和他融为一体,彼此之间没有猜忌,超越一切;可是到了下一个小时,她又变得沉默、冷淡,全然无动于衷,显然根本不考虑他们之间的爱或者他可能会说些什么。通常情况下,他最终会把这种不祥的沉默归因于身体方面的不适——而对于这些,在事情结束之前,她从来都没有抱怨过——或者归因于他的粗枝大叶或者主观臆断,或者是晚餐中令人不满的一道菜。不过,即便如此,她是如何在自己的周围,营造那种与他人之间近在咫尺却又远在天边的距离的,始终是一个谜,掩藏在过去二十二年坚不可摧的骄傲之中。

"你为什么喜欢穆瑞尔?"有一天他问。

"我不是太喜欢她。"

"那你怎么和她在一起?"

"就是想要有一个人陪陪我而已。那些姑娘相处起来不费力气。我说什么,她们就信什么——不过,我还是很喜欢雷切尔,我觉得她很漂亮——看上去又干净又光滑,你不觉得吗?我以前还有其他朋友——在堪萨斯城和学校——临时朋友,全部都是,这些姑娘像鸟儿一样飞进了我的领空,又飞走了,仅仅因为那些男孩子们,我们才会在一起。后来外部环境变了,我们不再在一起时,她们也就对我没有什么吸引力了。现在她们大多都结婚了。这有什么关系呢——她们都只不过是普通人罢了。"

"你更喜欢男人,是吗?"

"噢,喜欢多了。我有着男人的头脑。"

"你有像我一样的头脑。没有强烈的性别特征。"

后来她告诉了他是如何与布勒克曼开始交往的。一天在德尔摩尼科餐厅,她和雷切尔偶然遇见布勒克曼与吉尔伯特先生在共进午餐。出于好奇心,她提出他们四人在一起用餐。她还是喜欢过他的——相当喜欢。他让她从与更年轻男人的交往中得到解脱,只要给予很少一点,就能让他心满意足。他不论是否真正理解她,都一味地迁就她,而且总是笑声不断。尽管父母亲公开反对,她后来还是又跟他见了几次面。不到一个月,他就向她求婚,承诺为她提供一切,从意大利的别墅到辉煌的银幕生涯。她当着他的面大笑不止——他也跟着一起大笑。

但是他并没有放弃。当安东尼出现在竞技场时,他已经取得了稳定的进展。她对他相当不错——除了总是用招他怨恨的绰号来称呼他之外——与此同时，她感觉到他总是追随在自己身旁，打个比方来说，如果她在翻越篱笆，他会在一旁随时做好准备，一旦她跌落下来，他就会接住她。

在宣布订婚的前一天晚上，她把跟安东尼之间的事告诉了布勒克曼。这对于他是一个沉重的打击。她没有把细节告诉安东尼，但是他从中听得出来，当时布勒克曼毫不犹豫地跟她大吵起来。安东尼推测，他们之间的这次会面必定是以一场暴风骤雨来收场的。格洛莉亚表情冷漠，一动不动地斜靠在沙发的一角，而卓越影业公司的约瑟夫·布勒克曼在地毯上来回踱步，紧锁眉头，耷拉着脑袋。格洛莉亚对他感到愧疚，但她断定最好不要表现出来。最后在一阵善心的冲动之下，她试图让他恨她，想以此作为一个了断。不过安东尼深知，格洛莉亚的冷漠也就是她最强大的吸引力，他由此判断这样做必定无济于事。他经常会在不经意间想起布勒克曼，不知道他现在怎么样了——最后他彻底忘记了他。

青春年华

一天下午，他们在双层巴士那洒满阳光的上层找到了前排座位，于是坐车一连逛了几个小时，从昏暗褪色的广场，沿着污浊的河流一路前行。然后，当西下的夕阳逃离东西走向的大街小巷时，巴士开上了浮华的大街，从百货商店涌出的人群如不祥的蜜蜂一般，让大街上四处都是黑压压的一片。交通陷入拥塞状态，车辆被堵得无法动弹，混乱不堪。在等候呜咽般的交通哨声时，巴士中有四辆停成了一排，仿佛是人群头顶上的站台。

"这真是太棒了！"格洛莉亚惊呼，"快看！"

一辆磨房的马车，全身被面粉染得雪白，由一个小丑般粉头粉面的人驾驶着，此时正跟在一匹白马和一匹黑马的后面，从他们面前经过。

"多么可惜啊!"她抱怨,"如果两匹马都是白色的,在暮色中他们看上去会多么美。此时此刻,身处这座城市,我快乐极了。"

安东尼不以为然地摇了摇头。

"我认为这座城市就像一个江湖医生,总是奋力挣扎,想要营造出属于它的惊人而令人难忘的儒雅风范,试图摆出浪漫的都市派头。"

"我不这样想。我觉得这座城市令人难忘。"

"只是短暂的。但实际上这是一种一览无余的人造景观。这里有一群由媒体操作的明星,有毫无价值不会长久的舞台布景,还有,我得承认,这里集聚起最庞大的临时演员队伍——"他停了下来,急促地笑了一声,然后补充道,"也许,技术上是无与伦比的,但却无法令人信服。"

"我敢打赌,警察一定会想,来来往往的人都是一群傻瓜,"格洛莉亚若有所思地说,她注意到一个体型硕大却怯懦胆小的女士,正在别人的帮助下穿过马路,"他总是看到他们胆战心惊、反应迟钝而又衰老不堪的样子——他们的确如此。"她加上一句,然后又说,"我们最好下车。我跟妈妈说过,我今天想早点吃晚饭,早点睡觉。她说我看上去很疲倦,真讨厌。"

"我希望我们已经结婚了,"他严肃地低声说,"那样我们就不用互道晚安,想怎样就可以怎样。"

"那该有多好啊!我想我们还应该到很多地方去旅游。我想去地中海和意大利。我还希望今后什么时候能够登上舞台——比如说,去演一年的戏。"

"你当然可以。我要为你写一出戏。"

"那真是太好了!我一定要演这出戏。然后等将来我们有钱了,"——老亚当的死总是这样巧妙地被暗示着——"我们就建一座辉煌的庄园,好吗?"

"噢,当然,还要有几个私人游泳池。"

"要几十个。还要有私人的小河流。噢,我真希望现在就能拥有。"

真是奇妙的巧合——他刚才也在想着同一件事。他们就像潜水员一样,跳进由人群组成的深色漩涡,再从凉爽的第五十街出来,慵懒地漫步回家,彼此间情意绵绵,浪漫无限……两人都和自己在梦中找到的幽灵一道,独自走在一个冷清的花园里。

美好的青春年华犹如小船一般,荡漾在缓缓流动的小河上。春日的夜晚四处弥漫着令人感伤的忧郁,让逝去的日子变得美丽而又苦涩。他们频频回首,往昔岁月里的夏日恋情都已远去,正如那些年里跳过的华尔兹舞曲早已被人遗忘。最令他们伤心的时刻,总是当人为的障碍横亘在两人之间时:在剧院里,在漫长的黑暗中,他们会偷偷地把手紧握在一起,温柔地缠绵、给予或是回应;在拥挤的屋子里,他们用无言的双唇,向对方的眼睛发送出想说的话——他们并不知道自己只不过是踏进了早已灰飞烟灭的前人的脚印,但懵懵懂懂地感悟到,如果人生的目的就是追求真理,那么幸福就是它的一种形式,在它存在的那个短暂而又令人心醉的瞬间,应当被珍视。然后在一个神话般的夜晚,五月变成了六月。现在还有十六天——十五天——十四天——

三项枝节内容

在宣布订婚之前,安东尼去塔里顿看望了祖父。时间面带狰狞的微笑,在老人身上施展了最后的阴谋诡计,他的皮肤更皱了,上面布满了更多的灰色斑点,形容也愈显枯槁。他对订婚的消息大肆嘲讽。

"噢,你就要结婚了,对吗?"他在说这话时,态度温和而暧昧,同时还把头上上下下地不知摇晃了多少次,让安东尼沮丧不已。他没有领悟祖父的真实意图,还以为他会把一大笔钱留给他。当然,有一大笔会捐给慈善机构,还有一大笔会用来继续他的改革事业。

"你计划今后工作吗?"

"怎么——"安东尼不知所措,敷衍道,"我现在就在工作。你知道——"

"啊,我是指真正的工作。"亚当·帕奇无动于衷地说。

"我还不是很确定将来要做什么。我并不是一个乞丐,祖父。"他理直气壮地说。

老人半闭着眼睛,思忖着这句话,然后,几乎是带着一点歉意地问道:

"你一年存下来多少钱?"

"到目前为止还没有——"

"这么说来,就是你的钱仅能维持你一人的生活,在这样的情况下,你已经做出决定,靠着某种奇迹,这钱能维持你们两人的生活。"

"格洛莉亚自己也有钱,足够买衣服用了。"

"多少?"

安东尼一时还没有觉出这个问题很不礼貌,于是回答道:

"一个月一百美元。"

"那么一年总共七千五百美元。"然后,他轻声地补充道,"这应该也够了。如果你们用钱还有分寸的话,这应该足够了,但问题是你们是不是有分寸。"

"我想应该是有的,"被迫接受老人声色俱厉的指责,的确是一种侮辱,他接下去说的话,因要维持自己的虚荣而显得僵硬,"我能对付得很好。你似乎确信我一文不值。不管怎么说,我到这儿来,只是为了告诉你,我计划在六月结婚。再见,先生。"说完这些,他转身就朝门口走去。他没有注意到,就在那一刹那,祖父生平第一次相当地喜欢他了。

"等等!"亚当·帕奇说,"我想跟你谈谈。"

安东尼转过脸来。

"嗯,先生?"

"坐下。今晚就住在这儿。"

安东尼稍稍平静下来，重新回到了座位上。

"抱歉，先生，但是我今晚要去看格洛莉亚。"

"她叫什么名字？"

"格洛莉亚·吉尔伯特。"

"是纽约姑娘？你原来认识的人？"

"她是从中西部来的。"

"她父亲是做什么行业的？"

"一家赛璐珞公司，或者信托公司，或是其他什么。他们一家是从堪萨斯城来的。"

"你们准备在那里结婚？"

"哦，不，先生。我们想我们会在纽约结婚——静悄悄地结婚。"

"想在这里举办婚礼吗？"

安东尼犹豫了片刻。这个建议对他没有吸引力，不过，如果可能，让老人以主人的姿态对他的婚姻生活表现出兴趣，无疑是一件明智的事情。另外，安东尼也多少有点被感动了。

"你太好了，祖父，但是这样做，会不会给你带来太多麻烦？"

"任何事情都会有很多麻烦。你父亲是在这里结婚的——不过是在老房子里。"

"是吗——我还以为他是在波士顿结婚的呢。"

亚当·帕奇若有所思。

"你说得对，他是在波士顿结婚的。"

安东尼在纠正之后，有那么一刻，觉得很尴尬，于是又连忙用其他的话来掩饰。

"嗯，我回去跟格洛莉亚说说。我自己非常愿意，当然，这事儿还要由吉尔伯特家来定夺，你知道。"

祖父长长地叹了一口气，半闭着眼睛，重新陷进椅子里面。

"你急着要走?"他换了一种声调问。

"不是太着急。"

"我在想,"亚当·帕奇开始说,望着窗边瑟瑟作响的丁香花丛,目光温和慈祥,"我纳闷,你是否想到过来世。"

"这个——有时想过。"

"关于来世,我想得很多。"他的目光暗淡下来,但声音自信而清晰,"我今天还坐在这儿想,等待着我们的会是什么,不知怎么回事,我开始回忆起将近六十五年前的一个下午,我跟我的小妹妹安妮在一起玩,就在现在花园凉亭的位置。"他指向长花园那个方向,双眼泪光闪烁,声音哽咽。

"我开始想——而且在我看来,你也应该多想想来世。你应该——过得更稳定。"他停了下来,似乎在寻找恰当的词——"更勤劳——嗯——"

这时他的表情发生了变化,整个人就像一个陷阱网一样,"啪"的一声突然收拢了。当他继续说下去时,声音中原本流露出来的温柔和慈祥都荡然无存了。

"——怎么说呢,在我只比你大两岁的时候,"他发出狡猾的咯咯笑声,听起来格外刺耳,"我把瑞恩和亨特公司的三名员工送进了贫民所。"

安东尼感到一阵惊讶和尴尬。

"嗯,再见,"祖父突然补了一句,"你快要赶不上火车了。"

安东尼走出屋子。他有一种异乎寻常的兴奋感,同时又很奇怪地为这个老人感到难过,不是因为他的财富"既买不来青春,也买不来健康",而是因为他让安东尼去他那儿结婚,也是因为他居然忘记了自己儿子婚礼中的一些事情,而这是他本应当记住的。

理查德·卡拉梅尔作为婚礼男迎宾员之一,在过去的几周里,给安东尼和格洛莉亚带来不少烦恼,因为他不断地抢他们的风头。《魔鬼情人》终于在四月出版了,这件事不仅扰乱了这场恋爱,而且也可以说扰乱了此书作者所接触到的一切。这是一部高度原创性的小说,以一以贯之的细腻描写,有些过度地刻画了纽约贫民窟里的一个唐·璜式的人物。就像莫瑞和安东尼之前所说,也像一些友好的批评家指出的那样,对于描写这一社会阶层的种种原始落后而又麻木愚钝的反应能力,美国没有一位作家有那样的能力。

这本书刚出版时不温不火,后来突然"火爆了",一版再版,起初印数很小,后来扩大了,一周连着一周大量图书面世。救世军的发言人猛烈抨击它,说它恶意歪曲所有发生在下层社会的道德文化水平提升现象。聪明的新闻公关机构四处散布毫无根据的谣言,说"吉普赛人"史密斯正在准备打一场诽谤官司,因为书中的一个人物正是对自己的滑稽模仿。此书在爱荷华州的伯林顿公共图书馆里遭禁,中西部地区的一位专栏作家含沙射影地宣布,理查德·卡拉梅尔因神智异常住进了一家疗养院。

的确,这些日子作者欣喜不已,处于一种疯狂的兴奋状态。他在跟别人聊天时,四分之三的时间都是在聊他的书——他想知道大家是不是听到了"最新消息";他会走进书店,大声地说,要订购一些书,就记在他的账上,目的就是要看是不是碰巧店员或顾客会认出他。在全国哪些地区,乃至于哪个镇,他的书销得最好,他都了如指掌。他清清楚楚地记得,每一版本里他所做的细微修改。如果碰见谁没有读过这本书,或者连听都没有听说过,凑巧的是,这种情况屡见不鲜,他就垂头丧气,情绪一落千丈。

因此,安东尼和格洛莉亚心怀嫉妒,很自然地断定,他沾沾自喜自我膨胀到了令人厌恶的程度。让迪克极为气恼的是,格洛莉亚公然宣称她从来就没有读过《魔鬼情人》,而且也不打算去读,除非大家停止喋喋不休地谈论此书。事实上,她现在没有时间读书,因为礼品源源不断地涌来——起初是零零星星的,后来则如雪崩一般势不可挡,从长久不走动的家族朋友送来的古董小玩意,到意想不到的穷亲戚送来的各式照片,林林总总,不一而足。

莫瑞送给他们的是一套精美的"酒具",里面有银制高脚酒杯、鸡尾酒摇动器和各式开瓶器。从迪克那里敲诈来的礼物就普通多了——一套蒂凡尼的茶具。约瑟夫·布勒克曼送的是一个简洁而又精致的旅行钟,还有一张卡片。甚至连邦兹也给他们送了一个烟嘴,这让安东尼大为感动,几乎都想哭了——的确,在这六七个为传统习俗做出如此巨大牺牲的人身上,任何近于歇斯底里的情感冲动,似乎都是再自然不过的。在广场大酒店的套间里有一个房间,里面堆满了各式各样的礼物,有哈佛的朋友们和他祖父的友人送来的,有对格洛莉亚那些逝去的日子的追忆,还有一些来自她昔日追求者的令人感伤的战利品。这些礼物往往姗姗来迟,里面小心翼翼地夹着卡片,上面写有隐晦而又忧伤的留言,开头常常是这样的:"我没有想到——",或者"我真的希望你永远快乐——",或者甚至是"当你收到这份礼物时,我已踏上旅程,去往——"。

最丰厚的礼物同时也是最令人失望的,是来自亚当·帕奇的馈赠——一张五千美元的支票。

安东尼对大多数礼物的态度都是淡漠的。在他看来,它们让他在今后的半个世纪里,必须保存一张图表,上面是所有亲朋好友的婚姻状态。然而格洛莉亚对每一件礼物都异常欣喜,她像一只刨土找骨头的小狗那样,贪婪地撕开包装纸和细刨花,凝神屏气地拉住丝带或者金属边,终于把礼物展现出来,拿起来用挑剔的眼光仔细端详,脸上没有丝毫笑容,除了全神贯注之外,不带任何感情。

"快看,安东尼!"

"很漂亮,对吧?"

她没有回答,直到一个小时之后,才把她对礼物的看法准确详细地向他讲述，比如，这礼物再大一点或者小一点是不是会更漂亮，她收到这件礼物是不是惊喜，如果是的，惊喜的程度又是多少，等等。

吉尔伯特夫人反反复复地布置一座假想中的屋子，把礼物分门别类地放在不同的房间里，列表标出每一件礼物，如标上"第二好的钟"或者"每天使用的银器"，她还半开玩笑地称一个房间为婴儿室，让安东尼和格洛莉亚感到很难为情。她对老亚当的贺礼甚为满意，自此以后，就称他有一颗古老的灵魂，"没有什么比这更重要了"。由于亚当·帕奇从来都不能确定，她是指他的思想日渐老朽，还是指她自己拥有某种心理状态，所以很难说她的话让他听了高兴。事实上，他向安东尼提起她时，总是称她为"那个老妇人，她那位母亲"，好像她就是他以前看过多遍的喜剧中的一个人物。至于格洛莉亚，他还是无法做出判断。她对他有吸引力，但是就像她自己告诉过安东尼的那样，他认定她举止轻浮，不太敢对她表示出赞赏来。

还剩五天！——在塔里顿的草坪上搭起了一个跳舞用的平台。还剩四天！——已经包租了一辆专列，负责接送从纽约来回的宾客。还剩三天！——

日记

她穿着蓝色丝绸睡衣站在床边，用手遮住灯让房间暗下来，这时她改变了主意，打开桌子的抽屉，取出一本小小的黑皮本——是那种"每日一行"式的日记本。这本日记她已写了七年，里面提到过一些早就被遗忘了的夜晚和下午，许多用铅笔写下的内容都已字迹难辨。这不是一本很私密的日记，尽管开头记不清何时写下了这样一句话："我将为我的孩子们记下日记。"然而，当她逐页往下翻阅时，许多双男人的眼睛仿佛从他们那若隐若现的名字上向她张望。她曾和其中的一位生平第一次去纽黑文——那是在1908年，当时她才十六岁，耶鲁正流行垫肩式样的服装——她深感得意，因为橄榄球队的"触地得分者"米查德整个晚上都在疯狂地追她。她叹了一口气，想起了那件令她备感骄傲的成人款式的缎子连衣裙，还想起了乐队演奏的《冤家冤家，我的冤家男人》和《丛林小镇》。那是多么久远之前啊！——还有那些名字：埃尔·雷尔顿、吉姆·帕尔森斯、"卷发"麦克格雷格、肯尼斯·考温、"鱼眼"弗莱（她喜欢他，原因就是他长得那么丑）、卡特·科比——他给她送来了礼物；还有都铎·科尔德也送来了礼物；——马蒂·雷弗，这是第一个她爱上超过一天的人，还有斯图亚特·霍尔科姆，他曾和她一起坐上他的小汽车，走得远远的，还试图强迫她跟他结婚。还有拉里·芬维克，她一直很欣赏他，因为有一天晚上他对她说，如果她不吻他，就请她下车自己走回家。这是怎样的一张名单啊！

……然而，这终究只是一张被废弃了的名单。她现在正沐浴在爱河里，开始一种永恒的浪漫，它将汇集所有的浪漫，不过，她还是有些伤感，为过去的那些男人们，为逝去的皎洁月光，也为她曾经有过的"悸动"和亲吻。过去——她的过去，噢，多么快乐！她曾是多么纵情欢乐啊！

翻过这些逝去的岁月，她的目光又懒懒地停留在过去四个月里留下的零星记录上。她仔细地阅读了最后几条：

"四月一日——我知道比尔·卡斯泰尔恨我，因为我脾气那么坏，可是我有时就是痛恨多愁善感。我们开车去了洛克耶乡村俱乐部，最美妙的月光透过树梢洒落下来。我那银色的裙子在月光下黯然失色。多么奇怪啊，我居然忘记了以前在洛克耶度过的那些夜晚——是和肯尼斯·考温在一起的，那时我是多么爱他！

"四月三日——跟施罗德一起度过了两个小时，别人告诉我，他身家有好几百万，之后我觉得在某些事情上锲而不舍的做法会让人疲惫不堪，尤其是当事关男人时。世界上通常没有什么事比这类事做得更过分了,我发誓从今以后要让自己开心。我们谈论了'爱情'——真是一些陈词滥调!我已经跟多少男人谈论过爱情?

"四月十一日——帕奇今天打来了电话!一个月之前,当他发誓不再理我时,他愤怒地夺门而出。有什么男人会受到致命伤害的影响,对这一点我现在是越来越没有信心了。

"四月二十日——和安东尼共度一日。也许今后我会跟他结婚。我有点喜欢他的想法——他激发起我身上所有潜在的创造力。布洛克赫德①大约十点钟开着他的新车来了,带我去了河滨大道。我今晚喜欢他:他细心体贴。他知道我不想说话,所以在路上他一声不响。

"四月二十一日——醒来的时候想着安东尼,果然他打来了电话,声音听上去满含柔情蜜意——于是我为他取消了一个约会。今天,我觉得愿为他打乱一切,包括违背摩西十诫和折断我的颈脖子。②他会在晚上八点钟时过来,我将穿那件粉红色的裙子,让自己看上去清新娇美而又亭亭玉立——"

她看到这里时,停了下来,想起那天晚上他走了以后,她脱去衣服,任凭四月冷飕飕的凉气从窗户涌入,她却丝毫不觉得冷,那些深不可测的老生常谈在她心中燃烧,给她带来温暖。

下面一则是她几天之后记下的:

"四月二十四日——我想嫁给安东尼,因为丈夫通常只不过就是'丈夫'而已,而我必须嫁给一个情人。

"丈夫一般来说有四种类型。

(一)晚上总是想待在家里的丈夫,他没有什么恶习,为一份薪水而工作。毫无情趣!

---

① 布洛克赫德(Blockhead),为布勒克曼(Bloeckman)谐音。在第一卷第二章中提到格洛莉亚用这个词来称呼他。
② 这句话中的"取消"、"打乱"、"违背"和"折断"在原文中都是"break"。

（二）过时主人型的丈夫，如果谁做了他的妻子，就得等到他高兴了才来宠幸。这种人总是把每一个漂亮女人都看成是'肤浅的'，某种停止了生长的孔雀……

（三）接下来就是崇拜者型的丈夫，他把妻子和所有属于他的东西，都当成偶像来崇拜，所有其他的东西他都忽略不计。这种人需要情感冲动的女演员来当他的妻子。天啊！他们要想被人认为是正直可靠的，必定需要费一番努力才行。

（四）就是安东尼——他是不乏瞬间激情的情人，有足够的智慧，知道什么时候适可而止，什么时候更进一步。我想嫁给安东尼。

"在黯然无光的婚姻中匍匐前行的那些女人，是多么可怜的蛆虫啊！婚姻被创造出来，不是仅仅为了当作一个背景，而是人们需要它。我的婚姻将会是出类拔萃的。它不可能也不会只是布景，而是表演，是生动、可爱而又富有魅力的表演，整个世界都是它的舞台布景。我绝不会把自己的生命献给子孙后代。毫无疑问，一个人亏欠同辈的，与亏欠不想要的孩子的，相差无几。那是怎样的一种命运——变得体态滚圆而又不得体，失去对自己的爱，成天想着牛奶、麦片、保姆、尿片……亲爱的梦中的孩子们，你们要漂亮多了，光彩夺目的小精灵，轻快地拍动着（所有梦中的孩子都必须拍动）金色的、金色的翅膀——

"然而，这样的孩子，可怜的亲爱的宝贝，与婚姻状态很难和谐共处。

"六月七日——道德问题：让布勒克曼爱上我，是不道德的吗？因为的确是我让他爱上我的。今晚他悲伤得几乎让我心疼。此时我的喉咙肿胀哽咽，眼眶里很快就溢满了泪水，这是多么及时啊！但是，他已经过去了——已经被深深地埋在我那一大堆薰衣草中。

"六月八日——今天我承诺，保证不再嚼口香糖了。嗯，我不会嚼了，我想——不过，但愿他叫我不要再嚼了！

"吹泡泡——那是我们此刻正在做的事，安东尼和我。我们今天吹了非常漂亮的泡泡,它们会破灭的,后来我们吹得越来越多,我猜——新吹出来的泡泡会跟原来的一样又大又美,直到所有的肥皂和水都用完了。"

日记在这一条上结束了。她的双眼在这一页往上扫去,看到1912年、1910年和1907年六月八日的记录。最初的一则字迹丰满圆润,是一个十六岁少女的涂鸦——上面写的是一个名字,鲍勃·拉马尔,还有一个字,她已经无法辨认了。后来她知道了是什么——是的,知道了,她发现泪水已溢满了她的双眼。在那一片泛黄的模糊字迹里,记录着她的初吻,在记忆中它已依稀远去,如同七年前雨中阳台上那亲密无间的午后时光。她隐约记得那天他们当中有人说了些什么,然而她什么也想不起来了。她的泪水夺眶而出,几乎看不清那一页上的字迹了。她哭泣着告诉自己,这是因为她只能记起那天的雨,院子里湿漉漉的鲜花,还有潮湿的草地的芬芳。

洞穴的呼吸

婚宴之后,安东尼回到他的公寓,关掉所有的灯,躺在床上,有一种非个人化而又脆弱的感觉,就像恭候在餐桌上的瓷器一样。这是一个温暖的夜晚——盖上一条床单就很舒服了——从敞开的窗户传来的声音转瞬即逝,带着夏日的气息,充满着对遥远未来的期盼。他回想着留在身后空洞虚无却又色彩缤纷的青春岁月,那是在冷嘲热讽尘封已久的人类情感记录中度过的,这种轻率浅薄而又摇摆不定。这个世界上还存在着某些超越于此的东西,他现在知道了。那就是他和格洛莉亚灵魂的完美结合,她的灵魂那光芒四射的火焰和活力,为书本中没有生命力的美提供了鲜活的材料。

从夜色中,一种若隐若现并逐渐减弱的声音,持续不断地传入他那由高墙围成的房间里——这城市仿佛正在把这声音抛过去又接过来,就像一个孩子在玩球。在哈勒姆、布朗克斯、格莱美西公园,在水岸沿线,在一间间小客厅里,或是在散落着卵石、洒满月光的屋顶上,成千上万的情侣正在发出这种声音,他们的叫喊让声音的碎片融入夜空。整个城市都在夏日蓝色的夜幕里演奏着这种声音,把它抛向夜空,然后又把它呼唤回来,向人们承诺不久之后生活将如同故事一般美好,承诺给人们带来幸福——而在做出这样的承诺时,也在给予着幸福。它以自身的存在给予人们充满着爱的希望。这便是它所能做的一切了。

正在此时,一个新的音符不和谐地出现在夜晚柔美的浅吟低唱中。这个刺耳的噪音是从离他不到一百英尺的一个通道里传来的,是一个女人的笑声。刚开始的时候是低沉持续的哀怨声——可能是某个女仆跟她的情人在一起,他想——后来,音量变大了,成了歇斯底里的喊叫,让他想起在一次轻歌舞剧的演出中看见过的一个姑娘,当时她忍不住神经质地大笑。后来这声音渐渐降低了音量,消退了,只为再度扬起,中间还夹杂着言语——是一个粗俗的笑话,有点出格的胡闹挑逗,他听不太清楚。这声音可能中间停顿了片刻,他正好听见那男人低沉的抱怨声,然后又开始了——没完没了。最初这声音让人讨厌,后来变得出奇地可怕。他浑身颤抖,于是起床走到窗前。那声音此时升到最高点,几乎到了一种尖叫的程度,让人感到紧张窒息——然后这声音停了下来,接下去是一阵寂静,就像头顶上那更大的寂静一样,空洞而又气势汹汹。安东尼在窗前又站了一会儿才回到床上。他发觉自己很难受,而且不停地颤抖。他尽力想要消除这种不适的反应,刚才那放纵的笑声中有某种兽性的东西紧紧抓住了他的想象,他对生活琐事久违的厌恶和恐惧四个月来第一次被挑起来了。这房间变得越发令人感到窒息了。他想出去,走进凉爽而又苦涩的微风,在远离所有城市的喧嚣离地面数英里的高空中,重返他的心灵角落,去过一种宁静而又超脱的生活。生活就是外面的那种笑声,那种可怕重复的女人声音。

"噢,我的天啊!"他大叫了一声,深深地吸着气。

他把脸埋进枕头里，徒劳地想要把思想集中在第二天的细节安排上。

清晨

他在灰蒙蒙的晨曦中醒来时发现才五点钟。醒得这么早，这让他紧张不安地懊悔起来——在婚礼上他会看上去无精打采的。他嫉妒格洛莉亚，因为她可以用精致的化妆来掩盖疲惫的倦容。

在浴室里，他凝视着镜子里的自己，发现脸色苍白得异乎寻常——在清晨灰白的光线中，他面颊上的六七处瑕疵显得特别突出，而且一夜之间他就隐隐约约地长出了胡须茬儿——整体效果，他想象着，就是看上去不讨人喜欢，形容憔悴，身体不适。

在他的梳妆台上散落着好几件东西，他逐个仔细地翻弄着，手指却突然变得笨拙起来——他们两人去加利福尼亚的车票、旅行支票簿、手表——精确到半分钟——还有公寓的钥匙，他必须记住交给莫瑞。这里面最重要的是戒指。这是一枚铂金戒指，镶嵌着一圈小绿宝石，格洛莉亚坚持要这种款式，她说她一直想要一枚绿宝石结婚戒指。

这是他送给她的第三件礼物，第一件是订婚戒指，然后又送过一个金质烟盒。现在他会送给她许多东西——衣服、珠宝、朋友，还有兴奋快乐。从今以后，他将为她支付所有的餐费，这似乎很荒唐。这将会是一笔不菲的开支：他想自己是否低估了这次旅行的费用，是否最好开一张金额更大的支票。这个问题让他焦虑不安。

随后，迫在眼前的婚礼让人紧张得喘不过气来，他头脑中各种纷繁杂念都被一扫而空。今天就是这个日子——在六个月之前，这是不可想象的，也是不可预测的，但是这个日子就在眼前：此时金色的阳光从东边破窗而入，在地毯上翩然起舞，仿佛太阳正在笑着它自己的那个古老而又一再重演的恶作剧。

安东尼从鼻子里发出一声神经质的笑声。

"天啊!"他喃喃自语,"我现在已经跟结了婚一样好啦!"

男迎宾员

在"十字帕奇"的书房里,不知是谁在书架旁边冰冷的提桶里,悄悄放上了玛姆牌稍带甜味的香槟酒,六个年轻人在这酒的作用下,兴致变得越来越高昂。

第一个年轻人:天啊!相信我,在我下一本书里,我要写一幕婚礼的场景,这准会让他们看得目瞪口呆!

第二个年轻人:前些天遇上一个刚进入社交界的姑娘,她说觉得你的书写得很有力。一般来说,对于写作这种原始的行当,年轻姑娘们总是很痴迷。

第三个年轻人:安东尼在哪儿?

第四个年轻人:在外面走来走去,还自言自语。

第二个年轻人:天啊!你看见牧师了吗?他的牙齿长得真是奇怪。

第五个年轻人:这倒也很自然。滑稽好笑的是,有些人镶上了金牙。

第六个年轻人:他们还说喜欢金牙。我的牙医告诉我,有一次一个女人来找他,非要他用黄金帮她把两颗牙齿包上。这根本就毫无道理。那两颗牙本来好好的。

第四个年轻人:听说你出了一本书,迪克。祝贺!

迪克:(僵硬地)谢谢。

第四个年轻人:(单纯地)是关于什么的?大学里的故事吗?

迪克:(更加僵硬地)不,不是大学里的故事。

第四个年轻人:可惜!很多年没有出过一本关于哈佛的好书了。

迪克:(过敏地)你为什么不来弥补这个缺憾?

第三个年轻人:我刚才看见有一班客人乘坐帕卡德车从大道上拐弯进

来了。

第六个年轻人：看这样子，可能要多开几瓶酒了。

第三个年轻人：当我听说老人要办一个开怀畅饮的婚礼时，我真是前所未有地震惊。你知道，他可是一个狂热的禁酒主义者。

第四个年轻人：（兴奋地把手指弹得啪啪响）天啊！我就知道我会忘记什么，还一直以为是忘了我的背心呢。

迪克：那是什么呢？

第四个年轻人：天啊！天啊！

第六个年轻人：怎么啦！怎么啦！什么天大的事啊？

第二个年轻人：你到底忘记了什么？回家的路吗？

迪克：（怀有敌意地）他忘了他那本关于哈佛的小说的情节了。

第四个年轻人：不，先生，我忘记了礼物，真的！我忘了给老安东尼买礼物。我不停地往后推，往后推，天啊，后来就把这事儿给忘记了！他们会怎样想呢？

第六个年轻人：（开玩笑地）很可能就是这事儿把婚礼给拖到现在。

第四个年轻人：（神情紧张地看着手表，大笑。）天啊！我真是头蠢驴！

第二个年轻人：你觉得那个女傧相怎么样，就是那个把自己当成诺拉·贝丝的姑娘？她不停地告诉我，多么希望这是一场雷格泰姆音乐婚礼。她的名字好像是海因斯或者汉普顿什么的。

迪克：（迫不及待地展开他的想象力的翅膀）你是说凯恩吧，穆瑞尔·凯恩。她很有点荣誉感，我相信。曾经把格洛莉亚从水里救出来，或者就是类似的事情吧。

第二个年轻人：她永远摇摆个不停，我倒不认为她能够停下来足够长的时间去游泳。给我倒满酒，好吗？刚才老头儿和我谈了好一会儿天气。

莫瑞：谁？老亚当？

第二个年轻人：不，是新娘的父亲。他一定是在气象局工作。

迪克：我是我的姨夫，奥提斯。

奥提斯：嗯，这可是一份体面的职业。（大笑）

第六个年轻人：新娘是你的表妹，是吗？

迪克：对，凯布尔，她是我表妹。

凯布尔：她确实是一个美女。不像你，迪克。我敢打赌，她让老安东尼对她言听计从。

莫瑞：为什么所有的新郎都被加上了一个"老"字头衔？我认为婚姻是年轻人犯的一个错误。

迪克：莫瑞，职业讽刺家。

莫瑞：怎么啦，你是个伪装知识分子。

第五个年轻人：奥蒂斯，高雅人士在这里开战了，赶紧过来学着点吧。

迪克：你自己才是伪装者。你到底知道什么？

莫瑞：你到底知道什么？

迪克：那你随便问我，问哪方面的知识都行。

莫瑞：好吧。生物学的基本原理是什么？

迪克：你自己也不知道。

莫瑞：不要回避。

迪克：嗯，自然选择。

莫瑞：错。

迪克：我放弃。

莫瑞：是个体发生重演祖先的生命史。

第五个年轻人：这场你得分。

莫瑞：再问你一个问题。老鼠对苜蓿收成有什么影响？（大笑）

第四个年轻人：老鼠对摩西十诫有什么影响？

莫瑞：闭嘴，你这个傻瓜。确有关系。

迪克：那么，是什么关系呢？

莫瑞：（停了一会儿，越来越不自在）嗯，让我们想想。我好像碰巧也忘记了。似乎是说蜜蜂会吃掉苜蓿。

第四个年轻人：苜蓿吃掉老鼠！哈哈！哈哈！

莫瑞：（皱着眉头）让我想一分钟。

迪克：（突然正襟危坐）听着！

（隔壁房间里爆发出一阵连珠炮式的说话声，六个年轻人都站起身来，整理好他们的领带。）

迪克：（沉重地）我们最好去加入行刑队。我猜想他们要去拍照片了。

不对，应该是过后再拍。

奥蒂斯：凯布尔，你要带上那位雷格泰姆伴娘。

第四个年轻人：天啊，我真希望我已经送了礼物。

莫瑞：要是你再给我一分钟，那件关于老鼠的事儿，我就会再想想。

奥蒂斯：上个月我为老查尔斯·麦克英泰尔做迎宾员，而且——

（他们慢慢地向门口走去，人们闲谈的声音逐渐变得嘈杂喧闹，练习婚礼序曲前奏的声音，从亚当·帕奇家风琴奏出的悠长而又虔诚的哼哼声中传来。）

安东尼

在他的礼服的背后，有五百只眼睛盯着他看，在太阳的照耀下，牧师那一副不合时宜的中产阶级金牙光芒闪烁。他费了很大的劲才忍住没有笑出来。格洛莉亚用一种清脆而又骄傲的声音在说着什么，他则费力地想他俩的关系已不可改变，现在每一秒钟都意义重大，他的生活被截然劈成了两段，世界的面貌正在他的眼前发生变化。他设法重新体验十周前那种心醉神迷的感觉。可是，所有那些强烈情感都已离他远去，那天上午他在身体上甚至连一点紧张感都没有——这都是同一种重大后果。还有那些金牙！他很好奇这位牧师是否已经结婚，他还不合常情地纳闷，牧师是否可以主持自己的婚礼仪式……

不过，当他把格洛莉亚拥入怀中时，还是感觉到了一种强烈的身体反应。现在他的血液又重新在血管里流动了。一种慵懒而又愉快的满足感如负重一般压在他身上，给他带来责任感和所有权。他已经结婚了。

格洛莉亚

如此纷繁的情感交织在一起，没有一种可以和其他的分离开来，真可谓百感交集！她也许应为她的母亲哭泣，她正在她身后十英尺的地方偷偷地抹眼泪，也许应为从窗户涌进的可爱的六月骄阳哭泣。所有意识层面的知觉都离她而去，留下的唯有一种感觉，它带上了欣喜若狂的色彩，那就是归根结底最为重要的事情正在发生——还有一种强烈而又冲动的信任，正如祈祷一般在她的心中燃烧，再过一刻她将获得永远而又有稳固的安全感。

有一天晚上，他们很晚抵达圣芭芭拉市，拉夫卡迪欧酒店的夜班职员拒绝让他们入住酒店，理由就是他们没有结婚。

这个职员认为格洛莉亚很漂亮。在他看来，任何像格洛莉亚这样漂亮的人，是不可能有道德的。

"满含柔情"

婚后的头半年——到西部旅游，长达数月流连在加利福尼亚的海岸上，然后一直居住在格林尼治附近一幢灰色的屋子里，直到深秋让乡村生活变得了无意趣——那些日子，那些地方，亲眼目睹了他们心醉神迷的时光。订婚时令人屏息的田园牧歌，首先让位于这更富有激情的关系奏出的热烈浪漫曲。现在，令人屏息的牧歌远去了，逃向了其他的情侣；有一天，他们环顾四周，发现它已远去，而他们几乎没有察觉。假如在那段田园牧歌般的日子里,他们中的任何一人失去了另一人,对于失去者而言,失去了的爱都将是那种尚未及实现的朦胧渴望,它构成所有人生的背景。然而,魔力必须匆匆离去,情侣却被留在原地……

田园牧歌离去了,带走了它对青春的勒索。终于有一天,格洛莉亚开始发现其他男人不再令她厌倦;终于有一天,安东尼发现他又可以在外待到凌晨时分,跟迪克海阔天空地神聊,聊那些曾经一度占据了他世界的极度抽象的东西。不过,由于知道曾经拥有过最完美的爱,他们依然竭力守住仅剩的东西。爱情以多种方式流连徘徊着——比如,长谈至凌晨,直至神思恍惚,真幻难辨;培养出亲密无间的深沉情感;为同样荒谬不堪的事情开怀大笑,认为同样的事情高贵抑或是可悲,不一而足。

这首先是一个发现的时期。他们在彼此身上发现的东西,是如此多样纷繁密切交织在一起,而且还裹着甜蜜爱情的外衣,以至于那时候这些发现看上去不像是发现,而更像是一些孤立现象——可以被包容,被忽略。安东尼发现,同他生活在一起的这位姑娘,是一个特别容易神经紧张的人,而且还极度专横跋扈自私自利。格洛莉亚则在一个月之内就知道了,她的丈夫是一个彻头彻尾的胆小鬼,他想象中难以计数的幽灵中的任何一个,都足以把他吓得魂不附体。她的感觉是时断时续的,因为这种懦弱会突然冒出来,变得几乎猥亵而明显,随后就逐渐消退,乃至消失,就好像这只不过是她凭空捏造出来的。她对此的态度倒不应该归咎于她的性别——它在她身上激发起来的,既不是深恶痛绝之感,也不是一种不成熟的母性。由于自己几乎毫无身体上的恐惧感,她对此无法理解,所以就尽己所能从他的恐惧中看出它可取的特点,这就是虽然他在震惊和强压之下是一个懦夫——这时他的想象力又在作祟——不过,他依然会有某种冲动鲁莽的行为,偶尔表现出来时,总会让她感动不已,对他几乎心生敬佩之情,而且当他想到有人在观察他时,他往往会有一种骄傲感,这让自己镇定下来。

这种性格特征最初在一些小事中表现出来，只不过比神经过敏稍微严重一些——比如，在芝加哥时，他警告计程车司机不要开得过快，他拒绝带她去某个她一直想去的不守秩序的咖啡馆。这些当然都有符合人之常情的解释，即他其实是在为她着想。尽管如此，随着这类事情的分量越来越重，她的心绪还是被扰乱了。不过，结婚一周之后，发生在旧金山一家酒店里的事，让她给这类事定了性。

那时午夜刚过，房间里一片漆黑。格洛莉亚昏昏欲睡，身边的安东尼发出了均匀的呼吸声，她还以为他已睡熟，这时她看见他突然用胳膊肘支起身体，眼睛盯着窗户的方向。

"怎么回事，亲爱的？"她轻声地问。

"没什么。"——他又放松地躺回到枕头上，把头转过来对她说，"没什么，我亲爱的妻子。"

"不要说'妻子'，我是你的情人。妻子是一个很丑的词。你'永远的情人'更触手可及，也更令我渴望……快到我的怀里来。"她温柔地补充道，"这样我可以睡得很好，有你在我的怀里，就可以睡好。"

到格洛莉亚的怀里来，有一种特定的确切含义。这要求他把一只手臂伸到她的肩膀下面，用双臂抱住她，再把自己的身体尽可能地摆成类似一种三面婴儿床的姿势，让她舒舒服服地安睡在里面。安东尼则翻来覆去睡不着，他的双臂摆成这样的姿势，半个小时后就麻木得失去了感觉，他会等到她睡熟了之后，再把她轻轻地翻到她的那一侧去——然后，他就可以自由自在了，把自己蜷缩成他平常的睡姿。

格洛莉亚在得到情感上的抚慰之后，沉沉地睡去。布勒克曼送的旅行钟滴滴答答地走了五分钟。寂静弥漫在整个房间里，笼罩在陌生而没有人情味的家具上，飘浮在让人有些压抑的天花板上，此时的天花板已无法察觉地与两侧看不见的墙壁融为了一体。过了一会儿，窗口突然咯咯作响，在寂静而封闭的环境里，这声音听起来时断时续而又喧闹不已。

安东尼从床上一跃而起,紧张地站在床边。

"谁在那儿?"他用一种恐怖的声音叫道。

格洛莉亚已经完全清醒,一动不动地躺着,她并没有全神贯注地在听那个格格作响的声音,而是看着这个被吓得屏住呼吸的僵硬身影,他发出的声音已从床边传向了不祥的黑暗中。

那个声音停下来了,房间里重又回到之前的寂静中——然后,安东尼对着电话急不可待地诉说着。

"刚才有人想进入房间!……

"有人在窗户外面!"他的语气不容置疑,隐约流露出恐惧。

"好吧!赶快!"他挂上电话,站在那儿一动不动。

……门口传来一阵急促的脚步声和骚动,随后是敲门声——安东尼过去打开门,只见一个情绪激动的夜班职员站在门外,身后还有三个青年侍者盯着他看。夜班职员在他的拇指和食指之间夹着一支水笔,仿佛像武器一般发出威胁;其中的一个侍者捧着一本电话号码簿,胆怯地盯着它看。与此同时,房屋侦探也被紧急召集过来,他匆匆赶来加入这一个小组,他们就像一个人似的涌入了房间。

咔哒一声,灯都打开了。格洛莉亚忙从旁边拉过一条床单盖上,不让别人看见,同时闭上眼睛,躲避这些不速之客的到访给她带来的恐惧。她的情感备受打击,脑子里除了认定是她的安东尼犯下了这个可悲的错误之外,完全没有一丝一毫的其他想法。

……从窗户边传来夜班职员的说话声,他的语气一半像仆人,一半像教师在责备学生。

"外面没有人,"他总结性地宣称,"天啊,外面根本不可能有人。从这里直接就下到街道上,有五十英尺高。你听到的是风声,是风吹在假窗上发出的声音。"

"噢。"

她为他感到难过。她只想安慰他,温柔地把他揽入怀中,并让他们离开房间，因为他们出现在这里，意味着一件令人厌恶的事。然而，她羞愧得抬不起头。她听见了一个支离破碎的句子，一连串的道歉，雇员的一些套话，还有一个侍者按捺不住的傻笑声。

"我整个晚上都异常紧张，"安东尼说，"不知怎么回事儿，那个声音让我心烦意乱——我刚才是半睡半醒的。"

"没事儿，我理解，"夜班职员老练地安抚，"我自己有时候也会这样。"

门关上了，灯也全都熄灭了。安东尼蹑手蹑脚地走过地板，爬上了床。格洛莉亚假装困极了，发出一声轻轻的叹息，然后滑进了他的怀里。

"怎么回事，亲爱的？"

"没什么，"他回答，声音依然有些颤抖，"我以为窗外有什么人，所以就往外看，可是我什么也没看见，而那声音却响个不停，于是我就给楼下打了电话。抱歉，我可能打扰了你，可是我今晚焦虑紧张得要命。"

她发现他在撒谎，内心不由得一惊——他没有走到窗边，也没有靠近窗户。他只不过是站在床边，然后就因恐惧而去打电话。

"噢，"她说——然后又说，"我好困啊。"

大约有一个小时，他俩肩并肩地躺着，难以入眠，格洛莉亚紧紧地闭着双眼，眼前出现了无数蓝月亮，在深紫色的背景里旋转着，而安东尼则茫然地望着头顶上的一片黑暗。

过了好几周，这件事才渐渐地重见天日，可以被用来开玩笑逗乐了。他们为应对这种情况形成了一套惯常做法——每当夜深人静，压倒一切的恐惧向安东尼袭来时，她就会伸出双臂拥抱着他，就像唱歌那么轻柔地低声哼道：

"我要保护我的安东尼。哦，没有人可以伤害我的安东尼！"

他会一笑置之，仿佛这只不过是一个笑话，这么做就是为了让彼此开心而已，可是对于格洛莉亚来说，这从来都不是一个笑话。首先，它是一件令人深感失望的事；其次，这成了她控制自己情绪的时刻之一。

不论格洛莉亚发脾气的起因，是她想洗澡的时候没有热水，还是因跟丈夫发生小冲突，控制好她的情绪，几乎成了安东尼每天的基本任务。他必须要如此这般地来对付它——或是报之以沉默，或是施之以压力，或是让之以妥协，或是吓之以武力。她在发脾气的过程中表现出来的种种残酷言行，把她那种毫无节制的自我主义，淋漓尽致地展现了出来。因为她很勇敢，因为她被"宠坏"了，因为她那无所顾忌和为人称道的特立独行，最后还因为她那种盛气凌人的意识，即她从来没有见过跟自己一样漂亮的姑娘，格洛莉亚逐渐成长为了尼采学说坚定不移的践行者。这当然是带有浓厚的情感色彩的。

比如她的胃口。她以往只习惯于吃几种特定的菜，而且坚信自己不可能去吃其他食物。上午晚些时候，她必须要喝一杯柠檬汁，再吃一个西红柿三明治，接着是一顿简便的午餐，只要一个夹馅西红柿。她不仅要从十几种菜里来挑选自己的食物，而且除此之外，她还要求这种食物必须要用某种特定的方式来烹制。婚后最初的两周里，最令人烦恼的半小时发生在洛杉矶市，当时一个不幸的服务生给她端来了一盆西红柿拌鸡肉色拉，而不是西芹色拉。

"我们从来都是这样做的，夫人。"他望着那双对自己怒目而视的灰色眼睛，声音颤抖地解释。

格洛莉亚没有回答，但是当那服务生小心翼翼地转身离去之后，她把两只拳头狠狠地砸在餐桌上，把上面的瓷器和银器震得哐当直响。

"可怜的格洛莉亚！"安东尼无心地笑道，"你不能总是得到想要的东西，不是吗？"

"我就是不吃那个馅！"她顿时怒气冲天。

"那我去把服务生叫回来。"

"我不要你去叫！他什么也不懂，该死的混蛋！"

"嗯，这不是酒店的错。要么退回去，忘掉它，要么做个大度的人，把它吃了。"

"闭嘴！"她直截了当地说。

"干吗冲着我发火？"

"哦，我没有，"她呜咽起来，"但我就是没法吃下去。"

安东尼也无能为力，只得作罢。

"那我们到其他地方去吃吧。"他建议道。

"我哪儿也不想去。我讨厌跑上十几家咖啡馆，还找不到一样东西可以吃。"

"什么时候我们跑了十几家咖啡馆？"

"在这个城市里，你非得要这样。"格洛莉亚坚持道，她有现成的话用来为自己诡辩。

安东尼不知所措，只得尝试别的办法。

"你为什么就不能试着吃一点呢？不可能像你想的那么糟。"

"因为——我——就是——不——喜欢——鸡肉！"

她拿起叉子，开始厌恶地戳着西红柿，安东尼预料她马上就会把里面的东西往各个方向乱拨。他确信她几乎从来没有像现在这么愤怒——有那么一瞬间，他察觉到一丝仇恨，这既是冲着他而来的，也是冲着其他人的——此时的格洛莉亚怒气冲天，无法接近。

后来，令他吃惊的是，他看见她试探性地把叉子举向嘴边，试了试鸡肉色拉的味道。她紧锁的眉头并没有舒展，他急切地盯着她看，既没有发表评论，也几乎不敢出气。她又试了另一叉子色拉——过了片刻，她开始吃了起来。安东尼费了好大的劲，才没有格格地笑出声音来，等他终于说话时，他的话与鸡肉色拉之间，丝毫没有可能联系在一起。

这件事，连同各式各样诸如此类的事，就像悲伤的赋格曲，贯穿在婚后生活的第一年，每次都让安东尼困惑、恼怒和沮丧。可是，两人脾气性格上的另一次激烈摩擦——是关于洗衣袋的问题——让他更觉苦恼，因为这次不可避免地以他决定性的失败而收场。

一天下午，在科罗拉多——这是他们此次蜜月旅行逗留时间最长的一个地方，超过了三周——格洛莉亚正在精心地梳妆打扮，准备去喝茶。安东尼刚才在楼下听有关欧洲战事的最新传闻，这时走进房间，亲吻了她已上香粉的后颈，然后走向衣橱。他把衣橱的抽屉拉进拉出了好一阵子，显然十分不满，之后，他转向那件尚未完成的杰作。

"还有手帕吗，格洛莉亚？"他问。

格洛莉亚摇了摇头。

"一条都没有了。我现在用的还是你的呢。"

"是最后一条，我推断。"他干笑了一声。

"是吗？"她在往嘴唇上描唇线，色彩醒目，轮廓精致。

"送去洗的衣服送回来了吗？"

"我不知道。"

安东尼犹豫了片刻——然后，凭着一阵突如其来的敏锐，打开了壁橱的门。他的怀疑得到了证实。在壁橱的挂钩上，挂着酒店提供的蓝色袋子，里面装满了他的衣服——是他自己把衣服放在那儿的。袋子下面的地板上，触目惊心地散落着一大堆华丽的衣饰——贴身内衣、长筒丝袜、衣裙、睡袍和睡衣裤——绝大多数都几乎没穿过，但是全部都被格洛莉亚归为要送去洗的衣服之列。

他站在那儿，用手把持着衣橱的门，让它敞开着。

"天啊，格洛莉亚！"

"什么事？"

她把画好的唇线擦去，又从某种神秘的视角进行修正。在她涂抹着口红时，一根手指都没有颤抖，一眼都没有朝他这个方向瞟。她的全神贯注大获全胜。

"你从来没有把衣服送去洗吗？"

"洗衣袋还在这儿？"

"这一点还用问?"

"嗯,那我想我可能没有吧。"

"格洛莉亚,"安东尼开口说,他坐在床边,试图捕捉到镜子里她的眼睛,"你是个可爱的家伙,你真是的!自从我们离开纽约之后,每次都是我把要洗的衣服送去洗,一个多星期之前,你答应下来由你来做这件事,这样也好有点变化。你需要做的全部事情,就是把你自己换下来的衣服塞进袋子,然后打铃叫收拾房间的女仆来拿去。"

"噢,干吗要对洗衣服的事大惊小怪?"格洛莉亚任性地叫嚷着,"我会处理的。"

"我并没有对这件事大惊小怪。我倒是愿意马上跟你分担这点麻烦,但是当我们两人都没有手帕可用时,是不是早就该做点什么了吧。"

安东尼想他说的这番话异乎寻常地符合逻辑,然而格洛莉亚却不为所动,她把化妆品放在一边,漫不经心地把她的背靠向他。

"把我挂起来好了,"她建议道,"安东尼,我最亲爱的,这事儿我彻底忘记了。老实说,我的确是准备要送的,我今天就送吧。快不要跟你的心肝宝贝生气了。"

安东尼还能做什么呢,只好把她拉过来坐在他的膝盖上,吻掉了她唇上的一点口红。

"但是,我不在意,"她微笑着喃喃地说,神采飞扬而又宽宏大度,"任何时候只要你愿意,你都可以吻掉我嘴唇上的所有口红。"

他们下楼去喝茶,在附近的一家小饰品店里买了一些手帕。一切就这么过去了。

可是,两天之后,安东尼打开衣橱,看见洗衣袋还松松垮垮地挂在钩子上,地板上那一堆色彩艳丽的衣服,已经增加到了令人吃惊的程度。

"格洛莉亚!"他大叫道。

"噢——"她的声音里面充满了真正的不安。安东尼绝望地走向电话，叫来收拾房间的女仆。

"在我看来，"他不耐烦地说，"你指望我做你的贴身法国男仆。"

格洛莉亚大笑起来，她的笑是如此具有感染力，以至于安东尼也很不明智地跟着一道笑了起来。这个不幸的男人！他的微笑以某种难以察觉的方式，让她成了这一局面的控制者——她带着一种仿佛手握正义而又受到伤害的神情，愤然走向衣橱，开始把她要洗的衣服蛮横地塞进衣袋里。安东尼注视着她——深深地为自己感到羞愧。

"好了！"她说，暗示她为完成一个残忍的工头指派给她的任务，已累到无以复加的程度。

尽管如此，他还是觉得他已经给了她一个教训，这事应该就算了结了，谁料情况正好相反，这还只是一个开头。要洗的衣服积了一堆又一堆——间隔很长，手帕一次又一次地不够用——间隔很短，更不用说长筒袜、衬衫，还有其他所有东西，总是短缺。安东尼终于发现，他要不就自己送去洗，要不就得没完没了地备受煎熬，跟格洛莉亚发生越来越令人不快的口角之争。

格洛莉亚和李将军

在回东部的途中，他们在华盛顿逗留了两天，带着些许敌意在游逛，因为这里的氛围恶劣，令人厌恶，给人距离感而不是自由感，场面壮观却不辉煌——这里看上去就像一座面糊般苍白而扭捏的城市。第二天，他们不明智地去阿灵顿参观了李将军的故居。

在他们乘坐的巴士里，挤满了兴奋而又不富裕的人，安东尼深谙格洛莉亚的脾气，感觉到一场风暴正在酝酿形成。这风暴终于在动物园爆发了。在那里，这群人停留了十分钟。动物园好像四处都弥漫着猴子的气味。安东尼笑了起来，格洛莉亚则祈求上帝来诅咒猴子，同车的所有乘客，包括汗流浃背、朝猴子跑去的孩子，都包括在被恶意诅咒之列。

巴士终于抵达了阿灵顿。在那儿，他们遇上了其他大巴，很快一大群妇女和儿童，在李将军故居的大厅里留下了一连串花生壳，并拥进他结婚的房间。在这房间的墙上，挂着一个可爱的牌子，上面用大红字母写着"女厕所"。这致命的一击终于让格洛莉亚失去了控制。

"我觉得真是恐怖到了极点！"她愤愤地说，"谁想出来的主意，让这些人到这里来！为了鼓励他们来参观，还把这些房子变成了展示厅。"

"嗯，"安东尼表示反对，"如果这些屋子没有人来收拾料理，早就成了废墟。"

"成了又怎么样！"格洛莉亚大声嚷嚷，他们这时正在寻找那个有着粗壮柱子的门廊，"你以为这些房子现在为这里保留了一种1860年的气息吗？它已变成了1914年的东西了。"

"你不想保存旧的东西吗？"

"但是你做不到，安东尼。美好的东西达到一定的高度时，就难以为继了，会开始逐渐衰退，在变得腐朽的过程中，慢慢淡出人们的记忆。就像任何一个时代都会在我们的记忆中消退一样，那个时代的东西也应该消亡，它们在屈指可数的几个像我一样对它们有所感触的心灵里，短时期内得以保留。比如，塔里顿的墓地就是这样。那些出钱来保护旧东西的蠢驴，其实也是在毁了它们。睡谷早已不存在了，华盛顿·欧文死了，在我们的评价中，他的书逐年腐烂——然后，就让那墓地也腐烂吧，它本该如此，万事万物都该如此。人们把一些残片保留至今，试图用这种方式来保存一个世纪，这就像用兴奋剂来让一个垂死的人活着一样。"

"这么说来，你认为一个时代过去了，那个时代的房子也应该随之消失？"

"当然！假如有人把你那封济慈书信上的签名描了一遍，为了能够让它保得更长，你还会珍惜这封书信吗？正是因为我深爱着过去，我才希望这房子能恢复到它昔日充满着青春和美的迷人时刻，而且我还希望它的楼梯嘎吱作响,就像身着圈环裙的女人和穿着长筒靴子佩带马刺的男人踏在上面一样。可是,他们却把它装扮得像一个长着金发、涂脂抹粉的六十岁女人。它没有任何权利看上去如此生意兴隆。时而补上一块砖头,这种照料对李将军已是足够了。这些畜生——他们中有多少人"——她的手向四周挥舞着——"能从这里看出些什么名堂,尽管有历史书、指南手册和模拟原型的重建物?有些人认为最好的欣赏就是低声交谈和轻声走动,如果到这里来参观,会有一些麻烦的话,他们中又有多少人会想来呢?我希望这里散发出木兰花的芬芳,而不是花生米的味道,我希望我的鞋能踩在铺着碎石的小路上,发出嘎吱嘎吱的响声,就像当年李将军的靴子踩在上面时那样。没有深彻的痛感,就没有美,没有感觉到万事万物都在逝去,就没有深彻的痛感,男人、姓名、书籍、房屋——都注定了要化为灰烬——是必死无疑的——"

一个小男孩出现在他们身边,正在晃动着一把香蕉皮,勇猛地把它们朝波托马克河的方向扔去。

伤感

就在比利时东部城市列日沦陷的那天,安东尼和格洛莉亚抵达了纽约。回想起来,这六周似乎快乐得不可思议。就像绝大多数年轻夫妇那样,他们发现在很大程度上,两人拥有许多共同的固有观念、好奇心以及思维上的怪僻,他们从本质上来说都是喜爱交际的。

然而,要让他们之间的多数谈话维系在相互讨论的层面上,依然困难重重。在格洛莉亚的个性中,争吵是具有毁灭性的。她这一生交往的人,要么是智力上比她低下的人,要么就是男人,他们受到她的美貌近乎敌对的威慑,从不敢反驳她。她说出的话原来被认为是绝无差错的,是终极的决定,在这种状况下,安东尼出现了,竟敢反驳她,这自然令她恼怒不已。

起初，他并没有意识到，她的个性既源自她接受过的"女性"教育，也源自她的美貌，他往往把她与全体女性归为一类，具有令人好奇而又确切无疑的局限性。她完全没有正义感，这一点简直让他发疯。然而，后来他发现，当她对某个话题发生兴趣时，她的大脑比他的还要来得不知疲倦。他希望她的头脑中能够拥有学究气的目的论——对秩序和精确的感觉，把生活当成一个神秘相连之物的感觉，可是过了一段时间之后，他明白如果她身上出现这种品质，那将会是极不协调的。

在他们共同拥有的东西当中，最了不起的，莫过于他们心灵之间近乎神秘的吸引力。离开科罗拉多酒店的那天，他们在整理行装的时候，她坐在一张床的边上，泣不成声。

"我最亲爱的——"他用双臂环抱着她，轻轻地让她把头靠在他的肩上，"怎么了，我的格洛莉亚？告诉我。"

"我们要走了，"她抽泣着，"噢，安东尼，这里像是我们共同生活的第一个地方。这里有我们的两张小床——并排着——它们会永远在这儿等着我们，而我们却再也不会回到这儿了。"

她让他心碎，她总是能够这样。一阵伤感向他袭来，眼里顿时涌出了泪水。

"格洛莉亚，嗯，我们还会有另一个房间，另外两张小床。我们一生一世都会在一起的。"

她声音低沉嘶哑地向他倾诉着：

"可是，再也不会像我们这两张小床一样了。在我们去往、离开和变换的每一个地方，都有某些东西失落了——某些东西被丢在身后。人永远无法重复任何事情，我曾经如此彻底地属于你，在这里——"

他冲动地把她拥抱得更紧了，他远远超越了对她的伤感做出任何评价，在她身上识别出一种对细微事物睿智的把握能力。但愿她能纵情痛哭——格洛莉亚，这个游手好闲者，这个自己梦想的拥抱者，正在从生命和青春中值得纪念的东西中，获取痛彻肺腑的感觉。

那天下午晚些时候，当他从车站买票回来时，发现她已在其中的一张小床上睡熟了，她的胳膊卷曲着，里面抱着一个黑色的东西，他第一眼没能认出来到底是什么。走到近处，他才发现是他的一只鞋子，这鞋不是特别新，也不是很干净，可是她留有泪痕的面颊却紧贴在它上面，她传递出来的那古老而又高贵的信息，他领悟到了。他几乎是心醉神迷地轻轻唤醒她，看着她朝他泛起笑容。她尽管羞涩，却也意识到自己有着美好的想象力。

在安东尼看来，无需对这两件事的良莠做出评判，它们都已接近爱的真谛。

灰色小屋

在一个人二十多岁的时候，人生的真正动力就开始减退了。如果对一个人来说，许多事情在他三十多岁时，跟十年前一样重要而有意义，那么他的确就是一个头脑单纯的人了。一个三十岁的手摇风琴演奏者，如果还在摇动手摇风琴，那他或多或少就是个老掉牙的人物了——而他曾经就当过一个手摇风琴演奏者！证据确凿的人性污点，玷污所有那些非个人化而又美好的事物，唯有青春才真正把握其中所蕴含的非个人化的荣耀。一场辉煌的舞会，虽充满轻松浪漫的欢声笑语，却在它自己的丝绸和缎子的流光溢彩中渐渐流逝，展现出一件人造物的真实框架——噢，那永恒之手！——部最具悲剧性和神圣性的戏剧，却沦落成了一连串的演说，由永恒的抄袭者在阴冷潮湿的日子里，千辛万苦地东拼西凑而成，由那些饱受专横压制、懦弱而又伤感的人来表演。

对于格洛莉亚和安东尼来说，婚后第一年和灰色小屋阶段，是手摇风琴演奏者在慢慢经历不可避免的变形阶段。那一年她二十三岁，他二十六岁。

起初，灰色小屋纯粹是一个田园牧歌式的浪漫计划。从加利福尼亚回来后的头半个月,他们焦躁不安地在安东尼的公寓里住了下来。敞开的旅行箱,络绎不绝的拜访者,没完没了的洗衣袋,这一切使房间里显得仄逼、压抑。他们跟朋友们讨论关乎他们未来这样的重大问题。安东尼逐一列出哪些是他们"应该"做的,哪里是他们"应该"居住的地方,这样的时候,迪克和莫瑞会跟他们坐在一起,郑重其事地,几乎可说是深思熟虑地表示赞同。

"如果不是这该死的战争,"他抱怨道,"我想带格洛莉亚去国外——退而求其次,我有点想在乡村有一个地方,当然是靠近纽约的某个地方,在那儿我可以写作——或者做我决定要做的任何事情。"

格洛莉亚大笑起来。

"他是不是很逗人喜爱?"她向莫瑞问道,"他决定要做的任何事情!可是,如果他工作,那我做什么呢?莫瑞,如果安东尼工作,他会带我出去玩吗?"

"再说,我现在还没有打算去工作。"安东尼迅速说道。

他们之间隐约达成默契,认为在将来的某一天,他会进入显赫的外交界,王公贵族和首相大臣们,都会因为他美若天仙的妻子,而对他嫉妒不已。

"嗯,"格洛莉亚无助地说,"我确信我一无所知。我们不停地谈啊、谈啊,但从来都没有任何结果,我们问遍所有的朋友,他们只是按我们想要的方式回答。我真希望有人会来关照我们。"

"你们为什么不走出去呢——去格林尼治或其他什么地方?"理查德·卡拉梅尔提出建议。

"我倒是很愿意去,"格洛莉亚说,顿时容光焕发,"你觉得我们在那儿能找到房子吗?"

迪克耸耸肩,莫瑞大笑起来。

"在所有不切实际的人当中,"他说,"你们两个可真把我给逗乐了!一个地方一旦被提到,你们就指望我们从口袋里抽出一大堆照片,从各个角度展示那里平房的不同建筑风格。"

"那正是我不想要的,"格洛莉亚悲叹道,"一幢又闷又热的平房,隔壁还有好些小孩,他们的爸爸卷起衬衣的袖子正在除草——"

"看在上帝的分上,格洛莉亚,"莫瑞打断她,"没有人想把你锁在这样的平房里。老天啊,我们聊天时,是谁先提起平房的?不过,除非你走出去寻找,否则你永远也休想找到。"

"去哪儿?你说'走出去寻找',但是去哪儿?"

莫瑞不失尊严地在房间里挥动着他那像爪子一样的手。

"外面哪儿都可以。到郊外乡村去。那儿有的是地方。"

"谢谢!"

"听着!"理查德·卡拉梅尔潇洒地转动着他那只黄色的眼睛,"你们两人的问题是做事缺乏条理。你们对纽约州是否有一点了解?闭嘴,安东尼,我在跟格洛莉亚说话。"

"嗯,"她终于承认,"我去波特切斯特和康涅狄格州附近参加过两三次家庭舞会——不过,当然,那儿不属于纽约州,对吗?莫里斯顿也不属于。"她有气无力文不对题地匆匆说完。

房间里爆发出一阵大笑。

"噢,天啊!"迪克大叫,"'莫里斯顿也不属于!'不,圣芭芭拉也不属于,格洛莉亚。现在听着,除非你们拥有一大笔财产,否则不用考虑像纽波特、南安普顿或者塔克希多这样的地方。它们不在考虑之列。"

他们都一本正经地表示赞同。

"从我个人的角度来说,我讨厌新泽西。然后,当然,还有纽约上城区,塔克希多上面的那片地区。"

"太冷了,"格洛莉亚简洁地说,"我有一次坐车去过那儿。"

"嗯,在我看来,好像在纽约和格林尼治之间,有许多像赖伊这样的小镇,你们可以在那儿购置一幢灰色小屋——"

格洛莉亚一听到这个词,就喜不自禁地一跃而起。自从他们回到东部以来,她第一次知道了自己想要什么。

"噢,对极了!"她叫道,"噢,对极了!就是要这样的:一幢灰色小屋,四周是一片白色,还有大片大片的枫树,褐色的和金色的,正如画廊里描绘十月景色的图画一样。我们在哪儿可以找到这样的屋子?"

"不幸的是,我把写满周围有大片枫树的灰色小屋的清单,不知放在哪儿了——不过,我会设法找到的。同时,你们也拿出一张纸,在上面写下七个可能居住的小镇的名字。下星期每天去跑一个地方。"

"噢,天啊!"格洛莉亚抗议道,做出精神正在崩溃的样子,"你为什么不可以帮我们去跑?我讨厌坐火车。"

"那么,就租一辆小车,而且——"

格洛莉亚打了一个哈欠。

"我不想再讨论这样的话题了。好像我们一直都在讨论要住哪儿这个问题。"

"我美丽的娇妻已经厌倦了思考,"安东尼不失讥讽地评论道,"她必须要有一个西红柿三明治,来刺激一下她那精疲力竭的神经。我们去喝茶吧。"

这场不幸的谈话的结果,就是他们把迪克的话当真了,两天之后去了赖伊镇,跟着一个烦躁的房屋中介四处转悠,就像在树林里迷了路的娃娃。他们看了一些租金约每月一百美元的房子,它们跟其他同样价格的房子紧紧地连在一起。此外,还看了一些独幢的房子,尽管一看就毫无例外地极不喜欢,但还是软弱地服从了中介的意愿,去"看看那壁炉——还有壁炉!",而且还忍受着他使劲地推推门柱和"笃笃"地敲打墙壁,显而易见,他想要表明这房子不会立马倒塌,不管它给人相反的印象是何等令人信服。他们透过窗户往里看,室内要么是"商业型地"配了木板座椅和硬邦邦的长沙发,要么"家居型地"配有往年夏天留下的令人伤感的小摆设——交叉放置的网球拍、舒服的长沙发,还有令人沮丧的吉普森女郎图片。他们还心存愧疚地看了一些真正的好房子,超凡脱俗,高贵典雅而又清新怡人——租金要三百美元一个月。他们离开赖伊镇时,对房屋中介的确是真心诚意地谢了一番。

回纽约的列车拥挤不堪,他们后面坐着一位呼吸气味极为浓重的拉美人,大概他最近吃的几顿饭全都是大蒜。当他们终于回到公寓时,如释重负,心里充满着感激,几乎激动得有些异常了,格洛莉亚立刻冲进那间无可挑剔的浴室里,洗了一个热水澡。有一周时间,对于未来居住地这个问题,他们两人都再也无力考虑了。

这件事最终还是以一种预料之外的浪漫方式自行得到解决了。一天下午,安东尼跑进起居室,神采飞扬地宣布了"那个想法"。

"我找到了,"他大声嚷道,就好像他刚刚抓住了一只老鼠,"我们要买一辆车。"

"哎呀!我们得照顾自己,这一件事还嫌不够糜在吗?"

"给我一分钟,先听我解释,好吗?让我们先把这些东西暂时寄放在迪克那儿,在车里只放上几只箱子,车子我们很快就要买的——今后住在乡村,我们也必须要有一辆车——然后,就朝纽黑文的方向出发。你看,只要离开纽约超出乘公交车辆上下班的距离,房租就会便宜很多,一旦找到了想要的房子,我们就可以安顿下来。"

他频繁地插入具有安抚性的"就"字,唤醒了她沉睡的热情。他在房间里昂首阔步地走来走去,激起了一种充满活力而又无法抵抗的效率。"我们明天就去买一辆车。"

生活跟在插翅飞翔的想象力后面蹒跚前行,一周之后,他们驾驶着一辆便宜但簇新闪亮的敞篷车出了城,穿越混乱不堪难以理喻的布朗克斯区,然后经过一大片阴暗的地区,那里交替着出现凄凉的青色荒芜地区和可怕而又肮脏的近郊城镇。他们是在上午十一点时离开纽约的,等轻松愉快地穿过佩勒姆镇时,炎热而又幸福的中午早已过去了。

"这些都算不上是城镇,"格洛莉亚不屑地说,"只不过是城市的几个街区蓦地被扔到冰冷的荒芜之地。我可以想象,这里所有的男人都因早上咖啡喝得太快,而八字胡须上污渍斑斑。"

"而且在上下班乘坐的火车上玩皮纳克尔牌[①]。"

"什么是皮纳克尔牌?"

"别这么当真。我怎么知道呢?可是,听起来他们好像就该玩这种牌。"

"我喜欢这牌。听上去好像是你让手指关节噼啪作响,或者其他什么的……让我来开吧。"

安东尼满腹怀疑地看着她。

"你发誓你开车的技术不错?"

"我十四岁就开始开车了。"

他小心地把车停靠在路边,两人交换了座位。然后,随着一阵骇人的摩擦声,车子启动了,格洛莉亚还加上了一阵笑声,这笑声在安东尼听来很令人不安,而且品位极差。

"我们上路了!"她大声嚷嚷,"哈哈!"

当车子突然往前冲去,又惊险地绕过前面停着的一辆送牛奶的马车时,他们的头就像被牵在一根线上的木偶那样猛地往后仰倒,驾车人从座位上站起身来,冲着他们大声吼叫。按照古老的道路传统,安东尼立马回嘴,对送奶这个职业的粗俗,用了几个精辟的句子来反唇相讥。不过,他骂了几句也就停了下来,转向格洛莉亚,此时他越发深信,放弃车辆的控制权,是他犯下的一个严重的错误,而且格洛莉亚是一个有着许多怪癖的司机,她简直粗心到了极点。

"现在记住!"他提心吊胆地警告她,"那个人说,第一个五千英里,速度不应该超过每小时二十英里。"

她飞快地点了点头,不过明显打算尽可能快地跑完这段设有禁令的

[①] 皮纳克尔牌(Pinochle):一种纸牌游戏。

距离，于是，还是稍稍提升了车速。片刻之后，他再次试着提醒她。

"看见标志了吗？你想让我们被逮住？"

"噢，看在上帝的分上，"格洛莉亚愤怒地大声喊道，"你总是这样夸大其词！"

"嗯，我是不想被抓住！"

"谁来抓你？你这么不依不饶——就像昨天晚上你坚持要我吃咳嗽药一样。"

"这是为了你好。"

"哈！我还不如跟妈妈生活在一起。"

"怎么跟我说这种话！"

一名执勤的警察突然转入他们的视野，车子快速越过他。

"看见他了吗？"安东尼问。

"噢，你简直要让我发疯！他并没有来抓我们，对吗？"

"如果他来抓，那就太晚了。"安东尼绝妙地反戈一击。

她的回答充满着轻蔑，几乎有些伤人。

"怎样，这个旧东西再怎么跑，时速也超不过三十五英里。"

"这车不旧。"

"它精神上是旧的。"

那天下午，这辆车加上洗衣袋和格洛莉亚的胃口，三者合一，成了他们争吵的主要内容。他警告她经过铁轨时要小心，指出向他们靠近的机动车，最后坚持由他来把握方向盘。在从拉奇蒙特镇到赖伊镇的这段路程上，格洛莉亚怒不可遏，备感屈辱，一言不发地坐在他旁边。

然而，正是由于她无言的愤怒，灰色小屋才从抽象概念转化成了实物，因为一过了赖伊镇，他就沮丧地缴械投降，再次让出了方向盘。他默默地恳求她，格洛莉亚不一会儿就喜笑颜开，发誓一定要加倍小心。可是，由于一辆蛮横无理的有轨电车麻木地挡了道，格洛莉亚只得拐入一条小道——而且那天下午从这以后，再也无法回到大路上来。他们最后把一条街错当成了大路,而当他们从科斯科博镇开出五英里时,这街已不再像原先的那条大路了。碎石路面变成了砾石路面,再变成沙土路面——更有甚者,路变得越来越窄,两边出现了枫树,西沉的太阳透过树枝洒下斑驳的阳光,在长长的青草地上,永无止境地进行着光影设计实验。

"我们现在迷路了。"安东尼抱怨。

"看那个指示牌!"

"玛丽埃塔——五英里。玛丽埃塔是什么地方?"

"从来没有听说过,但还是开过去吧。在这儿无法掉头,很可能前面有一条绕行的路,能回到大路上。"

这条路越往前开,车辙就越深,两边还不知不觉地出现了石头路肩。顷刻间,三幢农舍迎面而来,瞬间又一一向后退去。眼前出现了一个城镇,一片片色彩昏暗的屋顶簇拥着一座白色高塔。

然后,格洛莉亚在两条岔路之间迟疑不决,待她做出选择,已为时太晚,车子撞上了路边的消防栓,变速器从车上猛地被撞得脱落了下来。

当玛丽埃塔的房屋中介向他们展示灰色小屋时,天色已晚。他们是偶然在村子的西边发现这幢小屋的,只见它静静地矗立着,身后的天空如一件给人带来暖意的蓝色披风,小小的繁星则如纽扣一般。当喂养小猫的女人还大有可能被当成女巫之际,当保罗·里维尔还在波士顿制作假牙,以激发大众的从商热情之际,当我们的祖先成群结队愉快地舍弃华盛顿的时候,灰色小屋就已矗立在这里了。从那时以后,灰色小屋就在一个不起眼的角落里建造起来了,此后又经历过大规模地修葺,最近里面刚刚重新粉刷,扩建了厨房,增加了一个侧面的门廊——然而,除了某个快活的傻瓜给新厨房盖上了红色的锡顶之外,它依然大胆地保持了殖民时期的色彩。

"你们怎么会碰巧来到玛丽埃塔?"房屋中介带着类似怀疑的语气问,他正在领着他们参观四间宽敞又通风的房间。

"我们的车子出了故障,"格洛莉亚解释道,"我开车撞上了一个消防栓,于是我们让人把车拖到汽车修理店去了,这时看见了你们的招牌。"

那人点点头,跟不上这种天真的俏皮话。在做任何一件事情之前,如果没有花上几个月的时间来左右权衡,总会显得有那么一点儿不道德。

他们那天晚上就签订了一份租约,后来乘坐中介的车满心欢喜地回到玛丽埃塔简陋破败令人昏昏欲睡小客栈。这客栈实在太破旧了,让人甚至连在一个路边乡村旅馆里,偶尔放纵和玩乐一下的兴致都没有。他们躺在床上难以入眠,计划着可以在这儿做的事。安东尼将以惊人的速度来进行史学研究,这样就可以让那位冷嘲热讽的祖父对他感到满意……等车修好之后,他们就可以出去,更好地了解这片乡村,加入最近的"真正不错的"俱乐部,这样在安东尼写作的时候,格洛莉亚就可以在那儿打高尔夫或"做点其他什么的事"。当然,这只是安东尼的主意——格洛莉亚很肯定地表示,她所需要的就是阅读、梦想,还有就是由一个天使般的仆人给她准备西红柿三明治和柠檬汁,当然这个女仆眼下还在某个虚无缥缈的穷乡僻壤。安东尼在写作间隙,会出来吻她,而她则懒洋洋地躺在吊床上……吊床!一大串新的梦想合上想象中吊床的节奏,而微风轻轻地吹动着吊床,阵阵光影的波浪,起伏不定地荡漾在麦田上,尘土飞扬的路面,在夏日宁静的绵绵细雨中,变得斑斑点点,色彩暗淡……

还有宾客——他们在这个问题上进行了长时间的争论,两人都试图表现出不同寻常的成熟和远见。安东尼声称"作为一种调剂",他至少每隔一周的周末就需要有客人来访。这挑起了一场纠结难缠而又极为感伤的对话,这就是安东尼是否觉得,作为一种调剂,格洛莉亚还不够。

尽管他向她保证，他觉得有她就足够了，但她还是一味地坚持对他表示怀疑……最后，这场对话终于还是回到了它永恒不变的单一话题上："那时会怎么样呢？噢，我们那时会做些什么呢？"

"嗯，我们将会养一条狗。"安东尼提议。

"我不想养狗，我要一只猫。"她又抱着极大的热情如数家珍般地回顾了她曾经拥有的一只猫的经历、习惯和嗜好。安东尼觉得这只猫一定是个可怕的角色，既无魅力，又无忠诚之心。

后来他们睡着了，黎明前一小时醒来，这时灰色小屋带着一种幻影般的光辉，在他们有些眩晕的双眼前，翩然起舞。

格洛莉亚的灵魂

那年秋天，灰色小屋迎接了他们的到来，一时多愁善感的冲动，让他们对小屋令人悲观的高龄视而不见。诚然，他们之间有洗衣袋问题，有格洛莉亚的胃口问题，有安东尼爱胡思乱想的习惯和无中生有的"紧张"，但是间或也有出人意料的宁静。他俩会紧紧地依偎在门廊前，静候着月光的清辉从农田上如流水般淌过，越过浓密的树丛，在他们的脚下翻卷起灿烂的波浪。在这样的月光中，格洛莉亚的面颊上会泛起一种怀旧的白色光芒，只需一点点努力，他们就会越过习惯带来的障碍，每人都会在对方那里发现早已消逝的六月里几乎堪称典范的浪漫故事。

一天晚上，她把头枕在他的胸膛上，两人手中香烟燃起的小火光，在笼罩床头的黑暗中变换着方向。她第一次零零碎碎地说起那些一度被她的美貌迷住的男人们。

"你想起过他们吗？"他问她。

"只是很偶然地会想起——当发生某件事，让我回想起某个特别的人时。"

"你会想起什么呢——是他们的吻吗？"

"各种各样的事……男人跟女人很不相同。"

"在什么方面不同呢?"

"噢,完全不同——很难说得清楚。有些男人有着根深蒂固的这样或那样的名声,他们跟我交往,有时会变得和以前惊人地不一样。粗鲁的人会变得温柔,不足挂齿的人会变得令人震惊地忠诚和可爱,而且,常常会出现这样的情况,原本体面的人表现出一点也不体面的态度。"

"比如?"

"嗯,曾经有一个名叫波西·沃尔科特的男孩,来自康奈尔大学,他在大学里可是个英雄,一个了不起的运动员,曾经在火灾中救出许多人,或者诸如此类的事情。不过,我很快发现,他以一种相当危险的方式表现得蠢不可及。"

"什么方式?"

"关于'适合做他妻子'的女人,他似乎有着某种天真的观念,这种特殊观念我以前碰到过很多,而且几乎总是让我要发疯。他要求一个姑娘从来没有被人吻过,喜欢做针线活,成天待在家里,维护他的自尊心。我敢打赌,如果他娶了这么一位白痴坐在家里,傻傻地跟他待在一起,他私下里会跟一个更野的女人跑掉。"

"我真为他的妻子感到难过。"

"我不会。你想想,她有多蠢,居然在跟他结婚之前没有意识到这一点。他以为尊敬和尊重一个女人,就是从不给她带来任何快乐兴奋。他怀有最美好的愿望,却身陷在中世纪的泥潭中。"

"他对你的态度怎样?"

"我正要说呢。就像我告诉过你的——哦,我告诉过你吗?——他长得相当帅气:一双棕色的大眼睛流露出真诚,他的微笑在向人保证,背后的那颗心真挚纯净,如赤金一般。我那时少不更事,容易轻信别人,还以为他有些老成持重,所以有一天晚上我狂热地吻了他,那时我们刚在温泉镇的霍姆斯塔德参加完舞会,正在开车兜风。那是很精彩的一周,我记得——最让人赏心悦目的花草树木,如绿色泡沫一般,覆盖了整个山谷,十月的清晨,袅袅薄雾在林间升起,像篝火一般,将层林尽染成棕色——"

"你那个怀抱着理想的朋友怎么样?"

"好像他在吻我的时候开始想,也许他可以放得更开一点,我不需要'被尊重',就像他对想象中的那位比阿特丽斯·费尔法克斯快乐姑娘①那样。"

"那他做了什么?"

"也没什么。在他还没有反应过来时,我就把他从十六英尺高的堤岸上推了下去。"

"他受了伤吗?"

"他摔断了手臂,扭伤了足踝。他把这件事在温泉镇大肆宣扬,待他的手臂好了之后,一个也喜欢我的名叫巴里的人,就找他打了一架,把他的手臂又打断了。天啊,当时乱得一团糟。他威胁说要起诉巴里,而据说有人看见巴里——他来自佐治亚——到镇上去买了一支枪。不过,在这之前,妈妈违背我的意愿,把我硬生生地拽到北方来了,后来到底发生了什么,我就无法知道了——虽然后来我在范德比尔特酒店的大堂里遇见过一次巴里。"

安东尼大笑不止。

"这是怎样的经历啊!我想我该狂怒才是,因为你吻过这么多男人,可我并没有。"

一听这话,她立刻在床上坐了起来。

"这真是很有趣,不过,我可以肯定,那些吻都没有给我留下什么印记——我是指没有乱交的污点——尽管曾经有过一个男人一本正经地

---

① 比阿特丽斯·费尔法克斯快乐姑娘(Beatrice Fairfax glad-girl),美国专栏作家玛丽·曼宁(Marie Manning, 1872—1945)虚构的一个人物。

跟我说，他真的不愿意想起我是一个公用水杯。"

"他好大胆。"

"我不过一笑置之，告诉他应该把我想成一个爱杯①，在众人手里传来传去，但丝毫无损于它的价值。"

"不管怎么说，我并没有对此介意——当然，假如你的所作所为超出了亲吻他们，我就会介意的。不过，我相信，除非虚荣心受到伤害，你是绝对不会嫉妒别人的。你为什么不在乎我做过什么？难道你不希望我绝对地纯洁无瑕？"

"这或许全是以前的事给你留下的印象。我亲吻一个男人，原因无非是他长得帅，或者那晚的月色很美，或者甚至是我隐约感到有些惆怅，心绪有些骚动。但是，也就仅此而已——这些吻完全没有对我产生什么影响。可是，你却念念不忘，让那些记忆萦绕在心头，不得安宁。"

"你没有像亲吻我那样亲吻过其他的人吗？"

"没有，"她简单干脆地回答，"就像我告诉过你的那样，那些男人试图——噢，他们试图做好些事情。每个漂亮姑娘都会有那种经历……你是知道的，"她接着说，"只要两人之间只不过是肉体方面相互吸引，我不在乎过去你跟多少个女人好过，可是如果你曾经跟另一个女人长时间地生活在一起，或者甚至动了要娶某个姑娘的念头，我想我就无法忍受了。这两者是有所不同的。如果是那样的话，你留下的记忆将是关于亲密关系的点点滴滴——这些记忆会削弱我们两人之间的新鲜感，而这恰恰是爱情中最宝贵的一部分。"

他如痴如醉，情不自禁地把她拉过来，在枕边躺下。

"噢，亲爱的，"他轻声唤道，"好像我除了你可爱的亲吻之外，什么都记得似的。"

然后，格洛莉亚用一种非常温柔的声音说道：

---

① 爱杯（loving cup）：宴席上供客人们轮饮用的大酒杯。

"安东尼,我是不是听见有人在说他们很口渴了?"

安东尼突然大笑起来,带着那种温顺而又被逗乐了的合不拢嘴的笑容,从床上起来了。

"水里面加一点点冰块,"她补充道,"你觉得我可以喝到这杯水吗?"

格洛莉亚每次要人帮忙时,都会用"一点点"这个形容词——这个词让要他帮的忙听上去不那么费劲。不过,安东尼还是又大笑起来——不管她是想要一小块冰还是要一大块冰,他都必须下楼到厨房里去……她的声音一路跟随着他穿过大厅——"还要一点点薄脆饼干,上面就抹上一点点橘子酱……"

"噢,天啊!"安东尼激动不已,叹息着,"她真是妙不可言,这个姑娘!她让人神魂颠倒!"

"当我们有孩子的时候,"一天她这样开始说道——这早已经决定了,应该是三年以后的事——"我想要他长得像你。"

"除了他的腿。"他狡猾地暗示。

"噢,对,除了他的腿。他长着我的腿,不过他其他的部位都可以是你的。"

"我的鼻子?"

格洛莉亚犹豫不决。

"嗯,也许我的鼻子。不过,当然是你的眼睛——还有我的嘴巴,我猜还有我的脸型,我想。要是他长着我这样的头发,他会很逗人喜爱的。"

"我亲爱的格洛莉亚,你已经把孩子整个给霸占了。"

"哦,我不是有意的。"她由衷地表示歉意。

"至少让他长着我的脖子吧,"他恳求道,对着镜子认真地看着自己,"你常常说你喜欢我的脖子,因为我的喉结不明显,再说,你的脖子太短了。"

"谁说的，才不短呢！"她愤怒地大叫起来，同时转向镜子，"我的脖子恰到好处。我相信，我从来没有看见过更漂亮的脖子。"

"你的脖子太短了。"他为了逗她，又重复说了一遍。

"太短吗？"她的语气中流露出被激怒的疑惑，"太短吗？你疯了！"她伸长，然后又缩短脖子，以向她自己证明它像爬行动物一样弯曲自如，"你把这称为短脖子？"

"是我见过的最短的脖子。"

几个星期以来第一次，泪水涌入了格洛莉亚的眼眶，她看他的眼神中流露出一种真正的痛苦。

"哦，安东尼——"

"天啊，格洛莉亚！"他手足无措地靠近她，用双手捧着她的胳膊肘，"不要哭，求你了！你难道不知道我是在跟你开玩笑吗？格洛莉亚，看着我！怎么啦，我最亲爱的，你的脖子是我见过的最长的。真的是这样。"

她破涕为笑。

"嗯——你就不该那样说。让我们还是来谈谈孩—孩子吧。"

安东尼在地板上踱着方步，像是在为辩论进行排练一般地说道：

"简而言之，我们可以有两个孩子，两个具有显著特征而又符合逻辑的孩子，他们迥然不同。其中一个孩子是我们两人最好部分的结合，你的身材，我的眼睛，我的思想，你的智慧——还有一个孩子则集中了我们最差的部分——我的身材，你的性格，还有我的优柔寡断。"

"我喜欢第二个孩子。"她说。

"我真正喜欢的，"安东尼继续说，"是生两次三胞胎，中间隔一年，然后我就对这六个男孩进行试验——"

"可怜的我。"她插嘴道。

"——我把他们放在不同的国家，在不同的体系内接受教育，在他们二十三岁的时候,再把他们召集到一起,看看他们长成了什么样子。"

"让他们全都长着跟我一样的脖子。"格洛莉亚建议。

一章的结局

汽车终于修好了,它仿佛故伎重演,刻意在两人之间猛烈地挑起无尽的争吵。应当由谁来开车?格洛莉亚应当开多快?这两个问题,以及由此引发的永无休止的相互指责,贯穿此后的日子。他们开车去过大路沿线的小镇、赖伊镇、珀特切斯特和格林尼治,还拜访了十几位朋友,大多数都是格洛莉亚的朋友。他们好像全都处于生儿育女的不同阶段,就此及其他方面而言,他们都令格洛莉亚感到乏味透顶,几乎到了焦躁不安的程度。每一次拜访之后的一个小时,她都会心烦意乱地咬手指,而且往往会把怨恨发泄在安东尼身上。

"我讨厌女人,"她略带怒气地叫喊,"除了没完没了地聊些'家长里短'之外——你到底能跟他们说些什么呢?我已经对十多个孩子热情地表示了喜爱,现在宁可被噎住,也不想再说什么了。那些姑娘每人都一样,要是丈夫魅力十足,她就开始嫉妒和怀疑他;要是没有魅力,她又会感到乏味。"

"难道你再也不打算去看望任何女人吗?"

"我不知道。对我来说,他们看上去从来都没有干净过——从来都没有——从来都没有。除了少数几位。康斯坦斯·肖——你知道,就是上星期二来看望我们的梅里安夫人——简直就是绝无仅有的一位。她看上去高挑、清新而高贵。"

"我不喜欢女人长这么高。"

尽管他们到不同的乡村俱乐部去参加过几场晚宴舞会,但还是认定,对于他们来说,秋季很快就要过去了,已不怎么适合"出去了",即便想去也不行。他讨厌高尔夫,格洛莉亚也只是略微有点喜欢。虽然有一天晚上，一些大学生对她大献殷勤，她享受这给她带来的快乐，而且很高兴安东尼为她的美貌感到骄傲，但她也察觉到，那天晚上他们的女主人，某位格兰比夫人，颇为焦虑不安，因为安东尼的同学阿勒克斯·格兰比也狂热地加入了献殷勤的队伍之列。格兰比一家人再也没有打来过电话，尽管格洛莉亚觉得此事好笑，但她的自尊心还是受到了不小的伤害。

"你知道，"她向安东尼解释，"要是我没有结婚的话，这事儿就不会让她担心了——可是她年轻时看过不少电影，她可能觉得我就是一个吸血鬼。但关键问题是，要安抚这些人需要做点努力，而我却一点儿也不愿这么做……那些逗人喜爱的大一新生不停地向我眉目传情，恭维我的话简直就像是白痴说的！我已经长大了，安东尼。"

玛丽埃特镇本身没有多少社交活动。散落在附近的六座农庄，在它的周边形成一个六边形。不过，这些地方属于一些老古董，只有当他们坐着豪华高级轿车，在去火车站的路上时，人们才能看见那些毫无生气、头发斑白的老人。有时他们由妻子陪伴着，她们同样苍老，体型却是双倍的硕大。镇上的人都属于一种特别无趣的类型——未婚女子占绝大多数——他们的眼界仅局限于学校的节庆活动之内，而心灵阴郁凄凉得可怕，就像那三座白色教堂建筑一样令人生畏。他们有过密切接触的唯一本地人，是一个宽臀宽肩的瑞典姑娘，她每天来为他们做一些事。她生性安静，做事高效。格洛莉亚有一次发现她趴在厨房的桌子上剧烈地抽泣，从这以后就对她有一种不同寻常的恐惧，停止抱怨她准备的食物了。正是因为这个姑娘那未曾透露而又令人难解的悲伤，她被留了下来。

格洛莉亚对预兆的强烈爱好，以及她爆发出来的朦胧的超自然力，无不令安东尼吃惊。或许是由于她早年与笃信比尔非教的母亲朝夕相处，那时形成的某种情结得到既恰如其分又科学合理的控制，或者是由于她具有某种遗传性的超感觉力，反正她对任何超自然的暗示都极为敏感。对于他人的动机,她从不会轻易上当受骗,但总是倾向于把任何不同寻常事物的发生,归结于埋在地下的人,认为是因为他们离奇古怪地在周围飘来荡去而造成的。在寒风飕飕的夜晚,老屋发出的吱吱嘎嘎的声音,在安东尼听来,像手握左轮手枪的盗贼小偷,而对于格洛莉亚,则代表着历代亡灵邪恶而又令人不安的气息,在古老而又浪漫的壁炉前,为他们犯下的无法抵赎的罪孽进行补偿赎过。有一天晚上,楼下发出两声急促的砰砰声,安东尼胆战心惊地去调查了一番,却一无所获,于是两人躺在床上久久难以入眠,相互考问着一些世界历史方面的问题,直到黎明时分。

十月的时候,穆瑞尔来看望他们,住了两周。格洛莉亚曾经给她打过长途电话,凯恩小姐在结束通话时,用她那很有特色的语调说:"好—哦—哦—的。到时候我一定会打扮得漂漂亮亮地过来!"她来的时候胳膊下面夹着一打流行歌曲的唱片。

"住在这乡村,你们应该有一台唱机,"她说,"买一台维克牌的小唱机就可以了——不用花多少钱。那样的话,孤独寂寞的时候,在家里就可以听卡鲁索和阿尔·乔尔森。"

她告诉安东尼,说"他是至今为止她认识的第一个聪明人,她对那些浅薄的男人感到厌倦了",这让他的不安简直到了难以忍受的地步。他心里琢磨有没有男人会爱上这样的女人,不过,他猜想,如果被某种充满激情的眼光注视着,即便是她,也会展现出温柔体贴和信誓旦旦的一面。

可是,格洛莉亚只顾大肆炫耀她对安东尼的爱,把注意力都转向了另一面,这就是用愉快的轻声细语来表达她的满意。

最后,理查德·卡拉梅尔来了,在这里过了一个周末,滔滔不绝地谈论文学,这令格洛莉亚苦不堪言。她像孩子一样独自上楼去睡觉,在她睡熟之后很久,他还在跟安东尼讨论个不停。

"这次的成功和其他一些事情,真的是很有趣,"迪克说,"在这部小说出版之前，我尝试着把我的一些短篇小说卖出去，但没有成功。后来，在我的书出版之后，我对其中的三篇短篇小说加以润色，其中一家以前拒绝过我的杂志重新录用了它们。在那之后，我又润色了多篇。我那本书的钱，出版商直到这个冬天才付给我。"

"不要让获胜者属于战利品。"

"你是说，我写的都是一些垃圾？"他若有所思地说，"假如你是说故意向每一篇里面注入一些庸俗无聊的东西，那么我没有。当然，我比以前写得更快了，而且似乎不像以往思考得那么多了。也许，这是因为我没有人可以说话了，现在你已结婚，莫瑞又去了费城。我不再有原来的冲动和雄心。太早获得成功，就是这样的。"

"这种状况令你担忧吗？"

"简直要发疯了。我得了一种病，我称为句子紧张兴奋症，这一定就像初次出猎者见到猎物时的紧张兴奋症一样——这是关于文学的某种强烈的自我意识，每当我试图强迫自己的时候，它就会出现。不过，真正可怕的，并不是我觉得自己写不出来的时候，而是当我在想写作是否有价值的时候——我是指自己是否就是一个得到了荣耀的小丑。"

"我喜欢听你这样说话，"安东尼说，带着一丝高人一等的傲慢神情，"对于自己的作品，我就是怕你丧失了自知之明，像个白痴一样。去看看你最新刊出的那篇该死的访谈——"

迪克打断了他，表情极度痛苦。

"天啊！快别提了。是一个年轻女人写的——一个最崇拜我的年轻女人。她不停地告诉我，我的作品很'强有力'，我有点忘乎所以了，于是发表了不少奇谈怪论。不过，其中有些还是不错的，你不觉得吗？"

"哦，对，那部分不错，就是说，明智的作家写作，是为自己这一代人中的年轻人，下一代的批评家，还有此后世世代代的教师。"

"哦，我对这一点深信不疑，"理查德·卡拉梅尔承认，脸上隐隐散发出光芒,"简而言之,发表出来就是一个错误。"

十一月的时候,他们搬回了安东尼的公寓。他们从那儿兴致勃勃地出发,去观看耶鲁对哈佛和哈佛对普林斯顿的橄榄球比赛,去圣尼古拉斯溜冰场,去看遍周围所有剧院的演出,还玩遍各色各样的娱乐项目——从小型沉静的舞会,到格洛莉亚喜欢的大型活动,这些活动通常是在少数几家深宅大院里举行的,那里卑躬屈膝的仆人带着扑了粉的假发,在身强体壮的大管家的指挥下,呈现出一派气势恢宏的英伦风格,在人群中急匆匆地穿来穿去。他们计划年初就到国外去,或者再怎么样,战争一结束就要出去。安东尼其实已经完成了一篇关于十二世纪的切斯特顿式的论文,作为他计划写作的书的序言部分,而格洛莉亚对俄罗斯紫貂大衣问题也做了广泛的研究——事实上,这个正在慢慢降临的冬天,令人舒心愉悦,直到比尔非教的造物主在十二月中旬突然决定,吉尔伯特夫人的灵魂在它现在栖息的肉身当中,已经待得够久了。于是,安东尼带着悲痛欲绝、甚至有些歇斯底里的格洛莉亚去了堪萨斯城,在那儿他们以人类特有的方式,对死者表达了敬意,场面令人恐怖而又震撼。

吉尔伯特先生一生中第一次也是最后一次,成了一个真正悲惨可怜的角色。那个伺候他的肉体,崇拜他的精神,被他耗尽一生的女人,竟然出乎意料地弃他而去了——就在他也快要无法支持她的时候。他再也不能如此心满意足地让一个人的灵魂感到厌倦,将其随心所欲地欺负摆弄了。

第二章
讨论会

格洛莉亚让安东尼的大脑进入了昏睡状态。她似乎是所有女人当中最明智最完美的一位，就像一幅光彩夺目的帘子，悬挂在他的门口，把所有的阳光都挡在门外。在婚后最初的几年里，他相信的任何东西，都无不带上了格洛莉亚的印记，他总是透过帘子的图案去看太阳。

第二年的夏天，一种厌倦疲乏的感觉，把他们又带回了玛丽埃特。在那个令人精神萎靡不振的金灿灿的春季里，他们沿着加利福尼亚的海岸线游荡，焦躁不安而又慵懒奢靡，不时地参加别人的一些派对，从帕萨迪纳来到科罗拉多，又从科罗拉多来到圣芭芭拉，目的莫过于满足格洛莉亚的强烈愿望，她想要踏着不同的跳舞节奏，或者在海水变幻着的色彩中，捕捉到某种细微的差异。迎接他们的，有太平洋中未开化的小岛，还有在那里建造出来的同样野蛮的旅店。茶点时分，人们可以昏昏沉沉地逛进一个让人没精打采的柳条制品集市。那里有来自南安普敦、森林湖、纽波特和棕榈滩的游客，他们身着马球服，穿梭其间，集市因此而顿时增色不少。正如海浪在最平静的海湾里相遇，溅起水花，闪闪发光，他们也时而加入这群或那群人，和他们一道辗转在不同的车站，低声细语地诉说着幻想中的奇妙快乐，它们正在不远处那片青翠葱郁而又硕果累累的山谷里等待着他们。

这是一个简单健康的有闲阶层——一群最出色的男人，并非不讨人喜欢的大学生——他们似乎永远处于某个难以捉摸的"坡斯廉社"或者

"骷髅社"①的候选人之列,这类社团无限延伸至社会。这些女人拥有超出一般的美貌,娇弱而敏捷,既有点女主人的傻气,又有贵宾的妩媚,能令满室无限生辉。在芬芳的茶会上,他们伴着自己精心挑选的舞曲,翩翩起舞,舞步端庄优雅,带着某种高贵的气质,而他们完成的那些动作,在全国各地,被小职员和合唱团的女郎们拙劣模仿到了令人生畏的程度。具有讽刺意味的是,艺术的这一分支声名狼藉,少有人问津,而美国人却在这方面表现得出类拔萃,无可争议。

在翩翩起舞和浪花飞溅中,安东尼和格洛莉亚度过了一个奢华的春季之后,发现他们花去了太多的钱,必须为此而过上一段退隐生活。他们说,还有安东尼的"工作"要做。几乎是在浑然不觉中,他们回到了灰色小屋,来了之后明显感觉到时过境迁,物是人非,仿佛是其他的恋人曾在那里同榻共眠,其他的名字曾被隔着栏杆呼唤过,其他的夫妻曾坐在门廊的台阶上,眺望灰绿色的田野和远处乌黑浓密的树林。

这同一个安东尼,却变得比以往更焦躁不安,只有在几杯高杯酒②的刺激下,才会活跃起来,他隐隐约约地,几乎是难以察觉地,对格洛莉亚冷淡了下来。但格洛莉亚呢——她到八月就要满二十四岁了,为此陷入了一种可爱而又真挚的恐慌之中。离三十岁还有六年!假如她不是这么爱安东尼,她对时光流逝的感觉,也许会表现在对其他男人的兴趣再度觉醒当中,会刻意要从每一个坐在华丽光亮的晚宴餐桌边,低垂着眉头偷偷瞥上她几眼的潜在情人那里,萃取一丝转眼即逝的浪漫。有一

---

① 坡斯廉社(Porcellian),哈佛大学的秘密学生社团,也是美国最古老和著名的学生社团,它始建于1794年。在最初聚会时,晚餐中必有一道烤猪肉,因而,它也被称为"猪俱乐部"。
骷髅社(Skull and Bones),耶鲁大学的秘密精英社团,创立于1832年,成员包括许多美国政界、商界、教育界的重要人物。又称骷髅骨、优罗嘉俱乐部(The Eulogian Club)、死亡骑士团(The Order of Death)。
② 高杯酒(highball),用威士忌或白兰地等烈性酒掺水或汽水加冰块制成的饮料。

天，她对安东尼说道：

"我的感觉是，如果我想要什么东西，我就要去得到它。我这一生都是这么想的。不过，碰巧我想要的是你，因此我这儿就没有空间来容纳其他的欲望了。"

他们开车往东，此刻正在穿越干枯炎热而又死气沉沉的印第安那州，她从一本喜欢的电影杂志上抬起头，发现一场随意的对话突然变得严肃起来。

安东尼皱着眉头望着车窗外。当车道与乡村马路相交时，一个农夫出现在眼前，他坐在四轮马车里，嘴里嚼着一根稻草，显然就是他们此前遇见过十多次的同一个人，他静静地坐在那儿，仿佛是邪恶的象征。当安东尼转向格洛莉亚时，他的眉头皱得更深了。

"你让我担忧，"他表示反对，"我可以想象，在某种转眼即逝的环境中，会想要另外一个女人，但是我不能想象会想要得到她。"

"可是我没有那种感觉，安东尼。我不会去费心抵制我想要的东西。我的方式就是不想要他们——除了你之外谁都不想要。"

"然而，当我想到，要是你碰巧喜欢上了某个人——"

"哦，别犯傻了！"她大叫了起来，"对这类事情，不会那么随意的。况且，我甚至无法想象存在那种可能性。"

这句话强有力地结束了他们之间的对话。安东尼对她持久的欣赏，让她在有他相伴时，比跟其他人在一起时更快乐。她当然尽情地享受他给她带来的快乐——她爱他。所以，夏季就这样开始了，就像前一个夏季那样。

不过，在他们家里发生了一个根本性的变化。原来那个冷若冰霜的斯堪的纳维亚人现在走了，她做的粗茶淡饭，伺候用餐时那副讥讽的表情，早就让格洛莉亚受够了。现在接替她的，是一个做事效率极高的日本人，他的名字叫田奈坂，不过，他承认会留意任何吩咐，只要里面包括"田奈"这两个音节。

即便是对一位日本人来说，田奈的身材也算得上是异乎寻常地矮小，他抱有某种天真的观念，把自己看成一个通晓世故的人。他是从"R·具技茂人本日本忠信职业介绍所"来的，他到达的那一天，就把安东尼请到他的房间，展示箱子里的宝贝，里面有他收集到的一大堆日本明信片，他如数家珍般地逐一向雇主详细介绍，耗费了好些时间。其中六张有色情意味，显然都是美国生产制作的，虽然制造商谦虚地把自己的名字和联系方式都省略了。他接着拿出来的，是他自己手工制作的东西———一条他为自己做的美国式的裤子，还有两套纯真丝内衣。他还信任地告诉安东尼他保存这两套内衣的目的。再接下来展示的，是一副相当好的亚伯拉罕·林肯画像蚀刻版画的复制件，在画像的脸部他明白无误地添上了一丝日本人的特征。最后展示的，是一支笛子，这也是他自己制作的，不过现在已经破损了，他很快就会把它修复好。

所有这些礼貌的繁文缛节，安东尼猜测，肯定是日本风俗。在这之后，田奈就主仆之间的关系，用支离破碎的英语，发表了一通长篇大论，安东尼从中听出来，他曾经在深宅大院里工作过，但总是跟其他仆人发生争执，因为他们不诚实。他们就"诚实"一词的含义僵持了很久，事实上两人都被对方惹恼了，因为安东尼固执地认为，田奈想说的是"大黄蜂"，甚至还发出蜜蜂的"嗡嗡"叫声，拍动着两只手臂来模仿黄蜂的翅膀。①

三刻钟之后，安东尼终于解脱了，田奈真挚地向他保证，他们以后还会好好聊聊，那时他会讲讲"在我们国家，我们是怎么做的"。

这是田奈在灰色小屋里首次展示他口若悬河的本领——而且他也履行了他的承诺。尽管他勤劳尽责，诚实正直，但是无疑令人厌烦透顶。他仿佛无法控制自己的舌头，有时他喋喋不休，一段接着一段，说个没

---

① 田奈想说"honest"（诚实），由于他吐音不清，安东尼以为他在说"hornets"（大黄蜂）。

完,棕色的小眼睛里还流露出几近痛苦的神情。

星期天和星期一的下午,他一般会阅读报纸上的幽默专栏。其中有一张关于一个滑稽可笑的日本管家的漫画,把他逗得乐不可支,尽管他声称漫画上的主角事实上长着一副美国人的面孔,而在安东尼看来明显是一个东方人。田奈在看这些有趣报纸时遇到的困难在于,当他在安东尼的帮助之下,用一种足以完成研读康德三大批判的专注,读懂了最后三组画,而且吸收了其中的内容时,他竟然把最初几幅画的内容忘得一干二净。

六月中旬,安东尼和格洛莉亚用一个"约会"来庆祝了他们结婚一周年的纪念日。安东尼敲了敲门,格洛莉亚跑过来开门让他进来。然后,他们一起坐在长沙发上,一一轻唤着彼此给对方取的那些名字,还有那些古老爱称的新组合。然而,这次的"约会"再也用不着加上互道晚安,这曾给他们带来多少心醉神迷的遗憾。

六月下旬,恐怖开始满含敌意地斜睨着格洛莉亚,攻击她,让她这个原本幸福快乐的人倒退了半个时代。后来,恐怖又悄然隐去,隐匿在一片漆黑之中,那儿正是它的由来之处——它冷酷无情地一点点地把青春带走。

恐怖带着一种绝无差错的戏剧感,选择了一座小火车站,它坐落在波特切斯特附近一个萧瑟荒凉的村庄里。车站的月台上一整天都空无一人,像一片大草原一样,暴露在黄沙弥漫的阳光下,暴露在最惹人讨厌的一类乡下人的扫视下。他们住在大都市附近,穿戴已经够得上廉价的时髦了,却没有文雅的举止。他们双眼红肿,无精打采,像个稻草人似的。十多个这样的乡巴佬目睹了整个事件。这件事隐约进入他们那神志不清的大脑,却超出他们的领会能力,于是,在最广泛的意义上,被当成了一个粗俗的笑话,而在最微妙的意义上,则被看成是一件"羞耻的事"。同时,在这个站台上,一抹亮色也从这个世界上退去了。

在这个炎热的夏季午后，安东尼一直和埃里克·梅里安坐在那儿，喝着一瓶苏格兰威士忌，而格洛莉亚和康斯坦斯·梅里安在海滩俱乐部游泳、晒太阳。在一把有条纹的太阳伞下，格洛莉亚惬意舒展地躺在柔软发烫的沙滩上，把双腿照例晒成棕褐色。后来，他们四人又摆弄了一会儿可有可无的三明治，并不很想吃。然后，格洛莉亚站起身来，用她的太阳伞轻轻地碰了碰安东尼的膝盖，想引起他的注意。

"我们得走了，亲爱的。"

"现在？"他很不情愿地看着她。悠闲地坐在那个阴凉的门廊里，喝着醇香的苏格兰威士忌，一边还听着男主人漫无边际地回忆起某个早已被遗忘了的政治选举中的奇闻轶事，此时此刻，仿佛没有什么比这更重要的了。

"我们真的得走了，"格洛莉亚重复道，"我们可以在火车站叫一辆计程车……走吧，安东尼！"她命令道，语气稍稍显得更加专横了。

"现在，你看这儿——"梅里安正在讲的故事被打断了，照旧表示反对，同时还挑衅性地给他的客人斟满了一杯高杯酒，喝完得花十分钟时间。可是，当听见格洛莉亚说"我们真的必须走了！"时，安东尼竟一饮而尽，站起身来，优雅地向女主人鞠躬道别。

"看来我们是'必须'走了。"他说，几乎颜面尽失。

片刻之后，他跟在格洛莉亚的身后，走在了花园里的小径上，两边是高耸的玫瑰花丛，她的太阳伞轻轻地触碰着六月里生长茂盛的枝叶。她太不为别人考虑了，他这样想着，这时他们到了大路上。他像一个受到伤害的纯真孩子，感到格洛莉亚不应该中断他这种单纯又无害的享受。威士忌抚慰着他内心的焦躁和不安，也让那些东西渐渐清晰起来。他突然想到，过去有过好几次，她都是采取了这样专横的态度。他难道永远都要这样，当她用太阳伞碰碰他，或者朝他眨眨眼时，他就要从快乐的享受中撤退吗？他很不心甘情愿，不满情绪渐渐变成了一种怨恨，在他的内心像一个气泡那样升腾起来，难以抵抗。他一言不发，故意压抑着自己想要责备她的欲望。他们在客栈前找到了一辆计程车,一路默默无语地驶向车站……

然后,安东尼知道自己想要什么——他要向这个冷漠而又无动于衷的姑娘,主张自己的意愿,用一次高贵庄严的努力来获取主导权,这仿佛令他无限向往。

"让我们去看望巴恩斯一家吧,"他说,连看都没有看她一眼,"我不想回家。"

——巴恩斯夫人婚前的名字是雷切尔·杰瑞尔,她在几英里外的雷德盖特镇有一处避暑的住所。

"我们前天刚去过那儿。"她简短地回答。

"我敢肯定,他们见到我们,会很高兴的。"他觉得语气还不够强硬,于是做好心理准备,让自己不要那么容易对付,并补充道,"我想去看望巴恩斯一家。我一点儿都不想回家。"

"是吗?我一点儿都不想去巴恩斯家。"

突然,他们怒目相向。

"喂,安东尼,"她恼怒地说,"现在是星期天晚上,他们很可能请了客人来吃晚饭。我们为什么非要这个时候去——"

"那么,我们为什么不能在梅里安家多待一会儿?"他终于爆发了,"当我们正聊得开心的时候,你为什么要回家?他们本来要请我们一起吃晚饭。"

"他们不得不这样做。把钱给我,我去买火车票。"

"我就是不给!我根本就没有心情去坐那该死的闷热的火车。"

格洛莉亚在月台上气得直跺脚。

"安东尼,你这样做,就像喝醉了!"

"恰恰相反,我完全清醒。"

然而,他的声音变得有些嘶哑刺耳,她确信他说的不是真话。

"要是你头脑清晰,就把买火车票的钱给我。"

可是，现在用这样的方式跟他说话，已经太晚了。在他的心中，只有一个想法——那就是格洛莉亚极为自私，她总是那么自私，而且今后还会继续这样下去，除非此时此刻，他迫使她承认，自己就是她的主人。这是所有理由的理由，因为她只为一闪而过的怪念头，就剥夺了他的快乐。他的决心更为坚定了，片刻之间，就转变成了一种郁闷愠怒的怨恨。

"我不会上火车的，"他说，声音因愤怒而有些颤抖，"我们去巴恩斯家。"

"我不去！"她大声喊叫，"如果你要去，那我就一个人回家。"

"那就请便。"

她一句话都没有说，转身就向售票处走去。就在这时，他想到她身上带了一些钱，想到这也算不上是他想要的那种胜利，他必须得到他想要的。于是，他从她后面一个箭步冲上去，抓住了她的胳膊。

"听着！"他含糊不清地说，"你不可以一个人回家！"

"我当然可以——干什么，安东尼！"她竭力想要挣脱他，但这叫喊声却让他把自己拽得更紧了。

他眯起眼睛恶毒地看着她。

"放手！"她的声音里透出一股强烈的愤怒，"要是你还是个正人君子，你就放开手。"

"怎么了？"他知道怎么了。他为能在那儿拽住她而感到得意，不过，这也让他心烦意乱，不那么自信。

"我要回家，你不明白吗？你必须放开我！"

"不，我就是不。"

此刻，她的双眼喷出怒火。

"你想在这里丢人现眼吗？"

"我说了，你不准回家！我受够了你，永远这么自私自利！"

"我只不过是想回家。"两行愤怒的泪水从她的眼睛里流了下来。

"这一次你得照着我说的去做。"

她的身体缓缓地挺直了起来：她的头朝后仰去，摆出一副对他无比鄙视的姿势。

"我恨你！"她低声吐出的这几个字，就像从她咬紧的牙缝里流出的毒汁，"噢，放开我！噢，我恨你！"她试着猛地挣脱，可是他又紧紧地拽住了另一只胳膊，"我恨你！我恨你！"

面对格洛莉亚的愤怒，他一时有些手足无措，但是又觉得现在自己已经走得太远了，绝不能让步。他好像一直都是在让步，她因此而心里看不起他。啊，现在她也许恨他，但是过后，她会因他这次获得的支配地位而仰慕他。

列车渐渐驶近，拉响了进站前的预警汽笛，那声音沿着闪闪发光的蓝色铁轨，一路夸张地向着他们跌跌撞撞地滚滚而来。格洛莉亚使劲地又拽又拉，想要挣脱，嘴里吐出的话比《创世纪》更为古老。

"噢，你这个畜生！"她呜咽着说，"噢，你这个畜生！噢，我恨你！噢，你这个畜生！噢——"

在车站的月台上，其他候车的乘客开始纷纷转过身来，盯着他们看。远处火车低沉的嗡嗡声依稀可闻，渐渐升高，变成了巨大的轰轰声。当火车一路呼啸着驶进车站时，格洛莉亚使出了双倍的力气，然后完全停了下来。面对这种羞辱，她站在那儿不住地颤抖，双眼通红，怒火中烧，却又孤立无助。

在浓烈的蒸汽和火车制动嘎嘎的摩擦声下，传来了她低沉的声音：

"噢，要是这里有一个男人，你就不敢这样！你就不敢这样！你这个胆小鬼，噢，你这个胆小鬼！"

安东尼默不作声，自己也颤抖了起来，仍旧紧紧地抓住她。他注意到有几十张脸，好奇而又无动于衷地看着他们，就像梦中的幻影一般。然后，在金属的撞击声中间出现了铃声，这声音如身体上的痛苦一般。排烟管向空中排放着滚滚烟雾，速度渐渐加快。在噪音和灰色烟雾带来的片刻混乱之后,一张张脸从眼前闪过,走远,变得模糊不清——突然间,只剩下洒在铁轨上的一抹斜阳,音量降了下来,就像马口铁火车发出的轰鸣声。他放下了她的两只胳膊。他终于赢了。

现在如果愿意,他可以大笑。试验已经做完了,他用暴力维护了自己的意愿。现在让宽宏大量跟随在胜利的后面吧。

"我们在这儿租一辆车,开回玛丽埃塔。"他微微有些拘谨地说。

格洛莉亚的回答是用自己的双手抓住他的手,举起来放到嘴边,对着他的大拇指狠狠地咬了一口。他几乎没有意识到疼痛,看见鲜血涌了出来,心不在焉地抽出手帕,把伤口包了起来。那也是他设想中胜利的一部分——失败要招致这样的愤恨,这是难以避免的——而像这样的程度,根本就不值得大惊小怪。

她还在抽泣,几乎没有了眼泪,悲伤至极,痛彻肺腑。

"我不走!我不走!你—不能—强迫—我—走!你已经—你已经扼杀了我曾经对你的爱,还有尊重。在我离开这个地方之前,我心中剩下的所有的东西都会死去。噢,要是我想到过你会用双手来对付我——"

"你要跟我一起走,"他粗鲁地说,"哪怕我得扛着你走。"

他转过身来,扬手招来一辆计程车,告诉司机去玛丽埃塔。司机下车,打开车门。安东尼面对着他的妻子,咬牙切齿地说道:

"你上还是不上车?——还是要我把你塞进去?"

伴随着一种被制服者无限痛苦和绝望的哭声,她终于屈服了,坐进了计程车。

在漫长的旅程中,暮色渐浓,她在车内自己座位的一角蜷缩成一团,她的沉默偶尔被一声无泪而凄厉的抽泣打破。安东尼盯着窗外,头脑有些愚钝地想着刚刚发生的一幕,这件事的意义正在缓慢地发生着变化。他们之间出了问题——格洛莉亚最后的哭声,拨动了一根心弦,事后与他内心不相称的忧虑不安产生了共鸣。他一定没有做错——然而,现在她看起来那么娇小柔弱,楚楚可怜,悲伤心碎,万念俱灰,遭受到了超出她的命运所能承载的羞辱。她衣裙的袖子被扯破了,她的太阳伞被遗忘在了月台上,不知去向。他记得,这是一套新买的衣裙,那天早上出门时她还为此骄傲得意……他开始想,是否有他们认识的人目睹了这一幕。她的哭喊声持续不断地浮现在心头:

"我心中剩下的所有东西都会死去——"

这句话让他心烦意乱,愈来愈焦虑不安了。它与蜷缩在角落里的格洛莉亚是如此相符——这再也不是那个骄傲的格洛莉亚,那个他所认识的格洛莉亚。他扪心自问,这一切是否可能。一方面,他不相信她会不再爱他了——这,当然,是不可想象的——可是现在的问题是,要是格洛莉亚失去了她原有的高傲、独立、纯真少女般的自信和勇气,这个格洛莉亚,到底还是不是那个令他感到无比荣耀的姑娘,那个光芒四射的女人,她因为那么不可言喻地成功保持了自我,而显得弥足珍贵而又妩媚动人。

即使在那个时候,他还是醉醺醺的,醉得根本就不能意识到自己已烂醉如泥。当他们抵达灰色小屋时,他走进了自己的卧室,对于刚才的所作所为,心里仍然不由自主地挣扎纠结,闷闷不乐,躺着床上沉沉地睡去。

时间已经过了凌晨一点钟,客厅似乎静得出奇。这时,格洛莉亚依然睁着眼睛,难以入眠,她起身穿过客厅,推开他的房门。他睡前已经烂醉,没有打开窗户透气,因而室内的空气有些污浊,弥漫着浓烈的威士忌酒味。她身着男孩子气的丝绸睡衣,身材修长、婀娜而优雅,她在床头站了一会儿——然后,纵情地扑在他身上,狂热地拥抱着他,点点热泪滚落在他的喉间,几乎把他弄醒。

"噢,安东尼!"她冲动地呼唤着,"噢,我亲爱的,你不知道你都做了一些什么!"

然而,第二天一大清早,他就来到她的房间,跪在床头,像一个小男孩那样哭喊着,仿佛他的心已经碎成万片。

"昨晚,仿佛,"她神色凝重地说,手指不停地拨弄着他的头发,"我身上所有你深爱的部分,值得了解的部分,所有的骄傲和激情,都已逝去。我知道我身上剩下来的那部分,依然会永远爱你,但永远不会和以前一样了。"

不过,即使是在那时,她就已经意识到,她迟早会淡忘此事的,生活很少能立刻摧毁一个人,却永远都能慢慢磨损他。这就是生活特有的方式。那天早晨之后,再也没有谁提起这件事,它给人留下的深深伤痕,跟安东尼手上的伤口一道慢慢愈合了——如果有谁获得了胜利,那么应该说不是他们的力量,而是某种更为黑暗的力量拥有了它,拥有了知识和胜利。

尼采式的事件

格洛莉亚的独立个性,像所有真挚而根深蒂固的品质一样,是在不知不觉中形成的。然而,因为安东尼发现了它并为此着迷,所以这种性格特征也引起了她自己的注意,此后,便立刻拥有了近乎行为准则的地位。从她的对话中,我们可以假定,她所有的精力和活力,无不强有力地肯定这项否定性原则:"永远都不要在乎。"

"对任何事或者任何人都毫不在乎,"她说,"除了对我自己,还有对和我密切相关的安东尼之外。这就是所有生活的法则,如果还不是,我就会这样来做。没有人会为我做任何事情,假如这事不会同时让他们得到满足,而我会为他们所做的,也是微乎其微。"

当她说这些话的时候,她正是在玛丽埃塔最正派端庄的女士家的前门廊里,而在她说完这番话时,她发出了一声奇怪的叫声,瘫倒在门廊的地板上,昏了过去。

这位女士把她扶上自己的车,又开车把她送回了家。令人敬重的格洛莉亚突然想到,她可能怀有身孕。

她躺在楼下的长沙发上,温暖的阳光悄悄溜出窗外,轻轻地抚摸着门廊柱梁上迟开的玫瑰。

"我所想到过的一切,永远都是我爱你,"她呜咽起来,"我珍惜自己的身子,因为你觉得它很美。要让我的这个身子——它是你的——慢慢变得丑陋,不再匀称吗?这简直令人无法忍受。噢,安东尼,我并不害怕痛苦。"

他竭尽全力来安抚他——全然徒劳无益。她继续说道:

"而且在这之后,我会变得臀部肥大,脸色苍白,所有的活力都会消失殆尽,头发上也不再会有光泽。"

他双手插在口袋里,在地板上踱来踱去。

"肯定是这样吗?"

"我什么也不懂啊。我从来都痛恨妇产科医院,随你怎么称呼它们。我曾经想过将来我会要一个孩子的,但不是现在。"

"嗯,看在上帝的分上,别躺在那儿不停地哭,身体会垮掉的。"

她渐渐停止了哭泣,从弥漫室内的暮色中,她获得了仁慈的寂静。"打开灯吧,"她恳求道,"这些天,白天好像短了很多——在我——还是个——小姑娘——的时候——六月好像白天长多了。"

啪哒一声,灯都亮了,仿佛用最柔软的丝绸裁制的蓝色帷幔,在窗户和门的外面垂落下来了。她脸色苍白,身躯静穆,没有悲伤,也没有欢乐,她唤起了他深深的爱怜。

"你希望我要这个孩子吗?"她没精打采地问。

"我无所谓。也就是说,我都可以。如果你想要,我很可能会很高兴。如果你不想要——嗯,那也没什么关系。"

"我希望你能做出决定,想要还是不想要!"

"前提是你做出了你的决定。"

她蔑视地看着他，不屑于回答。

"你大概以为，在这个世界上的所有女人当中，唯独你被挑选出来，面对这种绝顶的屈辱。"

"是又怎么样？"她怒气冲冲地大声叫道，"对于她们，这不是屈辱，是她们生存的一个理由。这是她们擅长的事情。对于我，这就是一种屈辱。"

"听我说，格洛莉亚。无论你做出怎样的选择，我都赞同你，但是看在上帝的分上，别为这事儿生气。"

"噢，不要对着我大呼小叫！"她呜咽着说。

他们默不作声地相互看了一眼，这一眼没有什么特别的意义，但却给人很大的压力。然后，安东尼从书架中取出一本书，黯然地坐到椅子上。

半个小时之后，令人窒息的寂静弥漫着整个屋子，她的声音从中传来，就像飘浮在空中的一缕熏香。

"我明天要开车去看康斯坦斯·梅里安。"

"没问题。那我去塔里顿看望祖父。"

"——你知道，"她补充道，"并不是我感到害怕——对这件事或其他的事。我得忠于自己，你知道。"

"我知道。"他表示赞同。

务实的男人

亚当·帕奇满怀对德国人的一腔怒火，壮志难酬，靠战争新闻度日。他屋内的墙上挂满了地图，为方便他随手翻阅，桌子上堆着厚厚的一沓地图册，还有《世界大战图片史》，官方解释，战地记者，士兵甲、乙、丙撰写的《个人印象》，等等。祖父的秘书爱德华·夏特沃斯，曾经是霍伯肯"帕兹之家"的"成功解除杜松子酒瘾者"，现在则成天脸上挂着一副义愤填膺的样子。在安东尼来访时,他三番五次拿着号外跑进来。老人不知疲倦地愤怒抨击每一份报纸,撕下那些在他看来有充分保存价值的专栏文章,并把它们塞进他的那些已经鼓得满满的文件夹里。

"嗯,你最近都在忙些什么?"他漫不经心地问安东尼,"什么都没做?嗯,我想是这样的。整个夏天我都一直想开车去看你。"

"我一直在写作。你不记得我寄给你的那篇论文吗——我去年冬天卖给《佛罗伦萨》杂志的那篇?"

"论文?你从没给我寄过任何论文。"

"噢,不对,我寄过。我们还讨论过。"

亚当·帕奇温和地摇了摇头。

"噢,不,你从没给我寄过任何论文。你也许以为你寄了,但我从来没有收到。"

"怎么回事,您还读过,祖父,"安东尼坚持道,他有些气恼了,"您读过,而且还提出了不同意见。"

老人突然想了起来,但他的明显反应,只不过是嘴唇微微张开,露出两排灰色的牙龈。他看着安东尼,眼神幼稚而又苍老,犹豫着是承认错误,还是将它掩盖过去。

"这么说来你在写作,"他快速地说,"嗯,你为什么不走出去,去写写这些德国人?写一些真实的东西,一些正在发生的东西,一些大家能够看得懂的东西。"

"不是谁都可以成为战地记者,"安东尼表示反对,"得要有报纸愿意买你写的东西才行。我可没有钱用来当自由撰稿人。"

"我送你去,"祖父出人意料地提议,"我送你去当一名特派记者,你可以选择任何一家报纸。"

这个主意让安东尼不禁退缩起来——几乎同时,他又忍不住蠢蠢欲动。

"我——不——知道——"

如果是那样,他就得离开格洛莉亚,她整个的生命都在渴望着他,缠绕着他。格洛莉亚正处于艰难时期。噢,这事是行不通的——然而——他仿佛看见自己身穿咔叽布的制服,像所有的战地记者那样,斜靠在一根结实的手杖上,肩上挎着公事包——试图让自己看上去像个英国人。"我想好好考虑一下这件事,"他承认,"您真的很为我考虑。我要好好想一想,然后再把我的想法告诉您。"

在回纽约的路上,他一直在全神贯注地思考着这件事。像所有受一个强势而又心爱的女人控制的男人一样,他的脑海里也曾经闪现过一幅给人精神启示的画面,上面展现的是一个男人的世界,他们更强硬,接受过严酷的战争历练,探索过思想方面艰涩的抽象概念。在那个世界里,格洛莉亚只不过是一个偶然邂逅的情妇,她的臂弯仅仅作为情妇的热烈拥抱而存在,召之即来,挥之即去……

当他在格兰德中央车站踏上开往玛丽埃塔的列车时,这些陌生的幻影向他涌来,紧紧地将他包围着。车厢里拥挤不堪,他找到最后一个空位子坐了下来,几分钟之后才不经意地朝旁边座位上的人瞟了一眼。定睛一看,只见此人长着肥硕的嘴巴和鼻子,弧形的下巴,眼袋松弛的小眼睛。就在这一刻,他认出了此人就是约瑟夫·布勒克曼。

几乎就在同时,他们两人都微微欠身,都感到有些尴尬,又都有些别扭地向对方伸出手,稍稍握了握。然后,就好像是为了完成这个见面仪式似的,两人又都笑了笑。

"哦,"安东尼毫无灵感,完全不知道该说什么,"我很久没有见到你了。"话一出口,他就后悔了,于是加上一句,"我不知道你住这边来了。"但是在他说完前,布勒克曼就抢着愉快地问道:

"你妻子还好吗?……"

"她很好。你最近怎么样?"

"好极了。"他的语气增强了这个词的分量。

在安东尼看来,在过去的一年里,布勒克曼在个人尊严方面大有起色。原来的那种情感激动的样子不见了,他好像终于"摆脱了"。此外,他的穿戴也不再显得过分考究。他曾经喜爱的领带总是不合时宜而又滑稽可笑,现在换成了沉稳的暗色图案,还有他的右手以前展示着两枚粗大的戒指,现在没有任何装饰物,甚至连修指甲留下的粗糙光泽都没有。

这种尊严还表现在他的个人风格上。从他的身上,褪去了成功商务人士的最后一丝气息,也就是刻意逢迎,其最低等的形式就是在豪华型列车的吸烟车厢里讲猥亵下流的笑话。不妨这样想象,经济上的成功让他屡屡被人奉承讨好,所以他冷漠超然;在社交场合遭人冷落怠慢,所以他懂得缄默。但是,不管是什么,这些给予他的是分量,而不是体积,安东尼在他面前不再有一种理所当然的优越感了。

"你还记得卡拉梅尔,也就是理查德·卡拉梅尔吗?我记得有一天晚上你遇见过他。"

"我记得。他那时在写一本书。"

"嗯,他把书卖给电影公司了。然后,他们找来一个名叫乔丹的编剧,把它改写成剧本。迪克订阅了一份简报,他怒不可遏,因为大约一半的影评人都在说'威廉·乔丹的《魔鬼情人》的力量及其来源'。根本不提老迪克。让人还以为是这个叫乔丹的家伙构思和写作了整部作品。"

布勒克曼表示理解地点了点头。

"大多数合同都会写明,原作者的名字必须出现在所有付费的宣传品中。卡拉梅尔还在写作吗?"

"噢,当然,还在辛勤地写。写短篇小说。"

"哦,这很好,这很好……你经常乘这趟车吗?"

"大约每星期一次。我们住在玛丽埃塔。"

"是这样吗?太好了,太好了!我就住在科斯·科布附近。最近刚在那里买了房子。我们相距只有五英里。"

"你得过来看看我们。"安东尼的殷勤让自己都有些惊讶,"我敢肯定,格洛莉亚见到老朋友会很高兴的。那儿的每个人都能告诉你,我们的屋子在哪儿——这已是我们住在那儿的第二年了。"

"谢谢你,"仿佛是为了回报一下安东尼的客气,他补充道,"你的祖父还好吗?"

"他很好。我今天刚跟他一起吃了午饭。"

"一个了不起的人物,"布勒克曼郑重其事地说,"一个美国人的完美典范。"

慵懒取得的一次胜利

安东尼发现妻子正深深地躺在门廊的吊床里,享用着柠檬汁和西红柿三明治,模样儿性感而诱人,一边还愉快地跟田奈聊着他的复杂话题之一。

"在我的国家,"安东尼认出了他永恒不变的开场白,"所有时候——不同的人——吃大米——因为没有别的。不能吃没有的东西。"要不是他的国籍那么一目了然,别人还会以为他关于故乡的知识,是从美国的小学地理课上学来的呢。

当这个东方人的谈性好不容易被压制住,终于被打发到厨房去了之后,安东尼满腹狐疑地转向格洛莉亚:

"我没有问题,"她宣称,笑得无拘无束,"这让我比你更觉得惊讶。"

"毫无疑问吗?"

"没有疑问!不可能有!"

他们又高兴了起来,如释重负,备感轻松愉快。然后,他把出国的机会告诉了她,还说要加以拒绝几乎让他感到羞愧。

"你是怎么想的？坦率地告诉我吧！"

"怎么了，安东尼！"她的双眼充满了惊恐，"你想去吗？没有我在身边？"

他的脸沉了下来——然而，听到妻子提出的问题，他知道一切都为时过晚。她的双臂环绕着他，温柔甜蜜却令人窒息，因为一年前在广场大酒店的那个房间里，他曾经做出过所有这样的选择。这是一个年代错误，现在已不再是一个充满着这类梦想的年代。

"格洛莉亚，"他突然明白了这一点，于是胡言乱语道，"当然我不想。我在想也许你可以去，当护士或者其他什么的。"他隐约想到，祖父会不会考虑这一点。

她莞尔一笑，他再次意识到她是多么美丽，一个光彩照人的姑娘，散发出神奇的清新活力，一双明眸诚实而高贵，毫无杂质。她以奢华而热烈的情感，欣然接受了他的建议，将它高高举起，就像托起一个太阳一样，这太阳是她自己创造的，同时她又沐浴在它的温暖的阳光里。她串起了一个惊心动魄的故事概要，勾画出一支铺张华丽的军事冒险狂想曲。

晚饭之后，她对这个话题已经感到厌倦，开始哈欠连连了。她不再想说话，而只想静静地看看《彭洛德》系列漫画。她舒展地躺在长沙发上，直到午夜时分才沉沉睡去。然而，安东尼在浪漫地把她抱上楼之后，久久未能入睡，辗转反侧，想着白天的事，对她隐约有些生气，有些不满。

"我要做些什么呢？"早餐时他开始说，"你看我们已经结婚一年了，我们就这样焦虑不安，甚至都没有做到充分享受闲暇。"

"的确，你应该做些什么。"她承认，心境愉悦，风趣健谈。这不是他们第一次讨论这个话题，不过，原来在讨论中安东尼常常被当成主角，她总是有意回避。

"这倒不是对于不工作，在道德方面我有什么良心上的不安，"他继续说,"而是祖父可能明天过世,也可能再活上十年。同时,我们现在的生活状态是入不敷出,所剩的全部家当,除了一辆农夫用的汽车和几套衣服之外,一无所有。我们租着一套公寓,一年在那儿只住三个月,还有一幢小屋,地处荒郊野外。我们时常感到百无聊赖,然而,并没有做出任何努力去结识新的人,认识的还是那同一群人,他们整个夏天都穿着运动装,在加利福尼亚的海滨游来荡去,等着家族里有人死去,好继承遗产。"

"你怎么变了这么多!"格洛莉亚评论道,"你曾经告诉我,你不明白美国人为什么不能优雅地消磨时光。"

"嗯,见鬼,我那时还没有结婚。那个时候,我的大脑高速运转着,而现在它就像一个嵌齿轮一样,一圈一圈地转动,没有东西来追赶它。事实上,我觉得要是没有遇见你,我应该已经有所作为了。可是,你让闲暇时光变得这样妙不可言,这样有吸引力——"

"噢,这都是我的过错——"

"我不是这个意思,你知道我不是。可是,现在我都快二十七岁了,还是——"

"噢,"她恼怒地打断了他,"你让我厌烦!说起来好像是我在反对或是妨碍你似的!"

"我只不过是在跟你讨论这件事,格洛莉亚。难道我不能跟你讨论——"

"我认为你应该足够强大,能够自己解决——"

"——与你有关的事,而不跟你讨论——"

"——你自己的问题,不要来跟我说。关于去工作的事,你说得够多了。我可以轻而易举地用掉更多钱,但是我并没有抱怨。不管你去不去工作,我都爱你。"她最后的话如同细微的雪花,轻柔地飘落在坚硬的地面上。不过,当时谁也没有在听对方说话——两人都在忙着对自己的观点精雕细琢,使之臻于完美。

"我工作过——也做了一些事。"安东尼不假思索地说出这样的话,是轻率鲁莽的。格洛莉亚大笑不已,半是欢笑,半是嘲笑。她憎恶他的诡辩,同时又佩服他的冷静。就算他无一技之长,是个游手好闲者,只要他这样做是出于真诚,认为没有什么事值得去做,她就永远都不会责备他。

"工作!"她嘲讽道,"噢,你这个可怜虫!装模作样的家伙!工作——那意味着重新整理书桌和调节灯光,刨好大量的铅笔,还有'格洛莉亚,快别唱了!',还有'让那个见鬼的田奈离我远点',还有'让我把我开头的句子念给你听',还有'我不用很长时间就能做完了,格洛莉亚,不要等我了,先睡吧',还要消耗掉大量的茶或者咖啡。就这些了。刚过了一个小时,我听见旧铅笔刷刷的声音停了下来,就向那边张望。你已经拿出了一本书,正在'查阅'什么东西。然后,你又开始阅读了。然后,只听见一个接一个的哈欠——然后上床,翻来覆去的,没完没了,因为你吸收了那么多咖啡因,无法入睡。两周之后,所有这一切又重新上演。"

安东尼好不容易才维持住一丁点尊严,就像保住了一小块遮羞布似的。

"那还是稍微有点夸张吧。你知道得很清楚,我卖过一篇论文给《佛罗伦萨》杂志——考虑到这份杂志的发行量,它还算是吸引了大量关注。更何况,格洛莉亚,你知道我通宵未睡,到清晨五点钟才写完。"

她安静下来了,这就好像给了他一条绳索。要是他没有自己去上吊,他也差不多肯定是再也无路可走了。

"至少,"他有些底气不足地总结,"我绝对愿意去做一名战地记者。"

但是,格洛莉亚也是这样。他们两人都愿意——而且是急不可待地,他们彼此向对方保证了这一点。那天晚上是在无比伤感的音符中结束的,他们谈到了闲暇的庄严高贵,亚当·帕奇不容乐观的健康状况,还有不惜任何代价的爱情。

"安东尼!"一周后的一天下午,她隔着楼梯喊道,"门口有人。"

安东尼正在阳光斑驳的南门廊,懒洋洋地躺在吊床里。他悠闲地漫步到小屋的前面。一辆高大威严的外国小汽车,像一个巨大阴郁的甲壳虫盘踞在小路的尽头。一个身着柔软丝绸套装,头戴配套帽子的男人,正走过来招呼他。

"你好,帕奇。过来拜访你们。"

来访者是布勒克曼,跟往常一样,他总会有极微小的改进,声调变得更微妙,举止也更轻松自如了。

"我真高兴你能来。"对着一个爬满藤蔓的窗户,安东尼提高嗓门喊道,"格洛——莉——亚!我们有客人来了!"

"我在浴缸里。"格洛莉亚礼貌地应道。

两个男人相视一笑,心照不宣地认可了她那个托词。

"她马上就会下来。从这里绕过来,到侧面门廊上去吧。喝点什么吗?格洛莉亚总是在浴缸里——每天差不多要超过三分之一的时间。"

"可惜她没有住在长岛的海边。"

"负担不起住在那儿。"

这句话出自亚当·帕奇的孙子之口,布勒克曼权且把这视作一句打趣的话。他可以想象得到,即将出现在他眼前的光彩夺目的景象,在等待了十五分钟之后,格洛莉亚终于出现了,身着浆过的黄色裙装,清新怡人,她带来了情调和活力。

"我想成为一个轰动一时的成功影星,"她宣称,"我听说玛丽·碧克馥一年赚一百万美元。"

"你可以做到,你知道,"布勒克曼说,"我觉得你会非常上镜的。"

"你会让我去吗,安东尼?假如我只饰演天真纯朴的角色。"

谈话继续进行着,中间不乏夸张做作的停顿。安东尼不禁好奇地想,对于他和布勒克曼两人来说,这个姑娘曾经是他们遇见过的最刺激、也是最能让人振奋的人——而现在,死亡和战争,枯乏的情感和高贵的野蛮,正在用恐怖的滚滚浓烟,覆盖着整整一个大陆的时候,他们三人坐在一起,像上了过多润滑油的机器,没有摩擦,没有恐惧,没有得意,如浓墨重彩的三个小瓷娃,在这个世界上感到安全稳定,尽情享乐。

片刻之后,他会叫来田奈,然后,他们会为自己注入一种醇香美味的毒药,它即刻就能让人重温童年时代的兴奋和欢快,那时人群中的每一张脸都在暗示,为了崇高而深远的目标,某些地方正在发生着辉煌而重大的事件……生活不过就是这个夏日的午后,微风轻轻地吹拂着格洛莉亚衣领上的蕾丝花边,阳光缓缓地洒落在阳台上,令人慵懒困倦……让人不可忍受的是,他们似乎都过分无动于衷了,不为任何迫切的浪漫行为所动。即使是格洛莉亚的美,也需要狂野的情感,需要痛苦,需要死亡……

"……下周的任何一天,"布勒克曼对格洛莉亚说,"拿着——带上这张名片。他们要做的就是让你试镜,拍摄大约三百英尺的胶片,然后,他们可以从中准确地做出判断。"

"星期三怎么样?"

"星期三没有问题。给我来个电话,我会领着你去——"

他站起身来,轻快地跟他们握手告别——然后,他的汽车扬起一层淡淡的尘土,飞驰而去。安东尼困惑不解地转向妻子。

"怎么回事,格洛莉亚!"

"你不会在意的,我只是去试试镜而已,安东尼。只不过试试镜,不行吗?不管怎么说,我下星期三得进城去。"

"可是,这有多傻!你并不是真的想进入电影圈——跟那帮廉价的合唱队演员一道,成天在摄影棚里虚掷光阴。"

"玛丽·碧克馥也虚掷了许多光阴!"

"不是每个人都是玛丽·碧克馥。"

"噢，我不明白你为什么要反对我去试镜。"

"我就是反对。我痛恨演员。"

"噢，你让我烦透了。你以为在这该死的门廊上昏昏欲睡，我会过得很刺激？"

"如果你爱我，你就不会介意的。"

"我当然爱你，"她不耐烦地说，很快就为自己找到了一个借口，"正是因为我爱你，我才痛恨看到你萎靡不振，只知道躺在那里无所事事，口口声声说你应该去工作。说不定如果我真的去了一段时间，你就会被激发起来，这样你也就会去做一些事情。"

"你这只不过是去追求刺激，仅此而已。"

"也许就是！这是最自然不过的追求了，不是吗？"

"好吧，让我告诉你一件事。如果你去拍电影，那我就去欧洲。"

"好啊，那就去吧！我不会阻拦你！"

为了表明不会阻拦他，她伤心得落泪，凄切哀婉。他俩共同集结起了伤感的大军——词语、亲吻、爱抚、自责。不可避免地，他们什么目的也没有达成。最后，在一阵巨大的情感冲动之下，他们各自坐下写信。安东尼给他的祖父写，而格洛莉亚给约瑟夫·布勒克曼写。这是慵懒取得的一次胜利。

七月初的一天下午，安东尼从纽约回来，朝着楼上叫格洛莉亚。没有应答，他猜想她可能睡着了，于是走进配餐室，去拿了一块早已为他们准备好的三明治。他发现田奈坐在厨房的桌子边，面前摆满了各式各样稀奇古怪的小玩意儿——雪茄盒、小刀、铅笔、罐头盖子，还有一些纸片，上面画满了精密的数字和图表。

"你这到底是在干什么？"安东尼好奇地问。

田奈礼貌地咧开嘴笑了笑。

"我给你看,"他热情地说,"我告诉你——"

"你在做一个狗窝?"

"不,先生,"田奈又咧了咧嘴,"在做打字机。"

"打字机?"

"对,先生。我想,我一直在想,躺在床上也在想打字机的事。"

"所以你就想自己制作一台,嗯?"

"等一等,我告诉你。"

安东尼一边津津有味地嚼着三明治,一边悠闲地靠在水池边。田奈几次张开又合拢嘴,仿佛在测试它的运转能力。然后,他急急忙忙地说道:

"我一直在想——打字机——有,哦,很多很多很多很多东西。哦,很多很多很多很多。"

"很多键,我明白。"

"不?对——键!很多很多很多很多字母,就像a—b—c。"

"对,你说得对。"

"等一等。我告诉。"他把整个的脸都拧了起来,竭力想要表达自己,"我一直在想——很多单词——相同的结尾,就像i-n-g。"

"当然,许许多多。"

"所以——我让——打印机——很快。不用这么多字母——"

"真是个好主意,田奈。节约时间。你可以赚大钱。摁一个键,就能打出'ing'。但愿你能做出了。"

田奈满不在乎地笑了起来。

"等一等。我告诉你——"

"帕奇夫人在哪儿?"

"她出去了。等一等,我告诉你——"他又一次把脸扭曲了起来,想要做出一个动作,"我的打字机——"

"她去哪儿了?"

"看这个——我做的。"他指着桌上的一堆废旧杂物。

"我是说帕奇夫人。"

"她出去了。"田奈再次向他确认,"她说,她会五点钟前回来。"

"去了村子里?"

"不是。午饭前就走了。她跟布勒克曼先生走了。"

安东尼大吃一惊。

"和布勒克曼先生一起出去的?"

"她会五点钟前回来。"

安东尼一言不发地离开了厨房,身后是田奈那一串令人郁闷的"我告诉你"。这就是格洛莉亚所谓的寻找刺激了,天啊!他的两只手握起了拳头,瞬间就让自己愤怒到了极点。他走到门口朝外望去,视野之内根本连车的影子都看不见,而他的手表显示现在是五点差四分。带着满腔的愤怒,他冲了出去,冲到了小路的尽头——一直到一英里之外大路拐出视野的地方为止,他什么车也没有看见——除了——可是,那是村民用的廉价小汽车。然后,他用了一种有损尊严的方式来挽回尊严,就像刚才冲出去时那样,他又冲回了小屋。

他在起居室里来回踱步,脑子里开始排练着一篇愤怒的演讲词,准备在她进来的时候,劈头盖脑地抛给她——

"这就是所谓的爱!"他会这样开始——或者不这样,这听起来太像一句流行的话"这就是所谓的巴黎!",他必须要显得有尊严、很受伤害、痛苦不堪。不管怎么说,"当我为了生计,一整天都在闷热的城里奔波时,这就是你做的好事。难怪我无法写作!难怪我不敢让你溜出我的眼皮底下!"这个话题让他的大脑一下子活跃了起来,他在不停地扩充着演说内容。"我要告诉你,"他继续说,"我要告诉你——"他停了下来,仿佛对这几个字有一种似曾相识的感觉——后来他意识到——这就是田奈说的"我告诉你"。

然而,安东尼既没有笑出来,也不觉得自己有什么荒唐可笑的。在他疯狂的想象中,现在已经到了六点钟——七点钟——八点钟,她永远都不会回来了!布勒克曼发现她生活得无聊、不开心,劝她跟自己去加利福尼亚……

——前门外传来一阵喧闹声,只听见一句欢快的"哟呵,安东尼!"。他颤抖地站了起来,看着她沿着小径翩然而至,内心涌起淡淡的喜悦。布勒克曼跟在后面,手里拿着帽子。

"最亲爱的!"她大声叫道。

"我们去做了一次最好的游览——跑遍了整个纽约州。"

"我得赶快回家了,"布勒克曼几乎立刻说道,"我来的时候,本来是希望你们两人都在家。"

"很抱歉我不在家。"安东尼冷冰冰地回答。

他离开之后,安东尼开始犹豫了。那种恐惧已经从他的心底里消失了,然而,他感到就这事表示某种抗议,在伦理道德上是具有合理性的。格洛莉亚消除了他的疑虑。

"我知道你不会介意的。他是在午饭前一点到的,说他因公事要去加里森,问我是否同他一道去。他看上去是那么孤独,安东尼。一路上都是我在开他的车。"

安东尼无精打采地坐进椅子里,身心疲惫——令他疲惫的事,仿佛既无处可寻,又无处不在,他从未选择要承受的生活重负向他袭来。又跟往常一样,此时此刻,他陷入了无能为力和孤立无助的茫然状态。他是属于这样一种类型的人,心中纵有千言万语想要诉说,但会因激动而难以言说,他似乎只继承了人类巨大失败传统——那,就是死亡之感。

"我想我不介意。"他回答。

对这类事情,人必须宽宏大量一些,再说格洛莉亚年轻貌美,必须享有一些合理的特权。然而,他心烦意乱,因为未能明白这个道理。

冬日

她翻身仰卧着，静静地躺在大床上，注视着二月的阳光经受着最后一次被细微地削弱，透过镶有铅框的窗格照进室内。有那么一瞬间，她无力准确判断自己置身何方，对头一天或者再前一天发生的事，全然无知。然后，就像一个悬挂着的钟摆，记忆开始奏出它的故事，每一次摆动都释放出它承载的一定量的时间，直至她的生命被重新还给她。

现在，她能够听见身旁安东尼有些困难的呼吸声，还能闻到威士忌和香烟的烟味。她注意到眼下还不能完全控制住肌肉，每当她动弹的时候，这种动弹还不是错综复杂的全身运动，肌肉的紧张无法轻松地传遍全身——还是神经系统的一种艰难努力，仿佛每一次她都是在给自己催眠，暗示自己要去完成一个不可能的动作……

她在卫生间刷牙，想要去掉那种让人无法忍受的味道，然后又回到床边，这时听见邦兹用钥匙开外面大门发出的格格声。

"醒一醒，安东尼！"她尖声地说。

她爬上床躺在他身边，闭上了眼睛。

她能够记住的最后一件事，差不多就是跟莱西夫妇的谈话。莱西夫人说，"你肯定不想要我们给你们叫一辆计程车？"安东尼回答说，他估计他们走到第五大道没有问题。然后，他们两人都贸然地试着鞠躬道别——结果就在门外，很荒唐地跌倒在那一排空牛奶瓶上。奶瓶肯定有两打之多，一个个都大张着口站立在这片黑暗中。关于那些牛奶瓶，她想象不出可信的解释。也许，他们被莱西家里的歌声所吸引，匆忙赶来好奇地大张着嘴，想看个热闹。嗯，他们经历的事情再糟糕不过了——虽然看起来她和安东尼永远也爬不起来了，但那些幸灾乐祸的家伙还这样不停地滚来滚去……

他们终于还是找到了一辆计程车。"我的计价器坏了，把你们送回家,要一点五美元。"计程车司机说。"那么,"安东尼说,"我可是年轻的帕基·麦克法兰,要是你敢下来,我要揍扁了你,让你再也爬不起来……"他刚说到这儿,那个司机没有让他们上车,就一溜烟地开跑了。他们肯定是找到了另一辆计程车,因为他们不是在公寓里了么……

"几点了?"安东尼在床上坐了起来,用猫头鹰般的犀利目光盯着她。

显然,这是一个无须回答的修辞性问题。格洛莉亚想不出有什么理由,为什么他会指望她知道时间。

"天啊,我感觉难受极了!"安东尼神色木然地咕哝道。他又放松地跌回到枕头上,"就让残酷的死神出现吧!"

"安东尼,我们昨晚最后是怎么回到家的?"

"计程车。"

"噢!"然后,她停了停,又说,"是你把我放在床上的吗?"

"我不知道。我记得好像是你把我放在床上的。今天是星期几?"

"星期二。"

"星期二?我希望是这样。如果是星期三,我就得在那个该死的地方工作。还要在九点钟或是其他这样令人痛苦的时间,赶到那儿。"

"问问邦兹。"格洛莉亚有气无力地建议。

"邦兹!"他叫唤着。

一个轻快而又清醒的声音传了过来——仿佛是从一个在过去的两天里他们永远离开了的世界,邦兹迈着碎步从长廊那边过来,出现在半明半暗的门口。

"今天是什么日子,邦兹?"

"我想是二月二十二号,先生。"

"我是指星期几。"

"星期二,先生。"

"谢谢。"

停顿了片刻,他又问:"你准备好了用早餐吗,先生?"

"是的,还有邦兹,你上早餐前,可不可以先去拿一大罐水来放在床边?我有些口渴。"

"好的,先生。"

邦兹持重得体地退回到长廊去了。

"林肯的生日,"安东尼不带丝毫热情,肯定地说,"或者是圣瓦伦汀的或是其他什么人的生日。我们是什么时候开始这场疯狂派对的?"

"星期天晚上。"

"祈祷之后?"他不无讽刺地暗示。

"我们坐着那些双轮马车跑遍了全城,莫瑞还跟他的车夫坐在一起,你不记得了吗?然后,我们就回到家里,他还试着做了一些熏肉——从餐具室里端出来的东西,上面还留有一些烧焦了的残渣,他还坚持说这是'炸得松脆,有口皆碑'。"

他们两人都大笑了起来,自然而然,但又都有些勉为其难,两人肩并肩地躺在那里,回顾着在铁锈色混沌未开的黎明前,所发生的那一连串事情。

从十月下旬乡村开始变得过分寒冷之后,他们就回到了纽约,到现在已经快四个月了。这一年,他们放弃了加利福尼亚,有部分原因是资金不足,还有部分原因是,这场旷日持久的战争如今已经进入了第二年,要是战争会在冬天结束,他们就打算出国。近来他们的收入失去了弹性,不再能支付他们一时心血来潮的寻欢作乐和奢侈享受。在一本写满了密密麻麻数字的账目上,安东尼既困惑又不满地花了大量时间,想做一些不同凡响的预算,给"娱乐、旅游等等"留下相当可观的资金,还试图分摊——即便是只能做到接近——过去的支出。

他记得曾几何时,当他和两个最好的朋友去参加"派对"时,他和莫瑞总是无一例外地要支付超出应付的份额。他们会去付戏票的钱,或是争着去付餐费。这样做似乎是理所当然的,因为在他们中间,迪克天真单纯,关于自己有一大堆的信息,多到令人惊讶的程度,一直是给人带来娱乐的幼稚角色——犹如宫廷小丑之于王族成员。可是,现在不再是这么回事了。迪克成了很有钱的人,而安东尼在款待朋友时总有些束手束脚——偶尔举行的狂欢狂饮、用支票付款的派对,总是属于例外情况——同样是安东尼,第二天早上则会对此事一脸严肃,告诉不屑一顾而又对此厌恶反感的格洛莉亚,他们得"下次更当心一些"。

自《魔鬼情人》出版以来的两年间,迪克挣了两万五千美元,其中大部分是最近挣到的,由于电影业对情节如饥似渴的需求,小说作者的报酬开始以前所未有的速度上涨。他每写一部短篇小说,可以挣到七百美元,当时对这一位年轻人来说,的确是一笔不菲的酬金——他还不到三十岁——对于每一部有足够的"动作"(接吻、枪杀和牺牲),可用于电影的短篇小说,他都会额外获得一千美元。他创作的故事千变万化,不拘一格,全都具有一定程度的活力和一种本能性的技巧,但是没有一部拥有《魔鬼情人》中那样的人物,还有几部在安东尼看来甚至是十足的廉价货。迪克严肃地辩称,这是为了扩大他的读者范围。从莎士比亚到马克·吐温,哪一位真正不朽的作家,不是既对精英又对大众,充满吸引力?

尽管安东尼和莫瑞对此不敢苟同,但是格洛莉亚让他勇往直前,尽己所能地多挣钱——毕竟,不管怎么说,这是唯一重要的……

莫瑞比以前略显敦实,隐约变得更加成熟,也更谦和殷勤了。他去费城工作了,每个月到纽约来一至两次。每逢这样的时候,他们四人就会按照通行的惯例,在晚饭之后,去剧院看戏,再去游乐场所,或者在永远好奇的格洛莉亚的催促之下,去格林尼治村某个设在酒窖里的小"卡巴莱"餐馆,这种地方因一时激进而又短命的"新诗运动"而声名狼藉。

一月的时候,安东尼在经历过多次以他沉默的妻子为对象的内心独白之后,终于决定无论如何要为这个冬天"找点事来做"。他想要取悦于祖父,甚至在某种程度上,也要看看他自己到底是否喜欢这样的生活。在几次半社交性质的试探性拜访之后,他发现雇主对一个只想"试几个月"的年轻人,多半没有什么兴趣。作为亚当·帕奇的孙子,他所到之处都受到了明显的礼遇,但是毕竟老人现在早已过时——他声名的顶峰是出现在他退休前的二十年,起初是作为"压迫者",后来是作为道德提升者。安东尼甚至发现有几个年轻一些的人,还以为亚当·帕奇已经过世了好几年。

最终,安东尼还是去了祖父那里,寻求他的建议,结果是祖父认为他应当进入债券行业做销售员。在安东尼看来,这真是个令人生厌的建议,不过最后他还是决定听从。无论在什么情况下,熟练地操纵真金白银总是魅力无穷的,而制造业几乎所有的方面都是枯燥乏味,让人不堪忍受的。他也考虑过进报社工作,但是认定对于一个已婚男人而言,这种工作的时间安排是不合适的。他还在一些令人愉快的幻想上流连忘返,不是把自己当成一个才华横溢的编辑,供职于一份以观点著称,堪称美国版的《法国信使》的周刊,就是闪烁着灵感火花的创作者,撰写讽刺喜剧和具有巴黎风格的音乐评论。然而,进入后面这些行业的路径,似乎由一些职业秘密把守着。人们通过写作和演出这类迂回曲折的途径,才能自然缓慢地进入这些行当。除非之前曾经登上过某个杂志,否则,要进入这个圈子明显是不可能的。

所以,最后他凭借祖父的推荐信,进入了那间私人办公室,威尔逊-赫尔马-哈代债券公司的总裁坐在"整洁的桌子"旁,从那儿签发了他的雇佣合同。他将从二月二十三日开始工作。

为了庆祝这一重要事件,他筹划了一个持续两天的狂欢活动,因为他说开始工作之后,在一周的工作日当中,他必须早早上床睡觉。莫瑞·诺贝尔已从费城过来,本来是要见华尔街上的某个人(碰巧的是,他没有见着),而理查德·卡拉梅尔一半是被说服,一半是被连哄带骗,加入了他们的聚会。他们星期一下午屈尊俯就地去参加了一个可以喝酒的时髦婚礼,而狂欢活动一直到这天晚上才结束。格洛莉亚打破了平时一天最多只喝四杯鸡尾酒,并且严格控制好时间的规矩,领着大家以未曾见识过的架势尽情狂欢,开怀畅饮,并展示了关于芭蕾舞步令人惊叹的知识,其间还一展歌喉,坦称这些歌是她在天真无邪的十七岁时,从家里的厨师那里学来的。整个晚上,在大家的要求之下,每隔一会儿,她都会重复唱起这些歌,坦然而快乐。安东尼非但没有露出恼怒的神色,反而对这样清新的娱乐甚感满意。这个夜晚还有其他几件令人难忘的事:其一就是莫瑞跟一只死螃蟹之间的一场冗长对话,他用一根细绳的一头系住它,拖着它满室乱转,想知道它是否深谙二项式定理的运用。还有就是前面提到的两辆双轮马车之间的比赛,以及观众在第五大道上留下的阴影,静穆而又令人印象深刻。最后,安东尼和格洛莉亚去拜访了一对疯狂的小两口——莱西夫妇——并跌倒在一堆空牛奶瓶上。

现在已经是上午了——这个上午,他们要把在俱乐部、百货公司、餐馆等各处签下的支票数额加起来;要打开窗户通通气,把酒精和香烟散发出来的潮湿污浊之气,排出高大的蓝色前厅;要收拾起破碎的酒杯,洗刷椅子和沙发上的斑点污渍;要让邦兹把西服和裙子送去洗衣店;最后,还要把他们感到窒息、微微发烫的身体和萎靡不振的精神,都拖到室外二月的凛冽寒风中,这样生活或许就可以继续,第二天早上九点整,威尔逊-赫尔马-哈代债券公司就可以有一个精力充沛的年轻人为它效劳。

"你还记得,"安东尼从浴室里喊道,"当时莫瑞在第一百一十街的拐角处走出来,装出一副交通警察的样子,示意让一些车上前来,又摆手让它们后退的事吗?他们肯定以为他是一个私人侦探。"

每一次回忆都让他们笑得前俯后仰,那过度绷紧的神经对快乐和对沮丧的反应都是同样敏感和剧烈。

格洛莉亚站在镜子前,望着自己光彩照人和神清气爽的容颜,不禁感到纳闷——尽管她的胃里有些难受,头也在剧烈地疼痛,但好像她的气色从来没有这么好过。

这一天过得很缓慢。安东尼乘计程车去经纪人那儿用债券抵押借钱,发现口袋里只有两美元了,而付车费就会把这点钱全部花掉,但是他觉得,在这个特别的下午,他不能忍受乘坐地铁。当计价器上的数字跳到他所能支付的极限时,他就必须下车步行。

这么想着,他的思绪不禁飘飘悠悠地进入了一个典型的白日梦。在这个梦中,他发现计价器上的数字跳得太快——司机很不诚实地暗地里做了手脚。他平心静气地抵达了目的地,然后,神情漠然地把他该付的车费递给了他。这人摆出要揍他的架势,但几乎就在他的手还没有来得及举起来的时候,安东尼猛地朝着他就是重重的一拳,把他揍得倒了下来。他爬起来的时候,安东尼又快速地往旁边一闪,对准他的太阳穴猛地一击,彻底把他打倒了。

……现在他在法庭上。法官判他罚款五美元,而他身无分文。法庭接受他的支票吗?啊,可是法庭里无人认识他。嗯,他可以让他们给他的公寓打电话,这样就可以核实他的身份了。

……他们照办了。对,接电话的是安东尼·帕奇夫人——可是她怎么知道这个人是她的丈夫呢?她怎么会知道呢?让警察小队长问她是不是记得牛奶瓶的事……

他急忙前倾着身体,敲打玻璃窗。计程车这时才行驶到布鲁克林大桥上,可是计价器上的数目已经显示到了一点八美元,而安东尼永远都不会省略掉那十美分的小费。

那天下午,他很晚才回到公寓。格洛莉亚也已外出过——是去购物——现在正蜷缩在沙发一角睡着了,怀里紧紧地抱着买回来的东西。她的面容如小女孩一般无忧无虑,紧贴在她的胸前的,是一个孩子玩的洋娃娃,这对于她烦恼不安而又充满孩子气的心灵,是一种深深的慰藉,具有抚平创伤的无限疗效。

命运

正是由于这场派对,特别是由于格洛莉亚在其中扮演的角色,他们的生活方式发生了决定性的变化。对于他们做出什么选择,以及它会带来何种后果,原来那种什么也不在乎的奢华姿态,一夜之间发生了变化,从本来只是格洛莉亚一人的人生信条,变成了全部慰藉和正当理由。不要感到遗憾愧疚,不要发出一声后悔的呼喊,遵循彼此忠贞的明确行为准则生活,尽可能热烈而又执著地及时行乐。

"没有人在乎我们,除了我们自己,安东尼,"她有一天这样说,"在我看来,在外面到处假装自己对这个世界肩负着责任,是荒唐可笑的,至于别人怎么看我,我压根儿就不会去操心,就这么简单。从我小时候读舞蹈学校开始,我就被所有小姑娘的母亲们批评,因为那些小姑娘没有我那么漂亮,那么招人喜爱,所以我总是把批评看成是一种心怀嫉妒的称赞。"

这话的起因是一天晚上在"密歇根大道"酒吧里的一次聚会,康斯坦斯·梅里安看见一个四人聚会表现得特别兴奋刺激,而她是其中的一员。康斯坦斯·梅里安作为"一个老派朋友",不嫌麻烦,邀请她第二天共进午餐,为的是告诉她事情有多么可怕。

"我跟她说,我不明白有什么可怕,"格洛莉亚告诉安东尼,"埃里克·梅里安是那种升级版的波西·沃尔科特——你还记得我告诉你在温泉镇时的那个人吧——每当他要去参加派对时,那种派对绝不可能是死气沉沉枯燥乏味的,他对康斯坦斯的尊重方式,就是把她留在家里,做针线活,照看孩子,阅读闲书,还有类似无害的消遣活动。"

"你把这告诉了她吗?"

"我当然说了。而且我还跟她说,她真正反感的是我过得比她开心。"

安东尼为她鼓起掌来，他为格洛莉亚感到无比骄傲。令他骄傲的是，在晚会上，她会让任何其他女人黯然失色，男人们总是兴致勃勃成群结队地围着她狂欢，吵吵闹闹的，除了欣赏她的美貌和她的活力给人带来的温暖之外，从不会越雷池一步。

这些"派对"渐渐成了他们主要的娱乐方式。尽管他们依然相爱，相互间依然兴趣甚浓，然而，随着春天的来临，他们发现晚上待在家里让人百无聊赖。书本的世界是虚幻的，独处的魔力早已荡然无存——取而代之的是，他们宁可为一出愚蠢的音乐喜剧感到厌倦，或者是和最无趣的熟人共进晚餐，只要有足够的鸡尾酒让谈话不至于变得彻底不可忍受。每当派对上需要色彩和刺激的时候，总有一些朋友会本能地想起他们，也就是那些年轻的已婚人士，以前都是中学或大学时代的朋友，还有就是各式各样的单身人士，因此，他们几乎没有一天不接到电话，都是说"不知你们今天晚上有没有安排"之类的。一般来说，妻子们都对格洛莉亚心怀恐惧——她轻而易举地就能成为舞台上的中心人物，以一种单纯而又令人不安的方式，成为丈夫们最喜欢的人——这些事使她们本能地对她抱有一种深深的不信任，事实上，对于任何女性表现出来的亲密，格洛莉亚大体上又都是毫无反应的，这就更起到了推波助澜的作用。

在二月那个约定好的星期三，安东尼前往威尔逊-赫尔马-哈代债券公司气派豪华的办公室。他听了许多含糊其辞的讲解，讲解的人名叫卡勒，年龄与他相仿，精力充沛，他把一头黄色的头发，梳成具有挑衅性的大包头发型，他在宣称自己是助理秘书时，给人的印象仿佛是这个职位是能力特别出众者得到的殊荣。

"你会发现，这里有两种类型的人，"他说，"一种人三十岁之前就成了助理秘书或财务主管，他们的名字会留在这个文件夹里，还有一种人到四十五岁时才会把名字留在那里。四十五岁留名的人，终其一生也就停留在这个职位上了。"

"那么三十岁在那儿留名的人呢?"安东尼礼貌地问。

"哦,他会升到这里,你看,"他指着文件夹里一个助理副总裁的名单说,"或者也许他会成为总裁,或者还是秘书,或者财务主管。"

"那么,在这里的这些人是什么呢?"

"哪些?哦,那些是受托人——就是有资本的人。"

"我明白了。"

"有些人,"卡勒继续说,"认为一个人起步得早还是晚,取决于他是否受过大学教育。可是他们错了。"

"我明白。"

"我上过大学,是巴克利大学一九一一届的学生,但是当我来到华尔街后,很快就发现对我有帮助的,并不是我在大学里学到的那些不切实际的东西。事实上,我不得不把许多花里胡哨的玩意儿从我的头脑里清除出去。"

安东尼不禁好奇起来,他一九一一年在巴克利大学可能会学到一些什么样的"花里胡哨的玩意儿"。他的脑海中有一个抑制不住的怪念头,那玩意儿就是某种针线活之类的,在接下去的整个谈话中这个怪念头挥之不去。

"看见在那边的那个小伙子吗?"卡勒指着一个看上去还很年轻的人,他长着一头漂亮的灰色头发,坐在一道红木栏杆里边的办公桌旁。"他是艾林格先生,第一副总裁,他什么地方都去过,什么场面也都见识过,受过良好的教育。"

安东尼试图打开思路,想象金融业的传奇故事,可全是枉费心思,他只能把艾林格先生想象成买家之一,这些人穿梭在大书店里,购买沿墙摆放的有着皮质封套,装帧精美的萨克雷、巴尔扎克、雨果和吉朋等的作品集。

在整个潮湿单调乏味的三月里,他都在学习推销术。由于缺少激情,他只能把周围的骚动和喧扰,当成一种徒劳无益的努力,指向某个无法理解的目标,唯有第五大道上弗里克先生和卡耐基先生这些竞争对手的办公大厦,才使这种目标变得明显确切。这些自命不凡的副总裁和受托人,实际上是他在哈佛认识的"顶尖人才"的父辈,这在他看来似乎是不协调的。

他在楼上的员工餐厅用餐,内心有一种不安,怀疑自己是不是正在变得振奋起来。整个第一周他都很纳闷,那里的几十个年轻职员,有的警觉而又纯洁,刚从学校毕业出来,他们是否都生活在浮华虚夸的希望之中,想要在灾难性的三十岁来临之前,跻身那个薄纸板文件夹中狭窄的名单之列。他们每天的工作都是一成不变的,穿插于其中的谈话几乎大同小异。一个话题是谈论威尔逊先生是怎样发迹的,赫尔马先生采用的是什么方法,哈代先生凭借的又是哪些手段。另一个话题联系到那些古老而又永远令人屏息的逸闻趣事,说的是在华尔街上,财富竟贸然地撞上了一个"屠夫",或者一个"酒吧的招待",或者就是"一个该死的送报人,天啊!"让他们意外暴富。接着就有人谈论当下的冒险行为,到底是该出去挣十万美元的年薪,还是安于现状,每年挣两万美元。前一年,就有一个助理秘书把所有的积蓄,都用来投资伯利恒钢业的股票,关于他的传奇故事,已经成为办公室里最为人津津乐道的话题,比如他华贵动人的气度,一月里不同凡响的离职,他眼下正在加州建造的宫殿,等等。这个人的名字本身已经拥有了一种魔幻般的意义,就像他本人一样,象征着所有可敬的美国人的远大抱负。人们谈起关于他的种种轶事———位副总裁如何建议他抛出股票,天啊,但是他坚持继续持有,甚至还择机买入,"看看人家现在发到什么程度了!"

显然,这些就是生活的内容——一次炫目的成功令他们所有的人都眼花缭乱,一个迷人的吉卜赛女郎又能使他们满足于微薄的收入,满足于取得最终成功的微乎其微的可能性。

对于安东尼来说,这种观念简直变得骇人听闻了。他感到要想在这里出人头地,那么这种成功的念头就必须紧紧控制并扼杀他的思想。在他看来，在这些处于巅峰状态的人身上，最重要的元素是坚信自己所从事的工作就是生活的核心内容。所有其他的东西都是一样无足轻重的，自信和机会主义凌驾于技术知识之上，显而易见，越是专业性的工作，越接近底层——这样，技术专家就被留在那儿，以维持适当的效率。

他曾下决心，工作日的夜晚都待在家里，但这种决心没能坚持下去，这样一大半的时间里，他来上班的时候都感到头痛欲裂，像要呕吐似的，早晨地铁里人群拥挤喧闹的可怕声音，绵绵不绝地回响在耳边，仿佛地狱的回音一般。

然后，他就突然辞职了。某个星期一，他在床上躺了整整一天。一直到很晚的时候，当周期性的绝望情绪再次向他袭来，令他不堪忍受时，他给威尔逊先生写了一封信，并投寄出去。他在信中坦承自己不太适合这份工作。格洛莉亚刚刚跟理查德·卡拉梅尔一道从剧院回来，发现他躺在长沙发上，一言不发地盯着高高的天花板，看上去比婚后任何时候都更沮丧消沉。

她希望他能哼哼唧唧地诉说一番。要是这样的话，她就会狠狠地责备他一通，因为她也相当恼怒，可是他只是静静地躺在那儿，完全陷入悲伤之中，她不禁为他感到难过，她跪在他的身边，轻轻地抚摸着他的头发，不停地说着，这事儿多么微不足道，只要他们彼此相爱，任何事情都是微不足道的。就像他们婚后第一年，对她冰凉的小手，对他耳畔响起的她如呼吸般轻柔的声音，安东尼有所反应，几乎变得高兴起来，跟她谈起了自己对将来的计划。他甚至在上床睡觉前，暗自后悔起来，不应该这么仓促就寄出了辞职信。

"即使所有的东西看起来都令人极不愉快，你也不能相信那种判断，"格洛莉亚曾经说过，"只有你所有判断的总和，才是重要的。"

四月中旬，玛丽埃塔的房屋中介给寄来了一封信，怂恿他们把灰色小屋再续租上一年，租金仅微幅上调，随信还寄来了租约供他们签字。安东尼把这份租约和信随意搁在书桌上，一个礼拜都没有去理会它。他们无意重返玛丽埃塔,那地方已经让他们感到厌倦,前一年夏天在那儿的绝大多数时间,都觉得无聊透顶。此外,他们的车也破旧不堪,成了一堆好像患上了疑难病症叮当作响的废铜烂铁,而且从他们的经济状况上来看,购买一辆新车也是不可取的。

然而,由于另一场狂欢,他们却签下了租约。这场狂欢持续了四天之久,其间陆陆续续有十多个人参加。令他们无比恐慌的是,他们签下并寄出了租约。随即,他们仿佛看见,灰色小屋终于露出了乏味而狰狞的面目,正在幸灾乐祸地静候着时机,要狼吞虎咽地吃掉他们。

"安东尼,租约在哪儿?"一个星期天的早晨,她对现状既厌倦又清醒起来,高度警觉地大声喊道,"你把它放在哪儿?本来是放在这儿的!"

然后,她知道租约到哪儿去了。她记起了在他们兴致最为高昂时筹划的那次家庭派对,记起了满满一屋子的人,只有在这些人玩得欣喜若狂的时候,她和安东尼才是举足轻重的;她还记起了安东尼吹嘘那灰色小屋的超凡和幽静,还说它如此偏僻,无论屋子里发出多大的声音都没有关系。接着,去那儿拜访过他们的迪克情绪激动地大叫起来,说那是所能想象得到的最好的小屋,他们要是不再继续租下来,到那儿去消夏,那他们简直就是白痴了。他们轻而易举地就让自己感觉到,夏天城里将会变得多么炎热而不宜居住,而玛丽埃塔又是多么魅力十足,凉爽宜人,芬芳四溢。安东尼拿起租约,疯狂地舞动着,当他发现格洛莉亚快乐地表示默许时,便喋喋不休,一举做出了这个决定,所有在场的人士一致表示将要去拜访,还严肃地以握手来约定……

"安东尼,"她大喊起来,"我们已经签了,并且已经寄出了!"

"你说什么?"

"租约!"

"真见鬼!"

"哦,安东尼!"她的声音无比凄凉。他们不仅这个夏天,而且永远，为自己建起了一座监狱。这件事仿佛击中了他们安稳生活的最后根基。安东尼想或许可以跟那个房屋中介再协商一下。他们再也支付不起双份的租金了，到玛丽埃塔去住，也就意味着放弃他的公寓，他的这套无可挑剔的公寓里有精美的浴室和卧室，里面有他专门购置的家具和悬挂物——这里是他曾经住过的最接近家的地方——这里有他那色彩缤纷的四年留下的熟悉记忆。

然而，他们并没有跟房屋中介协商此事，根本就没有作出这样的安排。他们垂头丧气地回到了灰色小屋，甚至没有谈论怎样充分利用好它，没有格洛莉亚那句放之四海而皆准的"我不在乎"。他们现在知道了，在这幢小屋里既不会再有青春，也不会再有爱情了——唯有朴实无华不可言传的记忆，而这他们永远都不会去分享。

不祥的夏季

那个夏天，灰色小屋里弥漫着恐惧。它随他们而来，像阴暗的笼罩物一样，把自己安顿在这个地方，蔓延至楼下的各个房间，渐渐地扩散开来，顺着狭窄的楼梯爬上来，直至压迫他们的睡眠本身。安东尼和格洛莉亚变得痛恨独自待在那个地方了。她的卧室曾经一度看上去那么精致、清新和淡雅，与她东一件西一件扔在椅子和床上的色彩柔和的内衣很相称，可如今它仿佛在用瑟瑟作响的窗帘对她悄悄耳语：

"啊，我美丽的年轻女郎，在夏日的骄阳之下，娇美和清秀渐渐褪色枯萎的，你并非第一人……一代又一代得不到爱情眷顾的女人，为了那些不曾留意她们的乡村情人，在那面镜子前顾影自怜……青春披着最柔嫩的浅蓝色走进这个房间，离开时却包裹在令人绝望的灰色寿衣里。在漫漫长夜里，就在那张床所在位置，有多少姑娘彻夜难眠，内心的悲伤如阵阵波浪，不住地涌入漆黑的夜色中。"

格洛莉亚终于胡乱地带上她所有的衣服和化妆品落荒而逃，宣称她要过来跟安东尼一起住,她找的借口是房间里的一个纱窗破了,有小虫子飞进来。她的房间就这样弃而不用,留给那些不敏感的客人了。他们两人共用她丈夫的卧室,在那里梳洗穿戴和睡觉。对此,格洛莉亚认为"很好",仿佛安东尼在场本身,就扮演了扑灭者的角色,过去岁月那令人不安的阴影,或许还逗留在墙边,这样就被他一扫而光。

关于"好"与"坏"之间的区别,在两人生命的早期就被简明扼要地总结出来了,现在又以另一种形式得以重申。格洛莉亚坚持,任何被邀请来灰色小屋的人都必须是"好"人,就一个姑娘而言,这就意味着她必须简单纯洁,无可挑剔,否则,她就必须坚强而有力。她对与她同一性别的人总是抱有一种深深的怀疑态度,她现在作判断时关心的一个问题,就是这些女人是不是干净。她所谓的"不干净",有多重意思,比如缺乏自尊,性情懒散,最重要的是,作风放荡,而且一目了然。

"女人容易变脏,"她说,"远比男人容易得多。除非一个姑娘又年轻又勇敢,否则对于她来说,几乎不可能在人生走下坡路的时候,不表现出某种歇斯底里的兽性,那是一种狡诈而又肮脏的兽性。男人就不同了——而且,为什么传奇故事中最常见的人物之一,就是勇敢地走向毁灭的男人,我想这就是原因。"

格洛莉亚喜欢很多男人,尤其喜欢那些不加掩饰地向她献殷勤,连续不断地给她带来消遣娱乐的男人——不过,通常她会突现洞察力,告诉安东尼他的某个朋友只不过是在利用他而已,所以最好的结果就是不要再去搭理他了。安东尼则会一如既往地表示异议,坚持说那个被她指控的人,其实是一个"好人",不过随后他会发现,他的判断比她的更容易出错,特别令他难以忘记的是,一连串的餐馆账单都留给他来独自结账,这样的情况发生了好几次。

他们每个周末都会邀请满屋子的客人来参加派对,而且派对通常会一直延续到工作日。这倒不是他们对安排娱乐带来的忙乱和麻烦乐此不疲,而是对孤独深感恐惧。这种周末派对总是大同小异,当三四个受到邀请的客人到达之后，或多或少先喝点酒是理所当然的，接着是欢闹地享用晚餐，然后是开车去摇篮海滩乡村俱乐部。他们加入这个俱乐部，是因为它相对便宜，虽说不够时髦，但还算有生气，而且对于这样的派对来说，几乎是必不可少的。再说，在那儿无论做什么，都没有太大的关系。只要帕奇家的派对没有喧闹得过分出格，摇篮海滩社交界的头面人物，是否看见寻欢作乐的格洛莉亚在晚餐室里频繁地喝鸡尾酒，就无关紧要了。

一般来说，星期六总是在一片富有刺激的混乱中结束的——事实证明，他们通常需要帮着扶一个烂醉如泥的客人上床睡觉。星期天他们会收到纽约的各类报纸，上午会坐在幽静的门廊上休养生息——下午意味着和必须回到城里去的一两位客人道别，和逗留到第二天才走的一两位客人再度饮酒作乐，共度又一个欢乐的夜晚，虽说不是那么热闹。

忠诚的田奈，那个天生好为人师而做起事来又无所不能的人，再次回到了他们这儿。在频繁来访的客人当中，兴起了一个有关他的传说。莫瑞·诺贝尔一天下午说，此人的真名叫塔纳恩鲍姆，是一个德国特工人员，被派驻在这个国家，以韦斯特切斯特县为据点，散发日耳曼人的宣传资料。自那以后，神秘信件开始从费城寄来，收件人是这个被称为"埃米尔·塔纳恩鲍姆中尉"的令人困惑不解的东方人，信中有一些晦涩隐秘的信息，寄信人署名"总参谋部"，信上还点缀着一个有着独特艺术性的双竖行滑稽可笑的日文。安东尼总是不拘言笑地把这些信交给田奈，而在此后的几个小时内，他会发现这个收信人在厨房里为它们大伤脑筋，严肃地宣称这些竖的符号不是日文，里面也没有什么像日文。

格洛莉亚极其厌恶这个人，起因是有一天她出人意料地从村子里回来时，发现他斜倚在安东尼的床上，正对着一份报纸苦苦思索。所有仆人的本能都是喜欢安东尼，而讨厌格洛莉亚，田奈也不例外。不过，他十分害怕格洛莉亚，只有在情绪低落的时候，才会流露出他的反感，会用上一种微妙的方式，像是在跟安东尼说话，实际上是想让她听见：

"帕奇夫人晚餐想吃点什么?"他会说,看着他的主人。要不,他会评论起"那些美国人"的极端自私自利行为,而他说话的方式却让人明明白白知道"那些美国人"指的是谁。

不过,他们不敢辞退他。这样的行动与他们的惯性是不相符的。他们忍受着田奈,就像忍受着天气、身体的疾病和上帝可敬的意志一样——也正如他们忍受着所有的东西,甚至包括忍受他们自己一样。

在黑暗中

七月下旬,一个闷热的下午,理查德·卡拉梅尔从纽约打来电话,说他和莫瑞马上过来,还要带来一个朋友。他们五点钟左右到达,微微有些醉意,陪他们一道来的,是一个矮小壮实的男人,约莫三十五岁的样子。他们介绍说,这是乔·赫尔先生,是安东尼和格洛莉亚见过的最好的人之一。

乔·赫尔留着浓密的黄色胡须,声音低沉,基本上介于深沉男低音和沙哑耳语之间。安东尼拎着莫瑞的行李箱上了楼,跟着他进了房间,并小心翼翼地关上了门。

"这个家伙是谁?"他问。

莫瑞咯咯地笑了起来,热情洋溢。

"谁,赫尔?哦,他没有问题,他是个好人。"

"没错,但他是什么人?"

"赫尔?他就是一个不错的家伙。他是一个王子。"他的笑声提高了一倍,在一连串像猫一样愉快的露齿大笑中,音量达到了顶点。安东尼迟疑着,神情介于微笑和皱眉之间。

"我觉得他那样子有点好笑。穿的衣服怪里怪气的。"——他停了停——"我暗自怀疑,他是不是你们俩昨晚在什么地方捡到的。"

"荒唐可笑,"莫瑞宣称,"嗯,我都认识他一辈子了。"然而,他又用另一串咯咯的笑声,把这个声明给遮掩了过去,安东尼不得不说:"你认识他才怪呢!"

后来,也就是在晚餐之前,莫瑞和迪克正在高声喧哗,乔·赫尔一边品着酒,一边安静地听着,格洛莉亚把着安东尼拉进了餐厅:

"我不喜欢这个赫尔,"她说,"我希望他用田奈的浴缸。"

"我怎么好去跟他开口。"

"反正我不想让他踏进我们的浴缸。"

"他看上去是一个简单的人。"

"他穿着一双白色的鞋,那样子看着就像手套。我能看见那下面的脚趾。喔!不管怎么说,他到底是什么人?"

"你算是把我问倒了。"

"嗯,我觉得他们好大的胆子,竟然把他带到这里来了。这里又不是什么水手援救之家!"

"他们在打电话的时候,已经喝得醉醺醺的了。莫瑞说,他们参加的派对昨天下午就开始了。"

格洛莉亚愤怒地摇了摇头,不再说什么,回到门廊上去了。安东尼看得出来,她是在竭力忘记她的不安,让自己投入到这个夜晚的享乐中去。

这一天,天气炎热,即便到了暮色将尽时分,从干燥的大路上依旧散发出阵阵热浪,微微颤抖着,就像白云母玻薄片上起伏的光影一样。天空中没有一片云彩,然而在树林的远方,从海湾方向已经开始传来微弱而连续的轰轰声。田奈跑过来宣布晚餐已经准备就绪,这些男人们在得到格洛莉亚的同意后,就立即光着身子进了餐厅。

在享用第一道菜的时候,莫瑞开始唱歌,其他人都为他伴唱起来,和谐悦耳。这首歌有两行歌词,用的是一首名为《亲爱的黛茜》的流行曲调。歌词是这样的:

"恐慌——已经——抓住了——我们,

道德——也跟着——一起堕落！"

每唱一遍，都会引来阵阵热烈的欢呼和经久不息的掌声。

"高兴起来，格洛莉亚！"莫瑞建议道，"你好像有点情绪低落。"

"我没有。"她谎称。

"听着，塔纳恩鲍姆！"他转过头来叫道，"我给你斟满了一杯酒。来啊！"

格洛莉亚想挡住他的手臂。

"请不要这样，莫瑞！"

"为什么不？或许晚餐后他会为我们演奏笛子。过来，田奈。"

田奈咧开嘴笑着，把酒杯端到厨房去了。过了一会儿，莫瑞又给他倒了一杯。

"高兴起来，格洛莉亚！"他大声叫着，"看着上帝的分上，每个人都来让格洛莉亚高兴起来。"

"我最亲爱的，再来一杯吧。"安东尼劝她。

"喝吧，求你了！"

"高兴起来，格洛莉亚。"乔·赫尔轻松随意地说。

他如此不合时宜地随意直呼其名，这让格洛莉亚不由得皱起了眉头，她环顾四周，看是不是还有其他人注意到了这一点。从她极为厌恶的人的口里，如此随便油滑地吐出她的名字，这令她非常反感。过了一会儿，她发现乔·赫尔又给田奈倒了一杯酒，她内心的愤怒不由得节节攀升，酒精也多少起了推波助澜的作用。

"——曾经有一次，"莫瑞正在说，"彼得·格兰比和我大约在凌晨两点钟的时候，进了波士顿一家土耳其浴室。当时，除了老板之外，一个人也没有，于是我们把他塞进了一个壁橱，然后锁上了门。接着，一个家伙从外面进来，要洗土耳其浴，他以为我们是浴室里给人按摩的人，天啊！于是，我们就把他拎了起来，连人带衣服一起扔进水池子里。后来，我们又把他拽了上来，放倒在一块厚板子上，用手掌噼里啪啦地把他打了一顿,直打得他身上青一块紫一块的。'别这么重啊,伙计们!'他用短促尖细的声音说,'求你们了!'……"

——这是莫瑞吗?格洛莉亚暗自思忖。如果是出自任何其他人之口,这个故事也许会把她逗乐,可是出自莫瑞之口,这个极具鉴赏力的人,这个圆通机敏而又细心周全的典范人物……

"恐慌——已经——抓住了——我们,

道德——也跟着——"

外面传来一阵鼓点般的雷声,淹没了歌曲的剩余部分。格洛莉亚哆嗦起来,她想喝完杯中的酒,可是刚喝了一口,就觉得恶心,于是放下了杯子。晚餐结束后,他们都快步走入大房间,手里还拿着各色酒瓶和饮料瓶。为了不让风吹进来,有人已经把通往门廊的门给关上了,结果袅袅升起的雪茄烟圈,如伸出了触角一般,与已经室闷的空气缠绕在了一起。

"叫塔纳恩鲍姆中尉!"又是那个小丑莫瑞,"给我们拿笛子来!"

安东尼和莫瑞冲到厨房里,理查德·卡拉梅尔开始播放唱机,并走向格洛莉亚。

"跟你大名鼎鼎的表哥跳一曲吧!"

"我不想跳舞。"

"那我就抱着你跳。"

他伸出粗短的手臂把她抱了起来,然后,开始在房间里庄严地快步旋转起来,仿佛在做一件重大无比的事情。

"放下我,迪克!我头晕!"她坚持道。

他把她像一捆有弹性的包袱一样扔在了沙发上,随即就向厨房跑去,一边喊着,"田奈!田奈!"

随后,在没有任何预兆的情况下,她感觉到有另一双手臂环绕着她,把自己从沙发上托起。乔·赫尔已经把她抱起来了,正醉醺醺地试着模仿迪克。

"把我放下!"她大声尖叫。

他像哭泣一般大笑着,把那个胡子拉碴的黄色下巴向她的脸凑过来,她被深深地激怒了,胸中涌起一阵难以忍受的厌恶。

"立刻放下!"

"恐——慌——"他开始唱,但无法唱下去,因为格洛莉亚的手迅速挥舞起来,狠狠地打了他一记耳光。这样一来,他立马松开手,她摔在了地板上,在跌落的过程中,她的肩膀撞上桌子,间接地又打出了一拳……

然后,这个房间里仿佛到处都是男人和烟雾。田奈穿着白色外套,正在莫瑞的搀扶下,跟跟跄跄地走进来。他往笛子里吹进了一串古怪的杂音,安东尼大叫,这就是日本的火车进行曲。乔·赫尔找到一盒蜡烛,正在用它们玩杂耍,边抛边接,每错过一根,就大叫"倒了一个!"。迪克正在独自跳舞,绕着房间陶醉地旋转着。在她看来,这个房间里所有的东西,都在一个荒诞不经的四维漩涡里,跌跌撞撞地穿过雾蒙蒙的蓝色相交平面。

屋外,一场惊人的暴风雨已经袭来——在室内短暂的宁静里,已充塞了高大的灌木丛与房屋之间的刮擦声,咆哮的暴风雨击打着厨房的锡顶,发出巨响。闪电不断,洒下阵阵惊雷,犹如白热的熔炉内喷涌而出的生铁。格洛莉亚可以看见,雨水从三扇窗户里飞溅而入——可是她根本无力走过去把窗户关上……

……她在走廊里。她已经向他们道了晚安,但没有人听见或是注意到她。有那么一瞬间,仿佛有什么东西越过楼梯扶手的顶部向下张望,然而,她不可能再回到起居室里去了——她宁可发疯,也不愿再回到那疯狂的喧嚣中去……她在楼上摸索着寻找电灯开关,但在黑暗中她什么都没有找到。满室的闪电为她清楚地照见墙上的开关,可是当漆黑再次降临时,它又从她摸索的手指尖逃逸,她只好脱去裙子和里面的衬裙,虚弱地倒在大床依然干燥的一边,床的另一边已被淋湿了。

她闭上眼睛。从楼下传来那群纵酒者的嘈杂声，间或会突然传出一阵打碎酒杯的清脆响声，接着又是一声，时而还会响起一阵极不稳定、极不规则的零星歌声……

她在那儿躺了约莫两个小时——这是她事后把零星的时间碎片拼凑起来计算出来的。过了很长一段时间之后，她开始有了意识，甚至还注意到楼下的嘈杂声现在轻了很多，暴风雨正在往西席卷而去，不时恋恋不舍地卷回一阵大雨，如她的灵魂一般，沉重而又了无生气地降落在湿润的田野上。接着是一场零零星星的微风细雨，舒缓而勉强，再到后来，除了轻柔的滴答声，还有窗台边湿漉漉的藤蔓瑟瑟摇摆嬉戏的声音，最后窗外终于一片寂静。她现在处于半梦半醒之间，没有哪一种状态占支配地位……她被一种急切的欲望所纠缠，想要摆脱压迫她胸口的重负。她觉得如果她能够大声叫喊，那重负也许会被去除，她使尽力气想要闭紧眼皮，重新唤起一种哽咽的感觉……但徒劳无效。

嘀嗒！嘀嗒！嘀嗒！不能不说这声音悦耳动听——就像春天，就像孩提时代清凉的雨滴，这雨滴在她家的后花园里令人开心地滴出了一片泥泞，灌溉着她的小花园，那可是她用小耙子、小铲子和小锄头挖出来的。嘀嗒——嘀—嗒！这声音就像那些日子，在暮色降临之前，天空融为一片昏黄，雨点从那儿滴落下来，一缕灿烂的斜阳从天堂射向温润翠绿的树丛。那样凉爽，清新而纯净——她的妈妈就在那儿，站在世界的中心，站在雨的中心，安然无恙、干爽舒适而坚强有力。她现在是多么需要妈妈啊，可妈妈已逝去，永远都看不见摸不着了。那重负正在压迫着她，压迫着她——哦，压得她几乎无法喘息！

她感觉身体开始变得僵硬。有人来到门口，站在那儿注视着她，不动声色，只是身子有些许晃动。在朦胧的光线的映衬下，她能够看清这个人的轮廓。周围没有任何声响，唯有无所不在的寂静——甚至连嘀嗒声也停止了……只有这个身影，在门边晃动、晃动，这是一种恐怖，给她带来难以察觉和言喻的威胁，这是一种掩盖在光鲜外表下的卑劣品格，就像掩藏在粉底下的天花斑点。然而，她疲惫不堪的心，依然跳动着，撞击着她的胸膛，让她确信体内仍有生命，它此刻在剧烈地颤抖，在遭受着威胁……

每一分钟，或者说是接连好几分钟，都被无休止地延长，她的眼前因眩晕而开始出现了一团模糊的东西，它带着一种孩子气的坚韧，试着穿过黑暗，朝门的方向飘去。片刻之后，似乎有一种难以想象的力量，要使她的存在碎成万片……随后门口的那个人影——是赫尔，她看见了，是赫尔——刻意地转过身去，依然轻微地晃动着，他往后退去，从视野里消失，仿佛融入了那深不可测的微光之中，他的身影曾因这微光而显现。

血液开始重新涌入她的四肢，血液和生命一起又回来了。凭着这股突发的力量，她猛地坐了起来，转动着身体，直到双脚触碰到了床边的地板。她知道现在必须做什么——现在，就是现在，否则就晚了。她必须走进这凉爽潮湿的夜色里，走出去，走得远远的，去感受湿漉漉的青草踩在脚边发出的窸窸窣窣的声音，还有额头上清新温润的水汽。她机械性地挣扎着穿上衣服，在黑乎乎的橱柜里摸索着想找一顶帽子。她必须离开这幢小屋，这里漂浮着某种东西压迫着她的胸口，不然，就必须把自己变成晃晃悠悠的影子，迷失在黑暗中。

在一阵极度恐慌之中，她手忙脚乱地抓上外套，就在她找到了一个袖子的时候，忽然听见从下面的楼梯上传来安东尼的脚步声。她不敢再等下去，安东尼或许会不让她走，甚至他本身就是这种重负的一个部分，是这个邪恶的屋子和正在成长的阴郁黑暗的一个部分……

先是穿过走廊……再从后面的楼梯下楼，就在这时候，从她刚刚离开的卧室里传来了安东尼的声音——

"格洛莉亚！格洛莉亚！"

可她现在已经到了厨房，穿过门廊，走进了茫茫黑夜。突然一阵风吹过，惊起枝头上的无数水滴，洒落在她的身上，她欣喜地用滚烫的双手拍打着面颊上的水珠。

"格洛莉亚！格洛莉亚！"

这声音仿佛从无限遥远的地方传来，因小屋墙壁的作用而显得低沉悲伤。她绕过小屋，从屋前的小道上朝大路方向走去。在她踏上大路的一刹那，她简直喜不自禁。她沿着路边低矮的青草，在一片漆黑中小心翼翼地挪步往前。

"格洛莉亚！"

她开始奔跑起来，结果被一截大风扭断的树枝给绊倒。那声音现在已经来到屋外。安东尼发现卧室里没有人，于是来到门廊上。可是，那个东西就在那儿，跟安东尼在一起，它正在驱使着她向前。在这昏暗而又压抑的夜空下，她必须继续逃离，强迫自己穿过前面的沉寂，仿佛这沉寂是她面前的一道有形障碍物。

沿着这条依稀可辨的大路，她已经往前走了好一段路，大约有半英里，还路过一个孤零零的废弃仓库，这是灰色小屋与玛丽埃塔之间仅有的一座建筑物，黑乎乎的，给人带来一种不祥之感。然后，她拐上了一条岔路，大路从这里开始进入树林，两侧的枝叶仿佛砌成两堵高墙，树枝几乎触碰到她的头。她突然注意到，在她的前方有一道纵向的狭长银色微光，宛如一把锃亮的剑，一半插进了泥土里。当她来到近处时，不禁发出一声满意的叫声——原来这是马车留下的一道车辙，里面积满了水。她抬头往上一瞥，只见一线明亮的天空，她知道月亮出来了。

"格洛莉亚！"

她猛地大吃一惊，安东尼在她的身后不足两百英尺的地方。

"格洛莉亚，等等我！"

她紧紧地闭着双唇，不让自己叫出声来，同时加快了步伐。在她又跑了不到一百码的时候，树林消失了，就像从大路上褪去的黑色长筒丝袜。在一片高远辽阔的天空下，她停下脚步，看见在她前面约三分钟路程的地方，依稀可见一丝丝光线和一个个光点纵横交错，围绕着某个不可见的中心点，形成有规则的波状曲线。她立刻知道应该往哪儿走。那是在河流上方凌空架起的电线，那些电线像瀑布一般往下垂着，好似一只巨型蜘蛛的腿，而铁路扳道房里那只小小的绿灯则是蜘蛛的眼睛，电线沿着铁路桥伸向车站的方向。车站！那里会有火车带她离去。

"格洛莉亚，是我！是安东尼！格洛莉亚，我不会阻止你的！看在上帝的分上，你在哪儿？"

她不仅没有回答，而且拔腿就跑，一直跑在路面高的那一侧，不时跳过闪亮发光的小水坑——这些极小的水坑就像稀薄而虚幻的金币。她往左急转，顺着一条狭窄的马车道往前跑，突然偏向一侧，以避让地面上的一团黑色物体。她抬起头往上一看，只见一只猫头鹰从一棵孤零零的树上发出一声声哀鸣。在她的前方，她可以看见通往铁路桥的栈桥和台阶。车站就在河的对面。

这时，又一阵声音传来，让她不由得一惊，那是一辆正在驶近的列车发出的忧伤的汽笛声，而且几乎与此同时，重复响起微弱遥远的呼唤声。

"格洛莉亚！格洛莉亚！"

安东尼一定是顺着大路走来了。她不怀好意地笑了，因为躲过了他，这样她就可以有时间等待火车从这儿经过了。

汽笛声再次响起，火车近在咫尺了，紧接着，没有预料中的轰鸣和喧嚣，从远处形成大幅度弯道的铁轨的阴影里，一个蜿蜒的黑色躯体驶入视野，向大桥方向驶去，留下的唯有迎面而来的，仿佛被劈开了的风声和铁轨上时钟般的嘀嗒声——这是一辆电动电气火车。在火车引擎的上方，有两团强烈的模糊蓝光，两者之间形成了一道光芒闪烁的光柱，如同摆放在尸体旁的油灯，劈啪作响喷射出火花，瞬间照亮了两旁成排的树木，格洛莉亚不禁本能地往后退到路边。这灯光不甚热烈——犹如不温不火的血液的温度——突然间，咔哒声交相叠加，发出一阵均匀的声音，然后，声音的节奏变得舒缓，阴沉忧郁而富有弹性。这东西从她身边茫然地呼啸而过,轰鸣着驶上大桥,把它喷射出的一道耀眼的火花,急速地沿途洒向肃穆的河流。随后,它迅速地收缩,把它发出的声音又吸了进去,只留下阵阵回声,最后消失在远处的堤岸边。

寂静又悄然回到这片湿润的土地上,依稀又能听见雨水的嘀嗒声,猛然间,一阵水珠向格洛莉亚袭来,将她从刚才火车经过时的恍惚状态中惊醒。她立即沿着斜面往下跑到堤岸,爬上通往大桥的铁梯,回想起来,这是她一直都想做的,而且要是能从铁轨旁边一码宽的厚木板上走过河去,那她一定会感受到更多的兴奋。

到了!这样好多了。现在她已经站在了最高处,极目远眺,月光下的田野空旷而凄清,被粗粗分割成块的田地,因狭长的行株和茂密的树丛,而连成一片,绵绵不绝。在她的右边,小河在灯影里蜿蜒而下,犹如一只蜗牛爬行之后,留下黏滑而闪亮的痕迹。在小河下游大约半英里的地方,闪烁着玛丽埃塔零星的灯火。车站就坐落在不到两百码远的大桥的尽头,一盏阴郁的塔灯就是它的标志。现在,压迫感不复存在了——树梢正在她的脚下轻轻地摇曳着初露的星光,仿佛欲将它送入鬼神萦绕的睡梦中。她伸出双臂,摆出一种自由自在的姿势。这就是她一直想要的,独自一人置身在清冷的高处。

"格洛莉亚!"

就像一个受到惊吓的孩子,她顺着厚木板飞奔起来,时而欢蹦,时而乱跳,时而雀跃,她为自己身体的轻盈感到一阵狂喜。就让他来吧——她再也不害怕了,只是她必须先到达火车站,因为这是游戏的一部分。她快乐极了。她的帽子被自己一把扯了下来,紧紧地揣在手里,满头卷曲的短发在耳际间或上或下地跳动着。她曾经以为自己再也不会感觉到如此年轻了,但这是属于她的夜晚,属于她的世界。当她走下厚木板时,内心充满着胜利者的喜悦,到达木质月台时,她开心地一下子扑倒在支撑顶棚的一个铁柱子旁。

"我在这儿!"她快乐地呼喊着,她的喜悦好似黎明一般,正在心中冉冉升起,"我在这儿,安东尼,亲爱的——提心吊胆的老安东尼。"

"格洛莉亚!"他到了月台,朝她飞奔而来,"你没事儿吧?"他来到她的跟前,跪下身来,伸出双臂把她搂在怀里。

"没事儿。"

"是怎么回事?你为什么离开家?"他焦急地问。

"我不得不离开——这儿有个东西,"——她停了停,有一丝不自在的感觉从脑海里闪过——"有个东西压在我这儿——这儿。"她把手放在胸口上,"我不得不出来,离开家。"

"你说的'东西',是什么意思?"

"我不知道——那个叫赫尔的人——"

"他骚扰你了吗?"

"他来到我的房门前,喝得醉醺醺的。我想,当时我都有些要发疯了。"

"格洛莉亚,最亲爱的——"

她疲惫地把头靠在他的肩上。

"我们回家吧。"他建议道。

她浑身颤抖。

"唔!不,我不回去。它还会再来压在我身上。"她的声音提高了,成了一种哭喊,悲伤地悬浮在黑暗中,"那东西——"

"好啦——好啦,"他安慰着她,把她搂得更紧了。"我们不再做你不喜欢的事了。你想做什么?就坐在这儿?"

"我想——我想离开这儿。"

"去哪儿?"

"噢——任何地方都可以。"

"天啊,格洛莉亚,"他叫道,"你还有点醉呢!"

"不,我没醉。我根本就没有醉,整个晚上都没有。我早就上楼了,大约是在,噢,我不知道,大约是在晚餐后半小时……哎哟!"

他无意中碰着了她的右肩。

"好痛啊。我不知怎么碰伤了这儿。我不知道——有人把我抱起来，然后又摔了下去。"

"格洛莉亚，回家吧。现在很晚了，又很潮湿。"

"我不能回家，"她呜咽起来，"噢，安东尼，不要叫我回家！我明——天回去。你回去，我在这儿等火车。我要去找一家旅馆——"

"那我跟你一起去。"

"不，我不想要你跟我在一起。我想独自一人待着。我想睡觉——哦，我想睡觉。然后，等到了明天，你把屋子里的威士忌酒味和烟味都排出去了，所有的东西都整理得井井有条了，那个赫尔也走了，那时我就会回来了。要是我现在回去，那个东西——哦——！"她用手蒙住眼睛，安东尼知道，再怎么劝她都是无济于事的。

"你离开的时候，我彻底清醒了，"他说，"迪克躺在沙发上睡着了，莫瑞和我还在讨论事情。赫尔那个家伙不知闲逛到什么地方去了。那时我开始意识到，有好几个小时没看见你，所以我就上楼来了——"

他的话给打断了，因为从黑暗中突然冒出一声"嗨，你们看！"。格洛莉亚惊得一下子跳了起来，他也是一样。

"是莫瑞的声音，"她兴奋地叫了起来，"要是赫尔和他在一起，就不要让他过来，不要让他们过来！"

"是谁啊？"安东尼大声问。

"是迪克和莫瑞。"传回两个令人放心的声音。

"赫尔在哪儿？"

"他躺在床上。醉倒了。"

他们的身影隐隐约约地出现在月台上。

"你和格洛莉亚到底在这儿干吗？"理查德·卡拉梅尔问，他昏昏欲睡，困惑不解。

"你们俩来这儿干吗？"

莫瑞大笑。

"我知道才怪呢。我们跟着你，跟了好些时间了。我听见你在门廊上叫格洛莉亚，于是我就叫醒了卡拉梅尔，费了好大的劲才终于让他明白，假如要有一支搜救队的话，我们最好一道去。他拖了我的后腿，因为一路上他好几次坐在地上，问我这一切到底是怎么回事。我们是循着加拿大俱乐部牌威士忌那令人愉快的酒香味，才追踪而来，寻找到你的。"

在车站低矮的车棚下，传来一阵神经质的笑声。

"说真的，你们是怎么追踪到我们的？"

"嗯，我们沿着大路一路跟过来，然后突然就把你给跟丢了。看样子是你拐进了一条马车走的小道。过了一会儿，有一个人招呼我们，问是不是在寻找一个姑娘。嗯，我们走过去一看，原来是一个颤巍巍的矮小老人，坐在一棵倒下的树上，就像童话故事里的人物。'她从这儿拐弯走下去了，'他说，'差一点踩着我，像是要到什么地方去，走得急匆匆的，后来一个小伙子穿着高尔夫短裤，一路跑过来，追赶着她，他还扔给我这个。'老人手里捏着一张一美元的票子，上下挥舞着——"

"噢，可怜的老人！"格洛莉亚被感动了，突然喊道。

"我又扔了一张给他，然后，我们就继续赶路，虽然他要我们停下来，告诉他到底是怎么一回事。"

"可怜的老人。"格洛莉亚沮丧地重复。

迪克困倦地坐在了一个箱子上。

"那现在做什么呢？"他问，语气恬淡超脱。

"格洛莉亚有点不开心，"安东尼解释道，"她和我准备乘下一趟车到城里去。"

莫瑞在暗中从口袋里摸出一份列车时间表。

"划一根火柴。"

从昏暗的背景里跳出一团微弱的火焰，照亮了四张脸，在这户外的夜色中显得怪诞而陌生。

"让我们看看。两点,两点半——不,那是晚上。天啊,你们要等到五点半才有车。"

安东尼犹豫了。

"嗯,"他心里没底,低声咕哝,"我们决定要待在这儿等那趟车。你们两人还是先回去睡觉吧。"

"你也回去,安东尼,"格洛莉亚催促道,"我想要你也去睡一会儿,亲爱的。你一整天都脸色惨白,像个幽灵一样。"

"那怎么行,你这个小傻瓜!"

迪克哈欠连连。

"很好。你们留下,我们就留下。"

他从车棚下面走出来,抬头仰望着星空。

"毕竟,夜色相当不错。星星都出来了,什么都有。各式各样的,格外诱人。"

"让我们看看。"她跟着他走出来,另外两个跟在她的后面,"让我们坐在这儿,"她提议,"我更喜欢这儿。"

安东尼和迪克搬来一只长箱子当靠背,又找来一块足够干爽的木板给格洛莉亚坐。安东尼也挨着她坐了下来,迪克费了好一番劲,爬到旁边的一个苹果桶上坐了下来。

"田奈在门廊的吊床上睡着了,"他说,"我们把他搬进屋,把他放在厨房炉子边烘干,他浑身都湿透了。"

"那个恶心的小矮人!"格洛莉亚叹了一口气。

"你们好!"一个既洪亮又瘆人的声音从上面传来,他们抬头往上看,吓了一跳,原来莫瑞不知怎么爬到棚子顶上去了,坐在顶棚的边上,两只脚垂下来晃荡着,在星光灿烂的夜空下,他的身影活像建筑物上的一只阴暗而荒诞的怪兽状滴水嘴。

"这一定是为像今天这样的场合设定的,"他声音柔和地开始说,他的话仿佛是从广袤无垠的苍穹飘然而下,轻轻驻足在听者的耳边,"这片土地上正直的人们,用广告牌装点着铁路,上面用红和黄两色坚称'耶稣基督是上帝',并恰如其分地在旁边放置这样的广告牌,上面写着'根特牌威士忌不错'。"①

接着是一阵轻柔的笑声,三人都抬起头,斜着往上看。

"我想,我应该把我接受教育的故事讲给你们听,"莫瑞继续说,"在这具有讽刺意味的星空之下。"

"讲吧!有请!"

"真的,我应该讲吗?"

大家满怀期待地等着,他对着仿佛笑意盈盈的皎洁月色打了一个哈欠,陷入沉思。

"嗯,"他开始说,"我从婴儿时代起,就开始祈祷了。为应对未来的邪恶,我积攒下许多祷告。有一年,我积攒下一千九百次的'现在我就要躺下睡觉了'。"②

"扔一支烟下来。"不知是谁嘟囔了一句。

一只小纸盒掉在了月台上,同时还传来了一句极为洪亮的命令:

"安静!我就要向你们倾吐许多难以忘怀的话,以便放下压在我心头的包袱。这些话是专为今天这样漆黑的大地和灿烂的星空而保留的。"

在下面,一根点燃的火柴从一支烟传递到另一支烟上。这个声音又继续说:

---

① 这两幅广告牌上的话分别是"Jesus Christ is God."和"Gunter's Whiskey is Good."最后的两个单词虽然只有一个字母之差,但意义迥然不同。"Good"有"善"的含义,在西方社会,当基督教遭到怀疑之际,有人提出用"善"(Good)来取代原来的"上帝"(God)。因此,将这两句话并置,嘲讽的意味是不言而喻的。

② 这是始于十八世纪的经典儿童祷告文,全文如下:"现在我就要躺下睡觉了,我祈祷上帝照看我的灵魂,如果我醒来之前就已死去,我祈求上帝带走我的灵魂。阿门。"

"愚弄神明，我精于此道。在每一次犯下罪恶之后，我总是立即祷告，直到最后对于我来说，祷告和罪恶变得难分彼此。我相信，因为每当一个人化险为夷时，他总是会喊上一句'我的上帝！'所以这就证明信仰是深深地根植于人的内心的。后来我上学了，十四年间，大约有五十位真诚严肃的人，指着古代的明火枪，对我大声说，'这才是真实的东西。那些新的来复枪只不过是肤浅、草率的复制品。'他们咒骂我读的书和思考的东西，说那些都是不道德。后来风尚变了，他们称那些被咒骂的东西'很聪明'。

"于是我转变了，对于我那个年龄，这样做是相当精明的，我倾听的对象从教授转向了诗人，倾听——倾听斯文伯恩抒情的男高音和雪莱有力的男高音，莎士比亚的第一男低音和他华丽的音域，丁尼生的第二男低音和他偶一为之的假音，弥尔顿和马洛两人深沉的男低音。我还听勃朗宁的悠然闲聊，拜伦的慷慨陈词，华尔华兹的单调叨唠。至少这对我是无害的。我学到了一些美——足以知道美与真毫无关系——而且我还发现，其实并没有什么伟大的文学传统，每一种文学传统波澜壮阔的死亡才是唯一的传统……

"然后，我长大成人了，美那丰富多彩的幻觉离我远去。我思想的质地变得粗糙，双耳却变得极度灵敏。在我这座岛屿的周围，生活像海水一样升起来了，此刻我正在这大海里遨游。

"这种转变是微妙的——这东西在那儿静候着我，已经有一些时日了。对每个人而言，它都设置好了陷阱，阴险狡诈，表面看来还那么无伤大雅。至于我呢？不——我既没有试图引诱看门人的妻子——也没有在大街上裸奔，以宣告我的男子汉气概。要解决问题，从来都不是光靠着热情——而是激情套上的外衣。我变得百无聊赖——就这么回事。无聊是活力的另一个名字，也是活力常用的伪装，它成了我所有行为的无意识动机。美已被我抛在了身后，你们明白吗？——我已长大成人。"他停了停，"中学和大学时期到此结束。第二部分拉开了序幕。"

三个静静燃烧的光点，表明了三位听者的位置。格洛莉亚现在半坐半躺在安东尼的腿上。他的手臂紧紧地搂着她，以至于她都能听见他心跳的声音。理查德·卡拉梅尔依然坐在苹果桶上，时不时地动弹一下，发出微弱的嘟哝声。

"就这样我长大了，来到这片爵士乐的土地，随即堕入了一种几乎都能听得见的混乱状态。生活就像一个道德败坏的女校长一样监视着我，修改着我原本井然有序的思想。然而，凭着对智力的错误信念，我坚持不懈地向前。我阅读了斯密，他对慈善大肆嘲讽，而且坚称讥笑是最高形式的自我表达——可是，斯密本人却取代慈善，成为了遮掩光明的人。我阅读了琼斯，他干脆利落地清除了个人主义——瞧！琼斯还在妨碍着我。我并不以为——我这里是各种思想争论的场所，我更像一个令人垂涎三尺却又弱小无能的国家，任由众多列强纵横厮杀，你争我夺。

"我带着这样一种印象走向成熟，即我正在为了安排好生活而积累经验，以便获得幸福。的确，我完成了那种并非不同寻常的业绩，那就是早在一个问题出现在我的生活中之前，我就在思想中把它解决了——另外，对于我，挫败和困惑并无二致。

"可是，在数次品尝了第二种滋味之后，我已经受够了。瞧！我说过，经验不值得去积累。要是你消极被动，经验积累在你身上，并不是一件令人愉快的事情——要是你积极主动，经验则是一堵墙，与你相撞。所以，我用自认为是刀枪不入的怀疑主义来包裹自己，并断定我所受的教育已经充分完备。可是，这一切都已经为时太晚。我不再与悲剧的和命定的人性建立任何新的联系，通过这样的方法，尽我所能地保护自己，但是在其他方面，我却不知所措。我把与爱的搏斗换成了与孤独的搏斗，把与生的搏斗换成了与死的搏斗。"

他稍作停顿，以强调他最后的一个观点——片刻之后，他打了一个哈欠，又继续说：

"我在想，我的教育的第二阶段，始于一种强烈的不满，这就是尽管我不愿意，却还是为着某种不可思议的目的被利用，而这些目的的终极目标——如果确实有这样一个终极目标的话——我并没有意识到。这是一个困难的选择。那位女校长似乎在说，'我们准备去玩橄榄球，而且只玩橄榄球，没有其他的。假如你不想玩橄榄球，那你根本就不能去玩——'

"我能去做什么呢——玩的时间是如此短暂！

"你们知道，我甚至觉得，就连一个虚构的法人从跪着的状态站起来，从中所得到的慰藉，我们都被剥夺了。你们以为我迫不及待地接受这种悲观主义，把它当成一个甜美体面而又优于一切的东西，紧紧抓住不放，真的不再比炉火前灰暗的秋天更令人沮丧吗？我觉得我并不是那样的。对于那种悲观主义，我还过于温暖，也过于具有生命力了。

"在我看来，人生在世并没有什么终极目标。人正在同自然展开一场荒诞而又令人困惑的抗争——自然凭借神圣而宏伟的偶然因素，把我们带到一个地方，在那儿我们可以当着她的面飞翔。她发明了多种途径，来剔除这一种族中劣等的人，借此把力量赐予剩下的人，让他们来完成她那更高远的——或者我们可以这样说，更有趣的——意图，尽管仍然是一些无意识的和偶然的意图。由于受到启蒙运动关于最高天赋思想的激励，我们在寻求以计谋智胜自然。在这个共和国里，我看到黑人开始混迹于白人中间——在欧洲，一场经济灾难正在发生，以把三四个不健全而管理又极为不善的种族，从一个统治权中解救出来，而这个统治权或许能够把它们组织好，共同实现物质繁荣。

"我们创造了一个基督，他能够医治好麻风病患者——而不久麻风病患者这一类人已成为了社会中坚分子。如果有谁能从中吸取经验教训的话，请他站出来。"

"不过，从生活中只有一个教训可以吸取。"格洛莉亚打断了他，并非是要与他对立，而是伤感地表示某种赞同。

"是什么呢?"莫瑞紧追不舍地问。

"就是从生活中没有教训可以吸取。"

在经过短暂的沉默之后,莫瑞说:

"年轻的格洛莉亚,你这位美丽而又无情的女郎,一开始就用那种极其重要的老于世故的眼光打量这个世界,这种眼光是我苦苦奋斗而获得的,是安东尼永远也不可能获得的,是迪克永远也不会完全理解的。"

从苹果桶上传来表示厌恶的哼的一声。安东尼现在已经习惯了黑暗,能够清楚地看见理查德·卡拉梅尔那只闪烁的黄眼睛,还有脸上愤恨的表情。他大声叫道:

"你疯了!根据你自己的理论,我通过尝试应该已经获得了一些经验。"

"尝试什么?"莫瑞尖声地叫道,"尝试用某种对真理疯狂而绝望的冲动,来刺穿政治理想主义的黑暗吗?日复一日倦怠地坐在一张硬邦邦的椅子上,从离生活无限遥远的地方,透过树丛盯着教堂尖塔的顶部,尝试把可知的从不可知中明确而永久地分离出来吗?从现实中撷取一小块,用自己的心灵来给它增添魅力,来补偿那种难以表达的品质,这种品质在生活中它是拥有的,而转换成文学或者绘画作品时却丢失了。尝试这样做吗?经年累月在实验室里奋战,只为从一大堆齿轮或者一支试管里,发现微乎其微的相对真理——"

"你尝试过吗?"

莫瑞停了停,当他回答时,言语中有一丝倦意,有一串苦涩的音符,在三个人的心中回荡,片刻之后飘然而去,如同一个飞向月亮的泡泡。

"我没有,"他轻柔地说,"我生性对此感到厌倦——但具有一种天资,就是像格洛莉亚这样的女人与生俱来的天赋——尽管我言说和倾听,尽管我徒劳地在等待永恒的普遍性真理,它好像超越每一场辩论和思考,但是我对此并未能有一丁点儿贡献。"

过了好一会儿，从远处不停地传来一阵低沉的声音，这是一种悲伤的低鸣声，仿佛发自一头巨大的母牛，同时在半英里之外，出现了一点宛如珍珠般的车前灯的光亮。这一次是一辆蒸汽列车，吱吱嘎嘎地轰隆而至，当它带着怪兽般的巨大怨声，踉跄地驶入月台时，如同阵雨般一路洒下火花和炭渣。

"一丁点儿都没有！"莫瑞的声音再次从高远处向他们飘落下来，"智力是一件多么脆弱的东西！它步伐细碎，摇摆不定，欲行又止，甚至还会灾难性地后退！智力只不过是环境的工具。有人说，一定是智力创造了宇宙——嗐，智力从来就没有建造过一台蒸汽机！是环境建造了蒸汽机。智力充其量只不过是一把短小的一英尺长的尺，我们用它来丈量环境的无限成就。

"我可以为你们引用当前的哲学——可是，就我们力所能及的一切而言，今天吸引知识分子的这种自我克制思想，基督对阿纳托尔·法朗士①的胜利，也许再过五十年，就会全部颠倒过来——"他犹豫了片刻，然后补充道，"不过，就我个人力所能及的一切而言——我对于自己的极端重要性，以及让自己认识到那种重要性的必要性——这个聪明而又可爱的格洛莉亚，是天生就知道这些事情的，不仅如此，她还知道，要尝试知道任何事情，是多么痛苦而又徒劳的。

"嗯，我刚才开始跟你们讲我接受的教育，对吗？可是，你们知道，我什么都没有学到，甚至就连关于我自己，也所知甚少。如果我真的学到了什么，那我就应该到死都缄默不语，而且守住我的笔，绝不乱写——就像最明智的人所做的那样——噢，因为某一件事情上的失败——随便说一句，这是一件奇怪的事情。这件事涉及几个怀疑论者，

---

① 阿纳托尔·法朗士（Anatole France，1844—1924），法国诗人、新闻记者和小说家。他生前曾是法兰西学院院士，被认为是最理想的法国文人，1921年获诺贝尔文学奖。他还被普遍认为是普鲁斯特的小说《追忆逝水年华》中叙述者马塞尔的文学偶像贝格特的原型。

他们自认为很有远见，就像你我一样。在你们睡着之前，让我用一种晚祷的方式，来跟你们说说他们吧。

"很久以前，这个世界上所有具有思想和天才的人，都只有一种共同的信仰——也就是说，他们没有信仰。可是，在他们死后几年之内，许多异教、体系和预言都会被归因于自己，而这些东西，他们从来都不曾思考或打算过。每念及此，他们就不胜其烦。于是，他们就彼此约定：

"'让我们联合起来，完成一部伟大的书，它将永世流传，去嘲弄易于轻信的人。让我们说服那些满怀爱欲的诗人，去描写肉体的快乐，诱使一些强健的新闻记者，来撰写著名的男欢女爱的故事。我们还将囊括时下流行的所有最荒谬的老妇故事。接着，我们将挑选在世的最尖刻犀利的讽刺家，从人类朝拜的所有神祇当中，汇编出一个神，这个神将比任何其他的神都更庄严，却又像人一样脆弱不堪，他在全世界都成了一个笑柄——我们将把各种各样的笑话、虚荣、愤怒都归因于他，这样人们就会阅读我们的书，并沉思默想，这样世界上就不会再有更多的废话了。

"'最后，让我们注意，这部书在风格上应当是精华荟萃，唯有这样，作为我们深刻的怀疑主义和普遍性讽刺的见证，它方可流传千古。'

"那些人就这么做了，然后他们便死去了。

"不过，那部书永远地留存了下来，它的文笔是如此的优美，那些思想丰富才情横溢的人们，赋予它的想象又是如此惊人。虽然他们当时忽略了给它取一个名字，但是在他们死后，它便以《圣经》的名字流传于世。"

他说完之后，没有人发表评论。潮湿的夜空中，似乎沉睡着某种倦怠，用魔力把他们全都镇住了。

"就像我刚才说的，我开始讲了我接受教育的经历。可是，指示我快速前进的信号已经熄灭,夜色将尽,很快四处就会响起一种可怕的叽叽喳喳的声音,在树丛中,在房屋里,在车站背后的两个小商店里,而且在接下去的几个小时里,地面上会有很多往返奔波——嗯,"他大笑地总结,"感谢上帝,我们四人都将进入永久的安息,知道由于我们曾经生活于此,而使它变得更为美好。"

一阵微风扬起,送来缕缕生命的气息,天空下万物渐次苏醒。

"你的话变得漫无边际,又没有结论,"安东尼睡意蒙眬地说,"你指望出现一种神奇的启示,你借此在这理应激发一场最理想的讨论的场所,诉说你那些最光芒闪烁而又最富有意蕴的想法。在这个过程中,格洛莉亚沉沉入睡,以此表明她的远见和超脱——我可以肯定这一点,因为她已经把全身的重量,都压在了我这几乎支离破碎的身体上。"

"我让你们觉得无聊了吗?"莫瑞问,一边关切地朝下看。

"没有,你让我们失望了。你射出了许多支箭,但是,你射中了鸟吗?"

"我把鸟留给了迪克,"莫瑞急不可待地说,"我说的话无章可循,内容破碎,相互间无关联。"

"你在我这儿不能引发什么,"迪克轻声含糊地说,"我的头脑里塞满了现实的东西。我现在太想洗一个热水澡,没有心思去想我的作品有多重要,或者我们到底有多可怜。"

黎明初现,河面上空朝东的方向,渐渐泛起了鱼肚白,附近的树上断断续续传来小鸟叽叽喳喳的叫声。

"五点差一刻,"迪克叹了一口气,"差不多还要等一个小时。看啊!已经有两个睡着了。"他指着安东尼,他的眼皮已经耷拉在了眼睛上,"沉睡中的帕奇一家人——"

可是,又过了五分钟,尽管鸟鸣虫叫的声音越发嘈杂了,他自己的头也不禁前倾,往下点去,一下、两下、三下……

只有莫瑞一人还保持清醒,他坐在车站的顶棚上,睁大双眼,疲惫但却专注地凝视着远方初露的晨曦。他浮想联翩,想起各种观念是何等地不切实际,想起生存的华彩正在褪色,想起各种小小的执迷专注,它们悄然而又贪婪地潜入他的生活,就像老鼠钻进房屋的废墟里。他不再为谁感到惋惜——星期一的早晨,他又将投入工作,今后会出现一个来自另一阶层的姑娘,他会成为她整个的生活。这些才是最接近他心灵深处的东西。他曾尝试用这个脆弱而又破旧的大脑来思考,在这逐渐变得明亮的陌生白昼里,这样做看起来傲慢而放肆。

太阳出来了,散发出巨大的光和热。生命出现了,活跃而又喧嚣,就像一群蜜蜂在他们身边飞舞——火车引擎喷出的黑色烟雾,清脆的"全部上车!"的口令,还有响彻耳际的铃声。迷迷糊糊之间,莫瑞看见早班火车里的眼睛好奇地往上看着他,听见格洛莉亚和安东尼之间短暂的争辩,他是否应该跟她一道进城——然后,又是一阵喧闹声,她走了,留下三个脸色苍白如幽灵一般的男人独自站在月台上。这时一个满身污垢的运煤工人,坐在一辆卡车的顶上沿路驶来,在夏日的清晨里,嘶哑着嗓子纵情欢唱。

第三章

断裂的诗琴①

这是八月里的一个黄昏,时间是七点三十分。灰色小屋起居室的窗户依然大大地敞开着,耐心地把室内弥漫着烟酒味的污浊空气,转换成室外沉沉暮色中余热尚存的新鲜而慵懒的气息。空气中散发着缕缕行将凋零的花朵的香味,淡雅、柔弱,仿佛在暗示随着时光的流逝,夏季已成过去。不过,侧面门廊边上千只蟋蟀,仍然在没完没了地宣告着八月的存在,其中还有一只破门而入,秘密地把自己藏在书橱后面,时不时地为自己的聪明和不屈的意志而尖叫。

房间里面一片狼藉。桌子上有一碟水果,虽说是真的,而看上去却像是假的一样。在它的周围,是一堆给人不祥之感的各式酒瓶、玻璃杯和堆积起来的烟灰缸,当中还有袅袅余烟飘向本已浑浊不堪的空气里——整个效果只缺一只骷髅头,就与庄严神圣的彩色石印画极为相像,这曾经是每一个"进行秘密活动的场所"里必不可少的东西,它为纵情享乐的生活增添了愉悦而又令人生畏的感觉。

片刻之后,一个新的声音打断而非加入了那只超级蟋蟀轻快的独奏曲——那是一支用怪异的指法吹奏出来的笛子曲,幽怨而悲切。显而易见,演奏者是在练习而非表演,因为那支被扭曲了的旋

---

① 诗琴(lute),一种形似吉他的半梨形拨弦乐器。

律不时被打断,间歇中能听见一些模糊不清的喃喃自语,之后,笛声又会再次出现。

就在因中断而第七遍即将开始之前,第三个声音加入了这组不和谐的声音当中。这是门外计程车的声音。这声音在沉寂了一分钟之后,再度响起,它渐渐远去的嘈杂声几乎盖过了碎石小径上嚓嚓的脚步声。门铃的尖叫声响彻整个小屋,令人警觉。

一个疲乏不堪的矮小日本人从厨房走进来,一边还匆忙地扣着白色帆布仆人装的纽扣。他打开前面的沙门,让进一位英俊的年轻人。他大约在三十岁上下,穿着那种为人类服务的神职人员特有的服装,给人和善的感觉。他整个的人都带有一种善意的神情:他用一种好奇而又坚定乐观的眼光打量着房间,当他看见田奈时,眼睛里充满着使命感,他要提升这个不信仰上帝的东方人。他的名字叫弗雷德里克·E.帕拉莫尔,是安东尼在哈佛念书时的同学,由于两人姓氏首字母相同,因此在班级里经常被安排在一起,这样自然就有了一些零星的交往——不过从那以后,他们再也没有见过面。

然而,他此番登门入室,看那样子,他今夜是有备而来。

田奈正在回答他的问题。

田奈:(咧嘴笑着,一副巴结的样子)到小酒馆吃饭去啦。再过半个小时回来。六点半就去了。

帕拉莫尔:(看着餐桌上的酒杯)他们有客人吗?

田奈:对,有客人。卡拉梅尔先生,巴恩斯先生和夫人,凯恩小姐,全都在这儿。

帕拉莫尔:明白了。(和善地)他们纵情享乐了一番,我知道。

田奈:我没有听懂。

帕拉莫尔:他们尽情玩乐了一阵子。

田奈:对,他们喝酒了。噢,喝了很多、很多、很多酒。

帕拉莫尔:(小心地转移话题)刚才我走近屋子的时候,是不是这里有音乐的声音?

田奈:(发出一阵咯咯的笑声)是的,我在吹。

帕拉莫尔:是一种日本乐器。

(他显然是订阅了《国家地理杂志》。)

田奈:我在吹笛—子,是日本笛—子。

帕拉莫尔:你演奏的是什么歌?是一首你们日本的曲子吗?

田奈:(他的眉毛荒谬可笑地拧了起来)我在演奏火车进行曲。你们是这样称呼的?——铁路进行曲。在我们国家是这样叫的。就像火车。吹出"索——"的音,表示汽笛声,火车启动了。然后再吹出"索——"的音,表示火车在开,就像这样开。这是我们国家很优美的一首歌曲。儿童歌曲。

帕拉莫尔:听上去是很优美。

(很显然,说到这儿,田奈费了九牛二虎之力,才控制住没冲上楼,去拿他的明信片,包括美国制作发行的那六张。)

田奈:我去给先生倒一杯威士忌加冰块吧?

帕拉莫尔:不用,谢谢。我不喝酒。(他笑了笑。)

(田奈退回到厨房,让中间的一道门微微开着。从那条缝隙里突然再次传来日本火车进行曲的旋律——当然,这一次不是练习,而是演奏,一次兴致高昂、生气勃勃的演奏。

这时,电话响了。田奈完全沉浸在他的音乐中,居然没有听见,于是帕拉莫尔拿起了电话听筒。)

帕拉莫尔:喂……对……不,他现在不在家,但他随时都可能回来……巴特沃斯?喂,我没太听清楚这个名字……喂,喂,喂,喂!……喔!

(电话固执地拒绝再发出任何声音。帕拉莫尔挂断了电话。

这时,计程车的声音再次响起,随之送来第二位年轻人,他拎着手提箱,没有按门铃就打开前门进来了。)

莫瑞：(在门厅里)哦，安东尼！哟嗬！(他走进大房间，看见帕拉莫尔)你是？

帕拉莫尔：(专注地盯着他看)你是——你是莫瑞·诺贝尔？

莫瑞：正是。(他走上前来，微笑着伸出手)你好吗，老伙计？有好些年没有见到你了。

（他隐隐约约地把这张脸跟哈佛联系起来，但是甚至对这一点都不能肯定。那个名字，即便他曾经知道，也早已忘到九霄云外去了。然而，凭借一种高度的敏锐和同样值得赞许的宽厚品德，帕拉莫尔认识到了这一点，并且很巧妙地缓解了一时的尴尬。）

帕拉莫尔：你忘记了弗雷德·帕拉莫尔？我们两人都在罗伯特老叔的历史班上。

莫瑞：没有，我没有忘记，老叔——我是说弗雷德。弗雷德是——我是说老叔是一个了不起的老家伙，是吧？

帕拉莫尔：(多次幽默地点点头)了不起的老家伙，了不起的老家伙。

莫瑞：(停顿片刻之后)对——他的确是。安东尼上哪儿去了？

帕拉莫尔：那个日本仆人告诉我，他到一个小酒馆去了。我想，是去吃晚饭了。

莫瑞：(看着手表)去了很久吗？

帕拉莫尔：我猜是的。那个日本人告诉我，他很快就要回来了。

莫瑞：那我们来喝一杯吧。

帕拉莫尔：不用，谢谢。我不喝酒。(他微微笑着。)

莫瑞：那我喝，你不介意？(他一边拿起酒瓶给自己倒了一杯，一边还打着哈欠。)你大学毕业后都在做些什么？

帕拉莫尔：噢，做了很多事情。我过着一种很活跃的生活，四处漫游。(他的口吻仿佛在说，从追逐名流到有组织的犯罪，他什么都做过。)

莫瑞：噢，那去过欧洲吗？

帕拉莫尔：没有，我没去过——很遗憾。

莫瑞：我估计用不了多久我们都会去。

帕拉莫尔：你真的这样想吗？

莫瑞：当然，两年多来，新闻报道中追求轰动效应的那些题材，成了整个国家的精神食粮。大家都变得焦躁不安，都想去找点乐子。

帕拉莫尔：这么说来，你不相信有什么理想处于生死存亡的境地了？

莫瑞：没有什么是大不了的。人们常常是想找一些刺激。

帕拉莫尔：（专注地）听你这么说，的确很有趣。我最近刚跟一个去过那儿的人聊过——

（接下去的证据，留给读者用这样的词语来填充，比如"他亲眼目睹"，"卓越的法兰西精神"，还有"对文明的拯救"等等，莫瑞端坐在那儿，兴致索然，备感无聊，眼皮都耷拉下来了。）

莫瑞：（抓住第一个可能的机会）顺便问一句，你知道就在这屋子里，有一个德国间谍吗？

帕拉莫尔：（谨慎地微笑着）你是认真的吗？

莫瑞：绝对认真。觉得提醒你，是我的责任。

帕拉莫尔：（信以为真地）是一位家庭女教师吗？

莫瑞：（用大拇指指着厨房，轻声耳语）田奈！这不是他的真实名字。我了解到，他经常收到寄给埃米尔·塔纳恩鲍姆中尉的信。

帕拉莫尔：（热诚宽容地大笑）你在跟我开玩笑吧。

莫瑞：我也许错误地指控他了。不过，你还没有告诉我一直都在做什么呢。

帕拉莫尔：就是一件事——写作。

莫瑞：写小说？

帕拉莫尔：不，不是小说。

莫瑞：那是什么？一种一半是虚构一半是事实的文学作品？

帕拉莫尔：噢，我让自己仅限于写事实。我做了不少社会服务工作。

莫瑞：噢！

（他的眼睛里立即流露出一丝怀疑，帕拉莫尔这么说，就好像在宣称自己是业余扒手一样。）

帕拉莫尔：眼下我在斯坦福德①做一些服务工作。上周才有人告诉我，安东尼·帕奇住得这么近。

（他们的谈话被屋外的一阵喧嚣声打断，然后进来了一群人，有安东尼、格洛莉亚、理查德·卡拉梅尔、穆瑞尔·凯恩、雷切尔·巴恩斯和罗德曼·巴恩斯。他们都涌到莫瑞身边来了，毫无逻辑地用"很好！"来回答他一般性的问候"你好"……与此同时，安东尼则走向他的另一位客人。）

安东尼：噢，我太惊奇了。你好吗？见到你真是太高兴了。

帕拉莫尔：见到你，我很高兴，安东尼。我被派驻在斯坦福德，所以，我想该过来拜访。（调皮地）多数时候，我们都得跟魔鬼作战，所以我们有资格享受几个小时的休假。

（安东尼极度痛苦地想要集中精神，回忆起他的名字。好似经过一阵临产前的阵痛，他的记忆终于带来了一小块碎片"弗雷德"，他围绕着这个名字仓促地造起了句子来，"太高兴了，你有资格享受，弗雷德！"同时，在客人中间出现了介绍前的短暂安静。本来莫瑞是可以帮上忙的，不过，他宁可袖手旁观，不怀好意地等着看热闹。）

安东尼：（绝望地）女士们先生们，这是——这是弗雷德。

穆瑞尔：（因热情而显得轻浮）你好，弗雷德！

（理查德·卡拉梅尔和帕拉莫尔用各自的名字，亲密地互致问候，后者回忆起来，迪克是他班上从来都懒得跟他说话的同学之一，而迪克则不切实际地想象，帕拉莫尔是他先前在安东尼家里遇

---

① 斯坦福德（Stamford），美国康涅狄格州西南部城市。

见过的什么人。

　　（三位年轻女郎上楼去了。）

莫瑞：（低声对迪克说）自从安东尼的婚礼以来，就一直没有见过穆瑞尔了。

迪克：她现在正处于高峰时期。她最新的口头禅是"我就说嘛!"。

　　（安东尼挣扎着跟帕拉莫尔聊了一会儿，终于通过请每个人都来喝一杯，而让他们之间的谈话变得笼统起来。）

莫瑞：这瓶酒我已经喝了不少，从"标准酒精度"喝到了"酿酒厂"。

　　（他指着酒瓶标签上的字。）

安东尼：（对着帕拉莫尔）从来都不知道这两个人什么时候会出现。一天下午五点钟刚跟他们道别，第二天早上两点钟他们又出现了。他们从纽约包了一辆大旅行车，一直开到了家门口，两个人从里面走出来，当然，已喝得酩酊大醉。

　　（帕拉莫尔手里拿着一本书，凝视着书的封面，流露出一种强烈的敬重之情。莫瑞和迪克彼此交换了一个眼神。）

迪克：（若无其事地转向帕拉莫尔）你在这儿的小镇上工作？

帕拉莫尔：不，我在斯坦福德的莱德街社会服务机构里工作。（转向安东尼）你无法想象，在康涅狄格州这样的小镇上，贫困人口的数量有多大。意大利人和其他移民。你知道，多数都是天主教徒，所以要接近他们是很难的。

安东尼：（礼貌地）很多犯罪吗？

莫瑞：我的理论是这样的：立即用电刑处死所有无知和肮脏的人。我完全支持罪犯——他们给生活增添色彩。问题是如果你开始惩罚无知，你就得从第一家庭着手，然后你就可以拘捕电影圈的人士，最后是国会议员和教士们。

帕拉莫尔：（不自在地笑了笑）我是说那些更低层次上的无知——甚至是指连我们的语言都不懂。

莫瑞：(若有所思地)我想这相当艰难。连新诗的潮流甚至都跟不上。

帕拉莫尔：只有在服务机构工作了好几个月之后，我们才意识到情况有多糟糕。就像我们的秘书跟我说的，只有在洗手的时候，你才会发现指甲有多脏。当然，我们已经吸引了很多注意力。

莫瑞：(粗鲁地)就像你们的秘书可能会说的，要是你把纸塞进炉膛里，炉火一瞬间会烧得很旺。

　　　(这时，格洛莉亚重新加入到他们之中，她光鲜亮丽，渴望着得到众人的赞赏和欢娱，她的身后跟着两个朋友。有好一会儿，大家的谈话完全变得支离破碎。格洛莉亚把安东尼叫到一边。)

格洛莉亚：请一定不要喝多了，安东尼。

安东尼：为什么？

格洛莉亚：因为要是你喝醉了，你就变得头脑那么简单。

安东尼：天啊！现在到底是怎么回事？

格洛莉亚：(停顿了一会儿，她冷静地盯着他的双眼)好几件事情。首先，你为什么坚持要为每一样东西付账？那些男人都比你有钱！

安东尼：怎么啦，格洛莉亚！他们是我的客人！

格洛莉亚：这也不是理由，你为什么要为雷切尔·巴恩斯摔碎的一瓶香槟付账。迪克本来要去为第二辆计程车付费，而你却不让他付。

安东尼：怎么啦，格洛莉亚——

格洛莉亚：当我们甚至为了付账都得不停地卖出债券时，早就该减少一些过度的慷慨了。再说，我对雷切尔·巴恩斯也不会那么无微不至地关心。她的丈夫也并不比我更喜欢这样！

安东尼：怎么啦，格洛莉亚——

格洛莉亚：(刻薄地模仿他)"怎么啦，格洛莉亚！"但是，这个夏天，这样的事发生得有点太频繁了——对遇见的每一个女人，你都是这样。这已变成了一种习惯，我不会再容忍下去了！如果你可以去拈花惹草，我也可以。(然后，又补充道)顺便说一句，这个叫弗雷德的人，不会是第二个乔·赫尔吧？

安东尼：天啊，绝不会！他来很可能是想让我从祖父那里花言巧语骗一些钱来给他的教会。

（格洛莉亚转身离开极度沮丧的安东尼，回到客人们中间。

到九点钟的时候，客人们可以分为两类——那些一直不停地喝酒的人，还有那些喝得很少或者几乎滴酒不沾的人。第二类人中有巴恩斯夫妇、穆瑞尔和弗里德里希·E. 帕拉莫尔。）

穆瑞尔：我希望我会写作。我有种种想法，但好像永远都不能把它们写下来。

迪克：正如歌利亚所说，他理解大卫的感觉，可他就是无法表达自己。这句话很快就被非力士族人奉为格言。①

穆瑞尔：我没有明白你的意思。我老年时肯定会变得迟钝。

格洛莉亚：（像一个快乐的天使，不时穿梭于客人们中间）要是有谁饿了，餐厅的桌子上有一些法式馅饼。

莫瑞：真是受不了流行起来的那些维多利亚风格的设计。

穆瑞尔：（被逗得乐不可支）我得说，你喝醉了，莫瑞。

（她的内心依然是为众多过往牡马的蹄子提供的一条马路，希望它们的铁蹄在黑暗中能擦出一朵浪漫的火花⋯⋯

巴恩斯和帕拉莫尔两位先生，正在就一个严肃健康的话题，进行一场冗长的对话。这话题实在太过严肃健康了，巴恩斯先生多次想偷偷溜走，融入到客厅中间长沙发那儿乌烟瘴气的氛围中去。帕拉莫尔是出于礼貌或是好奇，还是为了今后某个时候，就美国生活的腐化写一份社会报告，反正他究竟出于何等目的逗留在灰色小屋里，还是让人难以捉摸。）

---

① 歌利亚（Goliath）：基督教《圣经·旧约》的《撒母耳记上》中记载的人物，他是非力士族的巨人，后为大卫所杀。

莫瑞：弗雷德，我想象你是一个心胸很开阔的人。

帕拉莫尔：我的确是的。

穆瑞尔：我也是的。我认为每一种宗教都是一样好的，以及诸如此类的。

帕拉莫尔：所有的宗教都有某些好的方面。

穆瑞尔：我是一名天主教徒，但是，正如我常说的那样，我并不在这方面下工夫。

帕拉莫尔：（突然迸发出一种极大的宽容）天主教是一个非常——一个非常强大的宗教。

莫瑞：嗯，这样一个心胸开阔的人应该考虑到，这杯鸡尾酒里所包含的提升情感境界和激发乐观精神的作用。

帕拉莫尔：（接过酒杯，蔑视地）谢谢，我来试———杯。

莫瑞：就一杯？简直让人不能容忍！我们现在是一九一零届同学的聚会，而你竟然拒绝一醉方休。得了吧！

"祝查尔斯国王健康，

祝查尔斯国王健康，

把你夸耀的大腕拿来——"

（帕拉莫尔加入到合唱中来尽情歌唱。）

莫瑞：把酒杯倒满，弗雷德里克。你知道，我们做每件事情，都得服从自然的目的，而她现在要你做的，就是变成个喧闹的醉鬼。

帕拉莫尔：要是一个人能够像一位绅士那样喝酒——

莫瑞：那么，绅士到底是什么？

安东尼：是一个从来都不把徽章别在外套翻领下面的人。

莫瑞：胡说！要看一个人的社会地位，就看他吃的三明治里有多少面包。

迪克：绅士是喜欢初版书胜过末版报纸的人。

雷切尔：是一个从不扮演瘾君子的人。

莫瑞：是一个能骗英国管家，使他相信自己是个绅士的美国人。

穆瑞尔：是一个出自名门的人，他在耶鲁或者哈佛或者普林斯顿念过书，又有钱，舞又跳得棒，以及诸如此类的。

莫瑞：终于——有了一个完美的定义。红衣主教纽曼①的说法现在已经过时了。

帕拉莫尔：我想，我们应当心胸更为开阔地来看待这个问题。亚伯拉罕·林肯不是说过，绅士就是行事从不为他人招致痛苦的人？

莫瑞：我相信，这是鲁登道夫将军②说的。

帕拉莫尔：你显然是在开玩笑。

莫瑞：再来一杯吧。

帕拉莫尔：我不能再喝了。（压低声音对莫瑞耳语）要是我告诉你，这是我这辈子第三次喝酒，你会怎么想？

（迪克打开留声机，这让穆瑞尔立马站了起来，左右摇摆。她的双肘紧贴着胸肋处，前臂与身体垂直，像展开的鱼鳍。）

穆瑞尔：噢，让我们卷起地毯来跳舞吧！

（对于这个建议，安东尼和格洛莉亚两人都在心底里暗自抱怨，无奈地苦笑着默许了。）

穆瑞尔：快过来，你们这些懒骨头。快起来，把家具往后搬。

迪克：等我喝完这杯酒。

---

① 纽曼（John Henry Newman，1801—1890），英国十九世纪著名神学家，"牛津运动"的领导人。他在《大学的理想》中有关于绅士的言论，他说："一个人行事从不为他人招致痛苦，则称之为绅士，亦相去不远了。"
② 鲁登道夫将军（General Ludendorff，1865—1937），德军将领、政治家，信奉社会达尔文主义，相信战争是人类社会的基础，在一个所有的资源都必须调动起来的社会，军事独裁是政府的常规形式。帕拉莫尔错把纽曼的名言说成是出自林肯之口，而莫瑞则故意说是鲁登道夫将军所说。

莫瑞：(决意要在帕拉莫尔身上不达目的誓不罢休)让我告诉你该怎么办。我们每人都加满一杯酒，喝完，然后来跳舞。

   (抗议如一阵波浪，撞上莫瑞那坚如磐石的执拗，四下迸溅。)

穆瑞尔：我现在连头都开始旋转了。

雷切尔：(小声对安东尼说)格洛莉亚告诉你要离我远点吗？

安东尼：(困惑地)怎么会呢，当然没有，绝对没有。

   (雷切尔对他莫测高深地笑了笑。两年的时间让她拥有了一种冷峻含蓄而又穿戴得体的美。)

莫瑞：(端起酒杯)为民主的溃败和基督教的没落干杯！

穆瑞尔：现在果真如此！

   (她向莫瑞投去假装责备的一瞥，然后开始喝酒。

   他们全都在喝，有人喝得轻松，有人喝得艰难，程度不一。)

穆瑞尔：来清扫地板吧！

   (看来这个过程无法避免，安东尼和格洛莉亚只能加入其中，一起开始大规模地搬动桌子，堆放椅子，卷起地毯，在这个过程中，还损坏了几盏灯。家具终于被乱糟糟地靠边堆放好，这时屋子中间终于腾出了一块约八英尺见方的空间。)

穆瑞尔：噢，开始放音乐吧！

莫瑞：田奈将为我们演奏眼耳鼻喉专家的情歌。

   (因田奈已回房间休息而引发了一阵混乱，这当中演奏的各项准备陆续安排就绪。这个身着一套睡衣裤的日本人，手里拿着笛子，被人裹在一条羊毛毯里，放到摆放在一张桌子上的椅子里，他坐在上面，为大家呈现出一幅可笑而怪诞的景象。帕拉莫尔已经明显有些醉了，有个怪念头令他狂喜不已，那就是他通过模仿幽默画报上蹒跚而行的动作，甚至是壮着胆子偶尔打个响嗝，无疑在增加醉酒的效果。)

帕拉莫尔：(对着格洛莉亚)想跟我跳舞吗？

格洛莉亚：不，先生！我想跳天鹅舞。你会跳吗？

帕拉莫尔：当然，所有的舞都会跳。

格洛莉亚：那好啊。你从那边开始跳，我从这边开始。

穆瑞尔：让我们开始吧！

（然后，喧闹在不知不觉中到来，仿佛从杯中朝外尖叫：田奈沉浸在那令人费解的火车歌中，悲伤的"嘟—嘟—嘟"的声音把它忧郁的节奏，与留声机里播放的《可怜的蝴蝶在花前等候》中的"叮—啊—叮"的声音，混杂在一起。穆瑞尔已经笑得没有了力气，只能瘫软地靠在巴恩斯身上，而他正用一名军队将领的僵硬姿势在跳舞，给人不祥之感，毫无情趣和幽默地在那块狭小的空间里踏步。安东尼则试着听清雷切尔的窃窃私语——同时还不能引起格洛莉亚的注意……

可是，一件荒唐的、不可思议的历史性事件就要发生，在这类事件中，生活仿佛在狂热地模仿最低层次的文学作品。帕拉莫尔一直在试图模仿格洛莉亚的舞步，当喧闹声达到顶点时，他便开始一圈一圈地疯狂旋转，越来越晕——他跌跌撞撞，旋即恢复常态，然后又踉踉跄跄，最后终于朝着门厅的方向栽倒……几乎栽在老亚当·帕奇的怀里。由于屋内一片喧嚣吵闹，几乎没有人觉察到他走进了屋子。

亚当·帕奇脸色苍白。他挂着一根拐杖。和他在一起的，是爱德华·夏特沃斯，也正是此人抓住了帕拉莫尔的肩膀，使他跌倒的方向偏离了德高望重的慈善家。

让安静像令人恐怖的棺罩一样，重新降临于这间屋子，估计需要两分钟的时间，不过，在这之后很短的时间里，留声机便戛然而止，日本火车歌的最后几个音符也从田奈的笛子里零星飘出。在这九个人当中，只有巴恩斯、帕拉莫尔和田奈不知道来者的身份。在这九个人当中，却没有一个人知道，当天上午亚当·帕奇为全国禁酒事业,捐赠了五万美元。

屋子里越来越浓的静寂气氛,要等到帕拉莫尔来打破。就在他说出下面这句让人难以置信的话时,他生命中最为堕落的时刻到来了。

帕拉莫尔:(手脚并用快速地爬向厨房)我不是这里的客人——我在这里工作。

(静寂再次降临——因令人难以忍受的、具有传染性的恐惧,而变得如此深厚,如此沉重,雷切尔忍不住神经质地咯咯轻笑了一声,迪克则发现自己翻来覆去地默念着斯文伯恩的一行诗,它竟荒谬地与此时的情景十分吻合:

"一朵凄凉凋零之花无臭无味。"

安东尼的声音打破了这片静寂,他清醒而紧张,在向亚当·帕奇说着什么。随后,连这点声音也消失了。)

夏特沃斯:(感情冲动地)你的祖父觉得,他该开车过来看看你的屋子。我从拉伊打来过电话,并且留下口信。

(又是一阵停顿,不知从何处,又是何人,发出了一连串轻微的喘息声。安东尼脸色苍白,格洛莉亚双唇微启,直盯着老人,紧张而又充满恐惧。房间里再无一丝笑声。一丝都没有吗?难道"十字帕奇"那张拉长了的嘴,不是颤抖着微微张开,露出了两行整齐细长的牙齿?他说话了——吐出五个温和而简单的单词。)

亚当·帕奇:我们 现在 就 回去,夏特沃斯——

(就这样结束了。他转过身,在拐杖的协助下走过门厅,再穿过前门,走了出去。在八月的月色下,他步履蹒跚,嘎吱嘎吱地踩在碎石小径上,发出地狱般令人惊恐的不祥之音。)

回顾

  在这种极端状态下，他们就像鱼缸里的两条金鱼，里面所有的水已被抽干，他们甚至都不能游过中间的距离，游到彼此的身边。

  到五月，格洛莉亚就二十六岁了。她曾经说，她什么都不需要，除了永葆青春和美丽，享受快乐和幸福，拥有金钱和爱情。她渴望得到的东西，也是绝大多数女人都渴望的，只不过她要得更强烈而热切。她结婚已经两年多了。最初的日子宁静平和，两人心心相印，这日子逐渐上升到为相互拥有而心醉神迷和骄傲自得。其间，间或也会零星夹杂着一些怨恨，一般持续短暂的一小会儿，不消一个下午，他们就把不快忘得一干二净。这种状况持续了大约有半年。

  然后，那份宁静，那份满足，渐渐变得不那么令人欣喜，变得有些暗淡了——只有在极少情况下，在嫉妒的刺激下，或是被迫分离，原来的那种心荡神驰的感觉，如明显的灵魂交流，情感激动，才会重现。对于她而言，现在有可能会恨上安东尼整整一天，不计后果地对他感到愤怒，长达一周之久。相互责备已经取代了绵绵爱意，成了两人的一种嗜好，近乎是一种消遣。有多少个夜晚，他们入睡时试图记住的是，谁发怒了，第二天早晨起来时，谁应该表现冷淡。就在第二年即将结束之际，出现了两个新元素。格洛莉亚意识到，安东尼可以做到对她表现得完全无动于衷。这是一种暂时性的冷淡，多半属于半昏睡状态，但是她再也不能用呢喃耳语，或者某种表示亲密的温柔微笑，把他从中唤醒。有些日子，她的爱抚令他感到窒息。她心里对这些事情都一清二楚，但从来不愿意向自己完全承认。

  只是到最近她才感觉到，尽管自己依然崇拜他，为他争风吃醋，为他吃苦受累，为他感到骄傲，但是她本质上是鄙视他的——而她的轻蔑与其他多种情感混杂在一起……所有这些都是她的爱——那是一种生气勃勃的女性幻觉，在许多个月之前，在一个四月的夜晚，正是它把她的爱引向了他。

从安东尼的角度来说，尽管她拥有这些品质，她仍然是唯一能占据他全部身心的人。一旦失去了她，他会心灰意懒，消沉落寞，终日沉溺在对她的回忆中，悲惨而伤感地度过余生。假如一整天都是单独跟她在一起，他也很少会从中获得快乐，除非不时有第三者在场，他更喜欢这样。有过多次，他觉得，要是不让他独自一人待着，他会发疯的——还有好几次，他对她简直是痛恨不已。在喝醉了的时候，他会短暂地被其他女人吸引，他那一直处于压抑状态的风流本性，唯有此时才会偶露真容。

那个春天，还有那个夏天，他们一起憧憬着未来的幸福——他们将怎样从一个避暑圣地旅游到另一个，最终再回到一个奢华的庄园里，或许还有一群闲适恬静的孩子，然后，再进入外交界或者政界，一时间成就一番宏图伟业。最后，在两鬓斑白之际（是那种如丝绸般美丽的白发），这对佳偶将在宁静的荣耀中悠闲度日，受到这片土地上中产人士的顶礼膜拜……这样的大好日子，是从"我们有钱之后"开始的，他们的希望也正是建立在这类梦想之上。越来越没有规律的放荡奢靡的生活，并未能给他们带来任何满足感。在那些灰暗的早晨，当前一天晚上的俏皮话已经萎缩成毫无智慧或尊严的粗俗幽默时，他们又会勉强搬出这套共同的希望，逐一细数，然后相视一笑，最后的结论无非是重复格洛莉亚那句藐视一切的"我不在乎！"，这话简洁而真诚，颇得尼采学说的真谛。

时光流逝，诸事的变化已变得可被感知了。钱的问题越发令人烦恼，越发给人不祥之感。他们还意识到，对于他们的娱乐，酒精事实上已成了必需品——在一百年前的英国贵族社会，这并不是什么非同寻常的现象，但是在一个日趋节制和检点的文明当中，却有些令人忧虑。再说，他们两人在毅力方面，好像隐隐约约都比以往更显脆弱，这倒不是表现在行为上,而主要在对周遭文明的微妙态度上。在格洛莉亚身上,已经出现了她迄今为止从不需要的某种东西——这就是她痛恨已久的道德良知,其框架虽然有待完善,但却是毫无疑问地存在着。让她自己接纳这个东西,恰好是与另一件事不谋而合,那就是她自身的勇气在缓慢衰退。

于是,就是在亚当·帕奇出其不意的造访过后,在一个八月的早晨,他们醒来时恶心呕吐,疲倦乏力,对生活心灰意冷,只剩下了一种无处不在的情感——恐惧。

恐慌

"怎么办?"安东尼坐在床上,朝下看着她。他的嘴角因沮丧而下垂,声音拘谨而空洞。

她的回答是把手举到嘴边,然后,开始缓慢而精准地一点一点轻咬着手指。

"我们完蛋了,"一阵停顿之后,他说道,可她依然一言不发,他变得有些气急败坏了,"你为什么不说点儿什么?"

"你到底想要我说些什么?"

"你在想什么?"

"什么也没想。"

"那就停止咬你的手指!"

接下去是一段短暂而混乱的讨论,是关于她究竟有没有在想什么。在安东尼看来,对于昨天晚上的那场灾难,她应当把所思所想大声说出来,这似乎是最重要的。她的沉默是一种方法,就是要让他来承担责任。从她的角度来说,她看不出有什么说话的必要——此时此刻她需要的,就是像一个精神紧张的孩子一样咬她的手指。

"我得去面对祖父,收拾好这该死的残局。"他心神不安地说,不太能够令人信服。他用了"祖父"而不是"爷爷",这字眼隐约流露出一丝新生的敬意。

"你做不到,"她生硬地断言,"你永远——都做不到。只要他在世一天,他就绝不会原谅你。"

"也许不会,"安东尼痛苦地表示赞同,"尽管如此——或许我还可以通过什么悔过自新之类的事,来洗心革面,重新做人——"

"他看上去生病了,"她打断了他,"脸色苍白得像面粉一样。"

"他就是生病了。我三个月以前就告诉了你。"

"我真希望他上星期就死掉了!"她气急败坏地说,"这个不体谅别人的老糊涂!"

他们俩谁都没有笑。

"不过,我还是要说,"她心平气和地补充,"要是下次我再看见你跟哪个女人逢场作戏,就像你昨天晚上跟雷切尔·巴恩斯那样,我就要离开你,就像——那——样!我绝不会再容忍下去!"

安东尼不寒而栗。

"噢,别无理取闹了,"他提出抗议,"你知道,对于我来说,这个世界上除了你之外,不存在任何女人——一个都不存在,亲爱的。"

他试图用一种温柔的语调,但令人难受地失败了——更迫在眉睫的危险已悄悄地回到了前台。

"如果我去见他,"安东尼表示,"适当地引用圣经上的话,说什么我在不义之路上滑得太远了,终于看见了光明——"他停了下来,带着一种怪异的表情瞥了瞥妻子,"我不知道他会怎样做?"

"我不知道。"

她在琢磨,那些客人是否足够敏感,会在早饭之后就马上离开。

过了整整一个星期的时间,安东尼才鼓足了勇气去塔里顿。此行前景暗淡,令人生畏,假如他是独自一人,一定会无法成行的——如果说他的意志在过去的三年里已变得薄弱,那么他抵抗被人催促驱使的力量也不例外。格洛莉亚强迫他去。她说，等上一个星期，是再好不过的了，因为那将会给祖父一段时间，用来平息他强烈的敌对情绪——可要是等得再长，就会是一个错误——这样只会使事情变得更加棘手。

他战战兢兢地出发了……结果无功而返。夏特沃斯愤怒地说，亚当·帕奇身体不适。他已经给出明确指示，说任何人他都不见。在这位前"杜松子酒瘾者"的怒视之下，安东尼不禁勇气顿失。他悄悄地溜出门走向计程车，几乎是落荒而逃——直到他登上火车之后，才稍微恢复了些许自尊心。他像个男孩一样，为自己终于逃进了奇妙的宫殿而兴高采烈，这宫殿依然矗立在他的想象世界里，光芒闪烁，给他带来无尽的慰藉。

当他回到玛丽埃塔时，格洛莉亚报之以轻蔑和嘲笑。他为什么没有强行闯入？要是她，就会这样做！

他们俩共同草拟了一封给老人的信，在反复斟酌修改之后，终于把信寄走了。这信里写的，半是道歉，半是捏造的借口。他们没有收到回信。

时间转眼到了九月。这一天时晴时雨，阳光了无暖意，阵雨更乏清新。就是在这一天，他们离开了那幢见证了他们爱情之花的灰色小屋。房间里物品已经装箱打包，四只旅行箱和三只巨大的板条箱堆放在那里。两年前，就是在这间屋子里，他们曾懒洋洋地舒展着四肢，信马由缰地做着美梦，那是多么遥远、倦怠而又心满意足的日子。寂寥落寞之感回荡在屋子里。格洛莉亚身穿一件崭新的棕色滚毛皮边的裙装，悄无声息地坐在一只旅行箱上，安东尼一边吸着烟，一边神情紧张地来回踱步。他们正在等候卡车，把东西拉回城里去。

"那些是什么？"她问，指着堆放在一个板条箱上的几本书。

"是我以前的集邮册，"他怯生生地坦承，"我忘记把它们装箱了。"

"安东尼，一直把它们随身带着东奔西走，多傻啊。"

"嗯,去年春天,我们离开公寓的那天,我正好在翻阅它们,于是决定不寄存了。"

"你就不可以卖掉吗?我们家的废旧杂物还不够多吗?"

"很抱歉。"他低声下气地说。

随着一声如雷鸣般震耳的巨响,卡车开到了门口。格洛莉亚不屑一顾地朝四壁挥了挥拳头。

"要离开这个地方,我太高兴了!"她大声叫道,"太高兴了。哦,天啊,我多痛恨这幢屋子!"

于是,这位光彩照人的漂亮女郎,跟她的丈夫一道上纽约去了。在那列载着他们离开的火车上,他们发生了争吵——她尖酸刻薄的话语,正如他们一路上经过的车站一样,频繁出现,有一定的规律性,而又无从避免。

"别发脾气了,"安东尼可怜地央求她,"毕竟除了彼此,我们已经一无所有了。"

"多数时候,我们甚至连这也没有。"格洛莉亚嘟囔道。

"我们什么时候没有了?"

"很多时候了——是从雷德盖特镇车站月台上的那件事开始的。"

"你不会是想说——"

"不,"她冷漠地打断了他,"我并非对此事耿耿于怀,但它自己会在我的脑海里反复出现,之后又消失——而当它消失的时候,同时也带走了些什么。"

她出其不意地停了下来。安东尼木然地呆坐着,迷惘困顿,抑郁消沉。车窗外了无生气的景象,一站接着一站,从马玛罗莱克镇,经过拉奇蒙特镇,到拉伊镇,再到佩勒姆庄园,中间是萧瑟贫瘠的荒地,徒然摆出一副乡村的样子。他回忆起一个夏天的早晨,他们俩是怎样从纽约出发去寻找幸福的。也许,他们从来就没有期望会找到,然而,寻求本身就比他所期望过的任何事情都更加快乐。生活似乎必须是在一个人周围布置的道具——否则就会是一场灾难。生活中没有安宁,没有静谧。他曾经徒然地渴望漂泊和梦想,漂泊却只会陷入漩涡,梦想也只会让美梦成为难以置信的噩梦,满是优柔寡断和悔恨内疚。

佩勒姆!他们曾在佩勒姆发生争吵,因为格洛莉亚非要驾驶汽车。当她把小脚踩在油门上时,车子仿佛勇气十足地冲了出去,他们两人的头都往后仰去,像被一根绳子牵拉着的木偶。

布朗克斯——成群的房屋在阳光下光芒闪烁,夕阳穿过广阔无垠的灿烂天空,沿着车水马龙华灯初上的街道渐渐西沉。他认为,纽约就是家——这个奢华而神秘的城市,充满着荒谬的希望和奇异的梦想。在这座城市的近郊,荒谬的水泥宫殿矗立在凄清的晚霞中,仿佛在清冷的虚幻中作瞬间停留,然后向远处滑行而去,继而被让人迷惑困顿的哈莱姆河所接替。火车在渐浓的暮色中,越过上东区五十多条欢快而繁忙的街道,或凌空而过,或穿行其间。当这些街道次第从车窗边掠过时,每一条都像巨轮辐条之间交替出现的间隙,每一条都富有生气和色彩,红砂小巷上的穷孩子们,就活泼泼的蚂蚁一样,成群结队,东奔西跑,极度兴奋。在贫民区那些经济公寓的窗口上,斜倚着身材滚圆矮胖的母亲,她们恍如这片污浊天空中的群星。这里的女人有的像瑕不掩瑜的深色珠宝,有的如蔬菜,有的则好似装满脏衣服的大洗衣袋。

"我喜欢这些街道,"安东尼大声说,"我总是觉得,这是专门为我而上演的一出戏,仿佛在我经过的那一刻,他们全都停止了跳跃和欢笑,相反,变得非常忧伤,记起他们是多么贫穷,于是垂着头缩回到自家的屋子里去了。你常常会在海外感受到这种效果,但很少在这个国家。"

在一条两侧高层建筑林立的繁忙街道上,他在一排商店的招牌上,看到十多个犹太人的名字。在每一家店的门口,都站着一个肤色黝黑身材矮小的男人,专注地打量着每一个过往行人——那双眼睛里交替闪烁着怀疑、骄傲、明晰、贪婪和洞彻。在纽约——他现在已无法把这座城市与犹太民族的悄然崛起相分离——那些小店不断地成长、扩张、巩固、搬迁,由老鹰般的眼睛看守着,由蜜蜂般的辛勤事无巨细地经营着——它们遍布城市各处。这足以令人印象深刻——客观地说,这令人震撼。

这时,格洛莉亚的声音奇异而又适宜地响起,打断了他的思绪。

"我在想布勒克曼这个夏天会待在哪儿。"

公寓

在充满自信的青春过后,到来的是一段极度纷繁芜杂的日子,让人难以忍受。对于冷饮小卖部的售货员而言,这段时间太过短暂,几乎可以忽略不计,而社会地位更高的人,则尝试与它始终保持良好的关系,维持对正直"不切实际"的信念,用这样的方法来让它持续得更长久一些。可是,当一个人快到三十岁的时候,这件事就会变得过于错综复杂,此前迫在眉睫令人困扰的事情,逐渐显得遥远而黯淡。例行公事的做法出现在生活中,犹如暮色降临在荒芜崎岖的地面上,让它看上去柔和,进而变得可堪忍受。这种纷繁芜杂过于微妙,也过于变化多端。每每生命力受到损伤,其价值就随之发生彻底变化。这样的情况开始出现,即我们再也不能从过去的经验中吸取教训,用以面对未来——于是,我们不再冲动,不再能够被说服,不再对严格符合道德的事情产生兴趣。我们用对行为的规范,来取代对完美的信念,把安全看得重于浪漫,在不知不觉中变得讲究实际了。最后,只剩下少数人,能持之以恒地关注相互之间关系的细微差异——而就是这少数人,也只是在为这项任务设定的特定时间内,方能如此。

安东尼·帕奇已经不再是一个追求精神历险,具有好奇心的人,而是逐渐变成了一个抱有偏见和成见的人,渴望在情感上不再心神不安。

这种循序渐进的变化，是在过去几年间发生的，因一系列令人伤神焦心的事件而加速。首当其冲的，是一种荒废感，这种感觉总是蛰伏在他的内心，现在因他的处境而被唤醒。在他缺乏安全感的时候，有一种暗示时常萦绕在心际，那就是，也许生活毕竟是有意义的。在他二十岁刚出头的时候，他坚信所有的努力皆徒劳，放弃才是明智之举，后来他尊崇的哲学，与莫瑞·诺贝尔的交往，以及后来与他妻子的共同生活，无不令他对此深信不疑。可是，生活中也还存在着这样的情况——比如，在他邂逅格洛莉亚之前，以及当他的祖父提出他应该去国外，当一名战地记者的时候——那时，他心中的不满几乎驱使他采取积极的行动。

在他们最后一次离开玛丽埃塔之前，他在不经意间翻阅哈佛校友通讯时，发现上面一个栏目报告了在毕业之后的这六年里，他的那些同学都做了一些什么。大多数人都在从商，这是事实，有几位正在感化中国或美国的异教徒，让他们皈依某个混乱不清的新教教派。不过，他还发现了有几位正在从事具有建设性的工作，这既非闲职，又非例行公事。比如，卡尔文·博伊德尽管刚从医学院毕业没有多长时间，但是已经发现了一种治疗斑疹伤寒的新方法，他已远渡重洋，去缓和列强的文明给塞尔维亚造成的伤害。还有尤金·布朗逊，他在《新民主》上发表了一系列文章，被誉为一个思想超越了庸俗时尚和大众歇斯底里的人。还有一位名叫戴利的人，他因在课堂上宣扬马克思主义，被一所颇为注重道德名声的大学暂停了教职。在艺术、科学和政治等各个领域，他都发现了正在脱颖而出的正宗校友——就连那个橄榄球队踢四分卫的赛弗伦斯，也随外国军团在法国马恩河壮烈优雅地献出了生命。

他放下手中的杂志，这些各不相同的人让他沉思良久。在身心健全的日子里，他也许会坚持为自己的人生态度辩护到底——身为一名处于理想状态的伊壁鸠鲁主义者，他也许会大声宣称，奋斗就是为了信仰，信仰就是为了限制。他宁可成为按时去教堂做礼拜的人，因为获得永生的远景令他感到满足，正如他会考虑进入皮草行业，因为剧烈的竞争会让他无暇顾及自己快乐与否。可是，现在他不再有这些细微的顾虑了。这个秋天，在他刚刚步入二十九岁之际，他倾向于将自己的心灵对许多东西关闭，避免深究动机和最初的原因，而且在许多时候，他强烈渴望从这个世界上和从他自己这里得到安全感。他痛恨独处，就像前面已经提到的，他还常常反感独自跟格洛莉亚待在一起。

由于祖父的意外造访，在他面前打开了一道深深的裂痕，随之而来的，还有他对自己近来生活方式的强烈厌恶，于是，在这个突然变得敌对陌生的城市里，他不可避免地应该四处去寻找，那些曾经看来是最温暖又最安全的朋友和环境。他的第一步就是不顾一切地去找回原来的那套公寓。

在1912年的春天，他曾以每年一千七百美元的租金，签下一份为期四年的租约，同时还享有续约的期权。这份租约去年五月到期。在最初租下这套公寓时，里面的房间只不过是具有某些增值潜力，很少有人看出这一点，但是安东尼懂得这些潜力，因而在租约里写明他和房东各自承担一部分改建费用。租金在过去的四年里连续上涨，去年春天当安东尼放弃期权时，房东——一个名叫索恩伯格先生的人——意识到，这套公寓现在已经颇具吸引力，可以用更高的价格租出去。因此，当安东尼九月就租房一事找上他时，索恩伯格给他的报价，是租金为每年两千五百美元，租期三年。在安东尼看来，这简直是无理取闹。这就意味着他们用在房租上的费用，将远远超过年收入的三分之一。他徒劳地争辩说，正是因为他本人的钱，他本人关于改建的创意，才使得这些房间变得如此具有吸引力。

他开始讨价还价，提出每年两千美元，但完全是白费力气——他又提出每年两千二百美元，尽管他们已经不太支付得起这个价格了，但是索恩伯格先生相当顽固，毫不松动。似乎还有两位先生在考虑租用这套公寓，眼下正是那种公寓需求量大的时候，要是就按这种价格给了帕奇先生，那几乎不能算是在做生意了。再说，虽然他以前从来没有提及，有好几位房客抱怨，前一年冬天这里发出的噪音——深更半夜又是唱又是跳的，诸如此类的事。

安东尼强压着内心的怒火,匆匆赶回利兹饭店,把他遭遇的挫折描述给格洛莉亚听。

"我能够想象得出你的样子,"她大发雷霆,"让他把你整得直打退堂鼓!"

"那我能说什么?"

"你可以告诉他,他是个什么东西。我才不会去忍受呢。世界上没有一个人会忍受!你只会让人指挥得团团转,骗你,欺负你,占你的便宜,好像你就是个傻孩子。这太可笑了!"

"噢,看在上帝的分上,不要发脾气。"

"我知道,安东尼,可你就是一头蠢驴!"

"嗯,也许是吧。我们毕竟租不起那套公寓。不过,要是我们付不起那儿的房租,那么就更付不起住在利兹饭店的费用了。"

"是你坚持要住在这儿的。"

"没错,因为我知道要是住在便宜的旅馆,你会难受的。"

"我当然会了!"

"不管怎么样,我们非得去找个地方住。"

"我们付得起多少钱?"

"嗯,要是我们多卖掉一些债券,就是他现在开出的价钱,也付得起。不过,我们昨晚达成一致,在我开始真正做事之前,我们——"

"噢,这些我都知道。我是问,从现有的收入中,我们能拿出多少来付房租。"

"他们说,付房租用的钱,不应该超出总收入的四分之一。"

"四分之一是多少?"

"就是每月一百五十美元。"

"你的意思是,我们现在每月的进账只有六百美元?"悄然间,她的语气变得低沉压抑。

"当然!"他生气地回答,"你以为我们每年超过一万二美元的支出,还不会动用到本金吗?"

"我知道我们卖掉了债券,但是——我们真的一年花掉那么多钱吗?这都是怎么花的?"她的恐惧感在增加。

"哦,我得去看看我们记下的那些明细账目,"他不无讽刺地说,接着又补充道,"很长一段时间内,支付两边的房租,还有衣服、旅游——哼,每年春天去加利福尼亚,就要花掉大约四千美元。那辆倒霉的车子从头到尾不知花掉多少钱。还有各种派对、娱乐——哦,不是这样,就是那样。"

现在他们两人都情绪激动,极度沮丧。把真情告诉格洛莉亚,比起他自己最初发现时的状况似乎更加糟糕。

"你非得去赚一些钱了。"她突然说。

"这个我知道。"

"而且,你还得再试着去见见你的祖父。"

"我会去试试。"

"什么时候?"

"我们安顿下来之后。"

这件事终于在一周之后发生了。他们在第五十二街租了一套小公寓,租金为每月一百五十美元。这套墙体单薄的白色石头公寓房,包括卧室、起居室、小厨房和浴室,虽然这些房间都太小,没法把安东尼最好的家具展示出来,但干净,清新,色泽淡雅卫生,倒也不是没有吸引力。邦兹已经出国,应征入伍进了英国军队,取代他的是一个瘦削但骨骼粗大的爱尔兰女人,与其说他们是在享受她提供的服务,还不如说是在忍受。格洛莉亚很讨厌她,因为她一边上早餐,还一边谈论新芬党[①]

[①] 新芬党(Sinn Fein),爱尔兰民主社会主义或左翼政党。"Sinn Fein"是爱尔兰语,意为"我们自己"。该政党由前爱尔兰共和国总统于1905年创立的"新芬组织"发展而来。该政党制定的绝大多数政策,都是为了实现建立一个统一的爱尔兰的目标。

的荣耀。不过，他们发过誓，再也不用日本人，而眼下英国仆人又很难找到。这个女人就像邦兹一样，只准备早餐，至于其他膳食，他们在饭馆或酒店里解决。

最终让安东尼火速赶往塔里顿的，是纽约几家报纸上刊发的一则消息，说亚当·帕奇这位千万富翁、慈善家和德高望重的道德提升者，眼下正病入膏肓，而且基本上回天乏术了。

小猫

安东尼还是无法见到他的祖父。医生嘱咐他不要见任何人，夏特沃斯先生说——他本人友好地表示，在亚当·帕奇的状况许可的情况下，要是安东尼愿意信任他，他倒是愿意帮他传递口信。然而，他用明显含沙射影的方式，证实了安东尼悲观的推测，他这个挥霍无度的孙子，在老人的病榻前特别不受欢迎。在他们谈话中间，有那么一瞬间，安东尼心里想着格洛莉亚的明确指令，摆出一副架势，仿佛要从这个秘书身旁强行闯入，但是夏特沃斯微微一笑，挺起了他那结实的肩膀，于是，安东尼明白了，他的努力将会是何等徒劳。

在遭遇到这样的威胁之后，他心情悲凉，无奈地返回了纽约，夫妻二人心神不宁地度过了一周。一天晚间发生了一件小事，足以表明他们的神经已经紧绷到了怎样的程度。

那一天晚餐之后，安东尼沿着一条横向的马路步行回家，突然发现一只夜游的猫正在一排栏杆旁潜行。

"我总是有一种冲动，想对着猫踹上一脚。"他懒散地说。

"我喜欢猫。"

"我踢过一次。"

"什么时候？"

"噢，好多年之前，在我遇见你之前，有一天晚上，在一场戏的两幕之间。那是一个寒冷的夜晚，就像今天一样，我稍有一些醉意——那是我最早的一次醉酒经历，"他补充道，"那只可怜的小东西正在找一个地方睡觉，我猜，碰巧当时我情绪低落，于是突发奇想，对着它踹了一脚。"

"哦，可怜的小猫！"格洛莉亚叫喊道，她真的为小猫动了情。

在叙述本能的激发之下，安东尼展开了这个话题。

"这的确很糟糕，"他承认，"那只可怜的小畜生转过来，相当哀怨凄楚地看着我，好像希望我把它捡起来，善待它——它真的还只是一只小猫——可就在它还没有反应过来时，一只大脚就朝它飞了过来，踢在它小小的背脊上——"

"噢！"格洛莉亚的叫喊声中充满了痛苦。

"那天晚上是如此寒冷，"他幸灾乐祸地继续用一种忧伤的语调说，"我猜想，它指望从某个人那儿得到善意的关爱，而得到的却只有痛苦——"

他突然打住话头——格洛莉亚在伤心地抽泣。他们到家之后，她扑倒在沙发上，仿佛他踢的是她的灵魂。

"噢，可怜的小猫咪！"她凄凄切切地反复念叨着，"可怜的小猫咪。这么冷——"

"格洛莉亚——"

"不要靠近我！请你不要靠近我。你杀死了那只柔弱的小猫咪。"

安东尼深受感动，跪在她的身旁。

"亲爱的，"他说，"噢，格洛莉亚，亲爱的。这不是真的。我编造出来的——每一个字都是编的。"

然而，她再也不能相信他了。在他选择描述的细节中，有某种东西让她那天晚上不停地哭泣，直到沉沉睡去，为小猫，为安东尼，为她自己，也为这个世界上存在的痛苦、悲伤和残酷。

一位美国道德家的离世

老亚当是在十一月下旬的一个午夜过世的,当时他薄薄的双唇上还留有对上帝的虔诚赞美。他曾经受到如此众多的恭维和奉承,却在弥留之际竭力向万能的造物主谄媚,因为他怕自己年轻时,在那些放浪形骸的日子里触怒了上帝。发布的消息宣称,他已安排好了与上帝达成某种休战协定,具体的条款尚未公布,不过,据猜测,其中包括献出一大笔现金。所有的报纸都刊发了他的生平介绍,还有两家发表了简短的社论,评价他高尚品德的价值,他在工业化这出戏中扮演的角色,他正是在此过程中成长起来的。他们还谨慎地提及他发起和资助的各种改良运动。人们对康斯托克和审查者加图[①]的回忆被唤醒,它们犹如列队出没于字里行间的幽灵一般。

每份报纸都提到,老人身后留下的唯一孙子安东尼·康斯托克·帕奇,现居住在纽约。

葬礼在位于塔里顿的家族墓地里举行。安东尼和格洛莉亚乘坐第一班火车赶来,他们焦虑万分,甚至感觉不到这样做有多荒唐,两人都极度渴望从那些为老人送终者的脸上,获取有关财产的蛛丝马迹。

为了表现得体面庄重,他们在焦躁不安中度过了一周,然后,由于没有收到任何通知,安东尼只好给祖父的律师打电话。布雷特先生不在办公室——他要一个小时之后才回来。安东尼留下了电话号码。

这是十一月的最后一天,室外凉爽干燥,时而传来枝条发出的噼

[①] 审查者加图(Cato the Censor,公元前234—公元前149),全名为马库斯·珀修斯·加图,公元前二世纪罗马政治家、将军和作家,以其简朴的生活方式和对原则的坚守而著称。

里啪啦的声音,惨淡的阳光从窗户照射进来。表面上他们都假装着在阅读,而实际上是在等待电话,此时室内外的空气里仿佛都故意弥漫着某种情感。在经过了一段冗长不堪的等待之后,电话铃声终于响起,安东尼猛地一惊,抓过话筒。

"喂……"他的声音压抑而空洞,"对——我是留言了。请问您是哪一位?……对……哦,是有关遗产的事。我当然感兴趣,而且关于宣读遗嘱的事,我没有收到片言只语——我想,或许你没有我的地址……什么?……对……"

格洛莉亚跪倒在地。安东尼说话的间隙,就像紧紧缠绕在心上的止血带一样。她发现自己正无助地死命扭着天鹅绒靠垫上的一个大纽扣,然后:

"那——那真是非常、非常奇怪——那非常奇怪——那非常奇怪。甚至都没有——啊——提到或者给出任何——啊——理由——?"

他的声音听上去微弱而遥远。她发出了一点轻微的声音,半是喘息,半是哭泣。

"好的,我要想一想……好的,谢谢……谢谢……"

电话挂断了。她的眼睛沿着地板看过去,只见他的双脚踏在地毯上那一小片阳光上。她站起身来,直直地看着他,眼神暗淡平静,他伸出双臂将她揽入怀中。

"亲爱的,"他嗓音沙哑地轻声说,"他果然这么做了,愿上帝惩罚他!"

第二天

"谁是遗产继承人?"海特先生问,"你知道,要是关于这件事,你能告诉我的情况就是这么一点的话——"

海特先生身材高大,背脊微驼,眉毛浓密。有人把他推荐给安东尼,说他是一位精明顽强的律师。

"我只是隐约有些知道,"安东尼回答,"有一个名叫夏特沃斯的人,像是他的一个宠物,现在全盘负责这件事,是遗产的管理者或是受托人之类的——负责所有的事情,除了向慈善机构的直接捐赠,以及留给仆人和那两位在爱达荷州的表亲的钱之外。"

"这些表亲跟你们的关系有多远?"

"哦,隔了三代或是四代吧。我甚至从来都没有听说过他们。"

海特先生表示理解地点了点头。

"你想对遗嘱的有效性提出异议吗?"

"我想是这样,"安东尼茫然地承认,"我想要做的,就是听起来最有希望的事——这是我想要你来告诉我的。"

"你想要他们拒绝接受遗嘱验证?"

安东尼摇了摇头。

"你可把我难住了。我对什么是'遗嘱验证'毫无概念。我只想分到一部分遗产。"

"那你就给我提供更多细节吧,比如,你是否知道立遗嘱人为什么剥夺你的继承权?"

"嗯——好的,"安东尼开始说,"你知道他生前一直痴迷于道德改良,所有这类事儿——"

"我知道。"海特先生一本正经地插嘴。

"——而我从不期望他会把我想得有多好。你知道我并没有从商。不过,我敢肯定,直到去年夏天为止,我都是遗产受益人之一。我们在玛丽埃塔租了一幢屋子,有一天晚上祖父突发奇想,觉得应该过来看看我们。凑巧的是,那天我们正在举行一个相当欢闹的派对,而祖父来之前也没有打一声招呼。嗯,他看了一眼,然后他和夏特沃斯这家伙扭头就走,直接冲回塔里顿。自那以后,他再也没有回过我的信,甚至不让我来看他。"

"他是个禁酒主义者，对吗？"

"他什么都是——标准的宗教狂。"

"那份剥夺你继承权的遗嘱，是在他去世之前多久订立的？"

"最近——我是说八月份之后。"

"你认为他没有把大部分遗产留给你的直接原因，是你最近的一些行为令他不快？"

"是这样。"

海特先生陷入了沉思。安东尼要以什么为理由对遗嘱提出异议呢？

"那么，是否存在什么关于恶意影响的理由？"

"不正当的影响是一个理由——但这也是最困难的。你非得要证明死者生前承受了这样的压力，以至于他在违背本人意愿的情况下处分了他的财产——"

"嗯，假如是夏特沃斯这个家伙，想玛丽埃塔很可能在举行某种庆祝活动，于是硬把老人拽过来呢？"

"这不太会与本案有关。在建议和影响之间，是存在严格的区分的。你必须证明这个秘书有着某种罪恶的企图。我倒是建议考虑其他理由。如果出现立遗嘱人精神失常、醉酒的情况，遗嘱将自动停止遗嘱验证"——听到这里，安东尼露出了微笑——"或者是由于早老性痴呆而出现的弱智情况。"

"不过，"安东尼提出异议，"他的私人医生，也是遗嘱受益人之一，或许会作证，说他并没有弱智，再说，他也确实没有。事实上，对于他的钱财，他很可能做了他想做的事——这与他一生中所做的每件事，都保持了高度一致——"

"嗯，你知道，弱智很像不正当影响——这意味着财产没有按照最初的意愿来进行处分。最常见的理由就是胁迫——身体上的压力。"

安东尼摇了摇头。

"恐怕在这一点上不太会有什么机会。在我听来，不正当影响是最适合的。"

在经过进一步讨论之后,其间涉及的技术性极强的细节,安东尼大都不能理解,他决定聘请海特先生为代理律师。律师提出与夏特沃斯见面,后者连同威尔逊、赫尔马和哈代,为遗嘱的执行人。安东尼计划本周晚些时候再来商谈此事。

后来得知遗产包括大约四千万美元。给个人的最大一笔遗赠为一百万美元,是给爱德华·夏特沃斯的。他作为三千万美元信托基金的管理人,还额外获得每年三万美元的薪酬,该基金实际上将由他斟酌决定,如何分期分批小额资助各种慈善机构和社会改良团体。剩下的九百万则分配给爱达荷州的两位表亲和大约二十五位受益人,包括朋友、秘书、仆人、雇员,他们都一度得到过亚当·帕奇的赞赏。

两周结束之际,海特先生在得到一万五千美元的聘用定金之后,开始着手准备对遗嘱提出异议。

令人不满的冬天

在他们入住第五十七街还不满两个月的时候,这套小公寓就已经为两人呈现出了那种曾经充斥于玛丽埃塔灰色小屋的腐败迹象,它难以界定,却又几乎是有形的。屋子里总是弥漫着烟味——两人连续不断地吸烟,衣服、毛毯、窗帘和撒满烟灰的地毯上,无不散发出烟味。跟这种烟味混杂在一起的,是馊酒的难闻气味,这不由得让人联想起沦为污浊的美,还有回忆起来让人恶心的欢宴。特别是餐具柜上的一套玻璃高脚酒杯,散发出来的气味尤为明显,而在大房间里,在桃花心木餐桌上,玻璃酒杯留下一道道白圈。这里举行过许多派对——那些人摔碎东西,在格洛莉亚的浴室里呕吐,把酒泼翻,令人难以置信地把小厨房弄得一片狼藉。

这些成了他们生活中的一个常规部分。尽管在许多个星期一，他们发誓下不为例，可是，随着周末的来临，彼此又心照不宣达成默契，认为周末就应该以某种不那么神圣的，给人带来刺激的方式来度过。到了星期六的时候，他们会闭口不谈，但会给那帮狐朋狗友中的这位或者那位打电话，提议来个聚会。只是在朋友们都到齐了，安东尼把酒杯都摆出来了之后，他才会漫不经心地小声咕哝一句："我想，我自己只要喝一杯威士忌加水就可以了——"

然后，他们就出门玩上两天——会在一个寒冷的黎明时分，意识到无论是在密西根大道酒吧或拉梅俱乐部，还是在那些并不怎么以客人的欢闹出名的其他度假胜地，他们都是最喧哗最惹人注目的派对中，最喧哗最惹人注目的一群。他们会发现，不知怎么回事，一下子就挥霍掉了八十或者九十美元。至于是怎样花掉的，他们永远都搞不清楚，却习惯性地认为，是因为陪他们来的那帮"朋友"多半都太穷了。

这样的情况开始出现了，而且并非鲜见：朋友中较为真诚的几位，在派对进行的过程当中，就对他们予以规劝，并预言一旦格洛莉亚的"容貌"和安东尼的"体魄"丧失之后，他们的结局会不容乐观。关于玛丽埃塔那场被迫中断的欢宴，当然，连细节都已经被传了出去——"穆瑞尔并不是想告诉她认识的每一个人，"格洛莉亚对安东尼说，"可是，她认为每一个她告诉的人，都是她要告诉的唯一的人"——于是，因其半遮半掩欲说还休的性质，这个故事已经成为本城人士饭后茶余的主要谈资。当亚当·帕奇遗嘱的条款被公之于众，而报纸上又登出多条有关安东尼提起诉讼的新闻时，这个故事便臻于完美了——但却令安东尼的声名永远蒙羞。他们开始从四面八方听到关于自己的谣传，谣传往往是基于一点点的事实，附着其上的细节荒谬绝伦，阴险狠毒。

从外表看，他们没有表现出丝毫腐败堕落的迹象。二十六岁的格洛莉亚依旧和二十岁时一样，面容清新润泽，烘托出一对纯洁无瑕的明眸，秀发仍然闪耀着孩子气的光泽，颜色从玉米黄渐渐转深变成金褐色，曼妙的身姿依然让人联想起一路奔跑跳舞，穿过奥菲士树丛的小仙女。每当她走过酒店大堂或是剧院通道时，数十双男性的眼睛总会出神地追随着她的身影。男人们请求被引荐给她，由衷地钦慕她，对她萌生爱意，陷入其中，久久难以自拔——因为她仍旧是一件精致尤物，美得不可思议。至于安东尼，他在外表上也可谓是得多于失，他的脸上散发出某种难以捉摸的悲剧气质，与他精心修饰洁净无瑕的外表形成了浪漫的对比。

初冬时节，大家的话题都围绕着美国参战的可能性，安东尼也在竭尽全力脚踏实地地尝试写作，这个时候穆瑞尔·凯恩抵达纽约，并立即就来看望他们。她就像格洛莉亚一样，似乎永远都不会有变化。她熟知最新的俚语，跳最时髦的舞，谈论最新的歌曲，并且带着初为纽约漂泊者的全部狂热，纵情玩乐。她娇羞扭捏的模样永远都在翻新，永远都是徒劳；她的服装新潮前卫，达到极致，她的黑发现在剪短了，就像格洛莉亚的一样。

"我上这儿来，是参加纽黑文的仲冬正式舞会。"她宣称，向他们透露了她那令人愉快的秘密。尽管那时她的年纪肯定比学院里任何一个男生的都要大，但她总是能设法得到邀请，心里隐约地幻想着，或许在下一次的舞会上，会出现某种浪漫的邂逅，其终点便是婚姻的殿堂。

"你都上哪儿去了？"安东尼问，语气中不无调侃的意味。

"我去了温泉镇。今年秋天那儿棒极了，生气勃勃——男人更多了！"

"你爱上了谁吗，穆瑞尔？"

"你说的'爱'是什么意思？"这是今年最流行的反问句，"我要跟你们说点事儿，"她就这样把话题突然给岔开了，"我想这跟我没有什么关系，不过我觉得你们俩早就该安顿下来了。"

"怎么，我们已经安顿下来了。"

"对啊，你们是安顿下来了！"她轻慢地嘲笑起来，"我走到哪儿，都能听见到关于你们胡作非为的故事。让我告诉你们吧,为你们辩护,我可真没有少遭罪。"

"你没必要自寻烦恼。"格洛莉亚冷冰冰地说。

"喂,格洛莉亚,"她抗议,"我是你最好的朋友之一。"

格洛莉亚沉默不语。穆瑞尔继续说:

"女人喝酒这件事倒不是最重要的,问题是格洛莉亚这么漂亮,周围又有那么多人认识她,这就自然而然地会引人注目了——"

"你最近听说了一些什么?"格洛莉亚问,她的自尊心在好奇心面前放下了架子。

"嗯,比如,说什么玛丽埃塔的那场派对,要了安东尼祖父的命。"

听到这话,夫妻俩一下子变得神经紧张,恼羞成怒。

"哼,我觉得这简直是胡说八道。"

"反正这就是他们说的。"穆瑞尔固执地坚持。

安东尼在屋子里来回踱步。"这真是太不像话了!"他宣称,"正是我们邀请来参加聚会的那帮人,把这件事当成一个大笑话,大肆渲染,到处宣扬——而且,最终又以这样一种形式传回到我们这儿。"

格洛莉亚开始用手指拨弄着一缕散乱的卷发。穆瑞尔一边轻轻地舔着她的面纱,一边想着下一句话该怎么说。

"你们应该要个孩子。"

格洛莉亚慵懒倦怠地抬起眼看着她。

"我们养不起。"

"贫民窟里所有的人都有孩子。"穆瑞尔神气活现地说。

安东尼和格洛莉亚相视一笑。他们之间的激烈争吵,已经到了永远无法修复弥合的阶段,这种争吵先是被抑制住,每隔上一段时间,要么爆发一次,要么因彼此间极度的冷漠,而不了了之——不过,穆瑞尔的这次造访让他俩暂时站到了一起。当他们正在经历的不安和困扰被第三方谈及时,他们从中获得了一种动力,来共同直面这个敌对的世界。现在，很少会出现他们发自内心想要联合起来的情况了。

安东尼发现他把自己的生存状况，与公寓夜班电梯驾驶员的联系在了一起。此人六十岁左右，脸色苍白，胡子拉碴，总是露出一副多少有些屈尊俯就的神态。很可能就是因为这种品质，他才稳稳地占据了这个职位。这让他成了一个可悲而又令人难忘的失败角色。他平静地回想起一个老掉牙了的笑话，说的是电梯驾驶员的人生，就是一件起起落落的事——无论如何，这是一种无比枯燥乏味的封闭生活。每次安东尼踏入电梯间，都会平息静气地等待老人的寒暄："嗯，我想，今天我们可以见到一些阳光。"安东尼思忖着，老人成天被关在这间不见天日，封闭狭小的灰褐色笼子里，他能享受到的阳光雨露是多么稀少啊。

这个被黑暗笼罩的人物，在离开如此不公地利用盘剥他的人世间时，其方式相当具有悲剧性。一天晚上，三个持枪的年轻人闯入电梯间，把他捆绑起来，扔在地下室的一堆煤上，他们则翻遍了储藏室。到第二天早上，看门人发现他的时候，他的身体已经因寒冷而彻底垮了，四天之后，他死于肺炎。

接替他的是一个能说会道的黑人，来自马提尼克岛，说话时却带着一种不相称的英国口音，而且总是一副目中无人的样子，所以安东尼很讨厌他。老人的过世之于他，就像小猫的故事之于格洛莉亚一样，两者几乎产生了同样的效果。这让他联想起生活中的种种残酷，并由此想起自己日渐艰辛悲苦的处境。

他开始了写作——终于严肃认真地写了起来。他去请教迪克，听他高谈阔论了整整一个小时，详细说明写作程序中那些技术性的细枝末节问题，此前他对这一套根本不屑一顾。他迫切需要钱——每个月都靠卖出债券来支付账单。迪克开诚布公，直截了当地说：

"如果是写一些文学性主题的文章，发表在名不经传的刊物上，你别想指望赚够钱来付你的房租。当然，要是一个人有幽默天赋，或者有机会写一部大人物的传记，要不然，就是有某种专门知识，他或许会一炮打响，大发横财。可是，对于你来说，写小说是唯一的途径。你说你现在需要钱？"

"我当然需要。"

"嗯，没有个一年半载，你是没法从写长篇小说中赚到钱的。还是试试通俗短篇小说吧。顺便说一句，除非你写出来的东西特别出类拔萃，否则就必须趣味盎然，站在敌对双方中拥有最重型武器的一边，这样才能为你赚到钱。"

安东尼想起迪克最近的作品，是发表在一份知名的月刊上的。它主要讲述一群无聊人士的荒唐行径，可以有把握地说，他们就是纽约社交界人士，故事几乎毫无例外地转向了女主人公的贞操问题，用含沙射影嘲弄社会的方式触及到"那四百人①的疯狂古怪姿态"。

"可是，你写的短篇小说——"安东尼几乎是情不自禁地大声叫了起来。

"噢，那不同，"迪克令人惊讶地宣称，"你知道，我已有了名望，所以人们期望我来写一些重大主题的故事。"

安东尼的内心不由得一惊，仅这句话就让他意识到，迪克已经堕落到了何种程度。难道他真的以为，他那些匪夷所思的近期作品，可以和他的处女作相提并论吗？

安东尼回到公寓，开始着手写作。他发现，想要保持乐观主义精神，可真是一件艰巨的任务。在徒劳地写了六次开头之后，他去了公共图书馆，用了一周时间对一家流行杂志的宗卷进行了细致调研。在让自己做了更充分的准备之后，在接下来的时间里，他完成了第一部短篇小说《命运的留声机》。一年之前，他在华尔街六周的工作经历，给他留下了为数不多的几个印象，这个故事便取材于其中之一。故事讲述了一个办公室男职员令人愉快的故事，他无意间哼了一段美妙动听的旋律，

---

① "那四百人"是指前文中的纽约社交界人士。

碰巧被录在了留声机里。这张唱片被老板的兄弟发现——他是一位著名的音乐喜剧制作人——可是，唱片很快又被遗失。故事的主要部分围绕着寻找遗失的唱片来展开，最后，这位高贵的办公室职员（现在已是功成名就的作曲家）与鲁尼小姐终成眷属。这位品德正直的速记员，一半是圣女贞德，一半是佛罗伦萨·南丁格尔。

据他推测，这就是那些杂志需要的东西。他通过他的那些主人公，向读者提供穿行于梦幻般文学世界里的常客，把他们完全融入到一个甜得发腻的情节里，而这情节就算在玛丽埃塔镇，也不会有人反感的。他让人把这故事以双倍行距的格式打印出来——这一招是从一本名为《成功作家的捷径》的小册子上学来的，作者R.梅格斯·韦德斯蒂恩深信不疑地向雄心勃勃的管子工说，付出辛勤的汗水是毫无意义的，因为只需要完成六课时的课程，他便可以每月至少轻松赚得一千美元。

他把这篇故事念给百无聊赖的格洛莉亚听，又哄得她给出了那句古老的评论，说什么这故事"比已经发表的许多东西都要好"。在这之后，他不无讽刺地署上了笔名"吉勒·德·萨德"①，并附上了合适的退稿信封，然后就寄了出去。

在经过了这番巨大的脑力劳动之后，他决定等到第一个短篇小说有了回音之后，再开始着手写作第二部。迪克告诉过他，他或许可以得到多达两百美元的稿费。如果万一这篇小说不适合，编辑很可能会给他写一封信，建议他应该做哪些修改。

"这篇小说，毫无疑问，是世界上写得最糟糕的作品。"安东尼说。

可以想象得到，编辑赞同他的说法。他退回稿子，还附了一张

---

① 吉勒·德·萨德（Gilles de Sade, 1740—1814）：法国作家，作品中充满了性变态描写，在文学史上以"色情作家"而闻名。萨德作品的主要价值，在于他敢于蔑视传统礼俗，不受其约束。

退稿条。安东尼把它寄给了另一家刊物，并着手写作第二部短篇小说。这一篇的名字为《敞开的小门》，三天就写完了。内容是有关超自然的：一场歌舞杂耍表演中的巫师，让一对貌合神离的夫妇又重修旧好。

他前后共写了六篇。对于一个像他这样的人，此前在写作上从来都没有做出过持续努力，这六次呕心沥血的"写作"经历，真是苦不堪言，值得同情。其中，没有一篇蕴含着哪怕是一点点生命力的火花，所有文章中优美与精当之处，加起来也不及一篇普通报刊专栏文章来得丰富。在稿件的流通过程中，他总共收到了三十一份退稿单，它们犹如墓碑一样，竖立在那些如死尸般躺在他家门口的退稿包裹上。

一月中旬，格洛莉亚的父亲过世，他们再次回到堪萨斯城奔丧——这是一次悲伤的旅程，因为格洛莉亚陷入了无休止的忧伤当中，她不是在想她的父亲，而是她的母亲。拉塞尔·吉尔伯特的后事被料理完了之后，他们继承了大约三千美元，还有大量家具。他的家具都存放在仓库里，因为老人最后的日子是在一家小旅馆里度过的。正是因为他的过世，安东尼才对格洛莉亚有了新的认识。在返回东部的旅途中，她令人惊讶地透露，自己是一名比尔非教徒。

"怎么，格洛莉亚，"他大叫，"你不是想告诉我，你相信那些玩意儿吧。"

"嗯，"她不屑地说，"为什么不呢？"

"因为这——这太难以想象了。你知道，从这个词的任何一种意义上来说，你都是一个不可知论者。你会嘲笑基督教的任何正统形式——然后你突然声明，你相信什么灵魂转世的愚蠢教规。"

"如果我相信，那又怎样？我听见过你和莫瑞，还有其他的人——对于他们的智力，我难以产生哪怕是一丝的敬意——一致赞同，生活似乎是完全没有意义的。可是，在我看来，要是我在今生今世无意识地学习一点什么，那么生活或许就不会这么没有意义。"

"你并没有在学习什么——你只不过是在感到厌倦疲惫。假如你必须要有一种信仰,来让事情变得容易接受一些,那就选择一种对人的理性有吸引力的类型,而不是与许多歇斯底里的女人为伍。像你这样的人,不应该随便接受任何东西,除非它正派得体,可以被证明。"

"我可不在乎什么真理。我想要的是快乐。"

"嗯,如果你心智健全,那么就该用第一项来限定你想要的第二项。任何一个头脑简单的人,都可能被一些精神垃圾所蛊惑。"

"我才不在乎呢,"她固执己见,不为所动,"再说,我并不是在倡导任何教义。"

争论渐渐平息了,但后来安东尼又多次想起过此事。他焦虑不安地发现,她原有的这种信仰明显是从她的母亲那儿吸收来的,如今套上了古老的伪装,再度披挂上阵,还说什么是天生的信念。

他们很不明智地在温泉镇度过了昂贵的一周之后,终于在三月份抵达纽约。尽管安东尼此前的种种努力均告失败,但他还是重新开始写作小说。两人渐渐意识到,从事大众文学已无出路可言,他们的共同信心和勇气又随之进一步丧失了。一种复杂微妙的争斗,在两人之间永无休止地上演了。缩减开支的各种努力,均因十足的惰性而依次放弃,于是到了三月份的时候,他们又开始找各式各样的借口来开"派对"。格洛莉亚摆出一副不计后果的样子,提出他们应该趁着还能维持的时候,拿出所有的钱来举办一场真正痛快的狂欢——日子再怎么过,也强过在省吃俭用得不到满足中,眼睁睁地看着它一天天流逝。

"格洛莉亚,你跟我一样,是那么需要派对。"

"别把我给扯上。我做的每一件事,都是遵循自己的想法:趁我还年轻,好好利用这几年当中的每一分钟,尽情享受我所能拥有的最好时光。"

"那这以后怎么办?"

"那以后的事情,我不会在乎。"

"不,你会的。"

"嗯,我也许会——不过,我将对此无能为力。将来回首往事,我会说曾经享受过好时光。"

"那时,你会和现在一样。勉强说来,我们已经享受过好时光,玩得昏天黑地,所以现在就在为此付出代价。"

不过,他们的钱还是在不停地流出去。他们过的日子通常是两天欢闹,接着是两天阴郁——这成了一个没完没了而又几乎是一成不变的循环。当出现这种明显克制自己的情况时,通常的结果就是安东尼发奋工作一阵子,而格洛莉亚神情紧张百无聊赖,赖在床上或是其他地方,心不在焉地咬着手指。在过了一两天这样的日子之后,他们会定个约会,然后——噢,那有什么关系呢?在这样的夜晚,这样的喜悦中,忧愁焦虑烟消云散,就算生活漫无目的,它再怎么说也是浪漫的!美酒为他们增添了一份直面自身失败的英勇气概。

与此同时,遗产诉讼案件在缓慢地进行着,其间是无休无止地传唤证人和收集证据。遗产核定的初步程序已经完成。海特先生认为,在夏天来临之前,本案没有理由不进入审判阶段。

三月下旬,布勒克曼重新出现在纽约,他因为卓越影业公司的事务,在伦敦待了将近一年。他的修身养性仍在进行当中——他的穿着总是一次比一次更为考究,言谈中的音调也更为稳重温和。从他的举止中,不难察觉到,他更为自信了,确信这个世界上美好的事物都是属于他的,这是他的一种不可剥夺的自然权利。他来他们的公寓拜访,只逗留了一个小时,主要谈了谈战争,告辞时说他还会再来的。他第二次来拜访时,安东尼不在家,可是下午晚些时候他回来时,迎候丈夫的格洛莉亚,全然一副沉醉和激动的样子。

"安东尼,"她开口说,"要是我去拍电影,你还会反对吗?"

一听到她提出这个想法,他整个的心都沉了下来。她好像正在从他的身边渐渐离去，哪怕只是一个威胁。她的存在对于他而言，与其说再度变得非常可贵，不如说是极其必要的。

"噢，格洛莉亚——！"

"布洛克赫德说，他会把我安排进去——只是如果我还打算做些什么的话，那现在就非得开始了。他们只需要年轻女子。想想钱吧，安东尼！"

"对于你——当然好了。可是，那我怎么办呢？"

"你难道不知道，我所拥有的一切，也都是你的吗？"

"这真是一个活见鬼的职业！"那个有道德观念、行事无比谨慎小心的安东尼，终于爆发了，"最烂的一帮人。我对布勒克曼那家伙来管我们家的闲事，厌烦透顶。我讨厌跟剧场有关的任何事情。"

"这更剧场没有关系！这是完全不同的！"

"那我怎么办？追着你满世界乱跑？靠你赚来的钱过日子？"

"那你就自己赚一些吧。"

这场谈话演变成了他们之间前所未有的激烈争吵。在接下来的和解，以及不可避免的精神上的惰性期过去之后，她意识到，他已经摧毁了这项计划的生命力。他们都没有提及，大有可能布勒克曼绝非没有私心，可是两人都知道，安东尼的反对也会让此事无从谈起。

四月，美国对德国宣战了。威尔逊总统和他的内阁——这样一个缺少鲜明特征的内阁，很奇怪地令人联想起耶稣的十二门徒——谨慎地松开了饥肠辘辘的战争之犬，紧接着，新闻媒体便开始歇斯底里地大肆抨击日耳曼人创造的邪恶的道德、邪恶的哲学和邪恶的音乐。那些自认为心胸特别开阔的人，做出了精细的划分，认为是德国政府把他们激惹到歇斯底里的状态，剩下的人则煽动起来，表现出一些令人作呕的下流言行。任何一首歌里只要包含着"母亲"和"德国皇帝"这样的字眼，就可确保获得巨大的成功。终于每个人都有了谈论的话题——而且几乎每个人都对此津津乐道，仿佛他们被分配在一个忧郁而又浪漫的戏剧中扮演角色。

安东尼、莫瑞和迪克都向军官培训营递交了申请,后面这两位经常莫名地感到意气风发,无可挑剔。就像大学里的男生一样,他们喋喋不休地聊个没完,认为战争是贵族存在的唯一借口,并证明它具有合理性。他们还设想了一个不可能存在的军官阶层,主要成员似乎都是东部三四所大学极有影响力的校友。在格洛莉亚看来,在这片洒向举国上下的红色光芒的映照之下,甚至连安东尼也平添了一道新的华彩和魅力。

第十步兵团刚从巴拿马抵达纽约,就被爱国公民簇拥着,从一个沙龙辗转到另一个沙龙,这令他们大感不解。西点军校的毕业生多少年来第一次为人们所注意,大家的普遍感觉就是,所有的事情都是荣耀的,但都不及即将发生的事情一半那么荣耀,每个人都是一个不错的伙计,每一个民族都是一个伟大的民族——德意志民族永远要被排除在外——在社会的每一个阶层,流浪者和替罪羊只需身着军装出现,就可以得到亲戚、过去的朋友和完全陌生的人的谅解、欢呼和泪水。

不幸的是,一个身材矮小而又严谨刻板的医生,诊断出安东尼的血压有一点问题。他不能昧着良心让他通过体检,进入军官训练营。

断裂的诗琴

他们结婚三周年的纪念日就这样悄悄地过去了,没有任何庆祝,也没有人注意。季节更替,冰雪慢慢地融化,大地逐渐回暖,进入了比往年更为炎热的夏季,天气如蒸煮沸腾一般闷热。七月,遗嘱被提交遗嘱验证,并由地方法官根据争论中提出的论点,指定适用条款,择日开庭审理。这件事被拖延到了九月——由于牵涉到道德观问题,要组成一个没有偏见的陪审团存在相当的困难。令安东尼大失所望的是,陪审团最终做出了对立遗嘱人有利的裁定,海特先生对此提起上诉,一份上诉通知书不久将送达爱德华·夏特沃斯。

在夏季即将结束之际，安东尼和格洛莉亚又谈论开了，当他们要回那些钱时，要做的事情，还有战后要去的地方，那时他们会再度"心心相印"，因为两人都盼望着这样的时刻：爱情如浴火重生的凤凰，再次诞生于它那神秘莫测的栖息地。

初秋时分，他应征入伍了，体检的医生对低血压问题只字未提。一天晚上，当安东尼告诉格洛莉亚，他最希望的，莫过于战死沙场。这本是漫无目的的感伤之言，然而，他们一如既往，为在错误的时候发生错误的事情，彼此为对方深深地抱恨歉疚……

他们决定她暂时不随他前往他所在小分队受命驻扎的南方营地。她将留在纽约"用那套公寓"，节约钱，密切关注案件的进展——海特先生告诉他们，该案目前在上诉庭悬而未决，结案的日期要推后不少了。

几乎可算作他们之间的最后一次谈话，是毫无意义地争吵如何适当地分配收入——简言之，就是两人都要把全部的钱交给对方。他们混乱糊涂的生活状态中的一个典型，莫过于十月的一个晚上，当安东尼在格兰德中央车站报到，即将启程前往营地时，她匆匆赶到，目光只来得及掠过拥挤而焦躁的人群，在攒动的人头之上与他的目光相遇。在封闭车棚昏暗的光线下，他们的目光越过那个歇斯底里的场所，那里空气污浊令人恶心，到处是依稀可闻的哭泣声和穷女人散发出来的难闻气味。他们必定都在想着自己为对方做了些什么，肯定都为造成了眼前这种可悲局面深感内疚，悲切而又模糊地追忆着往昔。他们相距越来越远，最终，连彼此脸上垂落的泪珠也看不清了。

第三卷

第一章
事关文明

安东尼受到某个来源不明的疯狂命令的驱使，摸索着走向自己的内心深处。他想到，这是三年多以来第一次离开格洛莉亚超过一夜。这种结局令他感伤忧郁。他正在离开的，是他那纯洁可爱的姑娘。

就他们面临的经济问题而言，他觉得两人已经达成了最切合实际的解决方案，那就是她每月会有三百七十五美元——如果考虑到超过一半要用来付房租，这个数额并不算太大——而他将拿五十美元来补贴军饷。他认为没有必要拿更多了，食物、服装和住宿都由部队免费提供——而且对一名士兵来说，也不存在社交应酬方面的负担。

车厢里相当拥挤，空气已因众人的呼吸而变得闷塞浑浊。这是一节所谓的"旅行"车厢，是豪华型列车的廉价仿制品，地板上光秃秃的，草席座位早就需要清洁了。不过，安东尼看到这一切倒是很放松。他曾隐隐约约地预料，他们去南方时会坐在一节货运车厢里，车厢的一头站着八匹马，另一头是四十个人。他曾听过《八匹马和四十勇士》的故事，听过那么多次，以至于让人有了一种慌乱而不祥的感觉。

他沿着过道摇摇晃晃往前走，肩上挎着蓝色士兵行李袋，那样子活像一段巨大的香肠。他没有发现空座位，但片刻之后，他的眼睛停留在了一个单人座位上，那上面正架着一双脚。这是一个肤色黝黑的矮个子西西里人，垂下的帽子遮住了双眼，他在角落里蜷缩成一团，一副无礼的样子。当安东尼在他身边停下来时，他抬起头，怒目而视，显然想摆出一点威吓之势。他这样做，肯定是为了防御这个势均力敌的庞大对手。当他听到安东尼严厉地问"这个座位有人吗?"时,极不情愿地慢慢抬起双脚,就像在搬动一个易碎的包裹,然后再小心翼翼地把它们放在地板上。他的目光停留在安东尼身上,而他这时已经坐下,解开前一天由厄普顿军营分发给他的制服上的纽扣。他的两边腋下都被这制服给擦痛了。

安东尼还没来得及仔细打量座位旁的其他乘客,就看见车厢的上端一个年轻少尉喘着粗气,仿佛随着风沿着过道飘荡而来,用一种令人胆怯的尖刻语气宣布:

"本节车厢禁止吸烟!禁止吸烟!在这节车厢,伙计们,不准吸烟!"

当他从另一端飘然而去时,从车厢各处传出一阵小小的抱怨声,此起彼伏:

"噢,天哪!"

"老天!"

"禁止吸烟?"

"嘿,看你敢回来,伙计!"

"谁的主意?"

有两三个人把烟从打开的车窗扔了出去,其他人还是把烟留在了车厢内,尽管草草地遮掩着,以免被人看见。一些腔调各异的声音从车厢四处传来,有的虚张声势,有的讽刺挖苦,还有的唯唯诺诺,这些声音很快就融进了百无聊赖而又无处不在的沉寂当中。

安东尼座位旁的第四名乘客突然开口说话。

"别了,自由,"他郁郁寡欢地说,"别了,所有的一切,除了当一条长官的狗之外。"

安东尼看了看他。他是一个高个子爱尔兰人,表情冷漠,极度心高气傲。他的目光落在安东尼身上,仿佛等待着某种回应,然后又转向其他人。只有意大利人挑衅性地瞪了他一眼,他发出一阵哼哼声,接着大声朝地板吐了一口痰，他用这个举动作为一种不失体面的过渡方式，重新回到沉默状态。

几分钟之后，车厢门再次打开，和风照例把少尉吹了进来，这一次唱出的是不同的调子：

"没问题，伙计们，想抽烟，就抽吧！是我的错，伙计们！没问题了，伙计们！继续抽吧——是我的错！"

这一次，安东尼仔细地看了看他。他年轻，消瘦，已显憔悴，他就像自己的胡须，就像一大根闪亮的稻草。他的下巴微微后缩，不过，这点不足被他用庄严高贵而又令人难以置信的怒容弥补了，安东尼在接下来的一年里，会把这副怒容与许多年轻军官的脸联系到一起。

话音刚落，每个人都抽起了烟——不论他们此前是否想抽。安东尼的香烟也加入到了烟雾弥漫的氧化作用当中，随着车厢的每一次颠簸，一团团乳白色的烟雾前后摆动。本来在令人敬畏的年轻军官两次出现之间，谈话声已悄然而止，现在又零零落落地响了起来。过道对面的几个人，开始在草席座位上笨拙地动来动去，想让自己坐得更舒服一些。还有两群人，原本只是在三心二意地玩着纸牌游戏，没想到很快就吸引了好几个人在扶手上坐下来观战。几分钟之后，安东尼觉察到，有一个惹人讨厌的声响持续响起——是那个矮小无礼的西西里人在沉睡中发出的阵阵鼾声。一群充满活力的生命，由于一种难以理喻的文明，被关在一节车厢里，载往某个未知的地方，去做一件全无目的、意义或结果的事。仅仅出于礼貌，这样的做法才可被称为是合理的。一想到这些，就让人感到意志消沉精神萎靡。安东尼叹了一口气，打开一份他也记不清什么时候买来的报纸，开始在昏黄的灯光下阅读起来。

时间沉闷地从十点颠簸着行进到了十一点，仿佛被什么东西堵塞、绊住和拖慢了。令人十分惊奇的是，火车在漆黑的乡野停了下来，又不时地陶醉在短暂却又带有欺骗性的朝前或往后的移动当中，在十月的午夜唱响刺耳的赞歌。他已经把报纸浏览了一遍，包括社论、卡通和战地诗歌,这时他的目光落在了一篇占据半个栏目篇幅的文章《堪萨斯莎士比亚镇》上。莎士比亚镇的商会最近好像举行了一场激烈的辩论,争论美国士兵到底应被称为"美国大兵"还是"基督战士"。这种做法令他窒息。他把报纸扔在一边,打了一个哈欠,任由自己的思绪漫无目的地飘浮。他不明白为什么送行时格洛莉亚会来得那么晚。这好像已经是很久以前的事了——他感到一阵若隐若现的极度孤独。他试着想象她会从哪个角度来看待她的新处境,而在她的思虑中,他会继续占据什么样的地位……这些想法让他更抑郁沮丧了——他再次翻开报纸,重新浏览起来。

莎士比亚镇商会的成员最后决定,称美国士兵为"自由少年"。

整整两天两夜,火车就这样载着他们轰隆隆地往南驶去,在一些明显贫瘠荒芜的地方,不可思议地作短暂停留,让人莫名其妙,然后又以一种虚张声势的紧急匆忙的架势,从大城市呼啸而过。这列火车的怪诞诡异,对安东尼而言,仿佛预示了所有军队行政管理的怪诞诡异。

在途经贫瘠荒芜之地的时候,行李车为他们提供了豆子和熏肉,起初这些食物让安东尼难以下咽——他只稍稍吃了一点牛奶巧克力,这是由一个乡村小卖部分发的。可是,到了第二天,行李车分发的食品看起来出人意料地美味可口。到了第三天早上,就听说不到一个小时,他们便可抵达此行的目的地——胡克军营。

车厢里已经热得令人难以忍受,所有的人都脱得只剩下衬衫了。阳光透过车窗照射进来,这疲惫而古老的阳光,呈现出羊皮纸一样的黄色,途中被延伸得失去了原有的形状。它原本试图完整地胜利穿过四方形的窗框,投下的却只有扭曲变形的斑点——不过,它稳定持久,令人震惊,事实上,已到了让安东尼感到心神不安的程度,因为相比之下,所有那些断断续续在车窗外出现的锯木厂、树木和电线杆,都在他的身边留下了影子，可这些影子转瞬即逝，他不是它们的中心点。车窗外，阳光在橄榄树林立的道路上，在尚未播种的沟壑纵横的棉花地里，奏出它沉重的颤音，远处是参差不齐的树林，时而会有一些灰色岩丘突兀其间。近处则稀疏地点缀着几幢破败凋零的小木屋，木屋之间时不时地会闪过一个典型的南卡罗来纳乡巴佬，一副没精打采的样子，要不就是一个正在溜达的黑鬼，眼神愠怒而迷惘。

然后，树林渐渐向后退去，他们进入了一片开阔的原野，就像一个巨型蛋糕被烘烤过的顶层，上面像撒糖似的布满了无数排列成各种几何图形的帐篷。火车仿佛犹豫不决地停了下来，阳光、电线杆和树木全都消失了，他的世界又慢慢地摇晃着，回到原有的以安东尼·帕奇为中心的状态。当那些疲惫不堪汗流浃背的人，蜂拥着挤出车厢的时候，他嗅到了一种让人永生难忘的气味，它弥漫在所有永久性的兵营里——垃圾的气味。

胡克兵营的发展景象，蔚为壮观，令人惊叹，让人联想到"1870年的采矿小镇——第二周"那样日新月异的变化。到处都是简易的木屋和帐篷，由一定样式的道路连接，其间还有硬地训练场，四周围着一圈树木。这里随处可见绿色基督教青年会的房屋，如同没有希望的绿洲，带着潮湿的法兰绒衣服散发出来的闷热气味，还有封闭的电话亭——每一间电话亭的对面，通常都会有一家小卖部，里面总是很热闹，由一名军官闲散地主持经营，他借助于一辆带边斗的摩托车，总是能让他的差事成为一桩令人轻松愉快的闲职。

在尘土飞扬的道路上，往来飞驰的有军需兵，同样也是乘坐带边斗的摩托车。往来飞驰的将军则乘坐政府配给的汽车，他们会不时地停下来，不是提醒大家注意没有引起足够警觉的细节，就是深锁着眉头，盯着走在队伍前列的上尉，再不然，就为列队操练这类炫耀性的浮华游戏，定下夸张的步调，眼下这种游戏正在整个地区蓬勃展开。

安东尼这一批次被征入伍者，在抵达后的第一周里，就接受了没完没了的预防接种、体检和最基本的操练。这些日子让他感到筋疲力尽。一位颇受欢迎而又性格随和的军需军士，给他发了一双尺寸不合脚的鞋，结果他双脚肿胀，那天下午的最后几个小时，简直成了一种极其痛苦的折磨。有生以来第一次，他在晚餐和下午操练的号令之间，躺倒在他的帆布小床上，而且似乎每一刻都更深地陷入无底的床里，不由分说地立马沉沉睡去，而他周围的喧闹声和欢笑声都渐渐退去，融入夏日里令人愉快而又昏昏欲睡的嗡嗡声。第二天早晨，他醒来时感到浑身僵硬酸痛，像一个幽灵一样腹中空空，随后又急匆匆地赶去与其他幽灵会合，一道蜂拥在昏暗的营区街道上，而此时，刺耳的军号声已经响起，厉声尖叫着响彻灰蒙蒙的苍穹。

他被编排在一个基干步兵团，大约有一百人。在用过永远一成不变的早餐——无非是一些油腻的熏肉、冰冷的吐司和谷类食物——之后，这一百号人会冲进公共厕所。虽然公厕管理得还算得当，但似乎总是令人难以忍受，就像廉价的下等旅馆里的厕所。接下来，他们在外面的场地上，排起参差不齐的队伍——安东尼没精打采地想要跟上步伐，他的此番努力总是被站在左边的一位跛足士兵诡异地横加干扰，几位副排长不是为了给军官和新兵们留下印象，而竭尽所能地表现自己，就是静悄悄地紧贴着进行的队伍，把自己潜藏起来，避免辛劳和引起不必要的注意。

他们一到操场，训练就开始了——他们脱掉衬衣，开始做柔软体操运动。这也是全天的训练中，安东尼唯一喜欢的部分。领操的克雷钦中尉，肌肉发达，体格健壮，安东尼认真地跟着他做每一个动作，感觉他是在做一件对自己有价值的事情。其他的军官和军士带着学童般的恶意，在队列中间来回巡视，时而围着某个缺乏肌肉控制力的倒霉蛋，发出杂乱的指示和命令，令他困惑而慌乱。一旦他们发现某个看上去特别可怜而又营养不良的家伙，就会在他身边逗留上整整半个小时，说一些尖酸刻薄的话，而且还相互窃笑不已。

其中有一个身材矮小的军官，特别让人讨厌，他的名字叫霍普金斯，曾经是正规军队里的一名军士。他把战争当成高高在上的神祇赐给自己用于复仇的礼物，在他的高谈阔论中，一个经常性的主题，就是这些新兵全然没有领会"服役"的庄严和责任。他认为，自己是凭借着一种远见卓识和无所畏惧的办事作风，才能有今天的辉煌成绩。他从过去跟随过的每一位军官那里，学来了他们对待士兵的最为残暴的做法。他的双眉总是冷冰冰地紧锁着——在向士兵派发进城通行证之前，他会郑重其事地反复权衡，这次缺勤会对连队、军队，乃至整个世界军事界的利益产生何种影响。

克雷钦中尉这位金发碧眼、迟钝冷静的军官，曾凝重地向安东尼指出他在立正、向右转、向后转和稍息等方面存在的种种错误。他的主要缺点就是健忘。他通常让整个队列处于紧张痛苦的立正姿势长达五分钟之久，而这个时候他站在前面讲解一个新动作——结果便是只有站在中间的士兵才知道他在说些什么——而站在两边的士兵，因对他强调的立正姿势印象过分深刻，都正目不转睛地直视着前方。

操练一直持续到中午，包括对一连串不着边际的细枝末节进行强化训练，尽管安东尼能够体会到，这与战争逻辑是一脉相承的，但他还是被激怒了。同样是血压问题，对当军官会不合适，却不妨碍士兵履行职责，这种不一致真是太荒谬了。他们有一门被称为军事"礼仪"的课程，不仅枯燥，而且显然也很荒唐。有时，在听完别人对该课程持续不断的痛骂之后，安东尼不禁怀疑，战争的一个阴暗目的，就是让正规军队的军官——那帮有着学童般心智和抱负的家伙——纵情地真正杀戮一番。他自己荒诞不经地沦为已经压抑了二十年的霍普金斯的牺牲品！

与他同住一个帐篷的，还有其他三人——一人来自田纳西州，脸形扁平，是一个出于宗教或道德原因而拒服兵役者，一人是个身材高大而神情惊恐的波兰人，还有一人就是那位心高气傲的凯尔特人，在火车上正好坐在他的旁边——前两位会把晚上的时间花在没完没了地写家书上,而爱尔兰人则坐在帐篷门口,一遍又一遍地对着自己吹六七种单调刺耳的鸟叫声。周末可以自由活动的时候,安东尼总是到镇上去,这与其说是为了找乐子,还不如说是为了避开他们几个小时。每天晚上都有许多小公共汽车从营地前开过,他搭乘一辆这种车,半个小时后,就到了镇里那条让人感到炎热而又昏昏欲睡的大街上,他会在斯通沃尔旅馆的门口下车。

暮色渐浓时分,小镇出乎意料地迷人。人行道上有衣着光鲜浓妆艳抹的姑娘,她们轻声而慵懒地闲聊着,一路上喋喋不休;有许多计程车司机,每当有军官路过时,他们就抛过来一句"要去哪儿都行,中尉";还不时有黑人步履蹒跚地走过,他们衣衫褴褛,一副卑微恭顺的样子。安东尼徜徉在温暖的暮色里,多年以来第一次感受到南方缓慢而充满爱欲的气息,它近在眼前,消融在炎热而柔和的空气里,弥漫在宁静的思想和时间中。

他已经走过大约一个街区时,突然胳膊边传来一声严厉的命令,让他停下了脚步。

"难道没有人教过你,要给长官敬礼吗?"

他哑口无言地看着厉声训斥他的人,这是一个身材肥胖长着黑发的上尉,此时正用他那双棕色的凸眼不无威胁地瞪着自己。

"立——正!"每个字都确如雷鸣般地在耳边响起。附近的几个行人都停了下来,盯着他看。一个穿淡紫色衣裙、目光柔和的姑娘,对着她的同伴吃吃傻笑起来。

安东尼立正了。

"你是哪一个团哪一个连的?"

安东尼告诉了他。

"从今以后,在街上遇见军官,你都要站直立正,然后敬礼!"

"好的!"

"回答'是,长官!'"

"是，长官！"

这个肥胖的军官嘟囔了一声，猛然转身，继续沿着大街往前走。片刻之后，安东尼才迈开脚步，这个小镇不再让人感到慵懒困倦充满异域情调了，突然间，暮色中已不再拥有那种魔力。他的目光陡然朝内转向自己目前所处的屈辱境地。他痛恨刚才那个军官，痛恨每一个军官——生活真让人无法忍受。

又走过半个街区之后，他意识到刚才那个身穿淡紫色衣裙，对着他的窘境吃吃发笑的姑娘，正和她的朋友一起走在他前面大约十步远的地方。她好几次回过头来盯着安东尼看，那双仿佛跟她的衣裙色彩同样的大眼睛，闪动着欢快的笑意。

到了拐角处，她和同伴明显放慢了脚步——他必须做出选择，要么加入她们，要么若无其事地擦肩而过。他擦肩而过了，马上又犹豫了起来，于是放慢了脚步。片刻之后，她们又和他并排了，这次两人都情不自禁地笑了起来——不是他在北方这类熟悉的喜剧场面中，预期从女演员那里听到的刺耳欢笑，而是一种如潺潺流水般的轻柔笑声，仿佛是听到某种微妙的笑话而忍不住释放出来的，他无意间竟慌乱地陷入到了这种笑声中。

"你们好！"他说。

她的双眸如影子一般柔和。它们究竟是紫罗兰色呢，还是原本是深蓝色，在融进了灰蒙蒙的暮色之后，才产生了这种效果呢？

"真是令人愉快的夜晚。"安东尼不置可否，冒昧地说。

"的确是这样。"第二个姑娘说。

"对于你，可不是一个令人愉快的夜晚。"淡紫衣姑娘叹息道。夜色中，沉醉的微风正轻轻地吹拂着她那宽宽的帽檐，她的声音宛如微风，仿佛也成了夜色中的一部分。

"他必须得要有机会来炫耀一下自己。"安东尼轻蔑地笑着说。

"我想也是。"她表示赞同。

他们拐过街角，懒洋洋地走上了一条小巷，好似沿着一条与他们相连而又漂泊不定的缆绳在行进。在这样的小镇里，像那样拐过一个又一个街角，是完全自然的，漫无目的地悠然而行，什么都不去想，也是再自然不过的了……这条小巷很黑，突然出现一条岔路，通向离街道背后很远的一个区域，那里由野玫瑰篱笆环绕着的，有几幢宁静的小屋坐落其中。

"你们这是去哪儿？"他礼貌地问。

"随便走走。"这回答是辩解，是问题，也是解释。

"我可以跟你们一起走走吗？"

"我想可以。"

她的口音有所不同，这是个优势。从她的言谈中，他无法确定一个南方人的社会地位——在纽约，来自社会底层的姑娘说起话来总是嗓门粗哑，让人难以忍受——除非是透过这令人陶醉的玫瑰色景致望过去。

夜色悄然降临。他们很少交谈——安东尼漫不经心地随便问一些问题，其他两位本地人则言简意赅地回应——就这样逛过一个又一个街角。他们走到一个街区的中间，在一个路灯下停了下来。

"我住在这附近。"另一个姑娘解释道。

"我住在这个街区的旁边。"淡紫衣姑娘说。

"我可以送你回家吗？"

"送到拐角处，如果你想送的话。"

另一个姑娘朝后退了几步。安东尼脱了脱帽子。

"你该向她敬礼，"淡紫衣姑娘笑着说，"所有的战士都敬礼。"

"我会记住。"他严肃地回答。

另一个姑娘说，"嗯——"她犹豫了一下，接着说，"明天给我打电话，多特。"说完便从街灯黄色的光晕中退了出去。然后，安东尼和淡紫衣姑娘默默无语地走过三个街区，来到一幢破败的小屋前。这里便是她的家了。站在小屋的木门外,她犹豫了。

"嗯——谢谢。"

"你必须马上就进去吗?"

"我应该进去了。"

"就不能再多逛一会儿吗?"

她神情冷静地注视着他。

"我甚至还不认识你呢。"

安东尼笑了。

"现在认识也不晚啊。"

"我想我还是应该进去了。"

"我想,我们或许可以再走走,去看一场电影。"

"我倒也愿意去。"

"然后,我再送你回家。我还有足够的时间。我必须在十一点钟之前赶回营地。"

天色变得更黑了,他现在几乎看不清她了。她此刻只是轻风中微微飘动的衣裙和一双清澈而无所顾忌的眼睛……

"你为什么不来呢——多特?你不喜欢电影吗?最好还是来吧。"

她摇了摇头。

"我不应该去。"

他喜欢她,意识到她并无决断,只是在见机行事。于是,他走上前去抓住了她的手。

"如果我们十点钟回来,你可以去吗?就只看电影?"

"嗯——我想是可以的——"

他们手牵着手,沿着一条朦胧而幽暗的街道,又朝镇中心走去。街上一个黑人小报童正在叫卖着号外新闻,他用的是当地小贩传统的叫卖腔调,和谐悦耳,就像唱歌一样。

多特

  安东尼和多萝西·克雷洛夫特之间的风流韵事，是他对自己的行为越来越随便的必然结果。他并非因为渴望拥有欲望的对象而走向她，也并非因为他拜倒在一种比自己更具活力，也更引人注目的人格面前，就像四年前他遇见格洛莉亚时那样。他只不过是因为无力做出明确的判断，才陷入到这种关系当中。不管是对男人还是对女人，他都无法说出一个"不"字，不论是借钱者，还是引诱人的女子，都觉得他既脱离实际，又不太有主见。的确，他根本就很少作出决定，而一旦他作了，也都是一些半歇斯底里的决心，通常是在他目瞪口呆地惊觉到某事已无可挽回之际，于惊慌失措之中作出的。

  在这件事情上，他特别纵容自己的一个弱点，那就是他需要外部给他带来兴奋和刺激。他觉得这是四年以来第一次，他可以从一个全新的角度来表达和诠释自己。这个姑娘让他有可能享受到宁静，每个夜晚有她相伴的时候，他的想象给他带来的那些病态而又难以避免的无谓打击，会得到缓解。他成了一个彻头彻尾的懦夫——他对格洛莉亚的挚爱，曾经像监狱看守长一般，守护着他的不足，如今随着这种爱土崩瓦解，许多不正常的念头被释放了出来，时常萦绕在心际，完全左右着他。

  就在第一天的夜晚，当他们站在木门前的时候，他吻了多萝西，并约定下星期六来看望她。然后，他返回营地，不顾军规在帐篷里亮着灯，给格洛莉亚洋洋洒洒地写了一封长信。这是一封情感炽热的信，信里充满了感伤的隐晦暗示，充满了记忆中鲜花的芳香气息，也充满了极度真挚的柔情——所有这些情感，他在片刻间重新体验到了，那就是一个小时之前，在温暖月色下的一个深情亲吻里。

当星期六的晚上到来时，他发现多特已经等候在珠宝电影院的门口了。她像上星期三一样，穿着轻薄蝉翼纱料子的淡紫色衣裙，不过，显然那以后又浆洗过了，看上去清新平整。白天的光线证实了他上次得到的印象，她是可爱的，虽然并非精致和完美。她纯净端正，五官小巧，虽有一点儿不对称，但搭配在一起彼此相称，富有表情。她就像一朵转瞬即逝的幽暗小花——然而，他觉得在她的身上发现了某种品格，她含蓄内敛，从逆来顺受中获得力量。在这一点上，他错了。

多萝西·克雷洛夫特现年十九岁。她的父亲曾开过一家规模很小、生意清淡的街头小店，在他过世的前两天，她以班级里倒数第四名的成绩从高中毕业了。在读高中的时候，她的名声相当成问题。事实上，从班级组织的一次野餐中，传出了关于她的流言蜚语，而她那次的行为只不过是有些不检点而已——她其实一直都保持贞洁，直到一年多之后。那个男孩曾是杰克逊大街上一家商店里的店员，事发后的第二天，他竟出人意料地不辞而别，去了纽约。他计划离开，已经有了一段时间，但拖延至今，直到完美地成就了他的一番爱情事业。

过了一段时间，她把这段经历吐露给了一个女朋友，后来，当她看见她的朋友在尘土飞扬的阳光下，消失在令人昏睡的街道尽头时，她在直觉闪现的那一瞬间明白了，她的故事将会传得满城风雨。然而，把那个秘密倾吐出来之后，她感觉好多了，当然也有一点苦涩。她尽己所能地去为自己重新建立起好名声，采用的方式是带着想让自己再一次开心起来的真诚目的，转向另一个方向，去结识另外的男人。接二连三的事情照例发生在多特身上。她并不脆弱，因为在她的身上，根本就没有什么东西会告诉她，她是脆弱的。她也并不坚强，因为她永远也不会知道，她做的有些事情是很勇敢的。她既不反抗，也不顺从或是妥协。

她没有幽默感，不过，取而代之的是她有一种快乐的秉性，这使得她在跟男人相处时，会在适当的时候欢笑。她没有确切的意图——有时她会隐约感到后悔，她那不佳的名声排除了她获得任何婚姻保障的机会。从表面上看，她的处境没有明显的变化：她的母亲只对每天早上准时打发她去珠宝店感兴趣，她在那儿每周可以赚到十四美元。可是，现在她在高中时就认识的一些男孩在遇见她时，如果正好是在跟"好姑娘"一道散步，就会把眼光投向别处。这类事情让她很受伤害，每每遇到，她都会跑回家里大哭一场。

除了杰克逊大街的店员之外，还出现过另外两个男人。第一个是海军军官，刚开战的时候，他曾经路过这个小镇。他为了转车要在小镇住一夜，在她经过斯通沃尔旅馆的时候，他正好悠闲自在地斜靠在一根柱子上。后来，他在小镇逗留了四天。她觉得自己已经爱上了他——把本该倾注在那个怯懦店员身上的激情，第一次歇斯底里地滥加在了他的身上。海军军官的制服——那个时候还相当少见——无疑带来了魔力。他离开的时候，口头上作出了一些模棱两可的承诺，可是一上火车，就暗自庆幸没有把真实姓名告诉她。

随之而来的抑郁沮丧，让她投入了塞拉斯·菲尔德的怀抱。他是当地一个布商的儿子。有一天，她从人行道上经过的时候，他从跑车上跟她打招呼。她早就知道他的名字。要是她出身在更高一些的阶层里，他应该早就认识她了。她也只是略低一些而已——不管怎么说，他毕竟还是遇上了她。一个月之后，他去了训练营，当时他感到既有一点害怕，又有一点释然，怕的是两人的亲密关系，释然的是他察觉到她并不是太在乎他，她也并不是那种会带来麻烦的人。多特以一种浪漫的方式来看待这类事情，相信是战争把这些男人从她身边带走，这样多少也满足了她的虚荣心。她默默地对自己说，她本来是可以跟海军军官结婚的。不过，在八个月的时间之内，她的生活中就出现了三个男人，这让她不能不感到有些焦虑不安。在她的内心深处，她每每有着更多的恐惧，而不是惊奇，她想用不了多久，自己就会像杰克逊大街上的"坏女孩"一样了，而就在三年之前，她和她那些嚼着口香糖、咯咯傻笑的朋友还会好奇地盯着他们看。

有一段时间，她试着更加谨慎小心一些。她让男人"跟她偶然相识"，让他们吻她，甚至允许对她有某些其他过分亲昵的言行，但她没有在原来的三人上再有所增加了。几个月之后，她的这种决心的力度——或者不如说是恐惧之下令人心酸的权宜之计——慢慢地开始消蚀。随着夏季渐渐远去，成天浑浑噩噩虚度年华，让她变得越来越心神不定。她遇见的士兵，不是明显配不上她，就是她高攀不上，这一点倒不是那么明显——在这种情况下，他们渴望的只是利用她而已。他们都是一些北方佬，粗俗而没有教养。他们总是一窝蜂似的涌来……然后，她遇见了安东尼。

在他们认识的第一个晚上，在她的心目中，他只不过是一张不快活的脸，还算讨人喜欢；只不过是一个声音，她可以借此消磨一个小时。然而，当她星期六的晚上跟他约会时，她在打量他时已带上了一份温存体贴。她喜欢上了他。他的脸就是一面镜子，无意中，她从上面照见了自己的悲剧。

他们再次去看电影，再次徜徉在幽暗而馨香的街道，这一次手牵着手，间或轻声细语地交谈几句。他们穿过木门——向那个小小的门廊走去——

"我想再待一会儿，可以吗？"

"嘘！"她轻声说，"我们必须非常安静。妈妈在看《斯奈皮故事会》，会看到很晚。"安东尼听见屋内隐约传来翻书的声音，她的说法得到了证实。从打开的百叶窗里投射出一道道水平向的光束，在多萝西的裙子上留下一条条细细的平行线。

大街上一片寂静，除了对面房子的台阶上有几个人，他们不时提高嗓门，唱起一首悦耳而俏皮的歌曲。

"——当你醒—来

　你将拥—有

　　所以美丽的小屋——"

然后，月亮仿佛早就躲在附近的屋顶上等待着他们，这时突然透过藤蔓，斜斜地照射过来，把姑娘的脸蛋映照成了白玫瑰的色彩。

安东尼不禁触景生情，回忆起一段往事。他闭起双眼，眼前浮现出一幅生动的画面，就像荧幕上的闪回镜头一样清晰——那是一个冰雪初融的早春夜晚，背景被不合时宜地安排在五年前，一个几近被遗忘的冬季——另一张脸，光彩夺目，花样娇美，仰面向着如群星般变幻的华灯——

啊，他心中那位冷酷美丽的女郎，让他在转瞬即逝的光芒中一睹芳容，那是利兹·卡尔顿饭店里的那双黑眼睛，是布隆涅森林里从飞驰而过的马车上投来的迷离一瞥。然而，那些夜晚只是一段歌曲，一段令人难忘的荣耀——此时此刻，重见那轻柔的微风，那幻影，那预示着浪漫未来的永恒现在。

"噢，"她轻声地说，"你爱我吗？你爱我吗？"

符咒被打破了——群星漂浮的碎片原来只不过是光线，街道远处的歌声也渐渐缩减成一种单调的声音，成了草丛间蚱蜢的低鸣声。他几乎是带着一声叹息，吻着她滚烫的双唇，而她的双臂也悄悄爬上了他的肩头。

士兵

随着时间一周又一周地流逝，安东尼的活动范围也在逐渐扩大，他慢慢开始了解营地和周边的环境了。有生以来第一次，他与各式各样的下等人保持经常性的个人联系，他们中有他曾经付给过小费的服务生，向他点头致意的司机，还有木匠、管子工、理发师和农夫，此前只有在用到这些卑微职业提供的果实时，他才会注意到他们。在他来到营地的最初两个月里，他没有跟任何一个人连续交谈超过十分钟。

在工作经历记录表里，他在职业身份一栏填写的是"学生"。在最初的问卷调查表上,他曾草率地写上了"作家",可是当军营里有人问起他的职业时,他一般都回答说自己是银行职员——要是他说了实话,他们就会怀疑他是不是来自有闲阶层。

他的副排长波普·唐耐利是一个矮小的"老兵",因酗酒而变得干枯憔悴。他曾经在禁闭室里度过了无数个星期,不过最近多亏操练教官短缺,他被提拔到了现在的职位,这是他人生的顶峰。他的肌肤上仿佛布满了弹坑——极像从空中拍摄的"布兰克战场"的照片。他每周一次进城去喝白酒,总要喝得酩酊大醉,然后才悄悄回到军营,瘫倒在他的铺位上,等到第二天早上起床号响起,他加入到队伍中时,看上去比任何时候都更像死神的白面具。

他始终怀着一个令人愕然的错觉,认为自己在精明地"玩弄"着政府——他领着一份微薄的工资,在军队里服役了十八年,很快就要退休了(讲到这里,他总要眨眨眼睛),届时他将会领到每月五十五美元的可观收入。从他还是佐治亚乡村的一个十九岁男孩的时候开始,就有几十个人欺负过他,嘲笑过他,现在他跟他们开了一个天大的玩笑。

眼下兵营里只有两位中尉——霍普金斯和受人欢迎的克雷钦。后者一直被认为是个好人,是一位好领导,直到一年之后,他带着一千一百美元的膳食款,突然失踪。这才证明他与许多领导并无二致,实在远远不足以效仿。

终于轮到说唐宁上尉了,在兵营这个麻雀虽小却五脏俱全的世界里,他就是上帝。他是个后备军官,个性刚健,精力充沛,热情洋溢。的确,最后的这项特质,通常以实物形式表现出来,从他嘴角的白沫上清晰可见。跟绝大多数指挥官一样,他严格地从前线角度来看待自己的职责。他满怀着希望,在他的眼里,他管辖下的部队是如此的精良,唯有当前这场如此重大的战争才与之相配。尽管他终日焦虑不安,殚精竭虑,但无疑是正在经历人生中最美好的一段时间。

巴普蒂斯特,就是火车上那个矮小的西西里人,在操练的第二周就与他发生了冲突。上尉三番五次地下令，士兵在早晨集合前必须把胡须剃干净。可是，有一天惊爆出居然有人胆敢公然违背此项规定，这明显是在那个日耳曼人纵容下发生的——前一天晚上，竟然有四人让他们的毛发长在了脸上。四人当中有三人只能听懂一点点英语，这一事实让现场实物演示显得极为必要，于是唐宁上尉断然决定找一位志愿的理发师，来兵营大街给人剃须。为了民主制度的安全起见，半盎司的毛发从三个意大利人和一个波兰人的面颊上被干刮了下来。

在连队之外的世界里，不时会出现一位上校，他体态笨重，牙齿排列得杂乱无章，成天骑着一匹英俊的黑马，巡查军营各处的训练场。他是西点军校的毕业生，从他的模样上看，像一位绅士。他有一个邋遢的老妻和一副邋遢的脑筋，把大量的时间耗在城里，利用部队最近的崇高社会地位，占尽便宜。最后，还有一位将军，当他穿行在兵营的道路上时，他的大旗总是在前面开道——一个如此威严凛然、遥不可及、庄严宏伟的人物，几乎是无可理解的。

十二月。晚风已变得凉飕飕了，训练场上的早晨潮湿而寒冷。随着大地上热气消散，安东尼发现自己越来越为活着而感到喜悦。通过自己的身体，他奇妙地获得了新生，他很少焦虑，带着一种动物般的满足生活在当下。这并不是说格洛莉亚或者格洛莉亚代表的生活，不常出现在他的头脑中——只不过是日复一日，她变得越来越不真实了。他们会在某一周狂热地彼此写信，几乎达到歇斯底里的程度——然后，仿佛是达成了一个不成文的协议，每周写信不超过两次，再后来是一次。她在信上说，她感到有些厌倦无聊，要是他所在的部队要长时间驻扎在那儿的话，她就计划南下来探亲。海特先生将能提交一份比他预期的更强有力的辩护状，不过，他怀疑这个上诉案件可能要到来年春末才会开庭审理。穆瑞尔在城里为红十字会工作，她们俩经常一起外出。要是她加入红十字会，安东尼会怎么想？可问题是，她曾经听说，她将不得不用酒精为黑人擦身,打这以后,她的爱国热情就变得不那么强烈了。城里到处都是士兵,她见到了许多男孩子,她已经好多年都没有看到了……

安东尼不希望她到南方来。他告诉自己这其中有多种原因——他需要离开她,平静一段时间,她也一样。在小镇上,她会感到无聊透顶,而且她每天只能见到安东尼几个小时。不过,在他的内心深处,他害怕这是因为他被多萝西深深吸引的缘故。事实上,他总是生活在恐惧当中,唯恐格洛莉亚会在有意无意间,觉察到他跟别的女人之间的关系。两周之后,这种纠结开始让他为自己的不忠感到痛苦。可是,每天操练结束后,他还是抵挡不住诱惑,跑出营房到对面基督教青年会去打电话。

"多特。"

"嗯?"

"我或许今天晚上能过来。"

"我太高兴了。"

"你想在星光闪闪的夜晚,把我那好口才听上几个小时吗?"

"噢,你真逗人——"刹那间,他想起了五年之前——想起了杰拉尔丁。然后——

"我大约八点钟到。"

七点钟的时候,他会乘上开往城里的小公共汽车,那里成百上千的南方小姑娘,会在月光沐浴下的门廊里,静候着她们的情郎。这时他会兴奋地期待着她温暖而迟缓的亲吻,她看他时惊奇而安静的眼神——比他激起过的任何眼神都更接近于崇拜。格洛莉亚和他之间历来都是平等的,彼此付出时,从未想到过感激或义务。可是,对这个姑娘来说,他的抚摸本身就是一种无价的恩赐。她曾经静静地哭泣着向他坦白,他不是她生活中的第一个男人,还有过另一个——他猜测,那段恋情还没有来得及开始,就已经结束了。

的确,就她而言,她说的是实话。她已经忘记了那个店员、那个海军军官和那个布商的儿子,忘记了她动人的真挚情感,而这是一种真正的遗忘。她知道在某种隐晦幽暗的状态之下，有人占有了她——这一切仿佛是发生在睡梦中一般。

安东尼几乎每天晚上都往镇里跑。现在待在门廊上已经太凉了，于是她的母亲便把那间小起居室让给了他们。客厅里有几十幅装帧廉价的彩色石印画，四处都是装饰性花边，除此之外，由于靠近厨房，还有几十年积聚下来的浓重油烟味。他们会生起火炉——然后，她便会乐此不疲地进行她的爱情事业。每天晚上十点钟的时候，她就会跟他一起朝门走去，披散着黑发，不施粉黛的脸庞显得苍白，在皎洁的月光下就更显苍白了。通常情况下，室外都撒满了一片清辉，间或也会淅沥沥地飘起温润的小雨，雨丝仿佛太过懒散，几乎无力抵达地面。

"说你爱我。"她会轻声细语地说。

"哦，当然，亲爱的小宝贝。"

"我是小宝贝吗？"她几乎带着渴望地问。

"就是一个小宝贝。"

她隐约有点知道格洛莉亚。想到这点，她就会感到痛苦，于是就把她想象成是一个傲慢、自大、冷漠的人。她早就认定格洛莉亚一定比安东尼年龄大，这对夫妻之间毫无爱情可言。有时，她任由自己胡思乱想，幻想着战争结束之后，安东尼会离婚，然后他们俩就能结婚了——不过，她从未向安东尼提起过此事，自己也几乎不知道究竟是什么原因。她跟他的战友一样，认为他是个银行职员——她觉得他清白正派，有些贫穷。她会说：

"要是我有一笔钱，亲爱的，我会把一分一厘都给你……我希望能有五万美元。"

"我觉得这笔钱够用了。"安东尼表示赞同。

——格洛莉亚在那天的信里写道："我觉得要是我们能够得到一百万美元，那最好就告诉海特先生，把官司继续打下去。不过，看来令人遗憾的是……"

……"我们可以买一辆汽车。"在最后的一阵狂喜中,多特大叫道。

难忘的场面

唐宁上尉深为自己阅人无数感到自豪。他习惯于在遇见一个人半小时之后,就把他归类,让他属于一系列令人惊诧的类型之一——优秀的人,善良的人,聪明的人,理论家、诗人和"一文不值的人"。二月初的一天,他派人传唤安东尼到他整洁的帐篷里来见他。

"帕奇,"他直截了当地说,"我已经注意你好几周了。"

安东尼站得笔直,一动不动。

"我认为你具备一名好士兵的素质。"

他等着这句话自然会引起的一阵暖流冷却下来了之后,接着往下说。

"这不是儿戏。"他一边说,一边紧锁着双眉。

安东尼用一句忧郁的"对,先生"来表示赞同。

"这是成人的游戏——我们需要领导者。"然后,迅速、明确而又带着闪电的高潮如期而至,"帕奇,我想让你当下士。"

这时,安东尼应该踉跄着微微后退,摆出一副激动得不知所措的样子。他将成为二十五万名被挑选出来担此重任的人之一。他将能够对其他七个胆战心惊的人,大声吼着这样的专业技术性词语:"跟我走!"

"你看上去像一个受过教育的人。"唐宁上尉说。

"是的,先生。"

"这很好,这很好。教育是一件重要的事情,不过,不要让它影响了你的头脑。沿着你现在的路走下去,你会成为一名好战士。"

这几句临别赠言一直回荡在耳畔,帕奇下士向上尉敬了一个礼,然后向后转,离开了帐篷。

尽管这段对话让安东尼觉得好笑,但它确实让他萌生了一个想法,那就是，假如他当一名军士，或者要是他遇上一个不那么严格的体检医生的话，当一名军官，那么生活就会有趣多了。这项工作似乎与军队自诩的英勇相抵触，对此他其实并无多少兴趣。在检阅的时候，大家穿戴齐整，不是为了好看，而是为了不难看。

然而，随着冬日渐渐过去——这是短暂而无雪的冬日，以潮湿的夜晚和阴雨绵绵的白天为标志——他惊叹，这个体系怎么能如此快就把他控制了。他是一名士兵——所有不是士兵的人，都是平民。世界上的人基本上就分为这样两大类。

他忽然想到，凡是被特别强调的阶级，比如军队，都把人分为两大类：他们自己那一类——还有就是他们之外的那一类。对于神职人员，分为牧师和俗人；对天主教徒，分为信众和非信众；对于黑人，分为黑人和白人；对于囚犯，分为被囚禁的人和自由的人；对于患病的人，则分为病人和健康人……就这样，在他的生命当中，他连想都没有想过，就已经当过了平民、俗人、非天主教徒、非犹太教徒、白人、自由人、健康人……

随着美国军队大量涌入法国和英国的战壕，他开始发现有许多哈佛校友的名字，出现在陆军和海军通讯上的伤亡将士名单中。然而，尽管前方官兵浴血奋战，形势并未出现转机，在可预见的未来，他看不到战争结束的希望。在以往的编年史中，战争中一方军队的右翼总是能够击败对方军队的左翼，与此同时，它的左翼又会被敌军的右翼所击败。在这之后，外国雇佣军开始溃逃。在那些日子里，事情就这么简单，几乎就像事先安排好了一样……

格洛莉亚在信中说，她最近大量阅读书籍。她说，他们以前怎么会把自己的事情搞得这么一团糟。她现在几乎没有什么事可做，把时间都花在胡思乱想上了，可以想象事情本来会有多么不同的结局。她整个的环境看来都很没有保障——就在几年之前，她似乎都能控制好局面，千头万绪都握在自己的小手里……

到了六月，她的来信开始变得潦草敷衍，也没有那么频繁了。她突然绝口不提要来南方的事了。

战败

乡村的三月，在温暖的草甸上，还很少能看见茉莉、长寿花和成片的紫罗兰。后来，他想起了一个特别的下午，当时空气中弥漫着这种清新而富有魔力的气息，他一边站在射击掩体里瞄准靶子，一边对着一个根本听不明白的波兰人背诵《阿塔兰塔在卡里顿》①。他的声音与头顶上呼啸而过的子弹发出的撕裂声、歌声和吧嗒声交织在一起。

"当春天的猎犬……"

砰！

"追寻着冬日的踪迹……"

呼——呼！……

"岁月之母……"

"嘿！得了！瞄准三号靶位！……"

小镇的街道再度堕入沉沉的梦境，安东尼和多特沿着前一个秋季里他们自己的轨迹，悠闲地消磨着时光，直到他开始对这个南方产生了一丝平静而懒散的眷恋——这个南方似乎更接近阿尔及尔而非意大利，带着它业已变得暗淡的远大志向，越过不计其数的年代，指向某个温暖而原始的涅槃，杳无希望或忧虑。在这里，真挚和理解的音调存在于每个人的声音里。他们仿佛用抑扬顿挫的语调在说，"对我们所有的人，生活都会开同样可爱而令人痛苦的玩笑。"悲伤而又悦耳，最后以一种不绝如缕的小调，来终止这上扬的声调。

---

① 《阿塔兰塔在卡里顿》(*Atalanta in Calydon*, 1865)，英国诗人斯文伯恩成名作，是一部从形式到内核都力图重现古希腊悲剧的诗剧。

在他常去的那家理发店，一个脸色苍白形容憔悴的年轻小伙子，总是会招呼他"嗨，下士！"后为他修面，然后在他那永不餍足的头顶上，无休无止地推动着一个绝妙的、会颤动的机器。他喜欢"约翰斯顿花园"，他们在那儿跳舞，一个具有悲剧气质的黑人演员，用萨克斯管奏出充满怀念和伤痛的音乐，直至色彩绚丽的大厅仿佛变成一片具有魔力的丛林，回荡着野蛮的节奏和如烟雾般弥漫的笑声。在那儿，他可以忘记在多特轻声的叹息和温柔的耳语中度过的那些平淡无奇的时光，可以完满地实现他所有的抱负，成就他全部的意义。

在她的性格中有一层悲伤的底色，她会有意识地回避生活中所有的事情，除了给人带来快乐的细枝末节之外。当她什么都不想，什么都不顾，像猫一样享受着暖融融的阳光时，她那双紫罗兰色的眼睛，会一连好几个小时，明显保持一种黯然无神的状态。他有时会好奇地想，她那位疲惫不堪无精打采的母亲会怎么看他们，在她最悲观怀疑的时候，是否曾经猜测过他们之间的关系。

星期天的下午，他们会徜徉在乡村小道上，不时停下来在树林边干苔藓丛中休息。在这儿，会聚集着成群结队的鸟儿，还有一片片的紫罗兰和洁白的山茱萸；在这儿，灰白色的树木兀自闪烁着水晶般凉爽的光芒，全然不顾外面令人迷醉的炎热；在这儿，他会时断时续地缓缓说上一段内心独白，在一场没有意义也没有回答的对话中自言自语。

七月带着灼人的炎热如期而至。唐宁上尉奉命从他的人马中选派一人去学做铁匠。他指挥的兵团正在补充前线兵力，需要绝大多数老兵来当训练教官，于是他选出了那个矮个子意大利人巴普蒂斯特，他可以轻而易举地把此人让出来。矮小的巴普蒂斯特从来都没有跟马打过交道。他的恐惧让事情变得更糟了。一天，他再次出现在那间整洁的房间里，告诉唐宁上尉，要是不能从这项差事中解脱出来，他宁可去死。他说，那些马不停地踢他，他实在不擅此道。最后，他跪倒在地，用结结巴巴的英语和纯正经典的意大利语，哀求唐宁上尉放他一马。他已经三天没有睡好了，因为那些令人恐怖的牡马，在他的睡梦中用后腿站立起来寻欢作乐。

唐宁上尉责骂了旁边的连队文书（因为他忍不住大笑起来），随后告诉巴普蒂斯特，他将尽己所能采取一些措施。可是，他把这事儿仔细考虑了一遍之后，还是决定他无法让出一个更好的人。矮小的巴普蒂斯特的情况每况愈下。那些马似乎觉察到了他的恐惧，于是不放过任何一个机会。两周之后，就在他试着把一匹强壮的黑母马牵出马厩的时候，它用蹄子把他的脑袋给碾碎了。

七月中旬的时候，军营里先是有了传言，后来真的接到命令，是有关部队转移营地的事。这个军团很快就要转移到往南一百英里处的一个空营地去，在那儿将扩充成一个师。起初大家都以为要出发上前线战壕，于是整个晚上都在兵营的道路上，三两成群唧唧喳喳，神气活现地相互大喊大叫："我们百发——百中！"当真实情况透露出来之后，他们愤怒地加以抵制，说这是掩人耳目的幌子，企图掩盖他们真实的目的地。他们尽情地陶醉在自身的重要性当中。那天晚上，他们到镇上去告诉各自的姑娘，说"要去消灭德国人"了。安东尼在这些人群中转了一圈——然后，拦下一辆小公共汽车，到镇上去告诉多特他就要远行了。

她正站在昏暗的阳台上等候着他，身穿一件廉价的白色裙子，脸上越发显出了青春和温柔。

"噢，"她轻声说，"我真想你，亲爱的。一整天都在想。"

"我要跟你说一件事。"

她把他拉到身边来，一起坐在秋千上，没有注意到他语气中的不祥之兆。

"告诉我。"

"我们下周要离开了。"

她的双臂本来是要去搂住他的肩膀，顿时停在了夜空中，下巴也侧了过来。

"要去法国吗?"

"不,没有那么幸运。是去密西西比州某个该死的兵营。"

她闭上了双眼,他能看见她的眼睑在微微地颤抖。

"亲爱的小多特,生活就他妈的这么残酷。"

她伏在他的肩上哭了起来。

"他妈的这么残酷,他妈的这么残酷,"他反复叨唠着,漫无目的,"生活就是这样伤害人,伤害人,直到最后它把人伤害得再也无法被伤害了。这是它所做的最后一件事,也是最糟糕的一件事。"

她因极度的痛苦而失去了控制,发狂似的把他紧紧地搂在怀里。

"哦,天啊!"她泣不成声地低声说,"你不能离开我。我会死去。"

此时此刻,他发现根本不可能轻描淡写,把他的离开说成是一件寻常的、与个人无关的事。他离她太近,所能做的就只有不停地重复"可怜的小多特,可怜的小多特"。

"然后又怎样?"她疲惫地问。

"你是什么意思?"

"你是我整个的生命,就是这样。我可以现在就为你而死,如果你需要我这样做的话。我会去拿一把刀把自己杀了。你不能把我留在这儿。"

她说话的口吻令他不寒而栗。

"这样的事情经常会发生。"他平静地说。

"那么,我跟你一起去。"泪水顺着她的面颊不住地往下流。她的双唇因极度的痛苦和恐惧而颤抖不已。

"甜心,"他伤感地轻声说,"甜心小姑娘。我们只不过是把注定了要发生的事在往后拖了,你难道不明白吗?再过几个月,我就要去法国了——"

她把身子侧过去离开他,紧握着拳头,抬起头仰望着天空。

"我想死去。"她说，仿佛每一个词都在心中仔细地酝酿过。

"多特，"他不安地轻声说，"你会忘记的。东西总是在失去之后，才会显得更加甜蜜。我知道——因为我曾经渴望过某个东西，而且得到了。那是我唯一深深渴望过的东西，多特。可是，在我得到了之后，它就在我的手里变得毫无价值了。"

"很好。"

他还沉浸在自己的思绪当中，继续说：

"我经常想，要是我没有得到我想要的东西，事情对于我来说可能会大不一样。我或许会发现我的精神世界中的某种东西，然后让它传播出来，并享受这个过程。我或许会对它的作用感到满意，从成功中得到某种甜蜜的虚荣。我想某个时候或许会得到我想要的任何东西，当然是在理性范围内，不过这也是我唯一热切渴望的东西。天啊！这件事情让我懂得了一个道理，你不可能拥有任何东西，你根本就不可能拥有任何东西。因为渴望只是在欺骗你。这就像一缕阳光，在房间里各处移动。它停下来，把某个微不足道的东西染成金色，我们这些傻瓜企图去捕捉它——可是，就在我们这样做的时候，这缕阳光已移动到其他的东西上了，你得到的还是那个微不足道的部分，曾使得你渴望得到它的那种闪烁的光芒已经不见了——"他不自在地停了下来。她已经起身，站在那儿，眼里不再有泪水，正在从一棵深色的藤蔓上采摘小小的树叶。

"多特——"

"走开。"她冷冷地说。

"什么？为什么？"

"我要的并不只是话语。如果那就是你给我全部，你最好还是走吧。"

"为什么，多特——"

"对于我意味着死亡的事情，对于你只是许多话语。你把它们如此美丽地堆砌在一起。"

"对不起。我在谈论你,多特。"

"离开这儿。"

他伸出双臂靠近她,但是她把他推开了。

"你不希望我跟你一起去,"她平静地说,"也许你是要去与那个——那个姑娘见面——"她无法让自己说出"妻子"这个词,"我怎么会知道?嗯,那么,我想你不再是我的男友了。所以你走吧。"

有一瞬间,各种相互冲突的警告和欲望把安东尼激发了起来,此时似乎像他人生中难得的几次一样,他因受到内心的激励而准备采取行动。他迟疑不决。然后一阵疲惫向他袭来。现在已经太晚了——一切都太晚了。多年以来,他一直都是在想入非非之中度过的,所作的决定都像是建立在如水一般不稳定的情感基础上。这个身穿白色裙子的小姑娘支配着他,在自己欲望世界的严格对称性中,她接近了美。在她那黑暗而受伤的内心点燃的烈火,如火焰一般在她的四周熊熊燃烧起来。凭借着某种深不可测的骄傲,她让自己显得遥不可及,从而达到了她的目的。

"我并不想——让自己看上去这么冷漠,多特。"

"无所谓。"

那团火向安东尼扑面而来。他的体内像被某个东西拧了一下,他感到一阵揪心的痛,无助地站在那儿,筋疲力尽。

"跟我走吧,多特——可爱的小多特。噢,跟我走吧。我现在已经离不开你了——"

她抽泣着用双臂缠绕着他,让他支撑起她全身的重量。月光正在用它一年四季辛勤的劳作,来遮掩这个世界丑陋的面容,偷偷地把它的蜜汁倾倒在沉寂的街道上。

灾难

九月上旬,在密西西比的布恩兵营。夜色因各色昆虫而显得生机盎然，此时已潜入蚊帐，在它的庇护之下，安东尼正在试着写一封信。隔壁帐篷里断断续续传来打扑克牌发出的声音，外面还有一人一边在兵营的街道上溜达，一边哼着"凯——凯——凯——凯蒂"中的一首流行打油诗。

安东尼费力地用胳膊支撑起自己的身体，手里捏着一支铅笔，低头看着面前的白纸。然后，他省去任何抬头，开始写道：

我无法想象到底是怎么一回事，格洛莉亚。我已经两个星期没有收到你的只言片语了，很自然开始担心——

他心烦意乱地咕哝了一声，把这页信纸揉起来扔了，重新开头：

我不知道该怎样想，格洛莉亚。你的最后一封信是两周之前收到的，只有寥寥数语，态度冷漠，没有一个带有感情色彩的词，甚至连你最近基本的生活状况，也未适当提及。很自然我要感到疑惑了。如果你对我的爱还没有彻底消失，你似乎至少应该不要让我这么担心——

他再一次把信纸揉成一团，恼怒地把它从帐篷上的一个开口扔了出去，与此同时，他意识到，第二天早晨将不得不把它捡起来。他不想再尝试写下去了。他已经不可能在字里行间倾注脉脉温情了——唯有挥之不去的妒忌和猜疑。自仲夏以来，格洛莉亚信中的这种变化越来越明显。刚开始的时候，他几乎没有察觉出来。他早已习惯了在她的来信中，通篇都是敷衍的"最亲爱的"和"亲亲"之类的字眼，以至于对它们的出现或是缺失都毫不在意。可是，在最近的两周里，他越来越意识到有什么地方出了问题。

他给她发了一份夜间电报，说他已经通过了进入军官培训营的考试，预计不久将动身前往佐治亚州。她没有回复。他又给她发了一封电报——他还是没有收到任何回音，这时他猜想，或许她不在纽约。可是，他一次又一次地想到，她并没有离开纽约，于是一连串令人心烦意乱的想象开始折磨着他。或许格洛莉亚寂寞无聊，骚动不安，有了别人，甚至就像他这样。这个想法不是不可能的，他不禁深感恐惧——主要是因为一直以来，他对她人格方面的完美是深信无疑，一年来很少考虑到她。现在随着怀疑的出现，原有的愤懑，强烈的占有欲，都以千倍的强度，一起向他涌来。还有什么比她再次爱上他人更自然而然的呢？

他回想起来，格洛莉亚曾经向他保证，要是她想要什么东西，她就会去得到它，她坚持认为，由于她完全是为了满足自己而去采取行动，所以经历这样的恋情不会感到愧疚——她说过，无论如何，只有这类事对一个人的想法产生的影响，才是关键的，而她的反应会跟男人的一样，会感到厌腻和稍许反感。

不过，这是他们刚结婚时的情况。后来，由于发现自己也会为安东尼吃醋，至少从表面上看，她改变了想法。对于她来说，这个世界上不存在其他的男人。对于这一点，他知道得再清楚不过了。他察觉到，某种过分挑剔的毛病或许会对她产生约束，在这之后，在保持她对他的爱完好无损这一点上，他便开始放松了警惕——这种爱毕竟是整个婚姻关系的基础。

同时，整个夏天他都把多特安置在市中心一家提供膳食的家庭旅馆里。要这样做，他自然就必须给经纪人写信要钱。多特为了掩护自己的行踪，特意在兵团起营开拔的前一天，就离开家启程南下了。她给母亲留了一张便条，说自己去了纽约。当天晚上安东尼上她家，假装是来看她的。克雷洛夫特夫人处于崩溃状态，客厅里还来了一位警察。询问盘查随之而来，安东尼好不容易才从中脱身出来。

到了九月，由于他对格洛莉亚起了疑心，多特的陪伴开始变得单调乏味，后来几乎到了让他难以忍受的地步。由于缺少睡眠，他变得神经质，急躁易怒，他的内心也出了问题，总是惶恐不安。三天之前，他去见了唐宁上尉，请求休假，可得到的只是宽厚仁慈的拖延。这个军团正在陆续被派往海外，而安东尼将进入军官训练营。现在所能安排的休假机会，必须给那些即将离开祖国的人。

安东尼被拒绝之后，立刻动身前往电报局，打算发电报让格洛莉亚来南方——他到了门口，又绝望地退缩了，他明白这一步完全没有可行性。接下来，整个晚上他脾气暴躁，跟多特激烈争吵，回到营房时情绪阴郁低落，心中充满了对这个世界的愤怒。刚才那令人不快的局面并没有结束，他在中途便贸然离开了。该怎么来处理跟她之间的问题，眼下似乎不是他最关心的——此时，他全神贯注于妻子那令人心灰意冷的沉默，不能自拔……

帐篷的帘子突然朝后打开，呈现出一个三角形，夜色中露出一个黑乎乎的脑袋。

"是帕奇军士吗？"听口音是意大利人，安东尼从皮带上看出，来人是总部的一个传令兵。

"想找我？"

"有一位女士十分钟之前给总部打来电话，她说要跟你通话，非常重要。"

安东尼把蚊帐撂到一边，站起身来。这或许是格洛莉亚打过来的电话。

"她说要找你。她十点钟后会再打来。"

"好的，谢谢。"他拿起帽子，片刻之后，便和传令兵一道大步走在了闷热得几乎令人窒息的夜色中。在总部简陋的木屋里，他向一个正在打盹的夜间值班军官敬了一个礼。

"坐下来等吧，"那个中尉不带感情地说，"那个女孩似乎非常焦急地要跟你说话。"

安东尼的希望落空了。

"非常谢谢你，先生。"当挂在墙上的电话叮铃铃地响起时，他知道是谁打来的。

"我是多特，"话筒里传来一个不安的声音，"我一定要见你。"

"多特，我告诉过你，我这几天不能过来。"

"我今天晚上一定要见你。这件事很重要。"

"现在太晚了，"他冷冰冰地说，"已经十点钟了，我必须在十一点前回到军营。"

"好吧。"这两个字里浓缩了那么多凄苦，安东尼不禁感到一丝愧疚。

"是怎么回事？"

"我想跟你告别了。"

"噢，别傻了！"他惊呼起来。可是，他的精神为之一振。要是她今天晚上就离开镇上，这将是何等幸运的事情！对于他的心灵来说，这是怎样的负担啊。不过，他却说："你在明天之前不太可能离开。"

他从眼角瞥见夜间值班军官正在打量着他，面带揶揄。然后，令人一惊地传来多特接下去的话：

"我不是指那种方式的'离开'。"

安东尼的手紧紧地握住听筒。他感到他的神经都在变冷，仿佛热量正在离开躯体。

"什么？"

然后，很快他听见一阵疯狂而时断时续的声音：

"再——见——噢，再——见！"

喀喇！她挂断了电话。安东尼发出一声半是喘息半是叫喊的声音，急匆匆地从总部木屋里跑了出来。屋外星光透过小径两侧的树木轻柔地泻下，宛如银色的流苏，他一动不动地站在那儿，犹豫不决。她是说要杀了自己吗？——噢，这个小傻瓜！他的内心充满着对她的苦涩恨意。他发现身处这个结局当中，自己根本就无法理解，当初为什么竟会开始这样一段纠缠不清的关系，这真是一个混乱不堪的局面，一个充满焦虑和痛苦的肮脏大杂烩。

他发现自己正在缓步走开，一遍又一遍地对自己重复，担心是毫无用处的。他最好是回帐篷去睡觉。他迫切需要睡觉。天啊！他还能睡着吗？他的头脑里一片喧嚣混乱。等到了大路上，他在一阵恐慌中转过身，开始狂奔起来，不是朝着营房的方向，而是相反的方向。进城的人正在陆续回来——这样他就能叫到计程车。片刻之后，两盏黄色的车灯出现在拐弯处，他不顾一切地朝它们奔去。

"车子！车子！"……这是一辆空的福特车……"我要进城。"

"得花一美元。"

"没问题。你能不能开快一点——"

在经过一段冗长不堪的时间之后，他跑上了一幢昏暗而又摇摇欲坠的小屋的台阶，在穿过大门的时候，几乎撞倒了一个体态臃肿的黑人妇女，她手里拿着蜡烛，正沿着长廊往前走。

"我妻子在哪儿？"他疯狂地大叫。

"她已经睡了。"

他一步三个台阶地跑上楼，再走过嘎吱作响的过道。房间里漆黑而寂静，他用颤抖的手划亮了一根火柴。两只瞪大的眼睛从床上一堆杂乱的衣服间抬起来看着他。

"啊，我就知道你会来的。"她断断续续地低声说。

安东尼因愤怒而浑身发冷。

"这么说，这只是一个计谋了，把我骗过来，给我找麻烦！"他说，"活见鬼，你玩'狼来了'的把戏也太频繁了！"

她可怜巴巴地望着他。

"我非要见到你，不然我就活不下去了。噢，我非要见到你——"

他在床沿坐了下来，慢慢地摇着头。

"你这样不好，"他坚定地说，无意间，他竟用了格洛莉亚在对他说话时可能会用的那副腔调,"这种事情对我不公平,你知道。"

"再过来一些。"不管他对多特说些什么,反正她现在开心了。他在乎她。她把他带到了自己身边。

"哦,天啊。"安东尼绝望地说。一阵疲惫向他袭来,他的怒火不可避免地平息了、后退了、消失了。他突然瘫倒在床上,在她的身边抽泣起来。

"噢,亲爱的,"她向他哀求,"别哭了!噢,别哭了!"

她把他的头捧了起来,紧贴在自己的胸口上,抚慰着他,她幸福的泪水与他苦涩的泪水交织在一起。她的手轻柔地拨弄着他的黑发。

"我就是这样一个小傻瓜,"她伤心地轻声说,"可是,我爱你,在你对我冷淡的时候,我仿佛觉得自己根本就不值得继续活下去。"

毕竟,一切又归于平静了——安静的房间里弥漫着女人用的香粉和化妆品的气味,多特的手轻轻地抚摸着他的头发,柔软得就像温暖的微风,她的胸部随着呼吸上下起伏着——有那么一瞬间,就好像是格洛莉亚在他的身边,就好像他在家中静静安歇,这是他所知道的最恬静最安全的家。

一小时过去了。长廊里的钟开始报时。他一跃而起看着腕表上带夜光的指针。现在是十二时整。

他费了好一番周折才找到一辆计程车,愿意在这个时候载他出城。在路上,他一边催促司机开得更快一些,一边琢磨着进入营房的最佳办法。他最近已经多次迟到,心里明白要是这次被抓住,他的名字很可能会从军官后备人员名单中被剔除。他寻思着,这样是不是更好:先把计程车打发走,然后择机在黑暗中蒙混过关通过哨卡。再说,午夜之后也常有军官驾车通过哨卡……

"停!"当前灯刚射向拐入的路面时,这个单音节词就从耀眼的黄光里传了过来。司机松开离合器,一个哨兵双手斜持步枪,走上前来。运气真不好,和他一道过来的还有守卫队的军官。

"回来晚了,军士。"

"是的,先生。有事给耽搁了。"

"太糟糕了。必需记下你的名字。"

在军官手里拿着笔记本和铅笔等候的时候,某个东西涌上了安东尼的双唇,他并非全然有意为之,这个东西纯粹出自于恐慌、糊涂和绝望。

"R.A. 弗利军士。"他屏息静气地回答。

"部队?"

"第八十三步兵团 Q 连。"

"好的。你必须从这里开始步行了,军士。"

安东尼行毕军礼,迅速给计程车司机付费,随后拔腿就朝他刚才谎报的那个军团跑去。等跑出哨卡的视线范围之外,他便改变了线路,急匆匆地赶回自己的连队,心里怦怦直跳,感到自己犯了一个致命的判断错误。

两天之后,在城里的一家理发店里,那个指挥守卫队的军官认出了他。在一名宪兵的押送下,他被带回了兵营,未经审判就被降为普通士兵,而且一个月之内禁止走出兵营。

遭受此番打击,他完全陷入了抑郁之中,一周之内,他又在城里被抓到,当时他喝得醉醺醺的,正在四处闲逛,裤子屁股口袋里还插着一品脱瓶装的私酿威士忌。鉴于审判时他的行为疯狂失控,最后他被判关三周的禁闭。

噩梦

在他被关押初期,他深信自己将要发疯,这种想法根深蒂固。在他身上似乎存在着很多阴暗而又鲜明的性格特质,有些是他所熟知的,有些却又是陌生可怕的,它们全都接受一个小小监督员的检查,他高高在上地坐在一旁观察。令他焦虑不安的是，这个监督员已经生病，要行使功能，已力不从心。要是他放弃职守，要是他片刻间出现闪失，这些让人无法忍受的东西，就会急不可待地冲出来——唯有安东尼才会知道，如果任由他体内最坏的东西，未经监督就漫游在他的意识世界里，那会是何等黑暗的一种状态。

不知怎的，白天的酷热渐渐发生变化，直到变成一种仿佛被抛光了的黑暗，倾覆在这一片饱受蹂躏的土地上。在他的头顶上，未知而又不祥的恒星，不计其数的火球，犹如一个个蓝色圆圈，在他的眼前永无休止地旋转着，仿佛他一直躺着，时常被暴露在灼热的阳光下，处于高烧昏迷状态。他知道他的肉体就像某个幽灵似的东西，就像某个几乎荒谬得不真实的东西，早晨七点的时候，这个东西和另外七个囚禁者，在两个守卫的监视下，来到营区的道路上干活。有一天，他们装载和卸下大量砂砾，把它铺开，再耙平——第二天他们用大桶装着滚烫的沥青，再浇在沙砾上，形成漆黑闪亮熔化的一摊摊灼热。晚上被羁押在禁闭室里的时候，他躺着什么都不想，也没有勇气去想，眼睛盯着头顶天花板上那一根根横梁，直到凌晨三点钟才迷迷糊糊、很不安稳地睡着一会儿。

白天干活的时候，他会心神不安急匆匆地拼命干，试图在白天步入闷热的密西西比黄昏时，让自己的身体感到疲劳，这样晚上或许能够因为极度筋疲力尽而沉沉睡去……后来，在第二周的一个下午，他有一种感觉，觉得在一个守卫的背后几英尺远的地方，有两只眼睛在注视着他。这让他心里产生了恐惧。他转过身背朝着那双眼睛，狂乱地铲着，直到他必须转过脸来去取更多的砂砾。然后，那双眼睛又进入了他的视野，他那早已绷紧的神经更紧张了，几乎到了崩溃的边缘。那双眼睛仍在深情地望着他。他听见一个凄楚悲切的声音，从灼热的沉寂中，呼唤着他的名字，大地荒谬地前后摇摆着堕入到一片叫喊和混乱的嘈杂声中去了。

等到后来他恢复了意识的时候，他已回到禁闭室，其他几个囚禁者正向他投来好奇的目光。那双眼睛再也没有出现了。直到许多天过去了,他才意识到,那声音很可能是多特的,是因为她在呼唤他,所以才引起了一阵骚动。是在被关禁闭快期满的时候,他才认定这一点的,这时压迫着他的阴霾消散了,让他深深地陷入了一种心灰意冷,了无生气的懒散倦怠之中。当意识的调停者,就是那位行使检查功能的令人恐怖的监督员,变得越来越强壮的时候,安东尼在身体上却感到越来越虚弱。他几乎不能经受连续两天的辛苦劳作,当一个阴雨绵绵的下午,他被释放出来回到连队的时候,他一踏进自己的帐篷就倒下昏睡过去了,他醒来时已快到第二天黎明时分,他仍然浑身酸痛,精神萎靡。在他的帆布床旁边摆放着两封信,它们已在上尉整洁的帐篷里等候他一段时间了。第一封信是格洛莉亚写来的,只有寥寥数语,态度冷漠:

案子将于十一月下旬开庭审理。你是否能请假?

我一次又一次地试着给你写信,可这似乎让事情变得更糟。我希望与你见面,有几件事情要谈,但你知道,你曾一度阻止我来,我也不愿再作尝试了。关于那一系列事情,我们似乎有必要面谈一次。对于你的任命我感到很高兴。

格洛莉亚

他太疲劳了,以至于不想去理解——或者说去在乎此信中的含义。她的措辞,她的意图,全都显得那么遥远,属于那个不可理解的过去。第二封信他只瞥了几眼,是多特写来的——语无伦次,字迹因泪水的浸泡而显得模糊潦草,里面写满了抗议、柔情和悲伤。他草草看完一页,便任由它从无力的指间滑落,昏昏沉沉地再次回到那片朦胧而荒凉的领地。他在出操的号角声中醒来,感到浑身滚烫,当他挣扎着想迈出帐篷时,晕倒在地——中午的时候,他因流感而被送往基地医院。

他意识到这次生病是上天在保佑他,让他免于再次陷入歇斯底里状态——后来他及时康复，赶上了在十一月一个潮湿的日子里，乘上列车前往纽约的，之后他们将奔赴远方那永无休止的杀戮。

当他们的军团抵达长岛米尔斯营地的时候，安东尼只有一个想法，那就是尽快进城去看望格洛莉亚。现在事态已经明朗，一周之内将会签署停战协议，但是仍有传言，说不论形势如何，部队还将继续被派往法国，直至最后时刻。安东尼一想到那远渡重洋的漫长旅程，想到无聊地在某个法国港口登陆，想到将被迫漂泊海外长达一年之久，而且很有可能替换那些目睹过实战的部队，不禁感到惊恐万分。

他原本想要获准一个为期两天的休假，但是米尔斯军营日前因流行性感冒，正处于严格的检疫隔离之中——即使是军官也不可能离开军营，除非是外出办理公务。对于一个普通士兵来说，这根本就是一件想也别想的事了。

营地本身呈现出一派令人沮丧的混乱景象，阴冷刺骨，寒风肆虐，污秽肮脏，在许多个区域之间的通道上堆积起了垃圾。他们乘坐的火车是某天晚上七点钟抵达的，但他们列队一直等候到了凌晨一点钟，直到前方某个地方的混乱情况得以缓解为止。军官们不停地跑来跑去，传达各项命令，从而引发了很大的骚动。最后，大家才知道问题出在上校身上，他义愤填膺，因为他是西点军校的毕业生，而在他还没有能够奔赴海外之前，战争居然就要结束了。如果战时政府意识到，那一周有多少西点军校老校友难过得心都碎了，他们将会义无反顾地把杀戮再延长一个月。这事儿真是令人痛惜！

安东尼朝外望去，只见在被踩踏得混乱一片的烂泥和积雪上，一大片光秃秃的帐篷绵延数英里，他知道当天晚上是不太可能长途跋涉去打电话了。他打算第二天早上一有机会就给她打电话。

他在寒冷刺骨的黎明时分被唤醒，在晨操列队站立时，聆听了唐宁上尉慷慨激昂的演说：

"你们这些人可能认为战争结束了。那么,就让我来告诉你们,战争并没有结束!那些家伙不会去签署停战协议。这又是一个诡计,如果我们这个部队就此放松警惕,那简直是在发疯,因为让我来告诉你们,我们将在一周之内从这里起航,届时就会见识到真正的战争。"他停顿了一下,以便他们完全领悟到他的言辞所能达到的效果,接着他继续说,"要是你们认为战争结束了,那就随便去问问哪个参加过这场战争的人,看看他们是不是都觉得德国人全都认输了。他们绝不会这么想的。没有人会这么想。我已经跟许多了解情况的人谈过,他们都说无论如何战争还会持续一年。他们认为战争没有结束。所以你们这些人最好不要有什么愚蠢的想法,以为战争结束了。"

在反复强调了最后这个警告之后,他命令队伍解散。

午后,安东尼跑向最近的随军小卖部电话亭。当他快到营地里的这个中心地带时,发现有许多其他士兵也在奔跑,他旁边的一个人突然一跃而起,还把两个脚后跟碰在一些发出咔嗒的声音。奔跑好像已变得普遍了,从各处三五成群的兴奋的人群里,传来了欢呼声。他驻足倾听——汽笛的鸣响传遍这天寒地冻的乡间,突然间,花园城各个教堂响起了连绵不绝的洪亮钟声。

安东尼又开始奔跑起来。随着人们呼出的一团团雾气,呼喊声袅袅升腾,融入寒冷刺骨的空气里,变得清晰可辨:

"德国投降啦!德国投降啦!"

虚假的停战协议

那天晚上六点钟的时候,在朦胧昏暗的夜色中,安东尼悄悄地在两节货车车厢之间溜了下来,到了铁路上之后,便沿着铁轨一直走到花园城,再从那儿乘上前往纽约的电气火车。他是冒着被逮捕的危险的——他知道车厢里常会有宪兵来查通行证,不过,他想今天晚上警戒或许会放松一些。然而，无论如何，他都要想办法溜走，因为他一直都没有能够用电话联系上格洛莉亚，要让他再这么焦虑地等上哪怕是一天，都将是不可忍受的。

火车几次原因不明地停车等候，这让安东尼想起了一年多以前离开纽约的那个夜晚。之后，火车开进了宾夕法尼亚火车站，他沿着那条熟悉的路走到等候计程车的地方。他发现当他报出自己的地址时，竟感到荒诞怪异而又兴奋刺激。

百老汇灯火通明，到处挤满了前所未见的狂欢人群，他们从在撒满闪亮碎纸片的路上蜂拥经过，而人行道上的碎纸片堆积得都有脚踝那么深了。各处可见士兵站在凳子和箱子上向人群喊话，而他们却对此掉以轻心，在头顶白色灯光的映衬之下，其中每一张脸的轮廓都清晰分明。安东尼挑出了六七个人仔细观察——一个喝得醉醺醺的水手，摇摇晃晃地往后倒去，由另外两个水手搀扶着，正在一边挥舞着帽子，还一边狂乱地大声喊叫；一个受伤的士兵，手里拿着拐杖，被几个尖叫的平民扛在肩上旋转欢呼；一个黑头发的姑娘，跷着二郎腿坐在一辆停着的计程车的顶上沉思默想。的确，胜利的消息及时地传到了这里，狂欢的高潮仿佛因最精妙的预见早就安排好了。这个伟大富有的国家，在战争中赢得了胜利，经受过的苦难足以令人感到辛酸，但却不足以令人感到悲痛——于是才有了今天的狂欢、盛宴和喜悦。一张张脸在这明亮的灯光下闪烁着光芒，这些人的荣耀已成过眼云烟，他们的文明早已失落——早在一百代之前，他们的祖先就曾在巴比伦，在尼尼微，在巴格达，在提尔，聆听过胜利的喜讯；他们的祖先还曾目睹过布满鲜花、由奴隶来装饰的队伍，带着战利品俘虏，行进在罗马帝国的大道上……

经过里亚托酒店，阿斯特酒店华灯闪烁的正面，再到如珠宝般绚丽夺目的时代广场……眼前是一条灯火璀璨繁华热闹的小巷……然后——时间真的已经过去了几年吗？——他在第五十七街一幢白色建筑物前面付给司机车费。他来到门厅——啊，电梯里还是那个从马提尼克岛上来的黑人男孩，慵懒闲散，无精打采，那样子一点都没有变。

"帕奇夫人在家吗？"

"我刚来接班，先生。"他用那不协调的英国口音回答道。

"送我上去——"

电梯伴随着嗡嗡的声音慢慢上升，他走出电梯，迈出三步就到了自家门口，轻轻一敲，门就自动打开了。

"格洛莉亚！"他的声音在颤抖。没有回答。烟灰缸里还袅袅升起一缕微弱的轻烟。几本翻开的《名利场》摊在桌子上。

"格洛莉亚！"

他跑进卧室、浴室，仍不见她的踪影。一件蓝绿色长睡衣摊开放在床上，若隐若现地散发出淡淡的香水味，虚幻而又熟悉。在一把椅子上，搁着一双长筒袜和一条出门穿的裙子。一个打开的粉盒摆在梳妆台上，像是在打哈欠似的。她肯定是刚刚才出门。

这时突然响起电话铃声，把他吓了一跳——他接听电话时，竟然感觉自己就像一个冒名顶替者。

"你好。请问帕奇夫人在家吗？"

"不在，我自己也在找她。请问您是哪一位？"

"我是克劳福德先生。"

"我是帕奇先生。我是临时决定回来的，刚到家，不知道在哪儿可以找到她。"

"噢，"克劳福德先生听上去有点措手不及，"我想她大概会在停战舞会上。我知道她打算去的，但没有想到她这么早就出门了。"

"停战舞会在哪儿举行？"

"在阿斯特酒店。"

"谢谢！"

安东尼猛地挂断电话，站了起来。这位克劳福德先生是什么人？带她去参加舞会的人又是谁？这种情况持续了多长时间？所有这些问题，他用各种各样的方式，自问自答了十多遍。此刻他正在向她靠近，这让他几近疯狂。

在一阵疯狂的猜疑中，他冲向公寓的各个角落，想要找出她与男性在这里同居的蛛丝马迹，他打开浴室里的橱柜，狂热地拉开梳妆台的各个抽屉。然后，他发现了某个东西，它让他突然停了下来，颓然地坐在一张成对的单人床上，他的嘴角下垂，仿佛要哭出来。在抽屉的一角，用一根细细的蓝色绸带系着的，是他在过去的一年里写给她的所有信件和电报。快乐和羞愧之情一时涌上心头。

"我不配碰她，"他冲着四面的墙壁大声喊道，"连她的小手指头，我都不配碰。"

不过，他还是出门去找她了。

在阿斯特酒店的大堂里，他立刻被淹没在了人群里，想要往前挪动一步，几乎都不可能。他向六七个人询问了舞厅的方向，才得到一个清晰明确的答案。最后，在经过漫长的排队等候之后，他才在大厅里把军外套给寄存了。

时间刚到九点钟，舞会的气氛便已经相当热烈了。那整个场景简直令人难以置信。女人，到处都是女人——姑娘们畅饮美酒，兴奋欢快，她们尖声高昂的歌声回荡在人群发出的喧嚣声之上，这些人的身上撒满了令人眼花缭乱的碎纸屑。姑娘们的身边围着身穿十多个不同国家军服的士兵。胖女人毫无尊严地瘫倒在地板上，于是为了维持一点自尊，大声高呼"同盟国万岁！"三个白发女人手牵着手，围着一个水手跳舞，他则在地板上令人头晕目眩地旋转着，还在胸前紧紧地抱着一个空香槟酒瓶。

安东尼屏住呼吸，目光扫过跳舞的人群，扫过在桌子间穿行的一行行混乱的单列舞队，扫过正在自吹自擂、亲吻、咳嗽、欢笑、畅饮的人群。在他们的上方，几面绚丽夺目的彩旗迎风飘扬，俯视着这华丽而又热闹的盛大场面。

然后，他看见了格洛莉亚。她正坐在对面的一张两人桌边。她身穿黑色裙装，生气勃勃的面庞，泛着最迷人的玫瑰色光彩，他觉得这让她成了舞会中最亮丽的一道风景。他的心怦怦乱跳，仿佛应和着一首新奏响的音乐。他推开拥挤的人群朝她的方向挤去，在那双灰色的眼睛抬起并发现他的时候，他呼喊着她的名字。在他们的身体相拥心灵交融的那一刹那，整个世界，狂欢的舞会，如泣如诉的音乐声，都渐渐远去，化作令人心荡神驰的单音，如蜜蜂的歌唱一般静谧甜蜜。

"噢，我的格洛莉亚！"他呼唤着。

她的吻如清凉的小溪，从她的心间潺潺流出。

第二章
事关美学

一年前,安东尼出发奔赴胡克兵营的那天晚上,美丽的格洛莉亚·吉尔伯特剩下的所有东西——她的躯壳,她年轻可爱的身影——在格兰德中央车站宽阔的大理石台阶往上移动,火车引擎的节奏声响彻耳际,宛如在梦中一般。出站之后,她来到范德比尔特大街,那里高耸着庞大的比尔特摩尔大厦,从下面低矮而闪闪发光的入口处,不知涌入了多少身披色彩斑斓晚礼服斗篷的时尚姑娘。她在等候计程车的地方停下了片刻,细细地观察着她们——不禁想起,就在几年之前,她也是她们那样的人,不停地出发去往某个流光溢彩的地方,总是准备好经历终极的激情冒险。为此,姑娘们的斗篷精致考究,还滚上了漂亮的毛皮边;为此,她们的面颊都经过浓妆艳抹的精心修饰。虽然短暂的欢娱将淹没她们,还有她们的头饰、斗篷和一切,但她们的心气远远高过这欢娱的穹顶。

天气变得越发寒冷了,过往的男人们都竖起了外套的衣领。这种变化对她来说是很好的。如果所有的事情都发生变化,包括天气、街道,还有人们,如果她能够被飞快地带走,在某个高雅清新的房间里独自醒来,无论内外都如塑像一般庄严而优美,就像在她纯洁而多彩的过去一样,那就更好了。

在计程车里,她无助地流着眼泪。她跟安东尼在一起感到不快乐,这种情形已经持续了一年多,现在这对她来说已无足轻重了。最近一段时间,安东尼的形象至多只不过是在她的内心唤起对那个令人难忘的六月的回忆。安东尼近来变得暴躁易怒,脆弱敏感,而且囊中羞涩,他所能做的无非就是把她也激惹得暴躁易怒而已——在那个富有想象而又能言善辩的青春年代里,他们相遇在令人心醉神迷的情感欢宴中,除了这一事实,他对一切都深感厌烦。正是由于彼此都共同拥有生动的记忆,她愿意为安东尼付出的,多于为其他任何人——因此,当她坐进计程车时,她动情地哭泣起来,想大声呼唤他的名字。

她坐在寂静的公寓里,感到像一个被人遗弃的孩子一样痛苦而孤独,于是提笔给他写信,字里行间溢满纷乱而缠绵的情感:

……我几乎可以俯视铁轨,目送你远去,可是没有你在身旁,我最亲爱的,最亲爱的,我无法去看或者去听,也无法去感受或者去思考。你我天各一方——不论我们之间以往发生了什么,或将来会发生什么——这就像去向暴风雨祈求怜悯,安东尼;就像正在老去。我多么想亲吻你——吻你颈后黑发开始生长的地方。因为我爱你,不论我们彼此之间做些或者说些什么,也不论已经做过或者说过什么,你都要感觉到我是多么爱你,而你不在身边的时候,我又是多么了无生趣。我甚至都无法去憎恨那些该死的人群,火车站里的那些人,他们根本就没有权利活着——我无法去痛恨他们,虽然他们正在玷污我们的世界,因为我全身心地沉浸在对你的渴望之中。

如果你痛恨我,如果你像一个麻风病患者那样身上布满了疮,如果你跟另一个女人私奔,如果你让我忍饥挨饿,或者对我拳脚相加——这听上去是多么荒谬——我依然会渴望你,我依然会爱你,我知道,亲爱的。

现在已经很晚了——我让所有的窗户都敞开着,外面的空气就像春天一样柔和,但却比春天更年轻,更脆弱。为什么人们总是把春天比喻成一个年轻的姑娘,为什么这种错觉可以一路载歌载舞,穿过这个世界上可笑的荒凉之地，长达三个月之久？春天是一匹干瘦的犁田老马，根根肋骨分明可见——它是田头的一堆垃圾，它被太阳烤干，又经雨水冲淋，最后干净得给人带来一种不祥之兆。

再过几个小时你就要醒了，亲爱的——你会感到痛苦，会对生活感到厌恶。你会来到特拉华州，或者是卡罗来纳州，或者别的什么地方，但这些都无关紧要。我不相信有任何活着的人能够真正洞悉，他们自己只不过是匆匆过客，是一种奢华或不必要的罪恶。只有极少数强调生命毫无意义的人，会说他们自己是毫无意义的。也许他们认为，在宣称生活的罪恶时，他们某种程度上是在拯救自身的价值，使其不至于毁灭——但是他们没有拯救，即使你和我……

……我依然能够看见你。你将要经过的树林里，弥漫着青灰色的烟雾，这真是美不胜收，难得一见。不，犁过而未播种的方形土地，应该是最常见到的——它们在小径旁铺陈而开，如在阳光下晾干的一张张肮脏粗糙的棕色床单，有生气活力，但机械刻板，令人生厌。大自然就像个不修边幅的老妪，一直沉睡在土地中，和碰巧对她垂涎欲滴的老农夫、黑人或者移民苟合……

所以你看，现在你已经走了，我写了一封信，满纸轻蔑和绝望。而这仅仅意味着我爱你，安东尼，这是用全部的爱，深爱着你的——

格洛莉亚

她把信封写好之后，就走向自己的那张床，躺在上面，双臂紧紧抱着安东尼的枕头，仿佛单凭情感的力量，她就能把它变成他那有血有肉的温暖之躯。到了凌晨两点钟，她已不再流泪，却仍然目不转睛悲伤地凝视着黑暗。她在回忆，残忍地回忆，为了不计其数无中生有的不体贴而自责，使安东尼的形象接近于因殉难而变得崇高的基督形象。有一段时间，她对他的看法，很可能就跟他在更为感伤的时候对自己的看法一样。

到了凌晨五点钟,她仍未能入眠。每天早晨从巷子对面传来的一种神秘碾磨声,告诉她现在是什么时候了。她听见闹钟的声音,还看见一缕光线在对面若隐若现的空白墙壁上,投下一小块黄色的光影。她初步作出一个决定,要立刻追随他南下,这样想着,她的悲伤变得遥远而虚幻,终于离她而去,就像黑暗渐渐西沉一样。她睡着了。

当她醒来时,一看见身边的空床,不禁又触景生情,陷入悲伤之中,然而,明亮的清晨以它不可阻挡的冷漠很快就把这悲伤驱散。尽管她没有意识到,但是在吃早饭的时候,不再需要面对安东尼那张疲倦而又焦虑的脸,无疑是一种解脱。现在只剩下她独自一人,她丝毫没有心情去抱怨食物。她要改变早餐,她想——要一杯柠檬汁和一份番茄三明治,来取代一成不变的熏肉、鸡蛋和烤面包片。

可是,到了中午,当她给几个熟人打电话,包括已在军队服务的穆瑞尔,发现他们每人都已与别人约好共进午餐时,不禁又顾影自怜,深感孤寂。她蜷缩在床上,拿起纸和笔,开始给安东尼写起了第二封信。

下午晚些时候,她收到了一封邮政快递,是从新泽西的某个小镇寄来的。那熟悉的措辞,那仿佛在耳畔响起的满含焦虑和不满的低音,是那么的熟悉,让她得到一种深深的慰藉。谁知道呢?也许,部队严明的纪律会让安东尼坚强起来,让他习惯于工作。她有着坚定不移的信念,认为在他还没有来得及被召唤奔赴战场之前,战争就会结束,与此同时,他们的官司也会打赢,他们又会重新开始,这一次将有着不同的基础。第一件不同的事,就是她会有一个孩子。她竟会感到如此孤独,这样的局面是她不能忍受的。

过了大约一周,她才有可能做到独自待在公寓里而不哭泣。城里似乎不再有什么有趣好玩的事情了。穆瑞尔被调到新泽西的一家医院里,她每隔一周才能休一次假回纽约来。遇到这样的事,格洛莉亚才意识到,这些年她在纽约结交的朋友是多么微不足道。她认识的男人都应征入伍了。"她认识的男人?"——她勉强向自己承认,所有爱上过她的男人都是她的朋友。他们当中的每一个人都有过一段时间,把得到她的青睐当成生命中最为重要的事情。然而,现在——他们在哪儿呢?至少有两位已经离世了,半打或者更多的人都已结婚,剩下的几个人则散落在从法国到菲律宾之间不同的地方。她心里思忖,他们中是否有人想起过她,多长时间想到一次,又是想到她的哪些方面。浮现在绝大多数人的脑海里的,肯定还是那个十七岁左右的小姑娘,就是九年之前的那个少女塞壬。

那些姑娘们如今天各一方。她在学校里从来都不是太受欢迎的。她那时太漂亮,也太懒惰,没有充分意识到要去做一个远走高飞的姑娘,做一个永远大写的"未来的人妻人母"。那些从来没有被人吻过的姑娘,在暗示格洛莉亚有过这方面的经验时,总是在她们平平常常而又不特别健康的脸上,流露出震惊的表情。后来,这些姑娘去了东部,或者西部,或者南部,结了婚成了"家属"。如果说她们对格洛莉亚做出过什么预言的话,那就是预言她不会有什么好下场——她们不知道其实没有什么下场是不好的,而且她们也和她一样,绝不是掌握自己命运的主人。

格洛莉亚自个儿细数了一遍,那些曾经到玛丽埃塔灰色小屋,来拜访过他们的人。那个时候,他们的家似乎总是门庭若市——她虽然没有说出来,但深信每一个客人此后都多少欠她一份人情。他们各自都在道义上欠她十美元,要是她真的有需要,她或许可以从他们那儿借来这笔想象中的货币。可是,他们全都不见了,像谷壳一样被风吹得七零八落,飘散在各处,无论是在本质上还是事实上,都神秘而又微妙地消失了,了无踪影。

到了圣诞节的时候,格洛莉亚又有了想要去南方找安东尼的念头,这次不再是一时的情感冲动,而是一种反复出现的需要。她决定给他写信,告诉他自己要来的消息,但是她一直迟迟未向他宣布,因为她听从了海特先生的建议,他几乎每周都预计这个案子就要开庭审理了。

一月初的一天,她走在第五大道上,各式制服随处可见,大街上悬挂着各个高尚国家的国旗,因而显得色彩斑斓。这时她意外地碰见雷切尔·巴恩斯,两人差不多有一年没有见面了。尽管后来她已经变得讨厌雷切尔了,但此时看见她,还是可以让她暂时摆脱无聊,于是两人一道去利兹饭店喝茶。

在喝完第二杯鸡尾酒之后,她们渐入佳境,谈话的气氛热烈起来。她们又开始喜欢对方了,谈论起各自的丈夫,雷切尔的口吻自负而虚荣,表面上炫耀显摆,私底下却不无保留,妻子们都习惯于用这样的腔调。

"罗德曼在海外军需部队。他已经是上尉了。他是下定了决心,一定要去的,除此之外,他觉得自己都不知道还能去做些其他什么事。"

"安东尼在步兵团。"格洛莉亚一边喝着鸡尾酒,一边说出这几个字,顿时觉得有了几分光彩。她每啜饮一小口,仿佛都更进一步感受到那种给人带来温暖和欣慰的爱国主义。

"顺便问一句,"半个小时之后,当她们起身离开的时候,雷切尔说,"明天晚上,你能来一起吃晚饭吗?我有两个十分可爱的军官朋友,他们马上要奔赴海外。我想我们应该尽己所能,为他们留下美好的印象。"

格洛莉亚欣然允诺。她记下了地址——从号码上,她认出了那是派克大街上的一个高尚公寓建筑。

"今天能够遇见你,真是太好了,雷切尔。"

"真是太好了。我也很想见到你。"

两年之前的某个晚上,在玛丽埃塔,安东尼与雷切尔之间表现出了不必要的殷勤和体贴,而这三句简单的话就把此事一笔勾销了——格洛莉亚原谅了雷切尔,雷切尔也原谅了格洛莉亚。雷切尔曾亲眼目睹帕奇夫妇遭遇人生中最大灾难的事,同样得以释怀——

前嫌尽释，时光依旧缓缓地向前流淌。

柯林斯上尉的诡计

这两位军官都是广受欢迎的机械枪炮部队的上尉。用餐时，他们故意用一种厌倦的口吻称自己为"自杀俱乐部"的成员——那个时候，部队每一个隐秘的部门都对外声称自己是"自杀俱乐部"。其中的一位上尉——格洛莉亚察觉到，是雷切尔钟情的上尉——是一个三十岁上下傻大粗的高个男人，留着讨人喜欢的小胡子，但长着一口难看的牙齿。另一位是柯林斯上尉，体态粗短，脸颊粉红，他每一次与格洛莉亚目光相遇时，都会放声大笑。他对她一见倾心，整个席间对她大肆恭维，蠢话连篇。在喝第二杯香槟酒的时候，格洛莉亚认定，今晚是她数月以来第一次如此尽情畅快地享受快乐。

晚餐之后，有人建议他们找个地方去跳舞。两位军官从雷切尔的餐边柜里拿出烈性酒带上——当时法律严禁向军人售酒——如此这般装备之后，他们在百老汇多家流光溢彩的夜总会里跳了无数支狐步舞曲，严格按照舞曲的规定交换着舞伴——其间，格洛莉亚变得越来越喧闹骚动，越来越让那位脸颊粉红的上尉觉得有趣可爱，而他自己则不厌其烦地始终保持着欢快的笑容。

到了十一点钟的时候，她吃惊地发现自己成了想要继续玩下去的少数派。其他几位都想返回雷切尔的公寓——他们说，想再多喝些烈性酒。格洛莉亚不停地争辩说柯林斯的酒瓶里还有半瓶酒——她刚才还看见——然后，她朝雷切尔的方向看去，发现她正在朝自己使眼色。她有点被弄糊涂了，猜想大概是女主人想摆脱这两位军官，于是就同意了，被他们推进了外面的计程车。

沃尔夫上尉把雷切尔抱在腿上坐在左边。柯林斯上尉坐在中间，坐定之后悄悄地把手臂搭在了格洛莉亚的肩上。那只手先是一动不动地放上了片刻，后来便像老虎钳似的慢慢夹紧。他斜靠在她身上。

"你真是长得太漂亮了。"他轻松说。

"谢谢你的夸奖，先生。"她既没有表现出高兴，也没有被惹恼。在安东尼之前，曾经有过那么多手臂对她做过同样的事情，这对于她来说，只不过是一种姿势，虽满含柔情，但不具备任何意义。

在雷切尔家狭长的前厅里，所有的光线仅来自于一小团微微燃烧的炉火和两盏罩着橘黄色丝绸灯罩的台灯，于是房间里的各个角落都笼罩在一种让人昏昏欲睡的深深黑暗之中。女主人穿着印有深色图案的宽松雪纺睡袍，在屋内晃来晃去，似乎更加突出了室内已有的感官气息。开始的时候，四人在一起，共同品尝摆在茶座上的三明治——后来格洛莉亚发现，就剩下她单独跟柯林斯上尉两人坐在炉火边的沙发上，雷切尔和沃尔夫上尉已经退到房间的另一边去了，正在那儿轻声交谈。

"我多么希望你还没有结婚。"柯林斯说，脸上想摆出一副"一本正经"的样子，却显得相当滑稽可笑。

"怎么？"她伸出酒杯，想要加满威士忌。

"不要再喝了。"他皱着眉头劝说。

"为什么不呢？"

"你会更可爱的——如果你不再喝了。"

格洛莉亚猛然领悟到了这句话的弦外之音，他正在试图营造气氛。她想发笑——不过，马上意识到这并没有什么可笑的。整个晚上她都在尽情地享受快乐，而且她也不想回家——与此同时，如果仅仅是在这个层面上被挑逗，她的自尊心无疑会受到伤害。

"给我再倒一杯。"她坚持。

"请——"

"噢，别傻了！"她恼怒地大声叫喊。

"好吧。"他勉强地做出让步。

然后，他的手臂再一次把她搂住了，她再一次未加反抗。可是，当他那粉红色的脸颊凑过来时,她闪开了。

"你真是太可爱了。"他漫无目的地说。

她开始轻柔地唱起歌来,希望他现在会把手臂拿下来。猛然间,她的目光落在了房间对面的一幅亲密画面上——雷切尔和沃尔夫上尉正在忘情地热吻。格洛莉亚微微一颤——她不知道为什么会这样……粉红色的脸颊又凑了过来。

"你不应该看他们。"他轻松地说。几乎就在同时,他的另一只手臂也抱住了她……她的脸上已感觉到了他的呼吸。荒谬感又一次战胜了厌恶感,而她的大笑正如一件武器,无需借助于词语的锋芒。

"噢,我还以为你是一个玩家。"他说。

"玩家是什么?"

"嗯,就是喜欢——享受生活的人。"

"吻你通常被认为是一件赏心悦目的事吗?"

他们之间的谈话被打断了,因为雷切尔和沃尔夫突然出现在面前。

"已经很晚了,格洛莉亚,"雷切尔说——她的脸色绯红,头发凌乱蓬松,"你最好今晚就住在这儿吧。"

有那么一瞬间,格洛莉亚以为她正在把两位军官打发走。后来,她恍然大悟,明白了之后,她尽可能轻松随意地站了起来。

雷切尔并没有理解她的真实意图,还继续说:

"你可以用旁边那个房间。你需要的东西,我都可以借给你。"

柯林斯的眼睛恳求着她,那神情就像一条狗似的,沃尔夫上尉的手臂驾轻就熟地揽着雷切尔的腰部,他们都在等待。

然而,出轨的诱惑尽管色彩绚丽,变化多端,如迷宫一般错综复杂,或许还带有一点儿陈腐气息,但对格洛莉亚却没有吸引力或任何存在的可能。要是她有这种渴望,她就会留下来,毫不迟疑,也毫无歉疚,但实际的情况是,她能够冷静地面对那六只被触怒而满含敌意的眼睛,在它们的目送之下走进门厅,同时还勉为其难地保持礼貌,说着一些空洞的客套话。

"他甚至连说想送我回家的玩笑都不会开，"她坐在计程车里愤愤然地想，不一会儿，心中突然涌起一股怨恨，"真是彻头彻尾的平庸之辈！"

骑士风度

二月，她又有了一番完全不同的经历。都铎·拜尔德，一个早已尘封的恋人，一个她曾一度全身心地想要托付终身的年轻人，随航空部队顺道来到了纽约，于是便前来拜访她。他们一道去了几次剧院，而且令她无比快乐的是，在一周之内，他对她的爱就超过了以往任何时候。她有意让这段旧情复燃，而当她意识到自己招事惹祸了的时候，已经为时过晚。他的情感已经发展到了这样的地步，无论何时两人一道外出，他总是坐在她的身边痛苦不堪，陷入深深的沉默之中。

作为耶鲁大学"卷轴和钥匙社"的成员，他拥有一个"好人"恰到好处的沉默寡言，对骑士精神和所应具备的高尚行为，有正确的理解——当然，也不能幸免的是，也有适度的偏见和适度的思想贫乏——尽管安东尼早就教她要鄙视所有这些品质，但她对此还是相当钦佩的。格洛莉亚发现，不同于绝大多数他那种类型的人，他不让人感到无聊乏味。他英俊潇洒，谈吐不失风趣幽默。跟他在一起的时候，她觉得由于他拥有的某些品质——可以称之为愚蠢、忠诚、多愁善感，或者某种不像这三者那么确切的品质——为了取悦她，他会做任何力所能及的事情。

他在告诉她一些其他事情的时候，很得体地谈到了这一点，带着那种庄重刚毅的男子汉神情，竭力掩饰着内心经受的真挚痛苦。她根本就不爱他，因而渐渐地对他产生了愧疚之情。一天晚上，她深情地亲吻了他，因为他是如此具有魅力，是正在消失的那一代人留下的一块残片，这代人自命不凡而又优雅得体，生活在一种幻觉之中，正在被那些远不及他们有骑士风度的傻瓜们代替。后来，她很庆幸曾经亲吻了他，因为第二天在米尼奥拉，他的飞机从一千五百英尺的高空坠落下来，一块汽油发动机的碎片击穿了他的心脏。

孤单的格洛莉亚

当海特先生告诉她案子可能要到秋天才会审理时，她决定在事先不告诉安东尼的情况下投身电影界。当他看到她无论是在表演还是在经济方面都功成名就时，当他看到她可以让约瑟夫·布勒克曼来听从自己的意志，而无需做出任何回报时，他就会抛弃那些愚蠢的偏见。一天夜里，她躺在床上久久难以入眠，筹划着自己的演艺事业，享受着预期中成功的喜悦。第二天上午，她就给卓越影业公司打了电话，却得知布勒克曼先生远在欧洲。

不过，这一次的想法是如此强烈，以至于她决定到电影职业中介机构去看看。就像常会发生的情况那样，她的嗅觉与她良好的初衷背道而驰。职业中介机构的气味，闻起来就好像是它已死去多时了。她等候了五分钟，仔细打量着那些并不讨人喜欢的竞争者——然后，她步伐轻快地离开，走进中央公园的最幽深处，长时间地在那儿逗留，以至于着凉感冒了。她想把职业中介机构的气味从她的套装上驱散。

春天，她开始从安东尼的来信中看出——不是从某一封具体的信，而是从它们积累起来的效果上——他不希望她到南方来。有些离奇古怪的借口，被他反复提及，似乎正是因为它们自身理由不充分，所以才时常萦绕在他的心头，以一种弗洛伊德所谓的规律性，频频出现在信中。他在每一封信中都要把它们写下来，好像是害怕上次把它们给忘了，又好像他迫切需要用它们来给她加深印象。原来点缀在信中的那些情意绵绵的昵称，现在也开始变得机械而不自然——几乎就像是在写完信之后，他从头到尾再看上一遍，然后又刻意地把它们生硬地贴上去，就像奥斯卡·王尔德戏剧中的警句名言一样。她过于仓促地作出判断，又对此拒不接受，心情轮流徘徊在愤怒和沮丧之间——最后，她骄傲地对它关上了心灵的大门，任由冷漠滋生蔓延在她的回信当中。

最近，她找了许多事来分散自己的注意力。她通过都铎·拜尔德认识的几位飞行员都来纽约看望她，当年向她大献殷勤的其他两人也出现了，他们现在随部队驻扎在迪克斯兵营。在这些人奉命奔赴海外作战时，他们可以说又把她传给了自己的朋友。可是，在又一次经历了令她相当不快的类似柯林斯上尉的事件之后，她直截了当地表示，任何被介绍给她的人，对于她的身份和个人意图，都不应当有任何误解。

夏季来临的时候，她像安东尼一样开始关注伤亡军官名单，当听到某个曾经和她跳过一曲德国交谊舞的军官的死讯时，当通过姓名辨认出昔日追求者的弟弟们赫然出现在名单上时，她会得到一种忧伤的快感——她心里想，随着巴黎大规模强攻的推进，现在世界终于走向了不可避免的应得的毁灭。

她已经二十七岁了。她的生日几乎在不知不觉中悄然远去。几年之前，满二十岁的时候，她曾惊恐万分，后来到了二十六岁的时候，多少还是有些害怕——可是现在，她心平气和地站在镜子面前，欣赏着她那具有英国人特征的好气色，还有一如往昔带着孩子气的苗条身姿。

她试着不去想安东尼，就好像她是在给一个陌生人写信。她告诉朋友们，他现在已经提升为下士了，但他们彬彬有礼而又无动于衷，她对此很生气。有一天晚上，她哭了，因为她为他感到难过——只要他对她稍微有一点反应，她就会毫不迟疑地搭乘第一班火车去探望他——不管他正在做些什么，他都需要得到精神上的抚慰，而她觉得，现在即便是这一点，她也能够做到。由于不再有他在身旁持续消耗她的精神力量，她觉得最近自己奇妙地复苏了。在他离开之前，她仅仅因为纯粹的胡思乱想，就开始对错过的机会感到垂头丧气——现在她已回复到了过去那种正常的精神状态中，坚不可摧而又桀骜不逊，今朝有酒今朝醉。她买了一个玩家娃娃，并给它梳妆打扮；她会一周因《伊森·弗洛姆》① 而哭泣，下一周又沉醉在高尔斯华绥② 的一些小说中，她喜爱这位作家再现真实的能力，他通过描写黑暗中的春天，再现青春浪漫的爱情幻想，女人永远在期待和回忆着这样的幻想。

到了十月，安东尼的来信成倍增加，变得几乎有些疯狂——然后又突然中止。在这让她焦虑万分的一个月里，她用她所有的控制力，才忍住没有立刻动身前往密西西比。然后，她收到了一份电报，说他此前生病住院了，并告诉她有望十天之内回到纽约。在十一月的那个夜晚，他就像梦中人一样，穿过舞厅，回到了她的生活中——在紧接着的长长的几个小时内，她细细地体会着那份熟悉的喜悦，把他紧紧地搂在怀里，幸福和安定的幻想在心中重新萌生滋长，她原本以为此生将永远不再会拥有这些了。

将军们的挫败

一周之后，安东尼所在的兵团又回到密西西比营地等待遣散。军官们都把自己关在卧铺车厢里，喝着他们从纽约买来的威士忌，而士兵们也在普通车厢里尽情纵酒——而且每当列车停靠在一个村庄的车站时，

---

① 《伊森·弗洛姆》("Ethan Frome")，美国女作家伊迪斯·华顿（Edith Wharton，1862—1937）创作的一部中篇小说。
② 约翰·高尔斯华绥（John Galsworthy，1867—1933），英国小说家和戏剧家，主要作品包括《福尔赛世家》、《现代喜剧》和《一章的结束》等三部曲。他曾于1932年获得诺贝尔文学奖。

他们都假装是刚从法国凯旋，实际上在那儿是他们把德国人打败了。由于他们都戴着海外便帽，声称还没有来得及把金色的军阶横杠缝上，那些沿海地区的乡巴佬们对他们大为钦佩，还询问他们身处战壕时的感觉——对这个问题，他们的回答是"嘀，好家伙！"，同时还使劲咂咂舌头，摇摇脑袋。不知是谁拿来一支粉笔，在车厢外写上了"我们赢得了战争——现在我们要回家了"，那些军官看了之后也就一笑置之，未加理会。在这次不光彩的归途中，他们全都竭力摆出一副神气活现的样子。

　　当他们乘坐的火车轰隆隆地驶进营地时，安东尼开始感到忐忑不安，唯恐在月台上发现多特耐心等待的身影。让他如释重负的是，他既没有看见她，也没有听到有关她的任何消息，他心想要是她还在城里，她肯定会设法来跟他联系的，因此他断定她一定是离开了——至于上哪儿去了，他既不知道也不在乎。他只想回到格洛莉亚身边——重获新生的格洛莉亚如今散发出美妙的活力。当他终于被遣散，离开军营回家时，他坐上了一辆大型卡车的尾部，身边的士兵宽容而又伤感地向军官们特别是唐宁上尉告别。上尉眼里噙着泪水，再次向他们发表讲话，他谈到曾经共同拥有的快乐、完成的工作、没有虚度的光阴，还有责任，等等，内容枯乏，却又不失人情味。由于在纽约度过的那一周让安东尼的精神焕然一新，这番话不禁极大地加深了他对军人职业以及所有相关事物的厌恶。在三个职业军官当中至少有两个，在他们的心里会幼稚地认为战争的存在是因为有军队，而不是军队的存在是因为有战争。他欣喜地看到将军和那些陆军校级军官，在空旷荒凉的营地里，阴郁沉默地乘车巡视，不再能发号施令。他欣喜地听到，他所在兵团里的战友们不屑一顾地大肆嘲笑，引诱他们留在部队的优厚条件。他们将会进入"学校"。他心里明白这会是一些什么样的学校。

　　两天之后，他已经回到纽约跟格洛莉亚团聚了。

又一个冬季

二月的一天傍晚,安东尼回到公寓,屋内在冬日的黄昏时分已是一片漆黑,他摸索着穿过门厅,发现格洛莉亚正坐在窗边。他进来的时候,她朝他转过身来。

"海特先生怎么说呢?"她无精打采地问。

"什么也没说,"他回答,"还是老一套。可能是下个月。"

她仔细地看着他,她的耳朵对他的声音熟悉而敏感,察觉到在他发的双音节词中,有轻微凝重沉闷的声音。

"你去喝酒了。"她无动于衷地说。

"只喝了两三杯。"

"噢。"

他坐在扶手椅里打起哈欠,两人之间出现了片刻的沉默。随后,她突然问:

"你去找了海特先生吗?跟我说实话。"

"没去,"他怯弱地微微一笑,"事实上,我没有时间。"

"我猜想你没有去……他要找你。"

"我一点也不在乎。我讨厌在他的办公室外面没完没了地等待。你还以为他是在给我施恩呢。"他瞥了一眼格洛莉亚,仿佛指望得到精神上的支持,然而她已经背过身去,望着窗外模糊而又不起眼的景色,陷入了沉思。

"今天,我对生活感到相当厌倦,"他试探性地说,她仍然沉默不语,"我碰见了一个熟人,就到比尔特摩尔酒吧去聊了一会儿。"

暮色突然间加深了,但是他们俩谁也没有走过去开灯。只有上帝知道他们陷入了一种怎样的沉思,两人就一直这么默默无语地坐着,直到飘起了一阵小雪,格洛莉亚才了无生气地叹了一口气。

"你今天做了什么呢？"他问，沉默让他备感压抑。

"看了一本杂志——里面全是一些成功富足的作者写的白痴文章，谈的是穷人购买真丝衬衣，是一件多么可怕的事。我在看杂志的时候，心里只想着一件事，那就是我多想拥有一件灰色松鼠皮大衣——而我们根本就买不起。"

"不对，我们买得起。"

"噢，买不起。"

"噢，买得起！要是你想要一件毛皮大衣，你就去买一件。"

她的声音从黑暗中传来，带有一丝鄙夷。

"你是说我们可以再卖掉一个债券？"

"如果需要的话。我希望你在外到处走动时穿戴得体。尽管我回来之后，我们已经花了不少钱。"

"噢，闭嘴！"她恼怒地说。

"为什么？"

"因为一听见你说起我们花了多少钱，做了一些什么事，我就恶心厌烦。你是两个月之前回来的，这之后我们实际上每个晚上都外出参加各式各样的派对。嗯，你从来都没有听见过我抱怨，不是吗？可你就只会抱怨、抱怨、抱怨。对于我们做了些什么，或者今后会怎么样，我再也不会在乎了，至少我是说得到做得到的。不过，我再也不会去忍受你的抱怨和杞人忧天了——"

"有时候，你自己也不是很和气，你知道——"

"我没有义务这样做。你并没有去尝试让情况有所改变。"

"可是我——"

"哼！你的这套话，好像我以前就听你说过。今天上午你还说，在找到一个职位之前，你会滴酒不沾的。当海特先生因为案子的事派人来找你时，你甚至都没有勇气去见见他。"

安东尼站起身，打开了电灯。

"喂，听我说！"他眨了眨眼睛，大声叫道，"我受够了你的尖酸刻薄。"

"那么，你打算怎么样？"

"你以为我特别愉快开心？"他对她的问题充耳不闻，继续说，"你以为我不知道我们不应该过现在这样的日子？"

一瞬间，格洛莉亚站在他身边，浑身颤抖。

"我再也不能忍受了！"她突然爆发，"我不要听你的训斥。你和你遭受的痛苦！你不过是一个可怜的懦夫，你永远都是！"

他们像白痴一样面面相觑，谁也不能感动谁，两人都痛心地感到极度无聊。然后，她走进卧室，随手把身后的门重重地关上了。

他的归来把战前令他们恼怒的事情再度推向了前台。物价急剧上涨，已到了使人惊恐的地步，而他们的收入却以相反的比例缩减，现在只比原来的一半略多一些。其中有大笔钱作为聘用定金，付给了海特先生；原来以每股一百美元买入的股票，现在跌到只有三四十美元，还有其他一些投资也根本不赚钱。上一年春季，格洛莉亚有两个选择，要么从公寓中搬出去，要么续签一份租约，租金为每月两百二十五美元。她选择了续签租约。当缩减开支的必要性与日俱增时，他们不可避免地发现自己根本就不是能够节约的人。过去那套推诿搪塞的策略又派上了用处。他们对于自己目前这种无可奈何的状况感到厌倦，于是就喋喋不休地谈论今后该怎么办——噢——明天，他们会如何"停止参加派对"，安东尼又会如何去工作。可是，当暮色降临时，习惯了每晚赴约的格洛莉亚，便会感到那种由来已久的骚动不安潜入她的全身。她会站在卧室的门口，烦躁不安地咬着手指，当安东尼从阅读中偶尔抬起头，朝她瞥上一眼时，她会迎上他的目光。然后，一旦电话铃声响起，她绷紧的神经就会松懈下来，她会带着几乎是未加掩饰的急切心情去接听电话。有人马上要来，"就坐几分钟"——噢，厌倦了原来的装模作样，摆出酒桌，让疲乏的精神复苏——接下来便是兴致开始觉醒萌动，这就像一个无眠之夜的中点，他们在其中呈现出了生气和活力。

随着归国部队在第五大道上的进行，冬季渐渐过去，他们也越来越清醒地意识到，自从安东尼回来之后，两人的关系已经彻底改变了。在重温了最初的柔情蜜意之后，两人又都回到了各自孤独的梦境之中，而这是对方无法分享的。表示亲爱的举动，在两人之间所能传递的一切，如今似乎只是在两颗空荡荡的心灵之间传递，空洞地回响着远去的足音，他们深知这远去的，终究一去不复返。

安东尼再次向这个大都市的各个报社求职，也再次遭遇到形形色色的人的婉言谢绝，他们中有办公室勤杂员、接线女生和本地新闻编辑。托词就是："我们所有的空缺职位，都优先保留给那些目前仍在法国的自己人。"后来在三月下旬的一天，他偶然在晨报上看到一则广告，细读之后发现他好像终于找到了一份职业：

你能够推销！！！

为什么不在学习的过程中轻松赚钱？

我们的推销员每周可赚 50—200 美元。

后面还附了一个位于麦迪逊大街上的地址，通知应聘者当天下午一点到现场。他们跟往常一样，很晚才吃完早餐，之后格洛莉亚从他的肩膀边瞥见他正在悠闲地看着这则广告。

"为什么不去试试呢？"她建议。

"噢——这不过是那些疯狂的诡计之一。"

"也许不是呢，至少会是一种经历。"

在她的催促之下，他下午一点钟来到指定的地点，发现已经有一大堆各式各样的人等候在门前了，自己也成了其中的一员。他们中既有明显擅自离岗的送信男孩，也有拄着多瘤手杖饱经风霜的高龄老者。有些人衣衫褴褛，面颊凹陷，眼睛红肿——其他的人多半都很年轻，有的甚至还在读高中。他们冷漠怀疑地相互打量着,像羊群一样推推搡搡地挤了十五分钟之后,出现了一个时髦年轻的牧羊人,他身穿一套合身的"收腰"西服,带着一副助理教区长的神情,把这群羊赶进了楼上的一个大房间。在这间像教室一样的房间里,摆了许多桌椅。未来的推销员们在这里坐了下来——然后又是等待。过了一会儿,大厅尽头的讲台上,出现了六七个沉稳而又不失生气的人,除了一人之外,其余的人都面向台下的听众围坐成半圆形。

这个例外的人就是这群人中看上去最沉稳、最有生气、最年轻的一个,他走向前面的讲台。台下的听众仔细地打量着他,眼神里抱着希望。他长得相当小巧,十分漂亮,是商场中的而不是戏剧中的那种漂亮。他的眉毛是金黄色的,整齐而又浓密,一双眼睛诚实得几乎有些荒谬。当他走到讲台边的时候,他似乎向每一位听众抛出了这种眼神,同时张开双臂,伸出两个手指。然后,他晃动了一下身子以达到一种平衡状态,就在这个时候,大厅里出现了预期的安静。这个年轻人凭着完美的自信,已经担负起调教听众的责任,而且当他终于开始说话时,话语坚定沉稳,自信从容,属于"直截了当"那种风格。

"各位!"——他开始说,然后停顿片刻。这个词回响在大厅里,余音袅袅,一张张脸注视着他,或满怀希望,或悲观怀疑,或倦怠慵懒,但都同样被他深深地吸引,个个全神贯注。六百只眼睛都微微向上抬起。这种甚至有些粗俗的目光流动,让他想起了保龄球的滚动,而他自己也随之投入到滔滔不绝的演讲中。

"这个阳光明媚的早晨,你拿起了最喜爱的报纸,发现了一则广告,它用直白朴素的语言告诉你,你能够推销。这就是全部的内容——它没有说'什么',没有说'怎样',也没有说'为什么'。它只是提出了唯一的一个主张,说的是你和你和你"——用手指指点着——"能够销售。现在我的工作不是教你如何取得成功,因为每人天生就是成功的,是他让自己失败的。我也不是要教你如何说话,因为每人都是天生的演说家，只是他让自己变得沉默寡言。我要做的，就是用一种能够让你明白的方式，来告诉你一件事——就是告诉你，你和你和你有一笔命中注定的财富和成功，等着你来认领。"

就在这时，在大厅靠后的地方，一个神情阴郁的爱尔兰人，从他的桌子旁起身走了出去。

"那个人认为，他应该到街角的啤酒屋去寻找。（笑声。）他在那里不会找到的。很久以前，我自己也到那儿去寻找过（笑声），不过，那是在我做你们在座的每位都能做到的事情之前，不论你们年轻还是衰老，也不论贫穷还是富有（一阵略带嘲讽的轻微笑声）。那是在我找到——自我之前。

"现在我想知道，你们在座的各位中，是否有人听说过《心灵交谈》是什么。《心灵交谈》是一本小书，大约五年之前，我开始记录下我所观察到的，导致一个人失败和成功的主要原因——从约翰·D.洛克菲勒上溯到约翰·D.拿破仑（笑声），再往前一直追溯到亚伯，他为了眼前的小利而出卖自己的长子权利。① 现在这里有一百册《心灵交谈》。你们当中心怀诚意的人，对我们的事业感兴趣的人，特别是对自己的现状感到不满的人，今天下午走出那扇大门的时候，可以领到一本书带回家。

"现在，我的口袋里有刚收到的四封信，都是关于《心灵交谈》的。这些信上都有签名，他们是美国家喻户晓的人物。听听这封寄自底特律的信：

亲爱的卡尔顿先生：

我想再订购三千册《心灵交谈》，分发给我的销售人员。这些

---

① 演讲者貌似引经据典，实则是在胡言乱语。在《圣经》中，是以扫把长子权利出卖给了雅各，而不是亚伯。

书对于提升他们的工作业绩，比以往考虑过的任何奖励计划都更为有效。我自己也经常阅读，我要发自内心地祝贺你，你找到了今天摆在我们这一代人面前最为严重的问题的根源——销售术问题。我们这个国家得以建立的坚实基础，就是销售术问题。衷心地向你表示祝贺！

你的非常诚挚的，
亨利·W.特勒尔

他用了三个有意拖长的低沉而有回响的重读音节，把名字念出来——念完之后稍作停顿，以让它产生一种具有魔力的效果。然后他又读了两封信，一封来自一家真空吸尘器制造商，另一封则来自大北美小型装饰性餐巾公司的总裁。

"现在，"他继续说，"下面我用几句话来告诉你们，那是一项什么事业，它将会使得你们当中投身其中的人，获得一种适当的精神面貌。简单地说，就是：《心灵交谈》已经被组建成一家公司了。我们将把这些小册子送到每一个大型商业企业、每一个推销员，以及每一个知道——我没有说'觉得'，而是说'知道'——他能够推销的人的手里。我们正在把《心灵交谈》股东的部分股票市场化，为了让销售面尽可能广，同时也为了让我们能够提供一个活生生的、具体的、有血有肉的例子，说明推销术是什么，或者说它可能是什么，我们将为你们当中真正出类拔萃的人，提供一个销售该股票的机会。现在，我并不在乎你之前尝试推销过什么，或者你是怎样推销的。你多老或者多年轻，都不重要。我只想知道两件事情——第一，你想成功吗？第二，你将为这项事业工作吗？

"我的名字叫萨米·卡尔顿。不要叫我卡尔顿'先生'，叫我萨米就行了。我是一个实事求是的普通人，没有什么花哨的虚饰。我希望你们就叫我萨米。

"今天我要跟你们讲的就是这些。我希望你们当中认真地考虑过这件事,并且阅读了《心灵交谈》——待会儿在门口会分发给你们——的人,明天同一时间回到这里,届时我们将更进一步地来了解这项事业,而且我会向你解释我所发现的成功原则。我会让你感觉到你和你和你能够推销!"

卡尔顿先生的声音在大厅里回响了片刻后渐渐消失。安东尼随着人群拥挤的脚步,被推推搡搡地走出了房间。

与《心灵交谈》相关的更多冒险经历

安东尼一边不无讽刺地大笑着,一边跟格洛莉亚描述着他的商业冒险故事,可是她听了并不觉得好笑。

"你又打算放弃了?"她冷冰冰地问。

"怎么——你不会指望我——"

"我从来都不对你抱什么指望。"

他迟疑了。

"嗯——要是在这类事情上,我笑得撑不住了,我从中看不出有一丝一毫的好处。如果还存在着什么东西比古老的故事更古老,那就是新的意料之外的转折。"

要逼迫安东尼再回到那里去,的确需要格洛莉亚有惊人的道德力量。他已经仔细阅读了《心灵交谈之雄心壮志》,里面小心翼翼提出的那些老掉牙的陈词滥调,多少有些让他感到心情沮丧。当他第二天下午回到那里去报到的时候,他发现原来的三百人中只有五十人,在等待那个充满活力而又极具说服力的萨米·卡尔顿。卡尔顿先生这次把他的活力和说服力,用在阐述一项宏伟的投机事业上——如何推销。可行的方式似乎就是先表明自己的主张,然后不要说"现在,你准备买吗?"——这样做是行不通的——噢,不行!——可行的方式是表明自己的主张,然后，在你的对手处于筋疲力尽的状态时，以一种直截了当的命令式语气说："现在你听着！你花了我不少时间来向你解释这件事情。你也同意我的观点——我想要问的，就是你要买多少？"

就在卡尔顿先生不厌其烦地把他的主张一个一个地堆砌起来时，安东尼开始对他产生了某种信心，而这信心令他自己都感到厌恶。这个人似乎知道自己在说些什么。他显然是兴旺发达了，已经升到了来教导别人的位置上。安东尼没有想到过，在经商方面取得成功的人，是很少会知道其中的方法或者原因的，以他祖父为例，当他总结原因的时候，那些原因往往都是既不得要领又荒唐可笑。

安东尼注意到，在最初回应广告的众多老年人当中，只有两人再次出现，到了第三天，共有三十多人再次聚集在这里，听取卡尔顿先生对实际推销的指导，其中只看见一位头发灰白的老者。这三十人都是热切的皈依者，他们跟在卡尔顿先生后面鹦鹉学舌，重复着他说的每一句话。他们还在座位上狂热地摇来晃去，在他讲话的间隙，彼此之间热烈地轻声交谈，对他表示出极大的赞赏。用卡尔顿先生的话来说，这些被挑选出来的少数人，"决意要得到那些他们应得的奖赏"，然而，他们当中还不足六人把哪怕一丁点的个人形象，与成为一个"推销者"的伟大天赋结合了起来。不过，他们都被告知是天生的推销者——他们只需要抱有某种疯狂的热情，对推销的东西坚信不疑。他甚至催促他们，如果可能的话，每个人自己都购买一点股票，以便提升他自己对推销的热忱。

到了第五天，安东尼就像一个被警方通缉的逃犯似的，慌忙紧张地上街去推销。他按照指示选择了一幢很高的办公楼，这样他就可以乘电梯到最顶层，再往下逐层推销，在每一个有经营者名字的公司门前都停下来试一试。不过，在最后一分钟他迟疑了。也许，更为可行的做法，比如说，可以选择麦迪逊大街上的几家公司试一试，以让自己适应即将面对的冷漠气氛。他走进了一幢看上去不算繁华的拱形建筑物，看见一个招牌上写着"珀西·B.威瑟比,建筑师",他勇敢地推开门走了进去。一个刻板拘泥的年轻女人抬起头,用询问的目光看着他。

"我可以见一下威瑟比先生吗?"他怀疑自己说话的声音是不是有些颤抖。

她有点犹豫地把手放在电话机上。

"请问您尊姓大名?"

"他还——哦——不认识我。他不知道我的名字。"

"您找他有什么事吗?您是保险代理人?"

"噢,不,不是那种人!"安东尼急忙否认,"噢,不。我是——我找他有点私事。"他不知道自己是不是应该这样说。卡尔顿先生在教导他们这群人的时候,听起来一切都是那么简单:"不要让自己被人拒之门外!让他们看到,你已下定决心要跟他们谈,这样他们便会听你说。"

安东尼那令人愉快而又略带忧郁的面容,终于还是让那个姑娘屈服了。片刻之后,通往里面一间办公室的门打开了,出来一位身材高大、外八字脚的男人,他的头发梳理得油滑光亮。他走近安东尼,不加掩饰地流露出不耐烦的神情。

"你找我有点私事?"

安东尼有点胆怯了。

"我想跟你谈谈。"他大胆地说。

"谈什么?"

"这需要花点时间来解释。"

"到底是关于什么事情?"威瑟比先生的声音中明显有一种抑制不住的恼怒。

这时安东尼开始字斟句酌不慌不忙地说:

"我不知道你是否曾经听说过一套名为《心灵交谈》的小册子——"

"天哪!"建筑师珀西·B.威瑟比大叫起来,"难道你是想打动我的心灵吗?"

"不，我是来谈生意的。《心灵交谈》已经组建股份公司了，我们正在把一些股份投入市场——"

他的声音慢慢地减弱了，他的那头难以驾驭的猎物正在用鄙夷的眼光盯着他，令他心烦意乱。他挣扎了片刻继续往下说，却变得越发敏感，觉得自己在胡言乱语。他的信心就像他身体的某个部分一样，从他的内心大量地泄露出来，进而渐渐消失，令他感到恶心想吐。建筑师珀西·B. 威瑟比几乎是带着仁慈，终止了这次会面：

"天啊！"他厌恶地勃然大怒，"你竟然把这个称为私事！"他猛地转身，大步走进了他的私人办公室，把身后的门砰的一声关上了。安东尼连看都不敢朝那个接待员看一眼，就羞愧愤懑地离开了房间，自己都不知道是怎么出来的。他大汗淋漓地站在门厅里，心里纳闷他们怎么不过来把他抓起来。从每一个匆匆经过他身边人那里，他都准确无误地察觉到向他投来的鄙视眼神。

一个小时之后，在两杯烈性威士忌的帮助之下，他重新振作起来，开始了又一次尝试。他走进一家水管商店，可是当他一提到他的来意时，管子工便急急忙忙地穿上外套，生硬地说他得去吃午饭了。安东尼礼貌地说，要是一个人饥肠辘辘，想向他推销任何东西都是白费力气，管子工由衷地表示赞同。

这个小插曲给了安东尼一点鼓励，他试着这样想：要是那个管子工不是非得要去吃饭，他至少会听自己说上几句。

在路过几家金碧辉煌令人生畏的百货商店之后，他走进了一家杂货店。多嘴饶舌的店主告诉他，在购买任何股票之前，他都要先观望一下停战协议对市场会产生怎样的影响。对于安东尼而言，这个理由几乎是不公平的。在卡尔顿先生描绘的推销员的乌托邦里，潜在的购买者之所以不购买股票，唯一理由就是他们怀疑它是否具有投资潜力。显然，处于那种状态下的人都是很好对付的，几乎容易到了荒唐可笑的程度，只需要考虑周全地对他们采用适当的推销策略，就能使其就范。可是这些人——不知怎么回事，实际上根本就不考虑购买任何东西。

安东尼又喝了几杯酒之后，才去靠近他的第四个目标，一个房屋中介。然而，这次他被人一拳就打倒了，输得就像三段论那么确定无疑，不容辩驳。那位房屋中介说，他有三个兄弟都在从事投资行业。安东尼感觉自己好像擅自闯入了他人家里，于是赶忙道歉，匆匆离去。

在又喝了一杯酒之后，他构思出一项绝妙的计划，他要把股票卖给列克星敦大街两侧的酒吧间侍者。这件事足足花了几个小时，因为每到一个地方都需要先喝上几杯，好让自己进入一种谈生意的良好状态。可是，所有的酒吧间侍者无一例外地声称，要是他们有闲钱用来投资买股票债券，早就不做酒吧间侍者了。他们众口一词，仿佛事先聚集在一起专门开会讨论，最后决定了采用那种回答。时间快到五点钟了，天色已变得昏暗，他心情阴郁，全身湿透，发现他们正在做着一件更为令人恼怒的事情，那就是想打趣着把他撑出去。

后来在五点钟的时候，他竭尽全力集中精神，决定必须让自己的推销方式变化多样。他选择一家中等规模的熟食店，走了进去。他恍然大悟，觉得要做的事情不仅是要迷住店主，而且要迷住所有的顾客——也许出于群居本能，他们会作为一个即刻就被说服的、令人大为震惊的整体，来进行购买。

"下午好，"他大声说，嗓音低沉而含混，"给你们出个好主意。"

如果他期待的是一阵沉默，那么他如愿以偿了。六七个正在购物的女人，还有那个头发灰白、戴着帽子身穿围裙，正在切鸡肉的老人，都露出了一种畏怯的神情。

安东尼从他的公文包里抽出一沓纸，拿在手里笑嘻嘻地挥舞着。

"快来买债券，"他建议，"和自由债券一样好！"这样的措辞让他自己很满意，于是他又加以详细说明，"比自由债券更好。这种债券每一股抵得上两股自由债券。"他的思路中突然出现了一个间隙，一下子跳到结束语部分。他在说这番话的时候配上了适当的手势，由于需要用一只或是两只手来抓住柜台,这难免令他的动作大为减色,"现在大家听着。你们花了我这么多时间。我不想知道你们为什么不购买。我只想听你们说为什么。只想听你们说买多少!"

这个时候他们都应该纷纷朝他靠拢过来,手里拿着支票本和自来水笔。安东尼意识到,他们肯定是没有领会他的暗示,于是他凭着一个演员的本能,又倒回去把刚才那最后一幕重新表演了一遍。

"现在各位听着!你们占用了我这么多时间。你们也听明白了我的主意。你们也都赞同我说得有道理,对吧?现在,我只想问你一句,要买多少自由债券?"

"听着!"突然一个新的声音插进来了。说话的是一个肥胖的男人,他的两侧面颊上对称地留着黄色发卷,他从商店后面的一个玻璃小房间里走出来,气势汹汹地逼近安东尼,"你给我听着,你!"

"要多少?"推销员还在不依不饶地重复着,"你花去了我这么多时间——"

"嘿,你!"店主大声叫喊起来,"我要让警察来收拾你。"

"你肯定不会的!"安东尼带着挑衅的语气不失优雅地反驳,"我只想知道你买多少。"

商店的各处都响起了此起彼伏的低声的评论和规劝。

"真可怕啊!"

"他是个满口胡言乱语的疯子。"

"他醉得不成体统了。"

店主紧紧地抓住了安东尼的胳膊。

"出去,不然我就要叫警察了。"

所剩无几的理性残片让安东尼点了点头,他手忙脚乱地把债券装进公文包。

"要多少?"他还在含糊不清地重复。

"要用上全部力气,如果有必要的话!"他的对手怒喝,黄色的胡须猛烈地颤动着。

"卖给他们每人一份债券。"

说完,安东尼转过身,郑重其事地向他的听众鞠躬致意,然后跟跟跄跄地走出了商店。他在街角找到一辆计程车,直接坐车回到了公寓。当格洛莉亚发现他的时候,他已躺在沙发上沉沉睡去,双手还紧紧揣着打开的公文包,他的呼吸让空气中弥漫着一种刺鼻难闻的气味。

除了在喝酒的时候,安东尼的感官功能已经变得不及一个健康的老年人。七月,禁酒令出台时,他发现那些买得起酒的人喝酒比以往更多了。只要稍有一点借口,主人就会拿出一瓶酒。把烈酒拿出来展示,与男人用珠宝来装点自己的妻子,如出一辙,是同一种本能的表现形式。家里藏有烈酒,是值得吹嘘的事情,几乎是一枚彰显好名声的徽章。

早晨安东尼醒来的时候,常常感到疲惫、紧张和焦虑。无论是夏日幽静的黎明,还是寒气袭人的清晨,对于他都是一样的,他对此一概无动于衷。每天只有那么短暂的一刻,在第一杯威士忌给他带来温暖和新生之际,他的思绪会飘向那些乳白色的梦想,憧憬着未来的快乐——这是欢乐和诅咒相互作用的结果。不过,这种情形只会持续很短的时间。醉意渐浓时,那些梦想会慢慢消失,于是他又会成为一个昏天黑地的幽灵,游走在自己怪异的幻想世界中每个不起眼的角落里,满脑子都是让人始料未及的想法,最好的状态下是粗暴地鄙视周遭的一切,最终堕入迟钝麻木和萎靡不振的深渊。六月的一天晚上,他为了一桩不足挂齿的小事,跟格洛莉亚发生了剧烈的争吵。第二天早晨他依稀记起,争吵的原因是摔碎了一瓶香槟酒的事。莫瑞告诉他一定要清醒起来,而安东尼觉得自己的情感受到伤害,于是,他摆出试图挽回尊严的架势,愤然起身离开座位,抓住格洛莉亚的一条胳膊,强行拉扯着她坐进外面的一辆计程车,令她蒙受羞辱,留下莫瑞独自一人面对预定好的三人份的晚餐和歌剧票。

这种半悲剧性的彻底失败时常发生，以至于发生之后，他都不再想着去采取任何补救措施。要是格洛莉亚抗议的话——近来她更多的是陷入一种鄙夷的沉默当中——他不是尖刻地为自己辩护，就是心灰意冷地快步离开公寓。自从雷德盖特车站月台上的那次事件之后，他再也没有在生气的时候对她动过手——尽管通常只是某种本能阻止了他，但这种本能却令他因愤怒而颤抖。他最在乎的人依然是她，而不是任何其他的人，因此，他恨得最深最多的人也是她。

到目前为止，上诉庭的法官一直未能宣布判决，但是在经过又一次延期之后，他们终于宣布维持下级法院的判决——两位法官持有异议。一份上诉通知书被送达给爱德华·夏特沃斯。这桩案子被提交终审法院，这样他们又开始了另一场漫长的等待。要等上六个月，也许是一年。对他们来说，这件事已经变得极为不真实了，就像天堂一般遥远而不确定。

在前一年的整个冬季，有一件小事一直在对他们造成微妙而又无时不在的刺激——那就是格洛莉亚的灰色毛皮大衣的问题。那个时候，裹在松鼠皮长大衣里的女人，在第五大道上几乎是随处可见。女人们被转变成了陀螺的形状。她们看上去像猪猡一般面目可憎，活像隐秘的财富世界中被包养的情妇，是套上了服装的母兽。然而——格洛莉亚就是想要一件灰色松鼠皮大衣。

讨论这件事——或者，更准确地说，是争论这件事，因为不只是在婚后的第一年，而是每一次讨论这件事都采用了激烈的辩论形式，从头到尾都充斥着"绝对肯定"、"完全不能容忍"、"就算这样，可是"以及语气极端强烈的"不管怎样"，等等诸如此类的词——得出的结论是他们买不起。因此，对于他们在经济方面日益严重的焦虑，这件事渐渐地成了一个象征。

对于格洛莉亚来说，他们收入的缩减是一个异常的现象，既无法解释，也没有先例——这样的事情居然会在五年之内发生，简直就是一个有预谋的残忍行径，是由爱嘲讽人的上帝一手策划和操纵的。在他们刚结婚的时候，每年七千五百美元，对年轻夫妻来说似乎是绰绰有余的，特别是还要加上预期中上千万美元的遗产。格洛莉亚一直都没有意识到，他们的财产不仅在数量上，而且也在购买力上，都在大幅缩减。直到他们付给海特先生一万五千美元的律师聘用定金时，这一事实才如此突然地变得一目了然，令人震惊地摆在了眼前。安东尼应征入伍时，他们曾测算过，每月收入大约为四百多美元，而美元甚至在当时就已开始贬值。可是，等到他返回纽约的时候，他们发现财政状况已到了更为令人恐慌的程度，现在每年从投资中仅可获得四千五百美元的收益。虽然遗产诉讼案仍在进行之中，一直如海市蜃楼般悬在他们的前方，财政状况的危险信号赫然耸现在不远处，但是他们发现自己不可能做到量入为出地过日子。

　　格洛莉亚只好将就着过，每天走在第五大道上时，她都会意识到自己身上穿的，是一件中长豹皮旧大衣，式样早就令人绝望地过时了。他们每隔一个月就要卖出一种债券，可是在付完账单之后所剩无几，仅够应付现在的开支，那点钱仿佛被穷凶极恶狼吞虎咽地几口就吃光了。根据安东尼的测算，他们的资金还能够维持七年时间。格洛莉亚的心情极度郁闷，因为有一个星期，他们花了够买两件灰色松鼠皮大衣的钱，去参加了一个漫长而又歇斯底里的派对，那次安东尼还突发奇想，在一家剧院里把外套、背心和衬衣全都脱去，后来是被一群招待员架着离开的。

　　十一月的小阳春，风和日丽，气候宜人，夜晚仍旧暖意融融——这已没有必要了，因为夏日的工作早就结束了。贝比·鲁斯生平第一次打破了棒球本垒打的纪录，杰克·邓普西在俄亥俄打断了杰西·威拉德的颧骨。因饥饿而腹部肿大的儿童遍布欧洲大陆，人数与往年相仿，外交官们本着一以贯之的做法，致力于寻求世界安全，以迎接新的战争。在纽约城，无产者正在接受训练，受到"纪律的约束"，哈佛球队的投注倍率通常被报到了五比三。和平真切地降临了，新的日子开始了。

在五十七街公寓的卧室里，格洛莉亚躺在床上翻来覆去难以入眠，不时坐起来掀掉多余的被子，有一次还要躺在身边尚未入睡的安东尼去给她拿一杯冰水来。"一定要加冰块，"她坚持说，"直接从龙头里放出来的水还不够冷。"

透过轻薄的窗帘，她可以看见屋顶之上那一轮明月和远处时代广场暖黄色的灯光——看到这两种不协调的光芒，她的内心不禁涌起了一种情感，或者更确切的说是一种错综复杂的情感。这样的心情已经持续了一整天，还有前一天，就她的记忆所及，其实一直可以追溯到上一次她清晰而连续地考虑任何问题的时候——那一定是安东尼还在部队的时候。

到二月份，她就要满二十九岁了。这个月仿佛拥有了一种不祥却又无法逃避的意义——在这思绪纷扰让人兴奋的几个小时内，她情不自禁地想到，自己到底有没有虚掷她略显疲惫的美貌，任何品质如果受到严酷而又无法避免的死亡束缚，对于它是否存在诸如使用这样的问题。

几年之前，在她二十一岁的时候，她曾在日记中写道："美貌只是用来被赞赏，被爱慕的——被小心翼翼地采摘，然后如同一束作为礼物的玫瑰花一样，抛向选中的情人。在我看来，就我所能作出的清晰判断而言，我的美貌就应该这么使用……"

然而现在，在这十一月的一整天里，在这孤独凄凉的一整天里，在肮脏而又惨白的天空下，格洛莉亚一直在想或许自己错了。为了保存她的第一份礼物的完整性，她早已不再去寻找爱。当第一次热恋的烈焰和狂喜日渐黯淡，减弱乃至消失之际，她便开始保存了——保存什么呢？让她困惑的是，她不再明白自己究竟是在保存什么——到底是一段伤感的回忆，还是某种根深蒂固的荣誉观。她怀疑自己现在的生活方式是否会涉及任何道德问题——在所有可能的小路中，选择最令人快乐的那一条，无忧无虑无怨无悔地行走下去；永远坚持自我，只做那些看上去很美、她应该做的事,以这样的方式来保持她的骄傲。从最初穿戴伊顿领的小男孩,到最近偶遇的男人,他们只需要她那种无与伦比的坦率,就能编织出关于她的无穷无尽的幻想,遥不可及的距离和绚丽耀眼的光芒。她曾经做过那个小男孩的"小姑娘",而偶遇男人的眼光一旦停留在她的身上,就会马上变得机敏,并流露出欣赏赞叹。至于那种坦率,她会把它投入到一瞥中,或者把它包裹在不连贯的分句中,因为她说话时句子总是不太连贯的。为了点燃起男人们的激情,为了创造出美好的欢乐和动人的绝望,她必须保持高度的骄傲——既是为她的凛然不可侵犯而骄傲,也是为她的温柔感伤,为她的热情和沉着而骄傲。

她知道在她的内心深处从来都不曾想要孩子。养育孩子这个事实,这件事的粗俗,分娩时不堪忍受的痛苦,还有对她美貌的威胁——所有这些都让她不寒而栗。她只希望像一朵仿佛有自觉意识的鲜花一样生存,延长并保存着自身的美丽。虽然她的多愁善感可以紧紧地依附于自己的幻想,可是她那爱冷嘲热讽的灵魂却在轻声说,母性也是母狒狒的特权。于是,在她的梦中,只有幽灵似的孩子——这是她对安东尼早期完美爱情的完美象征。

到了最后,只有她的美貌从来不曾令她失望。她从未见过像她那样的美。她的双足粉白晶莹,身材婀娜曼妙,婴儿般的嘴唇恰似一个吻的具体象征。在面对她这具体真实的美时,美在伦理学或美学上的抽象意义都不禁黯然失色。

二月她就要满二十九岁了。长夜将尽,她越发清醒地意识到,她和她的美貌都要用好接下来的三个月。起初,她不能肯定究竟要用来做什么,但是这个问题渐渐变成了电影银幕对她无法抗拒的古老诱惑。她这一次是认真而坚定的。没有任何物质上的贫乏,会像对容颜易逝的恐惧一样,能够让她动摇。这件事与安东尼无关,这个精神萎靡脆弱而绝望的安东尼,眼睛里总是布满血丝,她对他心里仍会时常泛起阵阵柔情。与他无关。她到二月就要满二十九岁了——还剩下一百天,日子就这么多了,她明天就去找布勒克曼。

这个决定令她顿感释然。美的幻象用某种形式便能得以延续,或许在现实早已消失得了无踪迹之后,美还可以保存在胶片中,这让她欣喜雀跃。嗯——明天就去。

第二天,她感到虚弱乏力,她生病了。她试图挣扎着出门,可差一点摔倒,幸亏抓住了前门附近的信箱。那位开电梯的马提尼克人帮忙把她扶上了楼,她躺在床上等着安东尼回来,甚至连解开胸罩的力气都没有。

她患上了流感,连着五天卧床不起,后来在入冬之际,病情又恶化成了双侧肺炎。她在高烧的时候,神思恍惚起来,仿佛潜入了一幢屋子,在里面一间间荒凉的没有灯光的房间里,寻找她的母亲。她只想做一个小姑娘,被某种柔顺而又更强大的力量精心呵护,这力量比她自身更愚钝,也更稳定。她渴望的恋人似乎只存在于梦中。

"我厌恶粗俗喧闹之众"

格洛莉亚生病期间,有一天发生了一件奇怪的事情,让接受过专业训练的护士麦克戈文小姐事后很长一段时间都大感不解。那是一天中午,但房间里幽暗而又安静,病人在床上睡着了。麦克戈文小姐正站在床边调配药剂,明显处于熟睡中的帕奇夫人突然坐了起来,情绪热烈地开始说话:

"几百万的人,"她说,"像老鼠一样蜂拥而至,像猿猴一样喋喋不休地闲聊,像地狱一样气味难闻……猴子!或者是虱子,我想。一座真正精美华丽的宫殿……在长岛上,嗯——或者,甚至是在格林尼治……宫殿里摆满了欧洲大陆的绘画和各种豪华精美的物品——外面是绿树成阴的林间大道,绿草如茵的大草坪,蔚蓝色的大海,身着华服的可爱的人们在四处走动……我愿意牺牲他们中的十万,他们中的一百万。"她无力地抬起手,啪地打了一个榧子,"我一点都不在乎他们——明白我的意思吗?"

在说到结束部分的时候,她投向麦克戈文小姐的目光,调皮而专注,耐人寻味。然后,她唐突而鄙视地轻声一笑,往后一倒,又昏昏睡去。

麦克戈文小姐愣住了。她不知道帕奇夫人为了她的宫殿,愿意牺牲掉的数以万计的东西,究竟是什么。是美元吧,她猜想——可是听上去不完全像是美元。

电影

时间到了二月,再过七天就是她的生日了,覆盖在十字街头的大雪,就像塞满地板缝隙里的灰尘一样,已经变成了烂泥,被市容环卫部门用软管水龙头冲进了路边的排水沟。从起居室敞开的窗户偶然吹来的风依然凄厉,在它阴郁的循环中,带来通道上那些阴沉凄凉的秘密,驱散帕奇家的公寓里难闻的烟味。

格洛莉亚裹在一件暖和的晨衣里,来到这间冷飕飕的起居室,拿起话筒给约瑟夫·布勒克曼打电话。

"你是找约瑟夫·布莱克先生吗?"卓越影业公司的接线小姐问。

"布勒克曼,约瑟夫·布勒克曼。B-l-o——"

"约瑟夫·布勒克曼先生已把他的姓氏改为布莱克。你要找他吗?"

"啊——对。"她想起自己曾经当着他的面叫他"布洛克赫德",不由得有点紧张不安。

又经过了两位女性的声音,电话才接进他的办公室,最后一位秘书记下了她的名字。只有当电话里传来他那熟悉而又略显冷淡的音调时,她才意识到他们已经三年未曾谋面了,而且他还把姓氏改成了布莱克。

"你可以见我吗?"她轻松地建议,"是想跟你谈一件正事,真的。

我终于还是想拍电影了——如果可以的话。"

"我真的太高兴了。我一直都觉得你会喜欢的。"

"你能为我安排一次试镜的机会吗？"她傲慢地问，这是所有漂亮女人，或者曾经一度认为自己漂亮的女人所特有的一种傲慢。

他向她保证，这只是一个她愿意什么时候来试镜的问题。任何时候？那么，他稍后会给她打来电话，告诉她一个方便的时间。在双方都说了一番客套的废话之后，电话挂断了。然后，她守在电话机旁，从三点钟等到了五点钟——可是，什么回音也没有等到。

不过，第二天上午，她收到一封令她满意而兴奋的短信：

我亲爱的格洛莉亚：

　　真是凑巧得很，我注意到有一件事对你再适合不过了。我希望看到你从一开始就能引人注目。同时，如果一个像你这样漂亮的姑娘，被直接放至某个过气的明星旁边，要知道每家电影公司都对这样的明星感到头疼，不胜其烦，那么很可能会招来一些闲言碎语。可是在珀西·B.德布里斯制作的一部电影里，有一个"时髦女郎"的角色，我觉得正好适合你，而且会让你引起关注。薇拉·萨布尔和加斯东·米尔斯联袂主演，如所预料，我相信让你扮演的角色应该是她的妹妹。

　　不管怎样，这部电影的导演珀西·B.德布里斯说，如果你后天到摄影棚来的话（星期四），他会为你安排试镜。如果你十点钟方便的话，到时候我在那儿跟你碰面。

　　谨此致以美好的祝福！

你永远忠实的

约瑟夫·布莱克

格洛莉亚决定，在她确切得到一个角色之前，先不让安东尼知道这事。因此，第二天早上在他还没有醒来之前，她就穿戴整齐出门了。她觉得镜子里照出来的自己，跟以往并无二致。她不知道脸上是否还残留着生病的痕迹。她的体重仍然有些过轻，而且几天之前，她还认为自己的面颊略微清瘦了一些——不过，她觉得那些都只是暂时性的状况，而在这特殊的日子里，她看上去依然和以往一样清新亮丽。她赊账购买了一顶新帽子，由于天气暖和，她把豹皮大衣留在了家里。

在卓越影业公司的摄影棚，有人用电话向布莱克先生通报，格洛莉亚已经到了，并告诉她他马上就会直接下来。她环顾四周，只见一个身穿斜插袋外套的小个子肥胖男人，正领着两个姑娘在参观，其中一个用手指着一堆薄薄的包裹，这包裹沿墙堆放着，有齐胸那么高，大约堆了有二十英尺长的地方。

"那些都是片场邮件，"肥胖男人解释，"里面装的都是卓越影业公司明星的照片。"

"噢。"

"每张照片上都有影星的签名，比如弗洛伦斯·凯利、加斯东·米尔斯或者麦克·道奇——"他故作信任地眨了眨眼睛，"至少远在索克森特①的米妮·麦克格鲁克，在得到来信索取的照片时，认为是亲笔签名的。"

"只是用图章盖上去的？"

"当然。哪怕只给其中的一半签名，他们就得每天花掉八个小时。据说玛丽·碧克馥的片场邮件每年要花掉她五万美元。"

"天啊！"

"当然了，是五万美元。不过，这是最好的一种广告，还有——"

慢慢地，他们的说话声听不见了，几乎就在同时，布勒克曼出现

---

① 索克森特（Sauk Center），美国明尼苏达州中部城市，位于索特河中部地区，该地名取自于北美印第安人中的索特人一支。

了——此时的布勒克曼,是一位肤色黝黑而又温文尔雅的绅士,正处于优雅得体的四十五岁左右的年纪,他礼貌热情地跟她打招呼,告诉她这三年来她一点都没有变化。他领着她走进一个大厅,大得简直就像一家兵工厂,里面令人眼花缭乱的布景和一排排耀眼而奇异的灯光,断断续续地把这偌大的空间分割开来。每一处布景都标上了醒目的白色大字,如"加斯东·米尔斯公司"、"麦克·道奇公司",或者就简单地写着"卓越影业"。

"以前来过摄影棚吗?"

"从来没有。"

她喜欢摄影棚。这里没有浓重熏人的油彩味,也没有俗丽而肮脏的戏服散发出来的腐臭味,几年之前她在一出音乐喜剧的后台闻到这些气味时只想呕吐。这里的工作都安排在空气清新的上午进行,装置设备看起来精致、堂皇、簇新。有一组布景悬挂着满族人的幔帐,显得喜气洋洋,一个真正的中国人正在根据扩音喇叭里的指示表演一个片段,而这台神奇闪亮的机器,正在播放着古老的道德故事,以陶冶国人的心灵。

一个红头发的男人朝他们走来,用一种亲切而又尊敬的态度跟布勒克曼交谈,他回答:

"你好,德布里斯。我想让你来见见帕奇夫人……帕奇夫人想拍电影,就像我此前跟你提到过的那样……好吧,现在,我们去哪儿呢?"

德布里斯先生——伟大的珀西·B. 德布里斯,格洛莉亚心里想着——把他们领到一个代表一间办公室内部的布景前。布景的前门处有一台摄影机,有人拉过几把椅子摆在摄影机旁边,他们三人就在这儿坐了下来。

"以前进过摄影棚吗?"德布里斯先生问,瞥了她一样,眼神里无疑流露出一种完美而典型的敏锐洞察力,"没有? 那么,我来具体解释一下接下来我们要做的事。我们要进行的就是所谓的试镜,目的是要看你的相貌是否上镜,你在舞台上的表现是否自然,还有你对指导的反应如何。你完全没有必要紧张。我在剧本里标出一个片段，让摄影师拍上几百英尺。从中我们就能获悉很多想要知道的东西。"

他拿出一份打印好的电影分镜头剧本，向她解释她将试镜的片段。情节是这样的：一个名叫芭芭拉·维恩莱特的女子，早已跟一家公司的低级合伙人秘密结婚，布景再现的就是他的办公室。有一天，她偶然进入了这间空无一人的办公室，自然很有兴趣看看丈夫工作的地方。这时电话铃声突然响起，她迟疑片刻之后拿起了话筒。从电话中，她获悉丈夫被一辆汽车撞倒，并且当场死亡。这突如其来的消息让她吓蒙了。起初，她不能接受这个事实，但当她终于理解了发生的事时，便倒在地板上昏死了过去。

"这就是我们要试镜的全部内容，"德布里斯先生总结道，"我就站在这里，告诉你大致要做些什么，而你就当我不在这里，按你自己的方式进行表演。你不用担心我们对这会进行过分严格的判断。我们只不过是想对你在银幕上的形象有一个基本的了解。"

"我明白了。"

"布景后面的房间里有化妆品。化得淡一些。少用红色。"

"我明白了。"格洛莉亚点了点头，重复了一句。她紧张得用舌尖舔了舔双唇。

试镜

她从一扇真正的木门走进布景，并在身后小心翼翼地随手关上门，这时忽然感到很别扭，觉得自己身上穿的衣服让她很不满意。她应当为今天这个场合买一套"未婚姑娘"穿的裙装——这类衣服她依然能穿，要是它能增添她的青春气息的话，这笔投资或许会物有所值。

从前面耀眼的白光的后面，传来了德布里斯先生的声音，她的思绪猛地被拉回到眼前重要的场景中。

"你四处张望,寻找你的丈夫……现在——你没有看见他……你对办公室感到很好奇……"

她开始意识到摄像机在拍摄中发出的有规律的声音。这让她觉得不安。她不由自主地朝它看了一眼,心想脸部的妆容化得是否得体。然后,她刻意强迫自己进入表演状态——而她从来没有感觉到自己身体的姿势竟会如此平庸,如此笨拙,有失优雅的风度或个性的魅力。她在办公室里各处走动,不时拿起这个或那个物品,目光空洞地盯着它们看。然后,她仔细打量着天花板、地板,细细查看办公桌上一支无关紧要的铅笔。最后,由于她实在想不出还能做些什么动作,更没有什么内容可以表达,她只好勉为其难地挤出一丝微笑。

"好了。现在电话铃声响起。叮零零!迟疑,然后接听电话。"

她迟疑不决——然后,拿起话筒。这动作太快了,她想。

"喂。"

她的声音空洞而不真实,回荡在这空无一人的布景里,宛如幽灵一般,未能产生实际效果。他们的荒唐要求令她备感惊恐——难道他们指望,提前片刻通知她,她便能让自己倾情投入到这个荒谬而又无可理喻的角色中吗?

"……不行……不行……还不行!现在听着:'约翰·萨姆纳刚被一辆汽车撞倒,并且当场死亡!'"

格洛莉亚让她那婴儿般的双唇慢慢垂下并微微张开。然后:

"现在挂上电话!砰的一声!"

她听从了命令,紧紧地抓住桌子,睁大双眼盯着前方。终于,自己的表现让她得到一丝鼓舞,信心有所增加。

"天啊!"她大声喊道。她的声音很美,她想。"哦,天啊!"

"现在晕倒。"

她双膝跪下朝前倒去,整个身体瘫倒在地板上,屏住了呼吸。

"好了!"德布里斯先生大声喊道,"这就够了,谢谢。这就足够了。起来吧——这就够了。"

格洛莉亚站起身来,恢复了原有的端庄,轻轻掸了掸裙子。

"真糟糕!"她沉静地笑了一声评论道,尽管此刻她的心在狂跳,"糟透了,对吗?"

"你很在意吗?"德布里斯先生说,温和地微笑着,"你觉得演戏难吗?我现在还说不出什么,要等看完样片之后才知道。"

"当然是这样。"她表示赞同,并试图从他说的话中捕捉到某种言外之意——不过没有做到。要是他试着不去刻意鼓励她的话,他也就只能这么说了。

片刻之后,她离开了摄影棚。布勒克曼先生承诺,几天之内,她应该就会知道试镜结果。她太骄傲了,没有追问任何确切的评价,但内心却感到惴惴不安。现在,当她终于采取了实质性行动时,她才意识到在过去的三年内,像成功的演艺生涯这样的发展前途,在她的心灵深处占据何等举足轻重的位置。当天晚上,她一遍又一遍地试着分析那些有利或不利的因素。她化妆是否到位,这个问题令她很不安,而且因为她扮演的是一个二十岁的姑娘,她不知道自己是不是有点过分严肃。她最不满意的,要算她的表演。她进场时的表演就很糟糕——事实上,在去接电话之前,她都没有展现出一丝镇定来——然后,试镜就结束了。要是他们能意识到这一点就好了!真希望她还能有一次试镜的机会。一个疯狂计划即刻占据了她整个的心思,那就是第二天上午打电话要求重新试镜,不过随后她又突然打消了这个念头。请布勒克曼再次帮忙,是既不明智也不礼貌的。

等到第三天的时候,她已处于高度紧张焦虑的状态。她咬破了口腔内侧,里面因变得粗糙而产生阵阵剧痛,在她用李施德林消毒液清洗时,灼痛得让她难以忍受。她没完没了地跟安东尼争吵,这让他心灰意冷,最后怒气冲冲地离开了公寓。不过,由于他对她那种异乎寻常的冷淡心怀恐惧,一个小时之后便又打来电话道歉,说他正在阿姆斯特丹俱乐部用餐。这是现在他保持会员资格的仅有的一家俱乐部。

已经到了下午一点多钟,而她在十一点钟时才吃过早饭,因此决定把午饭免了,出门去公园散散步。下午三点钟的时候,会有一班邮件,她打算三点前赶回来。

这是一个早春的下午。林间小道上的积水渐渐变干,在公园里小姑娘们一本正经地推着白色洋娃娃童车,在稀疏的树林中走来走去,跟在她们身后的是百无聊赖的保姆,她们两两一组,彼此讨论着只有保姆才知道的天大秘密。

她的小金手表显示现在到了两点钟。她应该买一块新表了,一块长椭圆形的白金表,外面镶嵌着钻石——可是,这种表比松鼠皮大衣还要贵,当然已经不是她现在能够买得起的了,就像其他所有的东西一样——除非那封至关重要的信在等着她,那样情况或许会有所变化……再过一个小时……再过整整五十八分钟。走回家需要十分钟,还剩下四十八分钟……现在还剩四十七分钟……

小姑娘们认真地推着他们的洋娃娃童车,在和煦的阳光下,行走在潮湿的林间小道上。保姆们依然两两一组,闲聊着他们那些不可思议的秘密。不时可见一个衣衫褴褛者坐在铺着报纸的干爽长凳上,他们让人联想到的,不是阳光明媚轻松愉快的午后,而是堆积在偏僻的角落里的肮脏积雪,等待着消融……

仿佛过了几个世纪,她终于走进了昏暗的大厅,看见那个马提尼克电梯员站在彩绘玻璃窗前的光线里,让人觉得很不和谐。

"有我们的信吗?"她问。

"已经送到楼上去了,夫人。"

这时电话总机的铃声令人讨厌地响起来了,在他接电话的时候,格洛莉亚在一旁等候着。电梯吱吱嘎嘎地一路上行,她感到有些恶心——每上升一层楼,都像是历经了漫长的一个世纪,每一层仿佛都带有不祥之兆,在对人横加指责,却又意味深长。那封信躺在过道肮脏的瓷砖上，好似麻风病人身上的白色斑痕。

我亲爱的格洛莉亚：

我们昨天下午看了试镜胶片，德布里斯先生似乎觉得，对于他心目中的那个角色，他需要一个更年轻的女人来扮演。他说你的表演还是不差的，影片中有一个小角色，是一个趾高气扬的富裕寡妇，他觉得你或许——

格洛莉亚凄凉地抬起双眼，直到视线掠过窗外建筑物之间的通道。然而，她发现自己看不清对面的墙，因为她那双灰色的眼睛里噙满了泪水。她走进卧室，把信皱巴巴地紧捏在手里，在大衣柜前的地板上，面对着长镜跪了下来。今天是她二十九岁的生日，世界正在她的眼前渐渐消失。她试图把试镜失败的原因归咎于化妆问题，可是她的情感波澜起伏，难以抑制，远不是这种想法可以慰藉的。

她费力地想要看清，直至感觉到太阳穴上的肌肉被向前牵拉着。是的——她的面颊非常清瘦憔悴，眼角悄然出现了细密的皱纹。眼睛也有所不同了。哦，它们跟以前不一样了！然后，突然间她明白了自己的眼睛看上去竟是如此疲惫不堪。

"噢，我漂亮的脸蛋，"她喃喃自语，感到伤心不已，情绪甚为激动，"噢，我漂亮的脸蛋！哦，失去了我漂亮的脸蛋，我不想活了！哦，这究竟是怎么回事啊？"

然后，她朝镜子滑去，就像在试镜时一样，四肢伸开，脸朝下贴在地板上——她躺在那儿哭泣。这是她第一次做出这么不雅的难看动作。

第三章
无关紧要

时间又过去了一年，安东尼和格洛莉亚就像失去了戏服的演员，缺少了在舞台上用悲剧的激昂声调继续表演下去的骄傲——所以，当某天晚上来自堪萨斯城的休姆夫人和她的女儿，在广场大饭店与他们相遇却假装没有看见时，原因只不过是这对母女像绝大多数人一样，厌恶从他们两人身上看到自己那些过时已久的品性。

他们的新公寓每月租金为八十五美元，坐落在克莱蒙大街上，那里有一百多套大同小异难以分辨的公寓，与哈德逊河相隔两个街区。当一天傍晚时分穆瑞尔来看望他们时，他们已在那儿住了一个多月了。

这是春末夏初时节一个无可挑剔的黄昏。安东尼正躺在长沙发上，凝望着哈德逊河方向的第一百二十七街，他正好还能看见附近的一小块翠绿的树丛，是它为河滨大道带来了一片廉价而俗丽的林阴。河对岸是洲际岩壁公园，那里游乐场的丑陋架构可谓登峰造极——不过，暮色很快就要降临了，同样是那些铁丝蜘蛛网，在夜空的映衬之下，却尽显荣耀，宛如建造在热带运河粼粼波光上的一座迷人的宫殿。

安东尼发现公寓附近的街道都是孩子们嬉戏之处——比他去玛丽埃塔时常常穿过的那些街道稍微好一点，但大致上都同属一类，时而会有人演奏手风琴或摇旋琴，在凉爽的夜晚，许多年轻姑娘成对地漫步到街角的药房，去买冰淇淋苏打水，在低垂的天空下，做着了无边际的美梦。

现在暮色已经笼罩了大街小巷，孩子们嬉戏玩耍，欣喜若狂地大呼小叫,那些不连贯的字眼,飘到离敞开的窗户不远处就渐次消失了——此时,来拜访格洛莉亚的穆瑞尔,从朦胧昏暗的房间的另一侧,在跟他闲聊。

"打开灯吧,为什么不呢?"她建议,"这里已经黑得让人害怕了。"

他倦怠乏力地起身去开了灯,玻璃窗格深灰色的影子顿时消失了。他伸了伸懒腰。如今他的体重已明显增加,腹部松松垮垮地顶着皮带,肌肉像发泡似的膨胀而松弛。他现在三十二岁了,内心世界却如一堆残骸一般荒凉而杂乱。

"喝一点酒吗,穆瑞尔?"

"我不喝,谢谢。我不再习惯喝酒了。你这些日子都在做什么呢,安东尼?"她好奇地问。

"嗯,那桩案子的事让我相当忙,"他无动于衷地回答,"案子已经提交到了上诉法院——不管怎么样,到今年秋天应该会结案。关于上诉法院对该诉讼事件是否具有管辖权,还存在一些异议。"

穆瑞尔发出一声咂舌头的声音,把头歪向一边。

"哦,你信他们!我从来没有听说过有什么官司要拖这么久。"

"噢,他们都这样,"他没精打采地说,"所有的遗产案子。他们说这类案子能在四五年之内审理完毕,就已属特例了。"

"噢……"穆瑞尔贸然地转换了话题,"你为什么不去工作,你这个懒——汉!"

"做什么?"他直截了当地问。

"嗯,我想,什么都可以。你还是一个年轻人呢。"

"如果这也算是鼓励的话,我很感谢你,"他冷冰冰地回答——然后他不胜其烦地说,"我就是不想工作,难道这让你有什么不舒服吗?"

"这没让我有什么不舒服——可是,让许多人不舒服了,他们声称——"

"噢,天啊!"他断断续续地说,"在我看来,过去三年里,听到的有关我自己的事，全都是些荒诞不经的传闻，还有所谓正直高尚的劝告。我受够了这些。如果你不想见到我们，就让我们自己待着。我不会去打扰以前的那些所谓'朋友'。可是我不需要谁施舍般地打来电话，也不需要伪装成善意劝告的批评——"然后，他略带歉意地补充道，"我很抱歉——不过说真的，穆瑞尔，你不应该像个到贫民窟去的女义工那样说话，尽管你来拜访的是中下层人士。"他那双充血的眼睛转向了穆瑞尔，眼神中流露出责备——那双曾经深邃而清澈的蓝眼睛，如今变得虚弱而不自然，而且因他醉酒时阅读，视力已一大半被损坏了。

"你为什么要说些这么难听的话？"她抗议，"你说起来好像你和格洛莉亚现在是中产阶级似的。"

"为什么要假装我们不是呢？有些人甚至到了连贵族的基本面子都维持不了时，还声称自己是家世显赫的大贵族，我痛恨这样的人。"

"你认为一个人必须要有钱才能是贵族吗？"

穆瑞尔……这个感到恐惧的民主主义者……！

"怎么，当然是这样。贵族只是一种许可，让我们称之为优秀的某些品质——勇气、荣耀、美以及其他诸如此类的东西——能够在一种适宜的环境中得到最好的发展，这时一个人不会因无知和贫穷而被扭曲。"

穆瑞尔咬了咬下嘴唇，一个劲地摇头。

"嗯，我想说的是，如果一个人来自良好的家庭，他们永远都是好人。你和格洛莉亚的问题就在这里。你以为就因为你们眼下有一些不顺利，所有的老朋友对你们都唯恐避之不及。你太过敏感了——"

"事实上，"安东尼说，"你对这事儿根本就一无所知。对我来说，这完全是一个自尊心的问题，只有这一次格洛莉亚也相当理性地同意了，我们不应该再去那些并不需要我们的地方。人们不再欢迎我们了。我们实在是太坏的榜样了。"

"胡说八道！我这儿的阳光小客厅里可容不下这些悲观的论调。我认为你应该忘掉所有这些忧郁的想法，然后出去工作。"

"现在我已经三十二岁了。假设我在某个白痴行当里开始起步，或许两年之后，我的薪水可以涨到每周五十美元——如果运气好的话。这是在假如我能找到工作的前提下，而现在有大量人口失业。嗯，就算我每周能挣到五十美元，你以为我会比现在更快乐吗？你以为要是我不能得到祖父的这些钱，生活还可以忍受下去吗？"

穆瑞尔讨好地微微一笑。

"嗯，"她说，"这么说也许很聪明，但是不符合人之常情。"

几分钟之后，格洛莉亚走了进来，仿佛随之把某种难以辨认的罕见的阴暗色彩带进了房间。她用一种沉默寡言的特有方式，表示很高兴看到穆瑞尔。她随意地用一声"嗨！"跟安东尼打了招呼。

"我正在跟你的丈夫谈论哲学。"凯恩小姐抑制不住地大声喊道。

"我们谈了一些基本的概念。"安东尼说，一丝若有若无的微笑掠过他苍白的面颊，因两天没有剃须，脸色显得比平时更苍白。

穆瑞尔对他的讽刺未加理会，又把她的观点拿出来老调重弹了一遍。等她说完，格洛莉亚平静地说：

"安东尼说得对。当你感觉到别人以某种异样的眼光来看待你时，就算出去玩，也不会有什么乐趣。"

他打断她，悲伤地说：

"就连我最好的朋友莫瑞·诺贝尔都不再来拜访我们了，这个时候你难道不觉得，我们早就不应该再给朋友们打电话了吗？"他的眼里噙满了泪水。

"关于莫瑞·诺贝尔的事情，是你的错。"格洛莉亚冷冰冰地说。

"不是。"

"就是，我几乎可以肯定。"

穆瑞尔不失时机地介入进来：

"我前些天碰到一个认识莫瑞的姑娘，她说他不再喝酒了。他变得相当循规蹈矩了。"

"不喝了吗?"

"实际上是滴酒不沾了。他现在正大把大把地挣钱。自从战争结束之后,他好像变了很多。他快要跟一个费城的姑娘结婚了,她叫茜茜·拉拉比,有几百万的家产——反正,街谈巷议都是这么传的。"

"他今年三十二岁了,"安东尼自言自语,"可是要想象他快结婚了,真有点不可思议。我以前还一直觉得他才华横溢。"

"他是这样,"格洛莉亚喃喃自语,"在某种程度上。"

"但是才华横溢的人不会安于从商——或者,他们会安于从商?不然,他们又去做什么呢?你以前认识的人,那些有如此多共同之处的人,现在都变成什么样子了呢?"

"你又扯远了。"穆瑞尔说,带着恰到好处的蒙眬眼神。

"他们会变的,"格洛莉亚说,"所有那些在日常生活中用不上的品质,都会被他们束之高阁。"

"他跟我说的最后一件事,"安东尼回忆起来,"就是他将去工作,以便忘记不存在什么值得为之去工作的事。"

穆瑞尔飞快地接过话茬。

"这就是你应该做的事情,"她得意洋洋地宣称,"当然我不会以为有谁会无缘无故地想去工作。不过,这会让你有一点事情可做。不然,你自己一个人待着干什么呢?没有人会在蒙马特或者——或者任何地方看见你。你在节俭生活开支吗?"

格洛莉亚轻蔑地大笑起来,从眼角朝安东尼瞥了一眼。

"嗯,"他问,"你在笑什么?"

"你知道我在笑什么。"她态度冷淡地回答。

"是笑那一箱威士忌?"

"对,"——她把头转向穆瑞尔——"他昨天花了七十五美元买了一箱威士忌。"

"买了又怎么样?比你单独一瓶一瓶地买回来,还要便宜一些。你用不着装出一副你一点也不会去喝的样子。"

"至少我白天不会去喝。"

"这真是一个绝好的区别!"他大叫起来,面带怒色一跃而起,"而且,你居然能每隔几分钟就这样攻击我一次,这让我太惊奇了。"

"这是真的。"

"不是!我已经受够了你这样当着客人的面没完没了地批评我。"他已经激动了起来,手臂和肩膀都在明显地颤抖,"你觉得什么都是我的错。你觉得你从来都没有怂恿我乱用钱——每一次花在你身上的钱,都要远远多于我任何一次花掉的。"

现在格洛莉亚也开始跳了起来。

"我不允许你这样对我说话!"

"那么好吧,看在上帝的分上,你不用忍受了!"

他急速冲出了房间。两个女人听见他的脚步声到了公寓大厅,接着前门砰的一声关上了。格洛莉亚重新陷进了椅子里。她的面容在灯光下显得可爱,沉静而又让人难以捉摸。

"噢——!"穆瑞尔甚为忧虑地嚷道,"噢,到底是怎么回事啊?"

"没有什么大不了的。他只不过是喝醉了。"

"喝醉了?不会吧,他完全清醒。他说起话来——"

格洛莉亚摇了摇头。

"噢,不,除非他到了几乎站不起来的地步,否则他不会表现出来的,而且在变得激动兴奋之前,他说话完全没有问题。这个时候他话说得比清醒的时候还要好。可是,他一整天都坐在这儿喝酒——除了他走到角落去拿报纸的时候之外。"

"噢,多么可怕!"穆瑞尔是真心被打动了,她的眼里噙着泪水,"这种情况经常发生吗?"

"喝酒,你是指?"

"不,是指像这样——离开你?"

"噢,对。经常。他会在午夜的时候回来——哭泣着请求我原谅他。"

"而你会原谅他吗?"

"我不知道。我们就这样得过且过吧。"

两个女人就这样坐在灯光下,彼此相互注视着,各自从不同的角度,对此都同样感到无能为力。格洛莉亚依然漂亮,就跟她曾经最美艳动人时一样——她的面颊红润,穿着一件她新买的裙子——因一时冲动而买下的——花去了五十美元。她本来希望能说服安东尼今晚带她外出,去一家餐馆,甚至是去一家高档豪华的电影院,在那儿会有一些人盯着她看,而她也可以依次看上他们一眼。这是她想要的,因为她知道自己的面颊红润,还因为她的裙装是簇新的,这种状态维持不了多久。现在,只有在极偶然的情况下,他们才会受到邀请。不过,她并没有把这些告诉穆瑞尔。

"格洛莉亚,亲爱的,我真希望我们可以共进晚餐,可是我已经答应了一个人——现在都七点半了,我得赶快飞奔过去。"

"噢,反正我也吃不下。首先,我这一整天都在生病。我什么也吃不下。"

格洛莉亚把穆瑞尔送到门口之后,回到房间,关上了灯,她把胳膊肘斜靠在窗台上眺望着洲际岩壁公园,那儿摩天轮旋转的光圈灿烂绚丽,宛如一面颤抖的明镜,捕捉到月亮那黄色的倒影。此时街上已经安静下来,孩子们都进屋去了——她可以看见街的对面的一家人正在吃晚饭。他们毫无意义地、荒谬地站起身,在桌子旁边走来走去。从这个角度看起来,他们所做的一切都显得极不协调——仿佛他们被无形的绳子从头顶上漫不经心而又毫无目的地牵动着。

她看了看手表——现在已经到了八点钟。这一天有一段时间她是感到快乐的——就是午后的一段时间——她沿着第一百二十五街散步,在这个哈勒姆的百老汇,她的鼻子敏感地嗅出了各种香味,又因为几个意大利孩子不同寻常的美，她的心情格外兴奋。这条街莫名其妙地感动了她——就像她曾经一度被第五大道感动一样，那个时候她带着对美貌的自信，心绪宁静，知道这里所有的一切都是她的，每一家商店及里面的物品，橱窗里每一个闪亮的成人喜爱的小饰品，只要她想要，便都是她的。此时，在第一百二十五街上，有救世军的乐队，有站在商店门口台阶上身披各色披肩的老太太，有头发闪亮的孩子拿在脏手里又甜又黏的糖果——还有姗姗来迟照射在高大经济公寓侧面的阳光。所有这一切都是那么丰富多彩，充满活力，令人愉快，就像一道美味佳肴，出自一个节俭的法国大厨之手，让人忍不住想要大快朵颐，尽管知道其食材大有可能是一些残羹冷炙……

突然一阵汽笛声掠过昏暗朦胧的屋脊从河面传来，令格洛莉亚不禁打了一个寒战，她往屋子里缩了进去，直到那幽灵般的窗帘从她的肩上滑落。她打开电灯。现在已经很晚了。她知道钱包里还有几个零钱，心里想着是在厨房里随便吃一点辣味火腿和面包，还是应该下楼外出，到曼哈顿街去喝咖啡吃面包卷，呼啸而过的地铁早已把那儿变成了喧嚣的山洞。她的钱包为她作出了决定，里面有一枚五美分和两枚一美分的硬币。

又过了一个小时，弥漫室内的寂静变得让人不堪忍受，她发现自己的目光已从手中的杂志移向了天花板，目不转睛地盯着那儿，脑子里一片空白。突然间，她站起身，迟疑片刻，不住地咬着手指——然后，她走向餐具室，从架子上取下一瓶威士忌，给自己倒上了一杯。她往玻璃杯里加满了姜汁之后，又回到椅子上，把刚才杂志上的一篇文章看完。这个故事说的是美国独立战争时期的最后一位寡妇，她年轻的时候嫁给了大陆军的一位老兵，1906年过世。自己居然跟这位老妇同属一个时代，这在格洛莉亚看来既不可思议，又奇特而浪漫。

她翻过一页，看到上面说一位国会议员候选人被对手指控为无神论者。当格洛莉亚发现所有的指控都不真实时，她的惊奇顿时烟消云散。候选人只不过是否认那个有关面包和鱼的神迹，而在压力之下，他承认完全相信水上漫步的事。①

格洛莉亚喝完第一杯之后，又去倒了第二杯。她套上一件宽松的便服，让自己舒舒服服地坐在长沙发上，这时她开始意识到自己有多么悲惨和痛苦，泪水不禁顺着她的面颊滚落下来。她不知道这是不是因为顾影自怜而流下的泪水，然而目前这种没有希望也没有快乐的生存状态，让她深感压抑，她不停地把头摇来摇去，嘴角深深地撇了下去，仿佛她是在竭力否定什么地方某个人的主张。她有所不知的是，这个姿势比历史更为悠久，对于世世代代的人来说，难以忍受而又经久不息的痛苦，造就了那样一种否定、抗议、困惑的姿势，用以表达某种深沉而又强大的东西，它远远胜过上帝在人的形象中创造的表情。在它的面前，假如上帝真的存在，也将会同样地感到无能为力。这种力量从来都无法解释，也永远没有答案——这种力量如空气一般触摸不到，却又比死亡更为确定无疑。这是一条真理，位于悲剧的核心部位。

理查德·卡拉梅尔

初夏时节，安东尼退出了阿姆斯特丹俱乐部，这是他的最后一个俱乐部。他几乎一年之中难得去两次，而会费却成了一个周期性的负担。他从意大利回来时就加入了这家俱乐部，因为这曾经是他祖父和父亲的俱乐部，也因为这是一家只要有机会，大家都会毫不犹豫争先恐后加入的俱乐部——尽管事实上由于迪克和莫瑞的缘故，他更喜欢哈佛俱乐部。然而，随着经济状况恶化，它似乎越来越成了一个花哨的小玩意儿，令人渴望，想要紧紧抓住不放……时至今日，他终于连这也要舍弃

---

① 指《圣经·新约》中记载的耶稣显示神迹的故事。第一个神迹是说耶稣和门徒在山上，他举目看见许多人来。他用五个饼和两条鱼让大约五千人吃饱。第二个神迹是说耶稣能在水上行走。

了，心中满是遗憾……

他现在的朋友有一打，个个稀奇古怪。其中有几位，是他在四十三街上的一家叫"萨米酒吧"的地方认识的。在那个地方，假如你敲门，有人把你从一道栅栏的后面放过去，那你就可以坐在一张大圆桌边，喝上相当不错的威士忌。就是在这里，他遇见了一个叫帕克·埃里森的人，他在哈佛的时候就是个名副其实的不良酒鬼，眼下他正在尽快地挥霍掉一大笔"让他兴奋不安"的财富。帕克·埃里森所理解的煊赫，包括驾驶着一辆红黄相间的跑车在百老汇街头呼啸而过，身边坐着两位珠光宝气、目光冷艳的女郎。他是那种喜欢跟两个而不是一个姑娘一起吃饭的人——他的想象力几乎不足以维持一段交谈。

除了埃里森之外，还有皮特·利特尔，他总是歪戴着一顶灰色的圆顶礼帽。他总是不缺钱花，而且看上去也总是一副兴高采烈的样子，所以夏秋之际的许多个下午，安东尼会漫无目的喋喋不休地跟他闲聊。他发现利特尔不仅用短语说话，连思考推理也不例外，毫无逻辑可言。他的哲学就是一连串短语，都是从一种活跃而随心所欲的生活中不时吸收而来的。他有关于社会主义的短语——都已无法追忆了；他有与个人神性的存在有关的短语——与他曾经遭遇的火车事故有关；他还有关于爱尔兰问题、他尊敬的女性以及禁酒令的无效性等方面的短语。哪怕是对于一种远比寻常日子有着更多变故的生活，他在解释其中最精巧华丽的事件时，仍然是用那些语无伦次的片言只语，只有当他安下心来详细讨论他最具动物性的生存时，他的谈话才超出这个水平：他对自己喜爱的食物、酒精和女人的了解，达到了某种精细微妙的程度。

他是文明最普遍同时又是最引人注目的产物，是人们在都市大街上十之八九会遇上的人——他就像一头身上没毛的猴子，会玩的鬼把戏不下两打。他是生活和艺术中上千部浪漫故事的男主人公——他实际上就是一个笨蛋，在六十年的时光里，一丝不苟而又荒唐可笑地上演着一连串纷繁复杂令人叹为观止的史诗。

安东尼·帕奇就是和这样两个人一起一边喝酒一边聊天，一边喝酒一边争论。他喜欢他们，既因为他们对他一无所知，也因为他们活在明处，对于生活无可逃避的连续性，并无一丝一毫的概念。在他们面前呈现的，不是由电影胶片的片盘连续放映的画面，而是由发霉过时的幻灯片记录的旅行见闻，每一张的确切含义都刻板僵硬，因而它们之间的关联及意义就模糊混乱。然而，他们自己并不糊涂混乱，因为他们的头脑里空空如也，不存在什么东西会被搞混——他们每个月都换一套短语，就跟换领带一样。

安东尼这个原本温文尔雅、细腻敏锐而又明察是非的人，如今每日都是醉醺醺的——在萨米酒吧跟这些人一起喝，在公寓里边看书时边喝，而这书是他早已读过的，只有在很少的情况下才会跟格洛莉亚一道喝。在他的眼里，毋庸置疑，她已经开始显露出一个无理取闹的女人的特点。她当然不再是从前那个格洛莉亚——那个格洛莉亚要是生病了，宁可把痛苦强加在周围的每一个人身上，也不会承认她需要同情或者帮助。原来的她不屑于哭哭啼啼，不屑于顾影自怜，如今不再是这样了。每天晚上准备就寝的时候，她会在脸上涂上某种新款护肤膏，毫无逻辑地希望，这会为她日渐消逝的美貌唤回原有的光彩和活力。安东尼喝醉了的时候，会拿这事奚落她一番。他清醒的时候会对她彬彬有礼，偶尔还会温柔多情；他似乎还能短时间地表现出一丝原有的品质，因深明事理而不会对人妄加指责——那既是他最好的品质，也促成了他快速而又不间断地走向毁灭。

可是，他痛恨清醒状态。清醒让他意识到周围的人群，那种奋斗挣扎的气氛，贪婪的野心，比绝望更污秽的希望，人生永无休止的跌宕起伏，这在每一个大都市中，在不稳定的中产阶级当中，却是最显而易见的。他觉得既然无法跟富人生活在一起，那么他的最佳选择便是跟最贫穷的人生活在一起。任何东西都要好过这种遍尝汗水和泪水的人生遭际。

安东尼向来不曾强烈地感觉到，生活如全景画一般波澜起伏，如今这样的感觉就越发暗淡微弱,乃至完全消失了。如今,在很长的间隔之后,某个事件,格洛莉亚的某个姿势,仍会深得他的喜爱——然而,灰色的帷幔真切地降临于他的身上了。随着他年岁的增长,那样的事情都渐渐消退了——在这之后,剩下的就只有酒了。

酒后的心荡神驰当属一种仁慈——它带来的那种难以言喻的光芒和魅力,好似对稍纵即逝的夜晚的回忆。在几杯威士忌下肚之后,闪亮高耸的布什塔便宛如天方夜谭一般有了魔力——它的尖顶气势恢宏,无与伦比,在遥不可及的苍穹的映衬之下,金光闪闪,如梦如幻。还有那条粗俗冷酷陈腐平庸的华尔街——同样,它成了金钱的盛典,一道美妙绝伦的感官奇观;正是在这儿,那些不可一世的国王们为战争储备着财富……

……青春的或者葡萄的果实,从黑暗到黑暗的短暂旅程中转眼即逝的魔法——是真和美以某种方式彼此缠绕的古老幻觉。

一天夜晚,他站在德尔莫尼科酒馆前点烟的时候,看见两辆双轮双座马车停靠在路边,等着赚醉酒客人的钱。这两辆过时的轻便马车破旧肮脏——破裂的漆皮皱得就像老人的脸,坐垫的颜色退成了带棕色的淡紫色;马匹本身苍老而疲惫,高坐在上的白发车夫也是一样,他们用一种勇武架势挥舞着马鞭,动作稀奇古怪,装模作样。绝迹的欢乐留下的一块残片!

一阵突如其来的阴郁沮丧之情向安东尼·帕奇袭来,他黯然离开,思索着这种生存状态的辛酸苦楚。似乎没有什么比欢乐更容易变味腐坏。

一天下午,在第四十二街上,他偶然遇见了理查德·卡拉梅尔,这是他们久别数月之后的第一次相遇。这时的理查德·卡拉梅尔,人生得意,体态发福,脸上也丰满了起来,与他那波士顿人特有的眉脊堪称相配。

"本周刚从西海岸回来。准备要给你打电话，可是我不知道你的地址。"

"我们搬家了。"

理查德·卡拉梅尔注意到，安东尼穿的衬衣上面有污渍，袖口有轻微但却明显看得出来的磨损，他的双眼呈半月形，蒙上了一层烟雾的色彩。

"这个我听说过了，"他说，用他那只明亮的黄色眼睛盯着他的朋友，"但是格洛莉亚在哪儿，她好吗？天啊，安东尼，我甚至远在加利福尼亚，都听说了有关你们俩的讨厌的故事——我回到纽约之后，发现你已经完全消失了，无影无踪。你为什么不振作起来？"

"现在，听着，"安东尼颤抖着说，"我可受不了长篇大论的说教。我们在多个方面都损失了钱，自然人们会对此津津乐道——这是因为那个诉讼案的缘故，不过，今年冬天事情会有一个最终的了结，肯定——"

"你说得这么快，我都听不明白你说什么。"迪克平静地打断了他。

"嗯，我要说的，我都已经说了，"安东尼突然打断他，"如果你愿意，可以来看我们——否则，就别来！"

他说完后，转身拔腿就走，想混入人群离开，但是迪克立刻追上了他，一把抓住了他的胳膊。

"嘿，安东尼，不要这么容易就大发雷霆！你知道格洛莉亚是我的表妹，你是我最好的朋友之一，所以当我听到有关你堕落的消息之后，自然会很关心——再说，你把她也拖下了水。"

"我不想听人对我说教。"

"嗯，那么，好吧——到我的公寓去喝一杯，怎么样？我刚刚安顿好。我从一个税务官员那儿买了三箱戈登牌的杜松子酒。"

就在他们往前走的时候，他突然感到一阵恼怒，于是继续问：

"那么，你祖父的钱怎么样了——你会得到吗？"

"哼，"安东尼愤愤不平地回答，"海特那个老混蛋似乎觉得有希望，特别是因为现在大家都对社会改革家感到厌倦——比如说，如果某个法官认为就是因为亚当·帕奇的缘故，他比以往更难买到酒了，你知道这或许会带来些许微妙的差别。"

"没有钱，你们的日子就没法过了，"迪克尖锐地说，"你尝试过写点什么吗——最近？"

安东尼沉默地摇了摇头。

"这很有趣，"迪克说，"我以前一直觉得你和莫瑞将来会从事写作，现在他成了个吝啬的贵族，而你——"

"我是一个坏榜样。"

"我想知道这是什么原因？"

"你很可能以为你知道原因，"安东尼暗示道，试着让自己集中精神，"失败者和成功者都从心底里相信，他们都准确地综合平衡了各方面的观点，成功是因为他已经成功了，而失败者是因为他已经失败了。成功者告诉他的儿子，要从他父亲的大量财富中获得益处，失败者也告诉他的儿子，要从他父亲的错误中吸取教训。"

"我不赞同你的观点，"这位《法兰西少尉》的作者说，"在我们年轻的时候，我常常听信你和莫瑞，而且你们的话常常让我铭刻在心，因为你们是那么愤世嫉俗，可是现在——嗯，不管怎样，上帝作证，我们三人当中，是谁开始过上——过上知识分子的生活？我不想听上去让人觉得我自吹自擂，然而——那个人是我，而我过去一直都相信道德价值的存在，今后也永远如此。"

"那么，"安东尼表示反对，他开始从谈话中得到相当的乐趣，"即便如此，你知道在现实中，生活从来都不会把问题轮廓鲜明地呈现出来，是吗？"

"对我却是这样的。不存在任何东西，我会为之违背某些原则。"

"可是，在你违背的时候，你怎么会知道呢？你不得不进行推测，就像绝大多数人一样。在你回首往事的时候，你不得不对其价值重新作出评判。到那个时候，你才会对整幅肖像画进行最后的加工——画上细节和阴影部分。"

迪克高傲而又固执地摇摇头。

"还是老样子，徒劳的愤世嫉俗者，"他说，"这只不过是你内疚的一种方式。你什么事也不做——所以什么都是无关紧要的。"

"噢，我确实很能顾影自怜，"安东尼承认，"我不是在声称，我和你一样正在从生活中得到很多乐趣。"

"你说——至少你过去常说——幸福是人生中唯一有价值的东西。你认为当一个悲观主义者，你会更快乐吗？"

安东尼无礼地哼了一声。他从交谈中得到的快乐开始消退。他变得神情紧张，渴望着能喝上一杯酒。

"天啊！"他大叫起来，"你到底住在哪儿？我不能永远这么走下去。"

"你的忍耐力都是精神上的，嗯？"迪克尖刻地回击，"到了，我就住在这儿。"

他拐进了第四十九街上的一栋公寓，几分钟之后，他们便置身于一间宽敞的新房间里了，那里有一个开放式的壁炉，四面墙上都摆满了书。一位黑人管家端上了杜松子利克酒，他们优雅地享用着芳醇的美酒和中秋之际明亮温暖的炉火，就这样在不知不觉中，一个小时已悄然流逝。

"艺术是相当古老的。"片刻之后，安东尼说。在喝了几杯之后，他绷紧的神经放松下来，他发现自己又能思考了。

"哪一种艺术？"

"所有的艺术。诗歌正在快速地消亡。它迟早会被吸收进散文的。比如，优美华丽的辞藻，色彩丰富而绚丽夺目的辞藻，还有美妙的明喻,所有这些现在都属于散文了。为了引人注意,诗歌不得不尽力使用那些不同寻常的字眼,那些此前从来都没有美感的粗陋世俗的字眼。那种汇集几个部分的美于一个整体的美,在斯文伯恩的诗歌中达到巅峰。它再也不能走得更远了——除了在小说中,也许。"

迪克迫不及待地打断了他:

"你知道这些新小说让我厌烦,天啊!无论我走到哪里,都会有傻姑娘问我,是否读过《天堂的这一边》。我们的姑娘们真的像小说里的那样吗?如果这部小说真实地反映了生活,这个我当然不相信,那么我们的下一代都要毁灭堕落了。我厌恶所有这些假冒的现实主义。我认为在文学的园地里,浪漫主义者会占有一席之地。"

安东尼试图回想起他最近读过的理查德·卡拉梅尔的作品。有《法兰西少尉》、一部名为《强人的乐园》的长篇小说,还有几十部短篇小说,这些甚至就更糟糕了。那些年轻而又聪明的评论者,在提到理查德·卡拉梅尔的时候,往往习惯性地露出轻蔑的微笑。他们称他为理查德·卡拉梅尔"先生"。他的作品如僵尸一般,被硬拽着讨人厌地经过每一种文学副刊。他还被人指责为电影写垃圾剧本,从中大发横财。由于书籍中的时尚出现转向,他几乎成了笑柄,被人嗤之以鼻。

就在安东尼想着这些的时候,迪克已经站起身来,似乎正在犹豫,想要公开宣布什么。

"我收集到不少书。"他突然说。

"我看到了。"

"我把美国的上乘佳作都收集齐全了,不管是旧的还是新的。我不是指朗费罗、惠蒂埃之类常见的作品——事实上,绝大多数都是现代的。"

他走向其中的一面墙,安东尼也站起来跟了过去,心里明白他期待自己这样做。

"看!"

在一张"美国史料"的打印标签下,他陈列了六大排装帧精美,而且显然都是精心挑选的书籍。

"这里是当代小说家的作品。"

这时安东尼看到了让他觉得好笑的东西。挤在马克·吐温和德莱塞之间的,是八本陌生而又不相称的书,都是理查德·卡拉梅尔的作品——没错,有《魔鬼情人》……但是也有其他七本书,全都写得糟糕透顶,令人作呕,既缺乏真诚,又无优雅可言。

安东尼很不情愿地瞥了迪克一眼,从他的脸上捕捉到一丝不确定的表情。

"我把自己的书也放进去了,当然,"理查德·卡拉梅尔急速地说,"尽管其中有一两本写得水平有点参差不齐——恐怕是写得太快了一点,因为那时我跟杂志社签订了合同。不过,我并不相信虚伪的谦逊。当然,自从我成名以来,有一些评论家就不太关注我了——但是,归根结底,并不是评论家说了算。他们只不过是一群易受人摆布的人而已。"

安东尼已经记不清,这是多长时间以来,他再一次在他的朋友面前感觉到原有的那种优越感。理查德·卡拉梅尔继续说:

"你知道,我的出版商在做广告时,称我为美国的萨克雷——因为我那本描写纽约的小说。"

"对,"安东尼勉强想出这句话来,"我觉得你说得很有道理。"

他知道他的鄙视是没有道理的。他也知道,如果他可以跟迪克交换各自的处境,他绝不会有丝毫犹豫。他本人曾经尽了最大的努力从事写作,却只有虚情假意。啊,嗯,再说——一个人怎么能这样轻而易举地贬低他一生中最主要的工作?……

——那天晚上,理查德·卡拉梅尔又在辛勤劳作了,不时在键盘上用力地敲错字母,紧眯着那对困倦而又不对称的眼睛,费劲地写着那些垃圾作品,了无意趣地一直干到深夜,直到炉火熄灭,他的头脑也因长时间集中精力而眩晕——而这个时候,安东尼则喝得酩酊大醉,四肢伸开地躺在计程车的后座上,返回他位于克莱蒙大街的公寓。

打击

随着冬日的临近,安东尼似乎被某种疯狂的情绪所控制。他早晨醒来时会感到异常紧张,以至于格洛莉亚都能感觉到他在床上颤抖,他需要好一阵子才能勉强打起精神,跌跌撞撞地走到餐具室去倒上一杯酒。除非是在酒精的作用下,否则他现在根本无法让人忍受。由于他似乎就是在她的眼皮底下变得日益堕落颓废,而且粗俗不堪,格洛莉亚的身心都从他身边退缩了回来,避之唯恐不及。他已经有好几次外出之后彻夜不归,这样的时候尽管她心境凄凉,但不仅不会为他感到难过,反而或多或少有解脱之感。第二天,他会心存一丝忏悔,会用低沉沙哑的语气羞愧地说,他猜想可能是因为自己稍微多喝了一点。

有时候一连几个小时,他会坐在公寓里原本就有的那张大扶手椅里,陷入一种恍惚状态——就连阅读他喜爱的作品,都兴致索然。尽管在夫妻二人之间,口角之争接连不断,但是他们真正交流的话题却只有一个,那就是遗产诉讼案的进展。格洛莉亚在她灵魂幽暗的深处渴望的到底是什么,究竟期望那一大笔钱财能带来什么,其实对她来说都是难以想象的。她已为环境所迫,荒诞地变得与一个家庭主妇相差无几。直到三年之前,她还从来没有煮过咖啡,现在有时会准备一日三餐了。午后,她会去长时间地散步,夜晚则会去阅读——书籍、杂志以及手边能找到的东西。如果说她现在希望有一个孩子,哪怕是即便喝得烂醉如泥,也会摸索着找到她的床的安东尼的孩子,那么她既不会说出来,也不会表露出对孩子的任何兴趣。她是否能够让任何人清楚她到底想要什么,或者确切地说,是否存在她想要的什么东西,这是很值得怀疑的——一个孤寂而又可爱的三十岁女人,早已退缩到某种固若金汤的禁忌背后，这禁忌与她的美貌与生俱来，又生死与共。

一天下午，当河滨大道沿街的积雪变得肮脏泥泞的时候，格洛莉亚刚从杂货店回来，一走进公寓就发现安东尼正在紧张不安地来回踱步。他转过身来望着她，那双焦虑的眼睛里布满了细密的粉红血丝，这让她联想起地图上的河流。有那么片刻，她得到这样的印象：他突然之间确切无疑地老了。

"你有钱吗？"他冷不丁地问她。

"什么？你是什么意思？"

"就是我说的话。钱！钱！你难道听不懂英语吗？"

她未加理会，从旁边与他擦身而过，走进配餐室，把火腿和鸡蛋放进冰柜里。要是他喝酒过量了，他总是会处于一种胡言乱语的状态。这一次他跟在她后面，站在配餐室的门口，执拗地重复着刚才的问题。

"你听见我说的话了。你有钱吗？"

她从冰柜前转过身来，面对着他。

"怎么啦，安东尼，你一定是疯了！你知道我一点钱都没有了——除了一美元的零钱。"

他猛然向后转身，回到起居室，又重新开始来回踱步。显而易见，他心里有什么不好的大事情——他明显希望被问及究竟发生了什么事。她稍后来到他身边，坐在长沙发上，开始把头发解开放下来。她现在已不再留短发了，去年头发的颜色也从微微泛红的深金色，变成了不再华丽的浅棕色。她刚买了一些洗发皂回来，打算现在就洗头。她还想到要把一瓶过氧化氢倒在水里漂洗头发。

"——嗯？"她静静地示意他说。

"那家该死的银行！"他颤抖着说，"我在他们那儿开户已经十年了——十年了。哼，他们好像有一条规定，你必须在那儿存满五百美元，否则账户就自动注销。几个月之前，他们给我写过一封信，告诉我账户里的钱款数额太少。有一次我开出了两张无效支票——记得吗？那天晚上在莱森韦伯酒吧？——但我第二天就把它们纠正好了。嗯，我向老哈洛伦保证——他是经理，那个贪婪的爱尔兰人——今后我会当心的。我想这之后我都做得挺不错的；我经常在支票本里保存着支票的存根。结果，今天我去那儿兑现一张支票，哈洛伦过来告诉我，他们不得不关闭我的账户。空头支票太多了，他说，而且在我的账户上存款从来没有超过五百美元——而且每一次就算超过了，也就只维持一天左右的时间。天啊！你知道他接下去说什么吗？"

"什么？"

"他说现在是关闭的好时机，因为我的账户里面一美分都不剩了！"

"你真的没有了？"

"他是这么告诉我的。上次买最后一箱酒，好像我给贝德罗斯店那帮人开了一张六十美元的支票——而我在银行里只剩下了四十五美元。后来，贝德罗斯店的人往我的账户里存入了十五美元，然后就把里面的钱全部取光了。"

由于格洛莉亚对这类事情一无所知，所以她的脑海里浮现出一幅锒铛入狱的画面。

"噢，他们不会采取任何行动，"他向她保证，"贩卖私酒这个行当风险太大。他们会给我寄一张十五美元的账单，我付钱给他们就是了。"

"噢，"她想了片刻，"——我们可以卖掉另外一张债券。"

他嘲讽地笑起来。

"噢，对啊，这总是很轻而易举的。现在我们手里仅有的几种债券几乎没有什么利息了，原来的一美元现在只能值到五十到八十美分。每一次我们卖出债券，都要损失差不多一半。"

"那我们还能做什么呢？"

"噢，我们总要卖掉些什么——一如既往。我们还有票面价值八万美元的票据。"他又令人不快地笑了起来，"在公开市场上出售可以拿回三万美元。"

"我不相信那些所谓回报率百分之十的投资。"

"你不相信才怪呢!"他说,"你还假装你不相信,这样要是那些投资彻底亏本了,你就可以来责怪我了,可是当时你跟我一样想冒险。"

她沉默片刻,仿佛若有所思,然后:

"安东尼,"她突然大叫起来,"两百美元一个月,比一无所有还要糟糕。我们干脆把所有的债券都卖出,然后把这三万美元都存入银行——假如我们的官司输了,我们还可以在意大利住上三年,然后就一死了之吧。"在说这番话的时候,她不禁激动起来,若隐若现地觉得有一阵感伤情绪涌上心头,这是多日以来第一次有这种感觉。

"三年,"他紧张不安地说,"三年!你真是疯了。要是我们输了官司,那点钱付给海特先生还不够。你以为他是在做慈善工作吗?"

"我忘记了这一点。"

"——而且,今天是星期六,"他继续说,"我只剩下了一美元,还有一点零钱,我们得靠这维持到星期一,那时我才能去找我的经纪人……再说,家里一点酒都没有了。"他补充道,仿佛事后想起的这件事意义重大。

"你不能给迪克打电话吗?"

"我打过了。他那儿的人说,他去普林斯顿了,到一家文学俱乐部去发表讲话,或者诸如此类的事,要等到星期一才回来。"

"那么,让我们想想——难道你就不认识其他什么朋友可以帮忙的吗?"

"我试着找了两三个人,都没有能够联系上。我真希望已经卖掉了那封济慈书信,就像上星期我准备着手卖的那样。"

"那些你在萨米酒吧一起打牌的人怎么样?"

"你认为我会去找他们吗?"他的声音里有一种理直气壮的恐惧。格洛莉亚退缩了。他宁可考虑让她来承受不适,也不愿意硬着头皮去恳求不适合的人帮忙。"我想到了穆瑞尔。"他提议道。

"她在加利福尼亚。"

"嗯,我在部队当兵的时候,陪你玩得开心的那些男人怎么样?你应该觉得他们或许会很乐意为你帮这点小忙吧。"

她轻蔑地看着他,但是他不以为意。

"或者,你的老朋友雷切尔——或者康斯坦斯·梅里安怎么样?"

"康斯坦斯·梅里安已经过世一年了,我是不会去求雷切尔的。"

"那么,那位先生怎么样,就是曾经一度急切地想要帮助你,几乎到了情不自禁地步的,那位布勒克曼?"

"噢——!"他终于伤害到了她,即使他再愚钝再粗心,也不会没有意识到。

"为什么不去找他?"他冷酷无情地坚持问下去。

"因为——他已经不再喜欢我了,"她艰难地说,由于他没有回答,而只是怀疑地注视着她,她接着说,"要是你想知道原因,那我就告诉你吧。一年之前,我去找了布勒克曼——他已经把名字改成了布莱克——请他安排我演电影。"

"你去找了布勒克曼?"

"是的。"

"你为什么没有告诉我?"他怀疑地质问,脸上的微笑也渐渐消失了。

"因为你很可能到什么地方去喝酒了。他让他们为我安排了一次试镜,后来他们决定,我不够年轻,只能演一个性格角色。"

"一个性格角色?"

"就是'某个三十岁女人'之类的。当时我还不到三十岁,而且我也不认为我——看上去像三十岁的样子。"

"哼,他真该死!"安东尼吼道,他带着一种奇特的反常情感,异常激动地维护着她,"哼——"

"嗯,这就是我为什么不能去找他的原因。"

"哼，傲慢无礼！"安东尼神经紧张地坚持说，"傲慢无礼！"

"安东尼，现在这已不再重要了。关键的事情是我们得熬过星期天，家里只剩下了一根面包、半磅火腿和两只鸡蛋，可以当早餐。"她把钱包里的零钱倒出来给他，"还有七十美分，八十美分，一美元十五美分。再加上你那儿的，一共有两点五美元，对吗？安东尼，这够我们将就着过。我们用这点钱可以买不少食物——再怎么吃也吃不完。"

他一边把这些零钱在手里弄得叮当作响，一边摇着头。

"不行，我还得喝酒。我神经紧张得要命，整个人不停地发抖。"他突然想到一个主意，"或许萨米酒吧可以把支票兑成现金。然后，星期一我就带着钱立刻赶往银行。"

"可是，他们关闭了你的账户。"

"没错，没错——我居然忘了。我来告诉你我打算怎么做吧：我先去萨米酒吧，在那儿找一个人借点钱给我。虽然我恨透了向他们开口，但是……"他突然打了一个榧子，"我知道该怎么办了。我去把手表当掉。这块表可以当二十美元，下星期一多付六十美分，就可以把它取回来。这块表以前就被我当掉过一次——那时候我还在剑桥。"

他穿上外套，匆匆说了一声再见之后，便动身走向门厅，朝外面的大门走去。

格洛莉亚站起身来。她突然想到他可能最先会去哪儿。

"安东尼！"她在他身后大声喊道，"你是不是最好留给我两美元？你只需要车费。"

外面的大门砰地一声关上了——他假装没有听见她说的话。她站着默默地看着他的背影，片刻之后她走进浴室，置身于那些让人感到悲哀的油膏之中，准备开始洗发。

在萨米酒吧，他看见帕克·埃里森和皮特·利特尔两人单独坐在一张桌子边，喝着酸味威士忌。时间刚过六点钟，萨米，也就是洗礼时被命名为塞缪尔·本蒂里的这个人，正在把一堆烟蒂和玻璃碎片扫到角落里。

"嗨,托尼!"帕克·埃里森对着安东尼喊道。他有时称他为托尼,有时又称他为丹。在他看来,所有叫安东尼的人都应该用这些昵称中的一个来称呼。

"坐吧。你要喝点什么?"

在乘坐地铁的时候,安东尼数过他的钱,发现还有差不多四美元。以每杯五十美分计算,他可以付两轮的酒钱——这就意味着他能喝到六杯酒。然后,他就去第六大道,用他的手表换回二十美元和一张当票。

"嘿,流氓,"他快活地说,"为非作歹的日子过得怎样?"

"相当不错。"埃里森说。他朝皮特·里特尔眨了眨眼睛,"真可惜你是一个已婚男人啊。要不然,等到十一点钟演出散场的时候,会有一些好货色排队等着我们呢。噢,伙计!不错,先生——太可惜他结婚了——是吗,皮特?"

"真可惜。"

七点半的时候,他们喝完了六轮,安东尼发现自己原先的计划正在让位于他的欲望。现在他感到心情愉快,兴高采烈——全身心地乐在其中。在他看来,皮特刚才说的那个故事非同寻常,又极度幽默——于是就像他每天这样的时刻做出的判断一样,他认定他们"真他妈的太好了,天啊!",他们比他认识的任何人对他都要好。星期六当铺一直要开到深夜,他觉得只要他再喝一杯,他就能达到那种妙不可言的玫瑰色的极乐境地。

他很巧妙地把手伸进背心口袋里摸索,掏出两个二十五美分的硬币,然后装出一副吃惊的样子盯着他们。

"噢,我真是该死,"他懊恼地宣称,"今天我出门居然忘记带钱包了。"

"需要现金吗?"里特尔随意地问。

"我把钱忘在家里梳妆台上了。我本来想给你们再买一杯的。"

"噢——别胡闹了。"里特尔挥挥手,不屑一顾地否决了他的提议,"我想,为一个好伙计,我们能款待他放开喝个够。你想喝什么——跟刚才一样的?"

"我说,"帕克·埃里森建议,"要不,我们叫萨米到街对面去买些三明治,就在这儿吃晚饭吧。"

另外两人都赞同。

"好主意。"

"嘿,萨米,想让你帮我们一个忙……"

刚过九点钟,安东尼摇摇晃晃地站起身来,声音沙哑地跟他们道了晚安,然后跟跟跄跄地朝门走去,出门的时候,把他的两个二十五美分硬币中的一个递给萨米。一到街上,他便犹豫起来,拿不准该往哪儿走,片刻之后,才迈步朝第六大道的方向走去,他记得以前在那儿经常路过几家当铺。他走过一家报摊和两家药房——然后,他意识到自己已经站在他要找的当铺的门前了,不过此刻大门已经关上,并拉上了栅栏。他心平气和地继续往前走,半个街区之外的另一家也关门了——街对面的两家,还有下面广场附近的第五家,也都一样。他看见这最后一家当铺里还隐约有些微弱的光线,便走上前去不停地敲玻璃门,直到一个守夜人出现在店铺后面,怒气冲冲地做手势要他离开,他才善罢甘休。他变得越来越灰心丧气,头脑也越来越迷糊,于是穿过马路,朝第四十三街往回走去。在拐角靠近萨米酒吧的地方,他停了下来,一时间不知道该何去何从——要是他正如他疲惫的身体所要求的那样,回到公寓里去,那么他无疑是让自己去遭受一顿尖酸刻薄的责难。然而,现在当铺都已经关门了,他根本想不出来还可以上哪儿去弄点钱回来。最后,他决定,不管怎么样,还是去向帕克·埃里森开口——可是,等他走近萨米酒吧的时候,发现大门紧闭,里面的灯全都熄了。他看了看手表,已经九点半了。他开始继续往前走。

十分钟之后,他茫然地在第四十三街和麦迪逊大街交叉的街角停了下来，斜对面就是比尔特摩尔饭店的入口，那里虽然灯火通明，却几乎已空无一人了。他驻足片刻，然后在建筑工地废料当中的一块潮湿的板子上，重重地坐了下来。他在那儿休息了将近半个小时，头脑里浮光掠影般的思绪瞬息万变，其中最主要的想法，就是在他还没有醉得找不到回家的路之前，他必须弄到一点钱。

然后，当他的目光瞥向比尔特摩尔酒店时，他看见了一个男人正站在停车门廊耀眼的灯光下，身边是一位穿貂皮大衣的女郎。在安东尼观察他们的时候，两人朝前走去，扬手招了一辆计程车。安东尼从那个男人走路的样子万无一失地辨认出，他就是莫瑞·诺贝尔。

他站起身来。

"莫瑞！"他大声喊道。

莫瑞朝他这个方向看过来，然后转向身边的姑娘，此时计程车正好在他们面前停稳。安东尼带着要借十美元的混乱想法，开始用最快的速度跑步穿过麦迪逊大街，又沿着第四十三街向他们飞奔过去。

就在他跑上前去的时候，莫瑞正站在打开的计程车门旁边。他的同伴转过身来，好奇地看着安东尼。

"嘿，莫瑞！"他说，同时伸出手来，"你近来还好吗？"

"很好，谢谢你。"

他们松开了握着的手，安东尼迟疑着。莫瑞没有打算要介绍他的意思，只是站在那儿看着他，带着一种高深莫测而又狡黠的沉默。

"我一直都想见到你——"安东尼犹豫不决地开始说。他觉得那个姑娘离他还不到四英尺远，他不能开口借钱，于是打住话头，明显地动了动头，仿佛示意莫瑞到一边来，他有话要说。

"我正急着要赶时间，安东尼。"

"我知道——但是你能，你能——"他再次欲言又止。

"我换一个时间来看你吧。"莫瑞说。

"我有重要的事。"

"对不起，安东尼。"

安东尼还没有来得及下定决心脱口说出他的请求，莫瑞已经冷漠地转向那个姑娘，帮着她进了计程车，在礼貌地说了一声"晚安"之后，跟在她后面进去了。就在他从车窗内朝他点头致意时，安东尼觉得他的表情跟以前相比没有一丝一毫的变化。随着一阵让人烦躁不安的引擎发动的声音，计程车起步开走了，扔下安东尼一人孤零零地站在灯光下。

安东尼往前走进了比尔特摩尔酒店，并不是为了什么特别的原因，只不过因为入口近在咫尺。他登上宽阔的台阶之后，在一个角落里找到一个位子坐了下来。他意识到被人有意怠慢了，怒不可遏。他深受伤害，感到气愤，就像在那种情况下，他理应会感受到的那样。然而，此刻他的脑子里还是摆脱不掉那个固执的念头，也就是在回家之前一定要弄到一点钱，于是他再次扳起手指头来把他所能想得到的熟人细数了一遍，看看有哪些是在这种紧急状况下，他或许可以去求助的。最终，他想到也许可以往他的经纪人霍兰德先生的家里打电话找他。

在经过漫长的等待之后，他发现霍兰德先生不在家。他重新回到接线员那里，斜靠在她的桌子上，手指拨弄着那枚二十五美分的硬币，仿佛痛恨自己要空手而归了。

"接通布勒克曼先生。"他突然说。他说出来的话让自己吓了一跳。他的脑子里有两个建议在某个地方交叉了，这个名字就是从中冒出来的。

"请问电话号码是多少？"

安东尼几乎在没有意识到自己在做什么的情况下，就开始在电话号码本里查找约瑟夫·布勒克曼的名字。他没有能找到这个人，正准备合上电话本时，脑海里忽然闪过格洛莉亚曾经提及他改名字的事。用了不到一分钟的时间，他就找到了约瑟夫·布莱克的名字——然后，他就在电话亭前等候总机接通那个号码。

"喂，请问布勒克曼先生——我是说布莱克先生在吗？"

"不在，他今天晚上外出了。要留言吗？"对方说话带着伦敦东区土话的腔调，这让他想起了邦兹那浑厚响亮受人尊敬的口音。

"他到哪儿去了？"

"怎么，啊，请问您是谁，先生？"

"我是帕奇先生。有非常重要的事情。"

"哦，他在密歇根大道饭店参加一个派对，先生。"

"谢谢。"

安东尼拿着找回给他的五美分的硬币，动身前往密歇根大道饭店，这是一家颇为受人欢迎的跳舞的去处，位于第四十五街。时间还不到十点钟，但街道上已是漆黑一片，行人寥寥无几，要等一个小时之后，才会有人从剧院里蜂拥而出。安东尼知道密歇根大道饭店，因为他前一年曾和格洛莉亚一道去过那儿，他还记得那里有这样一条规定，所有参加舞会的人都必须身着晚礼服。那么，他就不上楼了——他就派一个侍者上楼去找布勒克曼，自己在楼下的大厅里等他。有那么片刻，他丝毫不怀疑整个计划是完全自然而又优雅的。在他已被扭曲了的想象当中，布勒克曼简直就成了他的一个老朋友。

密歇根大道饭店的入口大厅非常温馨。那里黄色的吊灯高悬在厚实的绿色地毯上方，地毯的中央是一个白色的扶梯，直通楼上的舞厅。

安东尼对大厅的侍者说：

"我想见布勒克曼先生——布莱克先生，"他说，"他在楼上——播叫一下他。"

侍者摇了摇头。

"播叫他是违反规定的。你知道他坐在哪一张桌子上吗？"

"不知道，可我一定要见到他。"

"稍候，我去找服务生。"

只等了很短的时间，便有一个领班出现了，他带来了一张卡片，上面写着座位预定情况记录。他向安东尼投去嘲讽怀疑的一瞥——不过,这一瞥没有达到它的预期目的。他们两人低头查看卡片,不费吹灰之力就找到了那张桌子——那是一个八人的派对,用布莱克的名字预定的。

"告诉他是帕奇先生。非常、非常重要。"

他再次等候,这一次他一边靠在栏杆上,一边听着从楼梯上飘下来的《爵士乐狂》那喧闹嘈杂的声音。他旁边的一个女检票员在跟着哼唱:

"在那——摇摆的疗养院里

　居住着爵士乐狂人。

在那——摇摆的疗养院里

　我留下了我羞涩的新娘。

　　她走了把自己摇摆得发疯,

　　就让她再颤抖着回来——"

然后,他看见布勒克曼走下楼来,于是上前一步去迎接他,并和他握手。

"你想见我?"年长的那位冷冰冰地说。

"对,"安东尼回答,点了点头,"有点私事。你能走过来一点说话吗?"

布勒克曼仔细地打量了安东尼一眼,便跟着他来到楼梯下面的半转角处,这里可以避开进出饭店的任何人的耳目。

"怎么回事?"他问。

"想跟你谈谈。"

"谈什么?"

安东尼只是笑笑——一种很愚蠢的笑,他本来是想让这笑声听上去轻松随意的。

"你想跟我谈什么?"布勒克曼又重复了一遍。

"急什么,老伙计?"他试图用一种表示友好的姿势,把手搁在布勒克曼的肩上,但后者却微微往后闪开了,"最近过得还好吗?"

"很好,谢谢……听着,帕奇先生,我在楼上还有个派对。如果我离开的时间过长,他们会认为这很不礼貌。你想见我到底是为了什么事?"

安东尼的思路突然跳跃了起来,这已是那天晚上的第二次了,他此时说出来的话根本就不是他本来打算说的。

"我知道你让我妻子演不成电影。"

"什么?"布勒克曼红润的面颊顿时阴沉下来,成了平行的两块阴影。

"你听见我说什么了。"

"听着,帕奇先生,"布勒克曼说,态度平和,表情也没有任何变化,"你喝醉了。你已经醉得让人讨厌,而且轻慢无礼。"

"还没有醉到不能跟你说话的程度,"安东尼带着敌意对他斜睨一眼,不依不饶地说,"首先,我妻子不想跟你有任何瓜葛。永远都不想。听明白了我说的话吗?"

"住嘴!"年长的那一位愤怒地说,"我认为你应该对你的妻子有足够的尊重,不要在这样的情况下把她牵扯进来。"

"用不着你来操心我怎样尊重我的妻子。就一件事——你不要来骚扰我的妻子。你滚到地狱里去吧。"

"听着——我觉得你已经有点疯了!"布勒克曼大声宣称。他往前走了两步,似乎要从他身边走过,但是安东尼上前挡住了他的路。

"不要这么快就溜走,你这个该死的犹太人。"

那一刻,他们两人站在那儿,相互怒目而视,安东尼已经轻微地左右摇晃起来,而布勒克曼也几乎气得浑身发抖。

"你给我小心一点!"布勒克曼用一种极不自然的声音喊道。

安东尼当时或许记起了多年以前在比尔特摩尔饭店布勒克曼向他投来的一瞥。可是,他什么也记不清了,什么也记不清了——

"我再说一遍,你这该——"

这时布勒克曼朝他一拳挥来,这个四十五岁健康男人手臂上的全部力量,不偏不倚正好打在了安东尼的嘴上。他猛地撞在了楼梯上,等他稍事恢复之后,带着醉意朝对方疯狂地挥手一击,可是布勒克曼由于每天锻炼身体而且略懂拳击,轻而易举就把它挡了回去,对着他的脸就是迅速而又猛烈的两拳。安东尼轻微地嘟哝了一声,便倒在了绿色豪华地毯上。这时他发现嘴里满是血,前面的牙齿似乎奇怪地松动了。他挣扎着站起身来,喘着粗气,吐着血水,准备冲向几英尺之外的布勒克曼。就在他紧握的拳头还没有来得及抡起来的时候,不知从什么地方冒出了两个服务生,一把紧紧地抓住了他的胳膊,让他动弹不得。此时,在他们的身后,已经奇迹般地聚拢了十多个人。

"我要杀了他,"安东尼吼叫着,又是向前跌撞,又是左摇右晃,"让我杀——"

"把他扔出去!"布勒克曼激动地厉声命令,这时一个满脸麻子的小个子男人匆匆挤过围观的人群走上前来。

"有什么问题吗,布莱克先生?"

"这个醉鬼想要敲诈我!"布勒克曼说,然后,他隐约带着一种尖刻的傲慢,提高声音说,"他这是咎由自取。"

小个子男人转向服务生。

"去叫警察!"他命令。

"噢,不用,"布勒克曼赶忙说,"我不想找麻烦。把他扔到街上去,就可以了……呃!真无耻!"他转过身,有意识地摆出尊严,向洗手间走去。与此同时,六只强壮的大手抓住了安东尼,把他拖向大门。这个"无赖"被猛地一下扔向了人行道,他双手和膝盖着地,发出怪诞而凄厉的啪的一声,随后慢慢地挪动翻滚成了侧卧的姿势。

这一下把他摔昏了过去。他在那儿躺了一会儿,浑身上下剧痛难忍。然后,他的不适逐渐集中在了胃部,他重新恢复了知觉,这才发现有一只大脚正在踢他。

"你给我滚开,你这个无赖!滚开!"

这是那个身材高大魁梧的守门人的声音。一辆豪华高级轿车停在人行道边,车上的人已经下来——也就是说,其中的两个女人站在挡泥板旁,带着一种恼怒的矜持,等待着这个猥亵的障碍物从她们的必经之路上被清除掉。

"滚开!不然的话,我就把你扔出去!"

"这样吧——我来把他弄走。"

这是一个新的声音。在安东尼听来,这个声音比刚才那个多少要更宽厚、更友好一些。又有胳膊来拽住他,半拎半拖地把他拉到四个门面之外的一个阴影处,然后让他靠在一家女帽店门前的石头上。

"非常感谢。"安东尼微弱地轻声说。有人把他头上的软帽往下推了推,他不由得抽搐了一下。

"坐着别动,伙计,这样你会觉得好受一些。那些家伙确实把你摔狠了点。"

"我要回去,杀死那个混账——"他试着站起身来,但是往后倒下去靠在了墙上。

"你现在什么也做不了,"那个声音传来,"以后再找个时间教训他们吧。我跟你说的是大实话,对不对?我这是在帮你。"

安东尼点点头。

"你最好还是回家去。今天晚上你被打掉了一颗牙齿,伙计。这个你知道吗?"

安东尼用舌头在嘴里摸索着,证实了他说的是实话。接着他费力地抬起手,摸到了那个缺口。

"我来送你回家吧,朋友。你住在哪儿——"

"噢，老天作证！老天作证！"安东尼打断他，冲动地紧紧握住拳头，"我要让那帮卑鄙的家伙知道我的厉害。你帮我让他们来领教一番，我会付钱给你。我的祖父是塔里顿的亚当·帕奇——"

"谁？"

"亚当·帕奇，老天作证！"

"你想跑这么远回塔里顿去吗？"

"不。"

"那么，你告诉我去哪儿，朋友，然后我去叫一辆计程车。"

安东尼这时才勉强看清楚，这位助人为乐的好心人身材较矮但肩膀宽厚，穿着看上去比自己还不如。

"嘿，你住在哪儿？"

尽管此时醉得迷迷糊糊、颤抖不止，安东尼还是感觉到，与他刚才对祖父的大肆吹嘘相比，他的地址会显得过于寒酸。

"给我叫一辆计程车。"他吩咐，同时伸手去摸自己的口袋。

一辆计程车开了过来。安东尼再次试图站起来，可是他的脚踝松动摇晃，像散了架分成了两部分似的，必须要在好心人的帮助下才能坐进车里——好心人也跟了进来。

"听着，伙计，"他说，"你被灌醉了，又被人给打成这样了，除非有人背你进去，不然你根本回不了家，所以我跟你一道回去，而且我知道你不会亏待我的。你住在哪儿？"

安东尼有些不情愿地报出了地址。就这样，随着计程车启动，他把头靠在了这个人的肩上，因隐隐的疼痛而进入了一种麻木状态。当他醒来时，计程车已经停在克莱蒙大街公寓前，那人把他从车上抱了下来，试着让他站稳。

"你能走吗？"

"能——还行吧。你最好不要和我一起进来。"他再次把手伸进口袋，感到绝望，"嘿，"他继续说，言语中充满歉意，双脚站立不稳，随时都有倒下的危险,"恐怕我身上一美分都没有。"

"啊?"

"我被弄得分文不剩。"

"说-什-么!你不是承诺付钱给我的吗,难道是我听错了?那谁来付车费?"他转过身来向司机确认,"你不是也听见,他说他会付钱的吗?还有那些有关他祖父的话?"

"事实上,"安东尼很不谨慎地轻声说,"都是你一个人在自说自话,不过,如果你明天过来——"

就在这个时候,计程车司机从车里探出身来,凶狠地说:

"啊,给他一拳,这个卑鄙下贱的东西。要是他不是无赖,他们是不会把他扔在街上的。"

好心人响应了这个建议,他的拳头像冲撞城门的大槌一样向安东尼抡来,把他一个趔趄打倒在公寓楼的石阶上。他躺在那里动弹不得,顿时感到天旋地转,高大的楼宇在他的上空左右摇摆……

过了很久,他终于清醒过来,感到天气比先前冷了很多。他试着让自己动一动,浑身的肌肉却不听使唤了。他急切地想要知道时间,可是等他去摸手表的时候,却发现口袋里空空如也。他的双唇间不由自主地流出了一句古老的话:

"这是怎样的一个夜晚!"

奇怪的是,此时他几乎已经完全清醒了。他无须挪动头部,便能望见皓月当空,一片清辉撒满了克莱蒙大街,就像撒向深不可测的地狱的最底部。夜幕下万籁俱寂,除了他自己的耳朵连续不断的嗡鸣声,但是片刻之后,安东尼自己用清晰而独特的喃喃自语打破了这片寂静。这是刚才在密歇根大道饭店当他直面布勒克曼时,一直都在锲而不舍地试图发出的声音——那是一种明白无误的嘲笑声。这笑声从他撕裂流血的双唇间流出,宛如灵魂那可怜的呕吐声。

三周之后，审理终于结束。此案所涉及的法律方面的繁文缛节，貌似一个长得没完没了的线轴，在长达四年半之久的时间里，一直在把线放出来，如今突然戛然而止。安东尼和格洛莉亚，还有另一方的爱德华·夏特沃斯以及其他一群受益者，都在不同程度的贪婪和绝望之中，纷纷作证、撒谎以及举止失当。三月的一天早晨，安东尼醒来的时候意识到，当天下午四时就要作出正式判决了。他一想到这个，就立即从床上起来，开始梳洗穿戴。虽然他对审判结果感到极度紧张，但这种焦虑情绪当中，却又夹杂着一丝莫名其妙无法解释的乐观。他相信由于过分严格的禁酒令，近来出现了对改良和改良者的反抗，仅此原因就足以使下级法院的判决被撤销。相比于整个诉讼程序的纯粹法律性方面，他把更多的希望寄托在他们针对夏特沃斯提出的人身攻击上。

　　穿戴妥当之后，他给自己倒了一杯威士忌，然后走进格洛莉亚的房间，发现她也早已醒来。她已经在床上躺了一周了，尽管医生说过最好不要打扰她，安东尼却毫无根据地认为，她这是在放纵自己。

　　"早上好。"她轻声说，没有一丝笑容。她的双眼看上去又大又深，有点异乎寻常。

　　"你感觉怎么样？"他勉强地问，"好一些了吗？"

　　"嗯。"

　　"好多了吗？"

　　"嗯。"

　　"你认为是不是好到今天下午可以陪我一起去法院呢？"

　　她点点头。

　　"嗯。我想去。迪克昨天说，如果天气好，他会开车来，带我去中央公园兜兜风——看，房间里撒满了阳光。"

　　安东尼机械地朝窗外瞟了一眼，然后，在床边坐了下来。

　　"天啊，我感到很紧张！"他大声说。

　　"请你不要坐在那儿。"她快速地说。

"为什么不呢？"

"你身上有一股威士忌的味道。我受不了。"

他心不在焉地站起来，走出了房间。过了一会儿，她又大声叫他，后来他从熟食店给她买来了一些土豆色拉和冷鸡肉。

两点钟的时候，理查德·卡拉梅尔的车已经停在了门口，等他打来电话之后，安东尼陪格洛莉亚坐电梯下楼，然后和她一起来到路边。

她对表哥说，他来带她出去兜风，真叫人高兴。"别傻了，"迪克不屑一顾地回答，"这算不了什么。"

然而，他心里并不是真的觉得这算不了什么，相反，这可是一件奇特的事。理查德·卡拉梅尔原谅过许多人对他的冒犯。可是，他从来没有原谅过表妹格洛莉亚·吉尔伯特七年之前在她的婚礼前说过的一句话。她说她根本不打算去读他的书。

理查德·卡拉梅尔记住了这句话——他清清楚楚地记了七年。

"你们准备几点钟回来？"安东尼问。

"我们不回来了，"她回答，"我们四点钟在法院碰面。"

"好吧，"他咕哝着说，"我们到时候见。"

回到楼上之后，他发现有一封信在等着他。那是一份油印的通知，用一种屈尊俯就的口头语言，敦促"老兵们"缴纳美国军团①的年费。他不耐烦地把它扔进了废纸篓，双肘撑在窗框上坐了下来，漫不经心地朝下望着窗外阳光明媚的街道。

意大利——如果判决对他们有利，那么这就意味着意大利。这个词对于他已经变成了某种法宝，在那片土地上，生活中难以承受的焦虑，都将像一件旧衣服一样被遗弃。他们将先去海滨胜地，置身于欢快而又多彩的人群当中，他们会忘却残存的灰暗绝望之情。在他整个的人全身心都神奇地焕然一新之后，暮色中他又可以漫步在西班牙广场，行走在

---

① 美国军团（American Legion），美国全国性退伍军人组织。

那些居无定所的黑女人、衣衫褴褛的乞丐和打着赤脚的苦行僧侣之间。想到意大利女人，他依然隐约有一丝怦然心动的感觉——当他的钱包再度变得沉甸甸了的时候，就连浪漫的奇遇也会像鸟儿一样，飞回来栖息在它的上面——在威尼斯蓝色运河上的奇遇，在雨后菲耶索莱那金光闪闪的绿色山丘上的奇遇，还有与那些女人的邂逅，她们千变万化，淡入淡出，与其他女人融合在一起，从他的生命中慢慢远去，然而，她们却永葆青春和美丽。

不过，在他看来，他的态度应当有所不同。他曾经饱尝过的所有苦恼、辛酸和痛苦皆因女人而起。这是她们以不尽相同的方式，无意识地，或者几乎是随心所欲地对他做的好事——也许是她们发现他脱离实际，胆小懦弱，所以扼杀了他身上足以威胁她们绝对统治地位的东西。

他转身离开窗户来到镜前，沮丧地凝视着自己，他的面容苍白疲惫，双眼布满纵横交错的血丝，体态佝偻松弛，这下垂本身就是缺乏生气的证明。他还只有三十三岁——看上去却像四十岁。不过，情况或许会有所不同。

突然，门铃响起，他惊跳了起来，就像被人重击了一拳似的。回过神来之后，他走进门厅，打开外面的大门。竟然是多特。

意外的相遇

他在她面前，步步倒退回起居室，只听见她的话一句接着一句，缓缓地从她的嘴里倾泻而出，连绵不绝，音色单调，他只能不时地听懂几个词。她的穿着正派而寒酸——戴着一顶可怜的小帽子，上面装饰着粉色和蓝色的花朵，把她的一头黑发遮盖住了。他从她的话里得知，几天之前，她从报纸上看到一则有关遗产诉讼案的消息，然后从上诉法院的办事员那儿打听到了他的地址。她之前给公寓打来过电话，一个女人告诉她安东尼外出了，她没有把自己的名字告诉这个女人。

他目瞪口呆地站在起居室的门边,惊恐地注视着她,而她则喋喋不休地说个没完⋯⋯他内心压倒一切的感受,就是他周遭所有的文明和习俗都不可思议地变得不真实起来⋯⋯她说,她在第六大道上的一家女帽店上班,生活孤单。在他离开米尔斯营地之后,她病了很长一段时间,她的母亲来把她带回了卡罗来纳⋯⋯她抱着找到安东尼的念头来的纽约。

她的真诚令人震惊。那双紫色的眼睛都变红了,里面噙满了泪水,轻柔的话语不时被轻声的啜泣打断。

情况就是这样。她丝毫没有改变。她现在需要他,如果不能拥有他,她一定会死去的⋯⋯

"你必须出去,"他终于开口,语气迂回而强烈,"你还跑来找我做什么,难道我还不够焦头烂额吗?我的天啊!你必须给我出去!"

她在一张椅子上坐下,啜泣起来。

"我爱你,"她哭着说,"我不在乎你对我说些什么!我爱你。"

"我不在乎!"他几乎尖声叫了起来,"出去——噢,出去!难道你给我带来的伤害还不够吗?难道——你——还嫌——不够吗?"

"打我吧!"她疯狂而又愚蠢地恳求他,"噢,打我吧,我会亲吻你用来打我的手!"

他提高声音,几近尖声喊叫,"我要杀了你!"他吼叫,"如果你不出去,我就要杀了你。我要杀了你!"

此刻,他的眼睛里充满着疯狂,不过,并没有恐吓住多特,她站起身向他迈进一步。

"安东尼!安东尼!——"

他把牙齿咬得咯咯作响,身体往后退缩,仿佛要一跃而起扑向她——然后,他改变了主意,怒气冲天地环顾地板和墙壁。

"我要杀了你,"他急促地喘着气,含糊不清地说,"我要杀了你。"他咬牙切齿地说着这个字,仿佛要迫使这个字变成现实。她终于惊慌起来,不敢再往前挪动一步,而是看着他那双发狂的眼睛,朝门口退了一步。安东尼在房间的这一边焦躁地来回走动,嘴里还不停地发出那句诅咒的叫喊声。这时,他猛然间发现了自己一直在找的东西——摆在餐桌边的一把硬邦邦的橡木椅子。他声嘶力竭地尖声吼叫了一声,紧接着一把抓住椅子,举过头顶,狂怒地使出全身力气,正对着房间另一边那个苍白而又惊恐的脸,猛扔过去……然后,一片浓密而又无法穿透的黑暗将他笼罩,把他所有的思想、愤怒和疯狂都遮蔽住了——几乎是带着一声清晰可闻的清脆响声,世界的面目就在他的眼前改变了……

五点钟的时候,格洛莉亚和迪克回来了,呼喊着他的名字。然而,没有人应答——他们走进起居室,发现一张椅子躺在门口过道里,椅背已被摔裂损坏,他们还注意到整个房间都有些凌乱不堪——地毯滑动移位了,摆放在房间中央桌子上的照片和各种小摆设都翻倒了。空气中弥漫着令人恶心的廉价香水的甜腻味。

他们发现安东尼在自己卧室里,正坐在洒落着一小片阳光的地板上。在他的面前,摊开摆放着他的三大本集邮册,他们进来的时候,他的双手正在整理一大堆邮票,这是从其中一本集邮册里倒出来的。他抬起头看见迪克和格洛莉亚时,郑重其事地把头侧向一边,示意他们后退。

"安东尼!"格洛莉亚急切地喊道,"我们赢了!他们改判了!"

"不要进来,"他倦怠地轻声说,"你们会把它们搞乱的。我正在整理,我知道你们会踩着它们的。任何事情都总是会被搞乱。"

"你在做什么?"迪克追问,惊愕不已,"回到童年?你没有意识到你打赢了官司吗?他们撤销了下级法院的判决。你现在身价已是三千万了!"

安东尼只是看了看他,眼神里充满了责备。

"出去的时候把门关上。"他说话的样子就像一个直言不讳的孩子。

格洛莉亚凝视着她，眼睛里隐隐约约地出现了一丝恐惧。

"安东尼！"她喊道，"这是怎么啦？这是怎么回事？你为什么没有来——怎么啦，到底是怎么啦？"

"听着，"安东尼轻柔地说，"你们两人出去——就是现在，你们两人。不然的话，我要告诉我的祖父。"

他抓起一把邮票，让它们像树叶一样在面前飘落，五颜六色，闪闪发亮，仿佛是在明媚的阳光下华丽地翩然起舞：这里有英国和厄瓜多尔的邮票，有委内瑞拉和西班牙的邮票——还有意大利的……

与麻雀同在

那一个精美绝伦的出色讽刺，既然能把世世代代麻雀之死制成表格，就无疑会记录下像"贝伦加利亚"这样的邮轮上，乘客最微妙的语音语调的变化。当那位头戴彩格呢帽子的年轻人快步穿过甲板，跟漂亮的黄衣女郎喃喃细语时，它无疑在侧耳倾听。

"就是他，"他一边说，一边指着栏杆旁坐在轮椅里裹着厚实衣服的身影，"他就是安东尼·帕奇。这是他第一次到甲板上来。"

"噢——就是他？"

"对。据说，自从四五个月之前，他得到那笔钱以后，就有一些神经不正常了。你知道吗，另一个家伙夏特沃斯，就是那个宗教狂，没有得到钱的那个家伙，把自己锁在宾馆的一个房间里，开枪自杀了——"

"噢，他自杀了——"

"不过，我猜安东尼·帕奇不会在乎的。他得到了三千万美元。他有私人医生随行，以备身体不适之需。她到甲板上来过吗？"他问。

漂亮的黄衣女郎小心翼翼地环顾四周。

"她刚才还在这儿。她穿着一件俄罗斯貂皮短大衣，那件衣服肯定得花上一大笔钱。"她皱了皱眉头，然后语气坚定地补充道，"我实在受不了她，你是知道的。她看上去有点——有点像被染上了颜色，给人不干净的感觉，不知你是否明白我的意思。有的人不管是不是干净，就是给人那种感觉。"

"当然，我知道，"戴彩格呢帽子的年轻人表示赞同，"虽然她并不难看，"他停了停，接着说，"很好奇他在想什么——我猜想，是他的钱吧，或者也许他对夏特沃斯那家伙感到懊悔。"

"很可能……"

不过，戴彩格呢帽子的年轻人完全错了。安东尼·帕奇坐在栏杆旁眺望大海，心中所想并非是他的钱，因为在他的一生当中，物质上的虚荣很少能占据他的心思；也不是爱德华·夏特沃斯，因为对于这类事情，最好是能看到它阳光的一面。不——他此时念兹在兹的是一系列回忆，就像一位将军在回顾一场大获全胜的战役，分析他胜利的原因。他在思考着他所经历过的那些艰难困苦，那些不堪忍受的磨难。它们曾经因他年少气盛时犯下的错误而试图惩罚他。无情的辛酸屈辱曾将他淹没，他对浪漫的渴望曾招致沉重的打击，他的朋友都弃他而去——甚至连格洛莉亚都与他反目成仇。他曾经形影相吊，茕茕孑立——独自面对这一切。

就在几个月之前，人们还在不停地催促他放弃，去向平庸妥协，去工作。然而，他知道他选择的生活方式的合理性——而且他顽强地经受住了。怎么样，那些曾经对他最不友好的朋友，现在都回过头来对他表示尊敬，知道他这一路坚持下来都是正确的。莱西夫妇、梅瑞迪斯夫妇，还有卡特莱特·史密斯夫妇，在他们上船前的一周，不是都到利兹-卡尔顿饭店来拜访格洛莉亚和他了吗？

他的眼眶里盈满了泪水，当他轻声自言自语时，声音不住地颤抖着。

"我向他们证明了，"他说，"这是一场艰巨的战斗，可是，我没有放弃，而且我挺过来了！"

失败，一种悲剧性崇高[①]

◎杰夫·戴尔

有过比 F.S. 菲茨杰拉德更痴迷于失败的作家吗？年轻时，他渴望获得文学上的成功，旋即以《人间天堂》(*This Side of Paradise*, 1920) 而一鸣惊人。一九一八年，他邂逅姗尔达·赛瑞，两人很快坠入情网，私订终身，一年之后她却断然解除了与他的婚约。他后来再度赢得她的芳心，并在这部小说出版后的两周之内，与梦中情人终成眷属。他时年二十四，已拥有了梦寐以求的一切。或如他日后所言，即便就在此时，快乐中已悄然奏响了挽歌的音符："记得有一天下午，天空中泛着深玫瑰色的光芒，我坐在计程车里，穿行于高楼大厦之间，情不自禁地高声呼喊起来，因为我拥有了梦寐以求的一切，而且深知我永远不可能比现在更快乐了。"[②] 这是看待此事的一种方式，另一种或许是那时的他就已经真切地预料到懊悔、失落、沉沦和毁灭。菲茨杰拉德明白，倘若要使坠落触目惊心，足以令自己满意，他必须爬到令人炫目的高度。为了使随之而来的惨烈失败能让自己相信，他需要获得成功。

同年八月，他开始写一部新小说，并且告诉出版商查尔斯·斯克里布纳，这是"关于一个名叫安东尼·帕奇的人在二十五岁到三十三岁之间的生活（从 1913 年到 1921 年）。许多人有着艺术家的趣味和弱点，但

[①] 此文译自英国企鹅经典《漂亮冤家》导论，译文标题另起。
[②] 《崩溃》(*The Crack-Up*)，F.S. 菲茨杰拉德著，哈蒙德斯沃斯：企鹅经典丛书，1965 年，第 26 页。

并无真正的创造性灵感,他就是这类人中的一个。故事讲述他和年轻貌美的妻子如何放纵狂饮、沉沦毁灭的故事。"① 小说在一九二一年的夏天如期完成,次年三月付梓出版。

从前面一百多页看,《漂亮冤家》比《人间天堂》并无任何进步。零星散落的富有洞见的片段,无法遮蔽文体和结构上的不足。读者在看了不到二十页的时候,开始兴致减退,因为菲茨杰拉德在这里放弃了小说体,转而插入一个短剧,作品中众多的短剧想来应该是他的第一部小说中被编辑删除掉的。在"一个属于F. S. 菲茨杰拉德的时代",令作家理查德·亚茨钦佩不已的,是这样一种方式:"在《了不起的盖茨比》中,每一行对话都有助于更深刻地揭示叙述者,比叙述者意欲表现的还要多。"②《漂亮冤家》中的人物说着一些俏皮话,譬如"没人爱的女人是没有传记的——她们有历史",不过许多对话在进行当中就逐渐变得枯燥乏味。可是一旦格洛莉亚出现在小说里,菲茨杰拉德的那种灿烂辉煌倾向便一跃而出,讽刺的是,这倾向首先是从安东尼的意识中折射出来的:"她面颊上充溢着的清新活力正如一层又轻又薄的投影,来自一片优雅精致而又无人知晓的虚幻之境,她的手在留有污渍的台布上微微闪光,如同一只贝壳,来自遥远的、尚未被人征服的茫茫大海。"不一会儿,它便带上了菲茨杰拉德本人那充溢着抒情诗般渴望的语调。计程车"就像一只小船漂浮在迷宫般的海洋上一样",格洛莉亚"沉默无语,抬头仰望着他。光线透进车窗,斑驳支离,如同穿过树叶洒下的月光,在这光影的映衬之下,她的脸显得有些苍白,明亮的双眼在这白色的湖面上荡漾出阵阵涟漪,秀发洒下的阴影连接着眉脊,带来一片诱人而又

---

① 《F.S. 菲茨杰拉德:文学生涯》(*F. Scott. Fitzgerald: A Life in Letters*),马修·布鲁克利主编,纽约:西蒙和萨斯特出版社,1994年,第41页。

② 转引自布莱克·贝利的《悲剧性的诚实:理查德·亚茨的生平和作品》(*A Tragic Honesty: The Life and Work of Richard Yates*),纽约:皮卡多出版社,2003年,第109页。

陌生的幽暗"。菲茨杰拉德从来都没有从中完全走出，倘若那样，他或许就成了一个小作家，不过他的确学着对此加以控制，试着把最繁复华丽的意象建立在真实而又直接的基础上。这就是《漂亮冤家》第一卷的问题：主题得以揭示，但没有在格洛莉亚和安东尼之间关系这出独特的戏剧中充分展开。

意味深长的是，小说的叙述出其不意地聚焦在即将发生的一个重大冲突上，这是他们婚姻关系中的第一次，当时的情形就像《夜色温柔》开篇中的一个预兆："在这个炎热的夏季午后，安东尼一直和埃里克·梅里安坐在那儿，喝着一瓶苏格兰威士忌，而格洛莉亚和康斯坦斯·梅里安在海滩俱乐部游泳、晒太阳。在一把有条纹的太阳伞下，格洛莉亚惬意舒展地躺在柔软发烫的沙滩上，把双腿照例晒成棕褐色。"

在格洛莉亚的坚持下，帕奇夫妇起身离开，而此时安东尼早已喝得酩酊大醉。当他们到达火车站时，他一意孤行，非要毫无目的地再去拜访其他朋友，非要对格洛莉亚及其已被他察觉到的自私本性，行使自己的控制权。就在她继续坚持要回家的时候，他冲上前去，一把抓住了她的胳膊。接下来的一幕是不堪入目和灾难性的，又因所有的细节都被冷酷无情地记录下来而更显如此。在丈夫的眼中，格洛莉亚看上去"那么娇小柔弱，楚楚可怜，悲伤心碎，万念俱灰"，而安东尼"已经扼杀了"妻子曾经对他的"爱，还有尊重"。然而，菲茨杰拉德没有就此善罢甘休，对于这样的时刻，他有着非同寻常的深入而细致的理解，足以认识到转折点的特征往往就是不出现任何转变："即使是在那时，她就已经意识到，她迟早会淡忘此事的，生活很少能立刻摧毁一个人，却永远都能慢慢磨损他。"

这句话出现在这里，突然间，在多重意义上，我们来到了天堂遥远的另一边。在此之前菲茨杰拉德所写的一切，都是浮华而浅薄的，借用小说家杰克·凯鲁亚克告诉尼尔·卡桑迪的话来说，是"可爱而多余的"①。从这里我们可以瞥见日后成熟的风格和技巧,它们最终造就了他的登峰造极之作《夜色温柔》。更为直接的是,此时主题被恰如其分地融入人物。从这以后,绝大多数时候,菲茨杰拉德对材料的操控,挥洒自如,深思熟虑。

我们很难把菲茨杰拉德的生活,尤其是他与姗尔达的关系,跟他作为一名作家的声望割裂开来。事实与虚构经常彼此交融、关照、侵入和遮蔽。读者忍不住把小说当作一种替代性自传来读,菲茨杰拉德本人有时对此是认可的。一九三〇年,姗尔达住在瑞士的一家医院里,"被病痛折磨得像在地狱里一般",他在给她的信中写道,他希望"《漂亮冤家》是一部成熟的作品,因为它全都是真的。我们毁了自己——我从来没有真的想过,我们彼此毁了对方。"②十年之后,他告诉女儿"格洛莉亚是一个比你的母亲更琐碎粗俗的人。除了美貌和她使用的一些词语之外,我真的不能说两者之间有多大的相似之处,我也很自然地用上了我们婚姻生活早期许多与特定环境相关的事件。然而,侧重点截然不同,我们比安东尼和格洛莉亚要快乐多了。"③尽管这两种叙述中有些不一致,但并无相互矛盾之处。恰恰是事实与虚构的紧密交织,才赋予这部小说想象性真实。

"与特定环境相关的"细节,既包括租用乡村小屋,一路颠三倒四心惊肉跳地驾驶小汽车,并最终阴差阳错地来到小屋;也包括他们搬进去之后,立马让狂饮作乐成为生活常态。大家通常都认为,菲茨杰拉德后来精神崩溃,是由于酗酒的缘故。在某种意义上,这种论断显然有其真实的一面,但也未免有简单化的嫌疑,显见的原因就是酗酒成为他的杰出主题之一。"写你熟悉的东西",人们总是会给有抱负的作家提出这

---

① 《书信选集:1940—1956》(*Selected Letters 1940—1956*),安·查特斯主编,伦敦:维金斯出版社,1995年,第242页。
② 《文学生涯》,第189页。
③ 《文学生涯》,第453页。

样的忠告。菲茨杰拉德熟悉的,就是酗酒。实际上,他喝得并不多,不消多饮就会烂醉如泥,我们可以把这一事实当成证据,证明他不像他的一些朋友那样贪恋杯中之物。关于喝酒和狂欢酒会,海明威或许知道得更多,但是对于其后果,没有人比菲茨杰拉德写得更好。法国作家居伊·德波为自己与酒之间的关系,谱写过一曲颂歌,其高潮令人联想起的那种状态,与菲茨杰拉德的艺术灵魂相距颇近:"刚开始的时候,和每个人一样,我欣赏微醉的效果;后来很快就过了那个阶段,变得喜欢酩酊大醉之后的状态:那是一种既动人又骇人的宁静,一种对时光流逝真切的品味。"[1] 时光流逝,青春失落:对这类主题,菲茨杰拉德不厌其烦地一再表达自己的忠诚,作家戈尔·维达尔甚至不无讽刺地用两行诗来总结他的《笔记》中的内容:"很久以前,他是成功之人,而现在他一败涂地;他曾经年轻英俊,可如今他已人到中年。"[2]

托马斯·达尔迪斯在他研究"酒精与美国作家"主题的专著《饥渴的缪斯》中,追溯了饮酒是如何为菲茨杰拉德敲响警钟的。实际情况的确如书中所言,然而讽刺的是,菲茨杰拉德早在被酒精彻底征服之前,就如此精准地认识到它将带来的灾难性后果。借用威廉·布莱克评价约翰·弥尔顿的话,菲茨杰拉德属于节制饮酒而不自知的那一族。在《漂亮冤家》中,格洛莉亚和安东尼"为自己注入一种醇香美味的毒药",作者煞费苦心地为此过程导航。朋友莫瑞作为结婚礼物给他们送上"一套精美的'酒具',里面有银制高脚酒杯、鸡尾酒摇动器和各式开瓶器",此时,一个不祥的音符已然奏响。于是,这套饮酒装备成为他们婚姻的一个象征性表达,夫妻二人从"醉醺醺",发展到不知不觉地依赖他人,最终穷困潦倒,"屋子里总是弥漫着烟味——两人连续不断地

---

[1] 《颂词》(*Panegyric*),居伊·德波著,伦敦:威尔索出版社,1991年,第35页。
[2] 《美国》(*United States*),戈尔·维达尔著,伦敦:安德烈·多伊西出版社,1993年,第291页。

吸烟,衣服、毛毯、窗帘和撒满烟灰的地毯上,无不散发出烟味。跟这种烟味混杂在一起的,是馊酒的难闻气味,这不由得让人联想起沦为污浊的美,还有回忆起来让人恶心的欢宴。"

不用说,这个主题不是菲茨杰拉德首创的。在写作《漂亮冤家》时,他有意识地让自己接受西奥多·德莱塞的影响,可是在任何人的作品里,酒精都没有如此紧密地与罗曼司缠绕在一起,以至最后阴险地摧毁它。格洛莉亚告诉安东尼,"没有深彻的痛感,就没有美",在菲茨杰拉德这儿,经久不变的是,痛感是透过玻璃酒杯的杯底细察到的。菲茨杰拉德在美国文坛中神话般的地位,令像理查德·亚茨这样的作家,无论是在想象中还是在现实中,都对这位偶像痴迷不已,竟至于把自己写作生涯中相当长的一段时期,用来追求菲茨杰拉德曾举例说明的毁灭理想。①

饮酒不是帕奇夫妇沉沦的唯一方式。菲茨杰拉德详细记录了安东尼到底有多少钱,还有他挥霍财产的速度。(在故事接近尾声时,格洛莉亚责备安东尼"花了七十五美元买了一箱威士忌",尽管他们已沦入赤贫。在这个场景中,挥金如土和放纵豪饮这两种挥霍并无悬念地交汇了。)就像在菲茨杰拉德作品中的其他地方一样,这种一丝不苟的精确记录,有着意味深长的隐喻式的重要性。经济上的崩溃总是与他所谓的

---

① 亚茨的短篇小说《向莎莉说再见》(*Saying Goodbye to Sally*)写的是一位名叫杰克·菲尔德的作家,他"多年来一直试图不让他人知道,他对 F.S. 菲茨杰拉德痴迷到何等程度。他在洛杉矶找到一个创作电影剧本的工作,就在他第一次乘坐喷气式飞机时,在狭长、柔和、嗡嗡作响的机舱内,他独自坐在一群陌生人当中,因酒精的作用而全身僵硬……他把额头贴在狭小而冰冷的玻璃窗上,感到过去几年的疲惫和焦虑正在消失,就在这时他想到,在前方等候他的,无论好坏,大有可能是一场意义非凡的冒险经历:好莱坞的 F.S. 菲茨杰拉德。"一页半之后,"他以一种长久以来熟悉的方式,开始为自己担忧:也许他无法在这个世界上找到光明和空间,也许他的本性就是永远在寻求黑暗、禁闭和衰败。也许他拥有一种自我毁灭的人格,这可是当时全国性刊物上流行的词语"。详见《理查德·亚茨短篇小说集》(*The Collected Stories of Richard Yates*),伦敦:米修恩出版社,2002年,第 363 页、第 322 页。

"情感崩溃"如影随形。正如他的传记作家马修·布鲁克利所言,"情感崩溃的概念成为菲茨杰拉德的一个重要思想。他相信人都拥有总量固定的情感资产,不顾后果的胡乱开支,会导致过早的崩溃。"[1] 格洛莉亚愿意以这样的方式来生活:"趁我还年轻,好好利用这几年当中的每一分钟,尽情享受我所能拥有的最好时光。"那以后的事情,格洛莉亚就不会在乎了,她坚持认为,即使她在乎,"我将对此无能为力。将来回首往事,我会说曾经享受过好时光。"安东尼看穿了这种享乐主义者的纯属糊弄人的尼采哲学:他们享受过好时光,玩得昏天黑地,现在已经"就在为此付出代价"。

即便是这种想法,也令人生疑。当菲茨杰拉德指出,安东尼和格洛莉亚没有他和姗尔达幸福时,他对自己的材料的把握是敏锐的。《漂亮冤家》中既没有《夜色温柔》中里维埃拉那令人心醉神迷的夜色,也没有盖茨比的"蓝色花园"中那让人欣喜若狂的夜晚,"在窃窃私语、美酒飘香和群星闪烁中,男男女女如飞蛾般你来我往。"[2]《漂亮冤家》中没有能与之媲美的场景,这里的所谓"派对"(菲茨杰拉德自己就有一处给它加上了引号!)只不过是纵酒作乐,借用诗人彼得·雷丁的话,欢宴之后留下安东尼这个"在酒瓶的战斗中/身负重伤疼痛难忍的老兵"。[3]

除此之外他又能怎样呢?小说对此表现得并不明朗,这也正是这部作品的目的之一。正如菲茨杰拉德向埃德蒙·威尔逊解释的那样:"格洛莉亚和安东尼是代表。他们是两个没有精神家园漂泊在纽约的人。这

---

[1] 《史诗般的辉煌:F.S. 菲茨杰拉德的生平》(*Some Kind of Epic Grandeur: The Life of F.S. Fitzgerald*),马修·布鲁克利著,伦敦:侯德和思道顿出版社,1981年,第342页。

[2] 《了不起的盖茨比》(*The Great Gatsby*),F.S. 菲茨杰拉德著,哈蒙德斯沃斯:企鹅经典丛书,第45页。

[3] 《迷失的灵魂》(*Perduta Gente*),彼得·雷丁著,伦敦:斯克和沃伯格出版社,1989年,未标注页码。

样的人有一大群，必定是成千上万。"①安东尼有一些不甚明朗的写作计划，但格洛莉亚嘲笑他无法安顿下来付诸行动。他反驳道，问题是她把"闲暇时光变得这样妙不可言，这样有吸引力"。安东尼在此触及到的，是日后在艺术上令菲茨杰拉德全神贯注的事物之一，他对此是富于洞见的：如果人人渴望的闲暇，与毁灭互为表里，那么毁灭本身或许就是这样妙不可言，这样有吸引力。

安东尼试图从事能带来报酬的职业，他的种种努力并不比在文学创作和学术研究上的尝试更为成功。他认识到，要想在金融领域里出人头地，那么"成功的念头就必须紧紧控制并扼杀他的思想"。相比而言，失败的念头仿佛无所不包，蚕食并考验着他整个的存在。或许，即使是失败也会包含它本身特有的庄严。正是这份赌注，处于菲茨杰拉德艺术魅力的中心位置，因为失败也必然会为自己设置边界。安东尼从"一个追求精神历险，具有好奇心的人"，逐渐变成了"一个抱有偏见和成见的人"。当安东尼借款不成，便把电影制片人约瑟夫·布勒克曼骂成"该死的犹太人"时，他的人生跌至绝对低谷，那是落魄潦倒的极致。我们为此得感谢身为艺术家的菲茨杰拉德，尽管他作为一个普通人，动辄持有自己的狭隘偏见。

即使是像这样的事件，也同样证明失败有力量带来某种骇人听闻的启示。倘若安东尼一切称心如意，或许他永远不会如此赤裸裸地面对自己性格中固有的卑劣性。在不那么极端的环境中，失败带来一道浪漫和神秘的霞光。尽管安东尼酗酒，"他在外表上也可谓是得多于失，他的脸上散发出某种难以捉摸的悲剧气质，与他精心修饰洁净无瑕的外表形成了浪漫的对比。"菲茨杰拉德从来都不羞于使用"悲剧"一词，但是在我看来，除了熠熠生辉的《了不起的盖茨比》之外，他的作品通常都是在探讨一种直觉，它激起具有历史意义的，而不只是个人意义的回

---

① 《文学生涯》，第52页。

声：也就是说，尽管存在德莱塞的《美国悲剧》（1926）高调宣告的那种主张，但是在二十世纪的美国，悲剧早已被失败所取代。是否这本身就是一个失败，抑或是一出悲剧？这构成他在写作中探索的关键问题。

在这些方面，第一次世界大战在菲茨杰拉德的思想中扮演了重要角色。[①] 在这样一场大变动的余波里，留给个人悲剧的，是什么样的空间？D.H. 劳伦斯，一位居住在欧洲大陆的英国作家，用这样的断言开始了他的最后一部小说："我们所处的时代本质上是一个悲剧时代。"就像《漂亮冤家》中的安东尼一样，菲茨杰拉德错过了参战，这一事实只不过令他更坚信：美国人处于一个后悲剧时代。在这样的情境之下，我们能够做些什么呢？失败和荒废能否拥有一种自身的悲剧性崇高？姗尔达相信菲茨杰拉德恰恰成功地做到了这一点："我不知道一种人格可以与塑造它的时代相分离……我觉得司各特最大的贡献，就在于他把一个心碎和绝望的时代戏剧化了，赋予它悲剧勇气，在这个意义上给予它一种新的存在理由。"[②]

菲茨杰拉德过早地含玩失败的境界，早在写作《人间天堂》时就有过这样的时刻。"我似乎本来就命中注定要失去这个机会的，"年轻的主人公艾默里·布莱恩在某个时刻如此这般地反省道。后来，他感到"一种难以抑制的渴望，想要让自己去见鬼"，不过要等到写作《漂亮冤家》时，菲茨杰拉德才真正严肃地来探讨这种可能性。在故事情节的发展过程中，菲茨杰拉德把安东尼总结为一个"似乎只继承了人类巨大失败传统"的人。尽管从这种遗产中可能会得到一种令人满意、给人带来慰藉

[①] "不管怎么说，"他在 1917 年写道，"除了青春，生活没有多少可奉献……我遇到的每一个参加过这次战争的人，似乎都失去了青春和对人类的信念。"详见安德鲁·腾布尔主编的《F.S. 菲茨杰拉德书信集》(*The Letters of F. Scott Fitzgerald*)，哈蒙德斯沃斯：企鹅经典丛书，1968 年，第 434 页。

[②] 转引自马修·布鲁克利的《史诗般的辉煌：F.S. 菲茨杰拉德的生平》，第 xix 页。

的方法，但是菲茨杰拉德后来对其中蕴含的消极状态感到不满。因此，他一九三二年写作的小说将会"是一部属于我们这个时代的小说，它将展现一种优秀人格的分裂。不同于《漂亮冤家》，导致分裂的不是优柔寡断，而是真正的悲剧力量，如理想主义者的内心冲突，由环境强加于他的妥协。"① 这部后来被称为《夜色温柔》的小说，所达到的真实状况是：这个计划既没有被遵循，又正因如此而被超越。

此时的菲茨杰拉德已深深陷入他自己的失败感中，以至于严重损害到坚持自己的判断的能力。于是，当一部小说没有受到如他所期望的那样热烈的欢迎时，他就修改、调整，而这样做只会使作品变得更糟。一九三六年，他在给编辑马克斯·珀金斯的信中写道："雄心、决断和坚韧，所有这些我引以自豪的品质，基本上都在变得黯然失色。这多么可笑，而且我必须承认，这也有些令人厌恶。"② 这类自我怜悯是一种情有可原的放纵；菲茨杰拉德多少唤起了为完成杰作所需的顽强和坚韧，他不再对自己已有的成就念兹在兹，而是泰然处之。哲学家 E. M. 西奥兰相信，这一时期菲茨杰拉德"描绘他的失败"的自传性散文（收集在《崩溃》中），构成了"他仅有的巨大成功"③。不过，这一说法将会从根本上低估菲茨杰拉德，低估他在先发制人并内化这样一种论断上所能达到的程度。

如果说安东尼只是率性而为，那么《夜色温柔》中迪克·戴弗的沉沦则代表一种持续的状态，这是自我决定的相反形式。这就是为什么迪

---

① 转引自马修·布鲁克利的《史诗般的辉煌：F.S. 菲茨杰拉德的生平》，第394页。
② 《文学生涯》，第312页。
③ 《谴责与钦佩》(*Anathemas and Admirations*)，E. M. 西奥兰著，纽约：阿卡迪亚出版社，1991年，第233页。凯鲁亚克比西奥兰走得更远。他否认自己正在经历"F.S. 菲茨杰拉德式的崩溃"，然后肯定地说，他相信"菲茨杰拉德从来没有比他'崩溃'之后写得更好了。"详见安·查特斯主编：《书信选集：1957—1969》(*Selected Letters 1957—1969*)，伦敦：维金斯出版社，2000年，第337页。

克的失败总是带有一种肯定的意味,他不是不能达到,而是在实践命运的安排,在把命运转变为现实。换言之,菲茨杰拉德抓住了西奥兰后来如是表述的某种东西:"有内在探索倾向的人……会置失败高于任何形式的成功,他甚至会去追寻失败。这是因为失败总是本质性的,会向我们自身揭示自己,允许我们像上帝那样审视自己,而成功却让我们远离自身以及万事万物中最内在的东西。"[1]

就安东尼·帕奇的情况而言,菲茨杰拉德宣称"他最好的品质,也促成了他快速而又不间断地走向毁灭。"在《夜色温柔》中,对失败的追求要更为艰苦卓绝,也更为错综复杂地跟戴弗的优秀品质缠绕在一起。尽管迪克早年的成功相当迂回曲折,他必须竭力找出他的命运之线。这殊为艰苦,因为从菲茨杰拉德的笔记中我们可以看到,迪克是一个"可能存在的超人"。他有大量天赋和机会可供他处置,稍微变换一种说法,就是那些天赋必须被处置掉。妻子的财富让他置身富裕的世界,他首先必须在那里挥霍。然而,他"巨大的个人魅力"(又是出自菲茨杰拉德的笔记),同样确保他成为里维埃拉的一个真正的普罗斯帕罗。[2] 从这儿到他最终安顿下来的小镇,需要的不是挥霍,而是强有力地主张自己的意愿。

总而言之,安东尼不如迪克那样命运多舛,《漂亮冤家》也不及《夜色温柔》复杂和深刻。它既与《人间天堂》的轻松欢快有一大步之遥,又指明为了通过背叛青春诺言的方式来实现它,菲茨杰拉德仍需沉潜的深度。

(何伟文 译)

---

[1] 《诞生之烦恼》(*The Trouble with Being Born*),E.M. 西奥兰著,伦敦:四重奏出版社,1993年,第17页。
[2] 转引自马修·布鲁克利的《史诗般的辉煌:F.S. 菲茨杰拉德的生平》,第395页。普罗斯帕罗(Prospero)是莎士比亚戏剧《暴风雨》中的米兰大公,他既是独裁的魔术师,又是使人摆脱魔力的解放者。

企鹅经典丛书书目

第一辑

长夜行	【法】塞利纳
大都会	【美】唐·德里罗
纪伯伦经典散文诗	【黎巴嫩】纪伯伦
磨坊文札	【法】都德
去吧,摩西	【美】福克纳
人间失格	【日】太宰治
苏菲的选择	【美】威廉·斯泰隆
丧钟为谁而鸣	【美】海明威
神曲	【意大利】但丁
人间天堂	【美】菲茨杰拉德

第二辑

我是猫	【日】夏目漱石
看不见的人	【美】拉尔夫·艾里森
流浪的星星	【法】勒克莱齐奥
微物之神	【印度】阿兰达蒂·洛伊
漂亮冤家	【美】菲茨杰拉德
玻璃球游戏	【德】赫尔曼·黑塞
绿房子	【秘鲁】马里奥·巴尔加斯·略萨
炼金术士及其他鬼故事	【英】蒙塔古·罗兹·詹姆斯
老虎!老虎!	【英】吉卜林
小王子	【法】圣埃克絮佩里